btb

Aus Freude am Lesen

btb

Buch

Trotz seiner fünfundsechzig Jahre ist der beruflich äußerst erfolgreiche Ingenieur Javier Frisancho voller Zukunftspläne. Doch kurz vor seiner Pensionierung fällt er durch einen Verkehrsunfall in ein wochenlanges Koma, aus dem er nur dank seines ungeheuren Überlebenswillens erwacht. Als er sich endlich genesen glaubt, eröffnen ihm die Ärzte, dass er nicht mehr lange zu leben hat. Doch durch seine Koma-Erfahrung fühlt sich Javier darin bestärkt, nach einem Ausweg aus seinem scheinbar unvermeidlichen Schicksal zu suchen. Er besinnt sich auf einen Jugendfreund, den Indio Celestino Ayma, der ihm einst von Winãy Marka, der Stadt der Unsterblichen, erzählte. Laut einer alten peruanischen Legende befindet sie sich unter dem Titicacasee und birgt in ihrem Zentrum eine Quelle, deren Wasser alle Krankheiten heilt. Zusammen mit Celestino und dessen Sohn begibt sich Javier auf eine abenteuerliche Expedition in die Höhlenwelt der Anden. Und was Javier nach langer Suche in den geheimnisvollen unterirdischen Gängen schließlich dort findet, übersteigt selbst seine kühnsten Erwartungen…

Autor

Hernán Huarache Mamani wurde in Chivay, einem kleinen Dorf in den Anden, geboren. Er ist vom Stamm der Quechua, der Letzte in einer langen Ahnenfolge von »Curanderos« – Heilern und Medizinmännern, die moderne Wissenschaft mit spiritueller Tradition der Inkas verknüpfen. Mamani lehrt an der Universität von Arequipa in Peru Kulturgeschichte der Anden und die Sprache der Quechua. Er begründete das I.N.C.A. (Native Institute of Andean Culture). Seit 1996 lebt er in Europa und reist jedes Jahr nach Peru.
(Weitere Informationen: www.mamani-inca.com)

Mamani bei btb

Schattenfänger. Roman (73632)
Die Traumheilerin. Roman (73767)

Hernán Huarache Mamani

Die Lichtfrau

Roman

Aus dem Italienischen
von Franziska Kristen

btb

Die italienische Originalausgabe erschien 2007 unter dem Titel »La Donna Della Luce« bei Edizioni Piemme Spa, Via Galeotto del Carretto, 10, 15033 Casale Monferrato, Italien.

FSC
Mixed Sources
Product group from well-managed forests and other controlled sources

Cert no. GFA-COC-1223
www.fsc.org
© 1996 Forest Stewardship Council

Verlagsgruppe Random House FSC-DEU-0100
Das für dieses Buch verwendete FSC-zertifizierte Papier *Munken Print* liefert Arctic Paper Munkedals AB, Schweden.

1. Auflage
Deutsche Erstveröffentlichung April 2009

Umschlaggestaltung: semper smile, München
Umschlagfoto: Ryan McVay / Getty Images
Satz: Uhl + Massopust, Aalen
Druck und Einband: CPI – Clausen & Bosse, Leck
SL · Herstellung: BB
Printed in Germany
ISBN 978-3-442-73863-2

www.btb-verlag.de

Für Guillermo Quispe und Melitona Mamani, für ihre Weitherzigkeit und Menschlichkeit.

Für Hermenegildo Quispe Arosquipa, der zeit seines Lebens versucht hat, die alte peruanische Kultur zu bewahren. Ein verantwortungsloser Autofahrer hat seinem von Idealen geleiteten Weg ein jähes Ende bereitet.

Für Juan Quispe C. und seine große Opferbereitschaft.

Für Moisés Celestino Juan Ayma, für seine Hilfsbereitschaft und Nächstenliebe.

Für alle Bergarbeiter von Peru und Bolivien, die durch ihre Arbeit in den finsteren Bergwerksstollen wissen, was es bedeutet, im Erdinneren zu leben.

Für alle heilkundigen Männer und Frauen, die tagtäglich darum kämpfen, Menschenleben zu verlängern und zu retten.

Vorwort des Autors

Während eines Besuchs der archäologischen Stätten von Cuzco fuhr ich gemeinsam mit meinem italienischen Freund Giovanni Galli im Taxi nach Tampu Machay, das auch unter dem Namen Baños del Inca bekannt ist. Die Ruinen dieses stufenförmigen, durch Treppen gegliederten Gebäudes bestehen aus fein gearbeitetem Stein. Dort befindet sich ein Brunnen, dem kristallklares Wasser entströmt. Ich trat näher, formte die Hände zu einer Schale und trank gierig, um meinen Durst zu löschen.

Mein Freund sah mich erstaunt an. Im Reisebüro hatte man ihm empfohlen, kein Wasser aus Brunnen zu trinken, um Krankheitserregern und Keimen zu entgehen. Deshalb trug er immer eine Flasche Wasser bei sich. Beunruhigt und etwas barsch wandte er sich an mich: »Hernán, wenn du Durst hast, musst du es mir nur sagen. Ich habe Wasser im Rucksack.«

»Ich trinke lieber das hier, es ist gesund.«

»Willst du mich auf den Arm nehmen? Das ist ganz gewöhnliches Wasser.«

»Du irrst dich gewaltig. Die Reiseveranstalter wissen es nicht, aber dieser Brunnen wurde früher *Qhalis Pukio* genannt, was so viel wie ›Quelle der Gesundheit‹ bedeutet.«

»Das sind bloß Legenden, nichts als Geschichten.«

»Glaubst du, die Inkas hätten diesen Brunnen aus Stein gehauen, wenn es sich nur um eine Legende handeln würde?

Und willst du noch etwas wissen? Man sagt, dieses Wasser habe sogar eine verjüngende Wirkung.«

Giovanni ging nicht weiter darauf ein. Aber am nächsten Tag erzählte mir der Taxifahrer, der uns herumgefahren hatte, dass mein Freund mit fünf Kanistern zu dem Brunnen zurückgekehrt sei, sie aufgefüllt und mehrere Becher von dem Wasser getrunken habe. Auch der Hotelbesitzer berichtete, ihn mehrfach dabei beobachtet zu haben, wie er Wasser aus den Kanistern trank. Ich habe sogar den Verdacht, dass Giovanni sie mit nach Italien genommen hat.

Diese amüsante Begebenheit hat mich dazu angeregt, über die Bedeutung eines langen Lebens nachzudenken. Seitdem setze ich mich intensiv mit der Frage nach dem Leben und dem Tod auseinander. Das ist auch der Grund, weshalb ich erneut begonnen habe zu schreiben. Dieses Buch ist die in Romanform gebrachte Geschichte einer mythischen Zivilisation von Halbgöttern, die die »Unsterblichen« genannt werden. Laut einer uralten Legende wohnen sie im Erdinneren, erfreuen sich bester Gesundheit und sind unsterblich.

In Südamerika, vor allem unter den peruanischen Quechua, den Aymara und verschiedenen Amazonasvölkern sind seit Generationen Geschichten von unterirdischen Städten überliefert. Auch von Gängen, die weit voneinander entfernt liegende Orte miteinander verbinden oder in ebenjene Städte führen, ist dort die Rede. Sie sollen sich in Cuzco, in Puno, Arequipa und vor allem in der Gegend des Colca-Canyons und des Titicaca-Sees befinden. Menschen aus den unterschiedlichsten Epochen haben darüber berichtet: Die Überlieferungen reichen von rein zufälligen Begegnungen mit diesen Wesen, bis hin zu der konkreten Absicht, mit den »unterirdischen« Wesen in Kontakt zu treten.

Bevor ich anfing, dieses Buch zu schreiben, habe ich das Gespräch mit Bergarbeitern, Hirten oder Reisenden gesucht, die zu Fuß in den Anden unterwegs waren. Ich habe Berichte von

Menschen gelesen, die behaupten, den Bewohnern der unterirdischen Städte begegnet zu sein. Sie sind sich sicher, dass wir bald alle in Kontakt mit ihnen treten werden.

Was, wenn dies wirklich geschehen würde? Welche Folgen hätte es für den Menschen, wenn sich sein Leben möglicherweise ewig verlängern würde? Sind wir überhaupt in der Lage, derart lange zu leben? Diese Fragen stellen sich auch all jene, die versuchen, in Kontakt mit den Unsterblichen zu treten.

Dieser Roman erzählt die Geschichte von Javier, der mit Mut, Ausdauer und durch die Überwindung seiner Angst bis in eine jener unterirdischen Städte gelangt. Sein Schicksal führt uns einerseits die Gefahr einer bevorstehenden Katastrophe vor Augen und hilft uns andererseits, den Glauben an eine bessere Welt nicht zu verlieren.

Hernán Huarache Mamani

1

Steh auf und geh

Javier Frisancho fuhr aus dem Schlaf hoch. Im Traum hatte er furchtbare Dinge erlebt: Er hatte geträumt, dass man ihn umbringen wollte. Er flüchtete durch die Straßen, aber seine Verfolger waren bewaffnet und schossen unaufhörlich. In der verzweifelten Hoffnung, sich zu retten, rannte er so schnell er konnte, aber seine Peiniger hatten ihn bald eingeholt und drängten ihn gegen eine Mauer. Sie hielten ihre Waffen auf ihn gerichtet, gleich würden sie schießen. Gerade in diesem Augenblick, als er vergeblich versuchte zu schreien, riss er vor Schreck die Augen auf und bemerkte, dass er von vollkommener Dunkelheit umgeben war. Es dauerte einige Augenblicke, bis er begriff, dass alles nur ein böser Traum gewesen war. Mühsam streckte er den steifen Arm aus, um das Licht anzuknipsen, denn er glaubte sich zu Hause in seinem Schlafzimmer. Doch als seine Hand gegen den kahlen Felsen stieß, erstarrte er. Im ersten Moment wusste er nicht, wo er war.

Er war benommen vom Schlaf. Wenn er nicht den Schmerz in der Hand verspürt und die Enge seines Lagers bemerkt hätte, wäre ihm nicht so schnell zu Bewusstsein gekommen, dass er sich in einer Höhle befand. Er brauchte unbedingt Licht. Seine Hand tastete suchend nach der kleinen Taschenlampe. Er ertastete sie, aber konnte sie nicht greifen, denn plötzlich spürte er ein heftiges Stechen im Arm, das sich von der Schulter bis in den kleinen Finger erstreckte. Seine Finger waren vor Schmerzen wie gelähmt.

Javier rührte sich nicht, rings um ihn herrschte nichts als Dunkelheit und Stille. Das Atmen kostete ihn Mühe, sein Körper war ermattet, er fühlte sich schwach und erschöpft, ihm fehlte selbst die Kraft, die Taschenlampe aufzuheben. Am liebsten hätte er um Hilfe geschrien. Aber er wusste, dass es keinen Sinn hatte: Seit mehreren Tagen war er allein unterwegs, im Inneren der Erde, Hunderte von Metern unter der Oberfläche. Niemand würde ihn hören.

Ihm fiel wieder ein, warum er sich hier befand: Schuld an seiner jetzigen Situation war allein seine Unvorsichtigkeit. Er war bereits seit einiger Zeit allein im Erdinneren unterwegs. Seine Ausrüstung trug er auf dem Rücken. Viele Kilometer lagen hinter ihm. Unterwegs hatte er kein einziges Mal die Gelegenheit gehabt, sich zu waschen. Er fühlte sich schmutzig, und als er schließlich an einen unterirdischen Fluss gelangte, hatte er nur den Wunsch verspürt, in das Wasser zu tauchen. Ohne die Temperatur vorher zu prüfen, hatte er sich ausgezogen und war hineingesprungen. Doch das Wasser war eiskalt und hatte seinem Körper einen Schock versetzt. Er spürte einen stechenden Schmerz im Kopf – das Gefühl, von tausend Nadeln durchbohrt zu werden – und hatte plötzlich den Eindruck, die Felswände um ihn herum würden anfangen sich zu drehen, während er immer weiter in die Tiefe sank. Nur dank seines Überlebensinstinkts hatte er gerade noch rechtzeitig reagiert und war ans Ufer geklettert, wo er für eine Weile bewusstlos liegen blieb.

Unter der Erde war es feucht und kalt. Man brauchte sich nur zu entkleiden, um sich eine Erkältung zuzuziehen. Er war so unvorsichtig gewesen, sich minutenlang unbekleidet der Eiseskälte auszusetzen und eine Lungenentzündung zu riskieren. Ein Frösteln stieg seinen Rücken empor. Obwohl er sich danach rasch angezogen hatte und mehrere Stunden gelaufen war, um sich aufzuwärmen, war es ihm nicht gelungen, seine Körpertemperatur wieder zu normalisieren. Je weiter er lief, desto erschöpfter fühlte er sich. Das Atmen fiel ihm schwer, er hustete, und die Kehle brannte. Aber am meisten beunruhigten ihn die Schmerzen in Rücken und Hals, die mit der Zeit immer stärker wurden. Er sammelte seine letzten Kräfte, um nach einem möglichst trockenen und ebenen Plätzchen zu suchen, wo er sich ausruhen und aufwärmen wollte.

Seine Schritte wurden immer schwerer, bis die Müdigkeit schließlich siegte. Unfähig, sich weiterzubewegen, ließ er sich an einer halbwegs trockenen Stelle vor einem Felsvorsprung nieder. Er musste unbedingt wieder zu Kräften kommen. Mühsam versuchte er, etwas zu essen. Obwohl er Hunger verspürte, konnte er kaum schlucken, seine Kehle war wie zugeschnürt. Selbst das Trinken fiel ihm schwer, aber schließlich gelang es ihm doch, etwas in den Magen zu bekommen.

Unter großer Anstrengung holte er den Schlafsack hervor und breitete ihn aus. Er kroch hinein, da sein Körper nach Ruhe verlangte, und schlief auf der Stelle ein.

Nun, wo er wieder zu sich gekommen war, fühlte er sich vollkommen erschlagen. In der tiefsten Finsternis, die er je erlebt hatte, lag Javier reglos und mit halb geöffneten Lippen in seinem Schlafsack. Die Zunge war trocken und brannte, die Lippen waren aufgesprungen und die Schmerzen im Hals derart heftig, dass er kaum schlucken konnte. Er biss sich auf die Unterlippe, gleichsam zum Beweis dafür, dass er noch am Leben war, während er mit zitternden Händen nach der Taschenlampe suchte.

Wenn jemand diesen finsteren Ort bei Licht hätte sehen können, wäre er Zeuge einer traurigen Szene geworden. Javier zitterte, nicht aus Angst, sondern wegen des Fiebers. Immer wieder durchliefen Schauer seinen Körper, in der Stille hörte man nur das Rascheln der Kleider. Aus seinem eingefallenen, schmalen und aschfahlen Gesicht mit den geröteten, geschwollenen Augen sprach der nahende Tod. Javier rief nicht um Hilfe, es hatte keinen Zweck, niemand würde ihn hören. Er war das einzige menschliche Wesen hier unten, und er kämpfte ums Überleben.

Manchmal schwanden ihm die Sinne, und die Lebensgeister schienen ihn für immer zu verlassen, doch dann kam er langsam wieder zu sich. Es war, als triebe der Tod sein Spiel mit ihm, um ihn noch mehr leiden zu lassen. Zu den Schmerzen, dem quälenden Durst und der Unfähigkeit sich zu bewegen, kamen die Einsamkeit und ein Gefühl der Verlassenheit hinzu. Er wusste, dass er für diesen Zustand selbst verantwortlich war. Es war seine Entscheidung gewesen, allein in das Innere der Erde vorzudringen. Bereits vor mehreren Tagen hatten seine anfänglichen Gefährten den Rückweg an die Erdoberfläche angetreten. Javier hatte sie gebeten, ihn allein zu lassen. Er wollte seiner Angst begegnen.

Nun kämpfte er mit dem Tod. Genauso wie bereits vor einigen Monaten. Es war keine neue Erfahrung für ihn. Damals hatte er gesiegt, aber diesmal war er nicht sicher, ob er den Kampf gewinnen würde. Es war sein starker Wille, der ihn seinerzeit hatte überleben lassen. Tief in seinem Inneren hatte er sich gesagt, dass er noch nicht sterben wollte. Er hatte auf diese Stimme gehört, und seine seelische Kraft hatte ihn gerettet. Zum zweiten Mal stand er nun, wie ein Verletzter auf dem Schlachtfeld, vor der entscheidenden Frage: Sollte er Widerstand leisten und seinen Weg weiter beschreiten, oder sollte er sich endgültig geschlagen geben? Wenn er sich dazu entschloss weiterzugehen, würde er zum Helden werden, wenn er aber aufgab, würde er für immer ein Feigling bleiben. Javier versuchte, seine Gedanken zu ordnen. Die Vorstellung vom Helden und vom Feigling war ein Relikt aus der Kindheit. Als er ein kleiner Junge war, hatte ihm sein Vater, Salvador Frisancho, immer wieder gesagt: »Der Tapfere geht dem Tod entschlossen entgegen und erntet Ruhm. Wenn er dabei nicht stirbt, kämpft er weiter bis zum Sieg. Der Feigling stirbt dagegen Tag für Tag, er erlebt eine Niederlage nach der anderen, und wenn er nichts verändert, trägt er niemals den Sieg davon.«

Wie in einem Traum erinnerte sich Javier an die Worte des Vaters. Und die ernste, selbstsichere, mutige und würdige Gestalt des Mannes, der ihm ein Vorbild gewesen war, tauchte vor seinem inneren Auge auf. Javiers Persönlichkeit war in der Kindheit stark durch diesen Menschen geprägt worden. Von ihm hatte er den unbeugsamen Willen geerbt. Der Gedanke an den Vater löste etwas in ihm aus. Ein heiserer, fast kläglicher Ruf entfuhr seiner Kehle: »Ich will leben, ich will genesen. Bevor ich sterbe, muss ich mein Ziel erreichen.«

Seine Worte prallten gegen die Höhlenwände und verloren sich als Echo in der Ferne. Aber Javier spürte, dass sich in seinem Körper Wärme ausbreitete, eine Wärme, die aus der Tiefe emporstieg und die in ihm den Willen weckte, gegen die Apathie, die Reglosigkeit und Verlassenheit anzukämpfen. Er hörte eine innere Stimme, die ihm zuraunte: »Du wirst genesen, du wirst aufstehen und weitergehen, denn du hast deine Aufgabe noch nicht beendet.«

Freudentränen traten ihm in die geröteten, tiefliegenden Augen, ein Hoffnungsschimmer erfüllte ihn inmitten der ihn umgebenden Finsternis. Kraft seines Willens gewann er die Oberhand über jenen Zustand der Trägheit und Lähmung. Obwohl seine Muskeln schmerzten, begann Javier sich zu bewegen. Er spürte ein Stechen in der Wirbelsäule und hatte das Gefühl, als ob der Kopf zerspringen würde. Mühsam ergriff er die kleine Taschenlampe, die genügend Licht spendete, um die Karbidlampe anzuzünden. Bereits mit dem ersten schwachen Schimmer war die Finsternis gewichen, aber die zweite Lampe tauchte alles ringsum in helles Licht. Ungeduldig wühlte Javier in dem Beutel mit den Medikamenten, der in seinem Rucksack steckte. Er hatte kein spezielles Mittel gegen Lungenentzündung dabei, aber sein Blick fiel auf ein Fläschchen mit Rizinusöl.

Er wusste, dass es ein Abführmittel war, deshalb hatte er es mitgenommen. Aber eine innere Stimme riet ihm, daraus Umschläge für den Rücken und den Hals zu bereiten. Javier zögerte einen Augenblick, dann nahm er ein Taschentuch und tränkte es mit dem Öl. Mit zitternden Fingern und unter großer Anstrengung legte er es sich auf den Rücken. Dann wiederholte er dasselbe mit dem Hals, wobei er ein kleineres Stückchen Tuch verwendete. Die Berührung mit dem kühlen Öl löste ein heftiges Zittern in ihm aus. Es war ein sehr unangenehmes Gefühl, als würde ein kühler Tropfen auf ein Stück glühendes Metall fallen. Aber schon nach kurzer Zeit ließ es nach. Javier versuchte, sich wach zu halten, aber wieder einmal siegte die Müdigkeit, und er fiel in einen tiefen Schlaf. Er schaffte es gerade noch rechtzeitig, das Licht zu löschen.

Unbeweglich wie ein Toter schwebte Javier in einem Zustand der Bewusstlosigkeit, in einer unbekannten Welt, außerhalb von Raum und Zeit, gleichsam im absoluten Nichts. Plötzlich hatte er das Gefühl auf einem Meer zu treiben, dessen tosende Wellen ihn fortzuspülen drohten. Er kämpfte mit aller Kraft, aber eine Stimme wiederholte immerfort, dass es keinen Sinn habe, dass es besser sei, sich von der Strömung forttragen zu lassen. Auf diese Stimme zu vertrauen, kam einem Suizid gleich. Aber vielleicht war es wirklich besser, dem Ganzen ein für alle Mal ein Ende zu setzen? Ein Teil von ihm weigerte sich nachzugeben, und er schwamm verzweifelt weiter, bis seine Kräfte ihn verließen und sich um ihn herum alles verdunkelte. In dieser vollkommenen Finsternis sah er auf einmal einen Lichtschimmer, und um ihn herum tauchten bekannte Gesichter auf. Er wusste nicht, wo er sich befand. Das Meer hatte sich beruhigt, er trieb auf der Oberfläche unter den Blicken Hunderter von Augenpaaren, die ihn erstaunt und besorgt betrachteten. Aus der Menge löste sich nun die unverwechselbare Gestalt einer Frau, die er über alles liebte.

»Mama, hilf mir von hier zu entkommen«, entfuhr es ihm.

»Mein Sohn, lass dich in den Arm nehmen«, erwiderte sie, während ihr die Tränen über die Wangen liefen. An die Brust der Mutter geschmiegt fühlte Javier sich in Sicherheit, doch schon kurz darauf verschwammen die Umrisse der Gestalt, ihr Bild verblasste und löste sich allmählich vollkommen auf.

»Mama, Mama, geh nicht fort, verlass mich nicht«, rief er verzweifelt.

Dann hatte er plötzlich eine Szene aus seiner Schulzeit vor Augen. Er war in eine Prügelei mit Julio Salas verwickelt, einem Halbstarken, der allen Klassenkameraden Geld abpresste. Javier war ihm entgegengetreten, obwohl er viel kleiner war, denn er wollte die Ungerechtigkeiten nicht länger hinnehmen. Mit geballter Faust versetzte er ihm einen Schlag und warf ihn zu Boden. Er hörte die Freudenschreie seiner Klassenkameraden, die ihn als Sieger feierten. Auch diese Szene verblasste schnell, und weitere Bilder tauchten aus dem Gedächtnis empor: Kindheitserinnerungen, Szenen aus seinem Studentenleben und aus jener Zeit, die er mit einer Gruppe von Arbeitern während des Baus einer riesigen Brücke verbrachte.

Vom Fieber gepeinigt fiel Javier in immer neue Träume. Sein Körper schlief, aber sein Gehirn rief Erlebnisse aus der Vergangenheit in ihm wach, vor allem seine Gefühle spielten darin eine große Rolle. Er sah Personen, an denen ihm sehr viel lag: seinen Vater, seine Mutter, seine Kinder. Sie versicherten ihm ein ums andere Mal, dass die Wege der Vorsehung unergründlich sind. Unterdessen stabilisierte sich sein Zustand langsam. Sein Körper kämpfte unaufhörlich, aber noch siegte der Schlaf über ihn. Viele Stunden verbrachte er auf diese Weise, dem Tod immer noch nahe.

Aus dem letzten Traum fuhr er erschrocken auf und beruhigte sich erst, als er abermals begriff, dass es bloß ein Albtraum gewesen war. Und dieses Mal hatte er das wunderbare Gefühl, ins Leben zurückzukehren, alles erschien ihm neu. Er fühlte sich besser, die Schmerzen im Rücken hatten nachgelassen, ebenso wie das furchtbare Brennen im Hals. Erneut zündete er die Lampe an und tränkte die Umschläge für den Rücken sowie den Hals mit dem verbliebenen Öl. Da er Hunger verspürte, nahm er unter großer Anstrengung ein paar Bissen zu sich.

Er war immer noch geschwächt, aber nicht so wie zuvor. Auf jeden Fall musste er einen Rückfall vermeiden, denn an diesem Ort, das wusste er, würde das fatale Folgen für ihn haben. Niemand konnte ihm hier helfen. Krankenhäuser, Ärzte, Freunde und Verwandte waren weit fort. Nur zwei Menschen auf der Welt wussten, wo er sich aufhielt, aber sie konnten nicht ahnen, in welch geschwächtem Zustand er sich hier unten befand, eingewickelt in seinen Schlafsack und auf dem schweren Weg der Genesung. Er rechnete sich aus, dass seine beiden Freunde mit ihrem nunmehr leichteren Gepäck bereits zurück an die Erdoberfläche gelangt sein mussten. Für ihn gab es keinerlei Möglichkeit, mit der Außenwelt zu kommunizieren. Er war vollkommen allein in einer tiefen Höhle, in der sich keine menschliche Stimme vernehmen ließ, in der er selbst das einzige menschliche Wesen war. Zum Glück war er in dieser bedrückenden Einsamkeit Herr seiner Sinne.

Einige Psychologen sind der Meinung, dass die Stimme ein grundlegendes, unverzichtbares Kommunikationsmittel ist. Wenn ein Mensch nicht wenigstens einmal am Tag mit anderen spreche, leide er. Hält die Stille über mehrere Tage an, neigt der Mensch dazu, mit sich selbst zu sprechen und sich selbst zu antworten. Wenn dieser Zustand noch länger andauert, läuft er sogar Gefahr, verrückt zu werden. Javier wusste das. Deshalb hatte er sich, seit er allein unterwegs war, ein bestimmtes Programm auferlegt, um seine geistigen Fähigkeiten wachzuhalten und nicht in einen Zustand der Verwirrung zu verfallen. Am Ende jeden Tages hielt er die wichtigsten Ereignisse und Gedanken in einem Tagebuch fest.

Nun, da er in der erschreckenden Stille jener Höhle zur Bewegungslosigkeit verdammt war, versuchte Javier, sich alle Einzelheiten seines letzten Traums ins Gedächtnis zu rufen. Seine Erinnerungen schienen einer Fantasiewelt anzugehören, die von flüchtigen Figuren bevölkert wurde. Hin und wieder tauchten aber auch konkrete, sehr eindrucksvolle Bilder vor seinem inneren Auge auf.

Ein Blick auf die Uhr sagte ihm, dass er diesmal über achtzehn Stunden geschlafen hatte. Er hatte Albträume gehabt und furchtbare Szenen durchlebt, die ihm vollkommen real erschienen waren. Vor allem der letzte Traum hatte ihn in große Angst versetzt. Er stand an einem tiefen Abgrund und sah voller Schrecken auf die Landschaft hinab, die sich Hunderte von Metern unter ihm erstreckte. Plötzlich spürte er, dass er gestoßen wurde, er verlor das Gleichgewicht und stürzte in die Tiefe. Er versuchte, um Hilfe zu schreien, aber seine Stimme versagte ihm. Verzweifelt versuchte er, sich irgendwo festzuhalten, den Fall zu stoppen. Da bekam er einen kleinen Strauch zu fassen, der zwischen den Felsen hervorlugte, und hielt sich krampfhaft daran fest. Als er erwachte, klopfte sein Herz zum Zerspringen.

Er dachte über die Bedeutung des Traumes nach. Hin und wieder ließ er sich ablenken und beobachtete das Spiel von Licht und Schatten zwischen den Felsen, inmitten der ihn umgebenden Einsamkeit. In der Totenstille dachte Javier über seine Zukunft nach, darüber, was er tun wollte, falls er überleben würde.

»Wenn Gott mich schon einmal vor dem Tod bewahrt hat und mich nun von meiner Krankheit genesen lässt, muss es einen Grund dafür geben. Vielleicht passiert es deshalb, weil ich mir immer gewünscht habe, einmal anderen zu dienen.« Er sprach zu sich selbst, als suche er nach einer Entschuldigung für seine Waghalsigkeit, die ihn dazu getrieben hatte, ein derart verrücktes Unternehmen, ein derartiges Abenteuer allein zu bestehen.

Dann dachte er an sein vergangenes Leben, an die glücklichen Zeiten im Kreise seiner Liebsten. Seine wunderschöne Frau Dora hatte ihn, als sie noch jung waren, unter all ihren Verehrern auserwählt. Sie liebte ihn sehr. Nach der Eheschließung ließ sie es ihm nie an Zärtlichkeit, Aufmerksamkeit und Zuneigung fehlen. Ihre Liebe war absolut aufrichtig. Ohne jegliche Vorbehalte hatte sie ihr gemeinsames Heim in ein Liebesnest verwandelt. Dora bewunderte ihren Mann, sie war stolz darauf, ihr Leben an seiner Seite zu verbringen und alles dafür zu tun, ihn glücklich zu machen. Aus dieser tief empfundenen Liebe waren vier Kinder hervorgegangen, die Doras Gefühle ihrem Mann gegenüber nicht im Geringsten gemindert hatten. Als vorbildliche Mutter lehrte sie ihre Kinder, den Vater zu lieben, zu achten und seinem Beispiel zu folgen. Als sie noch klein waren, hatten die Kinder das Leben der Eltern bereichert. Als sie älter wurden, verließ eines nach dem anderen das schützende Elternhaus. Sie hatten gelernt, allein zurechtzukommen und waren in unterschiedliche Länder ausgewandert. Martha hatte geheiratet und lebte in Schweden, José war nach Australien gegangen, wo er als Bauingenieur arbeitete, Renato und Adolfo, beide Wirtschaftswissenschaftler, waren in die Vereinigten Staaten ausgewandert. Alle hatten eine Arbeit, hatten eigene Familien gegründet und kamen die Eltern einmal im Jahr besuchen.

Auch über seine Arbeit konnte sich Javier nicht beschweren. Sie hatte ihm immer Spaß gemacht. 35 Jahre lang hatte ihm der Staat wichtige Aufgaben anvertraut, bei denen er seine Kenntnisse und beruflichen Fähigkeiten unter Beweis stellen konnte. Er hatte stets nach Erfolg gestrebt. Alles schien sich immer zu seinen Gunsten zu entwickeln und aufs Beste zu verlaufen, bis schließlich ein Ereignis sein Leben aus der Bahn geworfen hatte.

Sein Freund Benjamin Ordoñez war vom Präsidenten zum Premierminister ernannt worden und hatte Javier als Bauminister in seiner Regierung vorgeschlagen. Obwohl sich Javier eigentlich nicht für Politik interessierte, hatte er eingewilligt. Er glaubte, dass sein Wissen und seine Fachkenntnisse dem Land dienlich sein könnten. Er hatte nicht bedacht, dass der Eintritt in die Politik sein Leben durcheinanderbringen könnte: stundenlange Versammlungen, übervolle Terminkalender, Diskussionen, Vermittlungsgespräche, Verhandlungen mit Unternehmern und Baugewerkschaften, Reisen von einem Landesteil in den nächsten, die Einweihung von Bauwerken und vieles mehr. Dazu kam der permanente Druck seitens jener Abgeordneten, die bei den verschiedenen Ausschreibungen ihre persönlichen Interessen durchsetzen wollten. Schon bald sah er sich mit Bestechungsversuchen konfrontiert. Man bot ihm Geld an, damit er bestimmte Bauprojekte, die von öffentlicher Hand finanziert werden sollten, unterstützte. Korrupte Politiker und Bauunternehmer versuchten vergeblich, ihn zu bestechen. Als sie merkten, dass sie ihn nicht auf ihre Seite ziehen konnten, griffen sie auf andere Mittel zurück: Sie setzten alles daran, ihn zum Rücktritt zu zwingen, um ihn durch einen anderen, leichter zu beeinflussenden Minister zu ersetzen. Also brachten sie das Gerücht in Umlauf, er würde Staatsgelder veruntreuen.

Der führende Kopf dieses Aufstandes der Unehrenhaften war ein ziemlich unfähiger Politiker, der außerdem Eigentümer einer großen Baufirma sowie mehrerer Zeitungsverlage war. Diese finstere Person bediente sich der ihr zur Verfügung stehenden Medien, um mithilfe einiger unseriöser Journalisten die Arbeit Javiers in den Schmutz zu ziehen und seinen Rücktritt zu erzwingen.

Javier hatte jeden dieser Schläge pariert, ohne sich jemals auf das Niveau seiner Gegner herabzulassen. Er gab diesen korrupten Scheinpolitikern unmissverständlich zu verstehen, dass er sich nicht einschüchtern ließ. In einer Parlamentssitzung erläuterte er die Hintergründe der gegen ihn gerichteten Vorwürfe, vor Gericht bewies er seine Unschuld, und außerdem achtete er darauf, sein Handeln für die anderen stets transparent zu halten. Er verteidigte sich mit aller Kraft, da er von seiner Unschuld und der Richtigkeit seiner Handlungen überzeugt war.

Er erstattete gegen all jene Anzeige, die verantwortlich für die gegen ihn gerichtete üble Nachrede waren, und kämpfte dafür, dass diejenigen, die seinen Namen verunglimpft und seine beruflichen Fähigkeiten in Zweifel gezogen hatten, ihre gerechte Strafe erhielten. Die Richter gaben ihm recht, die Anwälte seiner Gegner legten jedoch Berufung ein. Nach einem langen Rechtsstreit trug Javier schließlich den Sieg davon. Seine Unschuld war bewiesen und sein Ansehen wiederhergestellt.

Dora stand ihm immer zur Seite und unterstützte ihn in der schwierigen Zeit. Aber sie litt. Wenn sie die gegen ihren Mann gerichteten Zeitungsartikel las, überkam sie ein Gefühl der Wut und der Ohnmacht. Sie wusste, dass Javier unschuldig war, doch in den Zeitungen wurde er als Verbrecher dargestellt, ohne dass man etwas dagegen tun konnte. Oft, wenn Javier von der Arbeit nach Hause kam, fand er sie in Tränen aufgelöst. Sorgen, Angst und permanente Anspannung führten schließlich zu immer häufigeren Erschöpfungszuständen. Sie hatte stark abgenommen und wirkte plötzlich ungewöhnlich stark gealtert. Sie unterzog sich verschiedenen ärztlichen Untersuchungen, aber alles schien normal zu sein. Dennoch wurde sie zunehmend schwächer.

Wenig später erhielt Javier die schrecklichste Nachricht seines Lebens: Dora litt an einem Non-Hodgkin-Lymphom, einem bösartigen Tumor, der kaum Hoffnung auf Überleben ließ. Sie wurde operiert, unterzog sich mehreren Strahlen- und Chemotherapien, aber ohne Erfolg. Den Ärzten gelang es nicht, sie zu heilen. Sie litt unsagbar, an den Schmerzen, dem Haarausfall, dem Gewichtsverlust und schließlich auch wegen des Rollstuhls, an den sie gefesselt war. Dora, Javiers Augenlicht, erlosch nach und nach.

Unendlich traurig dachte Javier jetzt erneut an den Tod seiner Frau, an den Schmerz, den er empfunden hatte, als er zugesehen hatte, wie der Sarg in der Erde verschwunden war. In jenen Tagen der düsteren Verzweiflung hatten seine Gegner Einspruch gegen das Gerichtsurteil erhoben. Zwar war Javier von jeglicher Schuld freigesprochen worden, aber er hatte im Kampf seinen größten Schatz verloren: Dora.

Dem Mann, der mithilfe seiner Zeitungen versucht hatte, Javier zu Fall zu bringen, wurde alles mit gleicher Münze heimgezahlt. Dabei spielte Dr. Cuentas, ein Abgeordneter, der auf Javiers Seite stand, eine entscheidende Rolle. Er hatte mitverfolgt, wie Javier verleumdet worden war, und bemühte sich nun darum, den weiteren Verfall der Presse aufzuhalten. Mit der Unterstützung von Experten war es ihm gelungen, im Parlament ein Gesetz zugunsten der Pressefreiheit verabschieden zu lassen. Da er mit dem Ergebnis nicht zufrieden war, sorgte er außerdem dafür, dass die Geschäfte des besagten Politikers von einer Untersuchungskommission unter die Lupe genommen wurden. In Folge dieser Untersuchungen musste der korrupte Abgeordnete nicht nur aus dem Parlament ausscheiden, darüber hinaus wurden auch noch seine Verlage konfisziert. Er verlor alle Verfahren, die die durch ihn geschädigten Personen – darunter Javier – gegen ihn angestrengt hatten. Unfähig, die Kritik zu ertragen, in die er nun selbst geraten war, starb er schließlich an einem Herzinfarkt, gleichsam zum Beweis dafür, dass »wer kärglich sät, auch kärglich ernten wird«.

Im Lauf der Zeit war die Wunde, die der Verlust seiner Frau in Javier hinterlassen hatte, vernarbt, und er ging seiner Arbeit mit wiedergefundener Kraft nach: als Vorstandsmitglied der Firma Chavin, als Generalinspektor des Energie- und Bergbauministeriums sowie seit einiger Zeit als Berater des Industrieministers.

Eigentlich war für Javier bereits bevor er dieses Amt angenommen hatte, die Zeit der Pensionierung gekommen, aber der neue Minister, sein alter Freund Bustamante, hatte ihn gebeten, noch einige Jahre im Dienst zu bleiben, um ihm mit seinem Fachwissen zur Seite zu stehen. Nach zweieinhalbjähriger Amtszeit wurde Bustamante aufgefordert, vor dem Parlament die politische Strategie seines Ministeriums darzulegen. Aber Javier, sein Berater, wusste, dass es sich um eine parlamentarische Befragung handelte. Ihm war klar, welche Folgen dies haben konnte, und er hatte sich eine entsprechende Verteidigungsstrategie zurechtgelegt. Am Morgen seines Unfalls hatte er diese bereits Schritt für Schritt durchdacht. Aber er sollte keine Gelegenheit mehr bekommen, sie seinem Freund zu erläutern, denn er prallte mit einem Wagen zusammen, den ein junger Drogensüchtiger lenkte. Es war ein Wunder, dass er überlebte. Ab diesem Augenblick begann für ihn eine neue Tragödie, die ihn bis zu dem Punkt führte, an dem er sich nun befand.

Warum hatte Gott das zugelassen? War es sein Wille, der Weg der Vorsehung? War das der Lohn dafür, dass er ein guter Ehemann und Vater gewesen war, dass er gewissenhaft seiner Arbeit nachging und sich in den Dienst anderer stellte? Javier verspürte plötzlich eine blinde Wut, aber dann beruhigte er sich wieder. Er bat Gott um Verzeihung dafür, dass er, ein elender Sterblicher, so hart mit ihm ins Gericht gegangen war.

Er fühlte sich geschwächt, sein gesamter Körper schmerzte. Aber mit der aufbegehrenden Kraft des Verzweifelten schwor sich Javier, dass er alles versuchen würde, um zu überleben. Allmählich kamen seine Muskeln wieder zu Kräften, seine Gedanken wurden klarer und der Herzschlag ruhiger. Gleichzeitig erwachte in ihm der Wille, all dem Leiden der letzten Jahre eine positive Wendung zu geben. Er würde bis zum letzten Atemzug kämpfen und sich nicht einfach dem Tod ergeben. Erneut schlief Javier ein und vergaß vorläufig seine Wünsche und Ziele. Inmitten der Stille hörte er plötzlich eine innere Stimme, die ihn tief bewegte: »Was bedeutet es schon, wenn dir das Leben Opfer und Enttäuschungen abverlangt hat? Denke daran, dass du noch lebst, dass du atmen und denken kannst. Sei dankbar für das Gute, das dir zuteilgeworden ist. Oft ist das Unglück nur die Vorstufe zum Glück.

Wenn du lernen willst, die Stimme Gottes zu hören, musst du deinen Geist durch Gebet und Meditation befreien. Handle niemals überstürzt und lebe im Hier und Jetzt. Halte deine Worte und die Schönheit deiner Gedanken durch die Stille rein. Versuche immer, mit dir selbst und den anderen versöhnlich zu sein.

Nur so wird Gott in der Stille zu dir sprechen und dir zeigen, dass alles, was auf der Erde existiert, Ausdruck seiner allumfassenden Liebe ist. Lass das Göttliche in seiner unendlichen Liebe den Zorn dämpfen und Angst und Verzweiflung aus deinem Herzen vertreiben. Begib dich in seine Hände, und er wird dir helfen, alle Schwierigkeiten, denen du begegnest, zu bewältigen. All dein Schmerz wird sich im Ozean seiner endlosen und mitfühlenden Liebe auflösen.«

Als Javier erwachte, fühlte er sich von einer Last befreit, er hatte Kraft gesammelt und spürte keine Schmerzen mehr. Er aß ein wenig, rollte den Schlafsack zusammen, band ihn am Rucksack fest und nahm mit sicherem Schritt seinen Weg wieder auf. Immer tiefer drang er in die Höhle ein, die sich schier endlos zwischen den Felsen erstreckte. Nach einiger Zeit spürte er erneut Müdigkeit aufkommen, aber diesmal war die Anstrengung erträglich. Er dachte daran, dass ihn jeder Schritt seinem Ziel – der Quelle des Lebens und der ewigen Jugend – näher brachte.

Hin und wieder blieb er stehen, um Atem zu schöpfen oder um über seine Genesung nachzudenken, die ihm wie ein Wunder erschien. Wer hätte es jemals für möglich gehalten, dass Rizinusöl ihn retten würde? Irgendjemand hatte ihm hier unten beigestanden. Aber weshalb? Welche Absicht steckte dahinter und vor allem, wer war dieser Jemand? Javier war sich nicht darüber im Klaren, dass bei der Überwindung einer Krankheit oder einer plötzlichen Krise verschiedene Faktoren eine wichtige Rolle spielen. Der Genesungsprozess wird auch durch das eigene Bewusstsein, durch die Intuition vorangetrieben, die die besten Heilmittel kennt. Aber außer diesen Mitteln ist es vor allem unser Wille, unser Wunsch zu genesen, der uns wieder zu Kräften kommen lässt.

Javier hatte auf das Rizinusöl zurückgegriffen, um die Schmerzen zu lindern. Sein Bewusstsein hatte uraltes Wissen zutage gefördert. In der Volksheilkunde schrieb man diesem Öl seit Jahrhunderten neben seiner abführenden Wirkung zahlreiche andere positive Eigenschaften zu: Man verwendete es gegen Hautunreinheiten, bei Muttermalen, Warzen und Furunkeln. Es galt als Heilmittel gegen 36 verschiedene Leiden, sowohl körperlicher als auch seelischer Art, zu denen auch Bronchialerkrankungen zählten. Bevor man synthetische Pharmaka entwickelte, galt Rizinusöl als Allheilmittel. In Peru verwendete man die Wurzeln, Blätter und Früchte des Rizinus. Aufgrund der heilenden Kräfte des Öls, das man aus den Samen gewann, wurde die Pflanze in Europa auch Wunderbaum genannt. Doch in den nachfolgenden Generationen ging das Wissen um ihre medizinische Wirkung allmählich verloren und die Möglichkeit, mit ihrer Hilfe das in uns verborgene Potential zu wecken, das es uns erlaubt, mit dem Göttlichen in Kontakt zu treten, geriet vollkommen in Vergessenheit.

Javier schritt weiter voran. Er fühlte sich nicht länger einsam, sondern spürte, dass er unter dem Schutz der von ihm geliebten Menschen und vielleicht sogar unter Gottes Schutz stand, während er sich seinem letzten Ziel näherte. Er dachte daran, dass niemand nur für sich selbst leben kann, dass wir anderer Menschen bedürfen. Ein Leben, das wir nicht teilen können, ist kein Leben. Nur gemeinsam mit dem Nächsten bekommt unser Dasein einen Sinn, nur auf diesem Weg können wir zu innerem Reichtum gelangen. Er dachte daran, dass die Wege des Menschen bisweilen gehcimnisvoll sind, wie zum Beispiel die Tatsache, dass er sich nun hier befand. Wenn ihm jemand vor ein paar Monaten vorausgesagt hätte, dass er eine Reise ins Innere der Erde unternehmen würde, er hätte ihn für einen Verrückten oder Schwindler gehalten. Vor seinem Unfall hätte er Derartiges niemals für möglich gehalten. Nichts ließ ein solch folgenschweres Abenteuer erahnen.

In den letzten Jahren war es ihm gut ergangen: Die Kinder hatten Arbeit, er steuerte auf die Pensionierung zu, er war zwar verwitwet, aber noch rüstig, und konnte auf ein bewegtes Leben zurückschauen. Als er jedoch endlich kurz davor stand, seine lang gehegten Träume zu verwirklichen, hatte etwas Unvorhergesehenes den Dingen eine neue Wendung gegeben. Während Javier auf die Decke und die Höhlenwände starrte, dachte er daran, wie der zweite Teil seines Lebens begonnen hatte.

2

Wenn das Ende nahe scheint

Auf der Autobahn Atocongo–Lurín, südlich von Lima, herrschte dichter Verkehr. Wie jeden Morgen raste ein Auto hinter dem anderen auf der in beiden Richtungen dreispurig ausgebauten Straße entlang. Einige waren unterwegs in den Süden des Landes, die meisten fuhren jedoch in die Hauptstadt. Es war Hauptverkehrszeit, niemand wollte zu spät zur Arbeit kommen oder in einen Stau geraten und Zeit verlieren. Viele Fahrer waren nervös und wechselten ständig die Spur, um möglichst schnell ans Ziel zu gelangen.

Unter den Fahrzeugen, deren Motorenlärm an das Tosen der Meereswellen erinnerte, befand sich auch der Wagen von Javier Frisancho, einem fünfundsechzigjährigen Bauingenieur von mittlerer Statur, mit graumeliertem Haar, einem freundlichen Gesicht und einem wendigen, kräftigen Körper. Ohne Eile fuhr er mit seinen VW-Käfer hinter den anderen Wagen her und ließ sich nicht aus der Ruhe bringen. Er war nicht besonders schnell und beobachtete aus der Entfernung die Autofahrer, die sich wie die Verrückten gegenseitig überholten. Er achtete nur darauf, den nötigen Sicherheitsabstand zu dem Lastwagen zu halten, der vor ihm fuhr. Sein Fahrzeug war winzig klein im Vergleich zu diesem Riesen mit seinen achtzehn Rädern, der sich vor ihm in der Spur bewegte. Wenn Javier aufs Land fuhr, nahm er für gewöhnlich seinen Range Rover, der einen besseren Antrieb hatte. Aber er war unterwegs in die Stadt, und der Käfer schien ihm dafür geeigneter, da er wendiger war und sich leichter Parkplätze finden ließen, während er seiner Arbeit in den verschiedenen Ministerien nachging. In Lima herrschte dichtester Verkehr.

Während er fuhr, wanderten seine Gedanken immer wieder zu den komplexen politischen Konstellationen, die sich in den letzten Wochen herausgebildet hatten. Die Situation war extrem angespannt und schwierig. Es stand zu befürchten, dass man seine jahrelange, hochqualifizierte Arbeit als Fachmann in den Schmutz ziehen würde. Obwohl seine Kollegen ihn gebeten hatten, seine Pensionierung vorläufig aufzuschieben, war Javier davon überzeugt, dass für ihn nunmehr der Zeitpunkt gekommen war, sich zurückzuziehen. Er hätte schon drei Jahre eher in Ruhestand gehen können, und nur aus Freundschaft zu dem Industrieminister hatte er eingewilligt, so lange weiter als dessen Berater tätig zu sein, bis dieser eine geeignete Vertrauensperson gefunden hatte. Sobald er im Ministerium angekommen war, wollte er seinem Freund einen Entwurf seines Programms zur Bewältigung der bevorstehenden politischen Krise vorlegen. Danach würde er sich um die formalen Angelegenheiten kümmern und endlich seine Arbeit niederlegen. Es gab noch so viele Träume zu verwirklichen, die er bisher seiner Karriere untergeordnet hatte.

Während er diesen Gedanken nachhing, war sein Blick aufmerksam auf die Straße und den Verkehr gerichtet. Einige Autofahrer ließen sich, weil sie es eilig hatten, zu gefährlichen Manövern hinreißen. Manche Menschen fühlen sich allmächtig mit dem Lenkrad zwischen den Händen oder verhalten sich auf der Straße wie Soldaten im Krieg, jederzeit dazu bereit, den Gegner im Kampf niederzustrecken. In Javiers Augen waren es Verrückte. Es gab keinen Sinn, sein Leben zu riskieren, nur um ein paar Minuten zu sparen. Doch diese Leute traten entschlossen aufs Gaspedal und erfüllten die Luft mit dem Gestank der Autoabgase.

Javier versuchte, sich abzulenken und sich die bevorstehende Pensionierung auszumalen, aber seine Gedanken kreisten immer wieder um die politischen Geschehnisse. Noch an diesem Morgen wollte er seinen Freund warnen und so verhindern, dass man ihn zum Rücktritt von seinem Ministeramt zwang, wie es seine Gegner beabsichtigten. Eigentlich kümmerte er sich ohnehin lieber um technische Probleme und ließ sich ungern auf politische Machtspielchen ein, aber in diesem Fall war es notwendig.

Plötzlich unterbrach ein dumpfer Schlag seine Gedanken. Vollkommen fassungslos nahm er wahr, wie die Heckscheibe klirrend zersprang und das Blech zusammengeschoben wurde. Er konnte nicht mehr rechtzeitig reagieren und sah nur noch, wie sein Wagen gegen den riesigen Lastwagen prallte.

All das geschah innerhalb weniger Augenblicke, er konnte nicht mehr gegensteuern, er war absolut machtlos. Sein Überlebensinstinkt riet ihm, sich auf den leeren Beifahrersitz zu werfen, aber ihm war klar, dass es kein Entkommen gab. Verzweifelt flüsterte er: »Oh mein Gott, steh mir bei!«, während er den Aufprall erwartete.

In diesem Moment des Schreckens und der Verzweiflung durchlebte er, wie in einem Film, alle Ereignisse seines Lebens, von der Geburt bis zum gegenwärtigen Zeitpunkt. Innerhalb weniger Augenblicke kam ihm alles ins Gedächtnis, ein Abriss seines Lebens, gleichsam als habe jemand die Bilanz seiner Handlungen gezogen. Er begriff, was er in seinem Leben alles versäumt hatte, was er noch hätte tun sollen. Er verspürte Trauer und ein tiefes Bedauern darüber, dass er die Aufgabe, für die er auf die Welt gekommen war, nicht zu Ende geführt hatte.

Kurz darauf versank alles in Dunkelheit – Lichter, Klänge, Sinneseindrücke und das Bewusstsein der eigenen Existenz waren wie ausgelöscht. Die Wahrnehmung und das Denken kamen zum Erliegen, zurück blieb absolute Leere. Es war gleichsam, als habe er sich aufgelöst, es gab keine Außenwelt, ohne sein Bewusstsein existierte nichts mehr.

Javiers Wagen war zwischen zwei Fahrzeugen eingekeilt. Ein großes Auto hatte ihn von hinten mit der Stoßstange gerammt, vorn war er gegen das Fahrgestell des Lastwagens geprallt. Front- und Heckscheibe waren zerschmettert und die eine Hälfte des VW-Dachs, das sich unter dem Lkw verkeilt hatte, war wie eine Ziehharmonika zusammengedrückt.

Ricardo Ampuero, der mit seinem Wagen aus der Gegenrichtung kam, hielt an, um zu schauen, ob Hilfe nötig war. Als er sich den Unfallwagen näherte, sah er bereits die Polizei anrücken. Wenige Minuten nach dem schrecklichen Unfall hielt der Verkehrspolizist Victor Alacón mit seinem Motorrad an der Unfallstelle. Dieser Straßenabschnitt gehörte zu seinem Gebiet. Rasch trat er an den ersten Wagen heran: Der Fahrer war offenbar nur leicht verletzt. Alacón stellte den Motor ab, der immer noch lief, und sah nach den anderen Fahrzeugen, während er über Funk Verstärkung und Rettungswagen anforderte.

Der zweite Wagen war völlig zerstört. Der Fahrer lag eingeklemmt zwischen dem verbeulten Blech auf dem Sitz und war fast vollkommen von den Splittern der Windschutzscheibe bedeckt, die, in tausend Stücke zersprungen, im ganzen Fahrzeug verteilt lagen. Im Gegensatz zu dem ersten Unfallopfer war hier nirgendwo Blut zu sehen. Aber der Mann lag absolut reglos da, vermutlich war er bewusstlos, vielleicht sogar tot. Zum Schluss begutachtete der Polizist noch den Lastwagen, der keinen großen Schaden genommen hatte. Der Fahrer wirkte ziemlich mitgenommen, aber körperlich war er unversehrt.

Während Alacón auf die Kollegen und die Krankenwagen wartete, behielt er die Fahrzeuge im Auge und versuchte, die Schaulustigen und jene fernzuhalten, die aufrichtig ihre Hilfe anboten, in dieser Situation jedoch eher hinderlich waren.

Freundlich, aber bestimmt forderte er die Leute auf, Abstand zu halten oder weiterzufahren. Wenige Minuten später traf ein Polizeikollege ein. Mit seiner Hilfe konnte der Verkehr wieder ins Rollen gebracht werden.

Auch Ricardo wurde aufgefordert, den Ort zu verlassen, und während er weiterfuhr, begann er darüber nachzudenken, wie wenig Sicherheit es im Leben gab. Niemand ist vollkommen Herr seiner selbst, überlegte er, das eigene Schicksal ist oft an das Schicksal anderer, uns bisweilen vollkommen unbekannter Menschen geknüpft.

Nachdem sich der Lastwagenfahrer von seinem ersten Schrecken erholt hatte, stieg er aus der Fahrerkabine und begutachtete die Stelle des Aufpralls. Er betrachtete den Wagen, der ihn gerammt hatte, und schätzte den ihm entstandenen Schaden ab, der nicht allzu groß war. Dann warf er einen Blick in das Fahrzeug. Als er den eingekeilten Körper des Fahrers sah, wollte er ihm zu Hilfe eilen und begann, das Blech mit den bloßen Händen auseinanderzubiegen. Aber einer der Polizisten gebot ihm Einhalt und rief im Befehlston: »Rühren Sie ihn nicht an, der Krankenwagen kommt gleich. Geben Sie mir bitte Ihren Führerschein und die Fahrzeugpapiere.«

»Ich trage keine Schuld an dem Unfall, mir ist jemand von hinten reingefahren, und als ich den Aufprall hörte, habe ich angehalten. Ich wollte dem armen Kerl, der dort eingeklemmt ist, nur helfen«, rechtfertigte sich der Fahrer und fragte kurz darauf: »Was ist mit dem anderen Wagen?«

»Ein Verletzter und ziemlich viel Blechschaden, aber dieser Mann hier ist schlimmer dran. So wie es den Wagen erwischt hat, ist er möglicherweise sogar tot. Man sieht kein Blut, aber er bewegt sich nicht. Ich denke, um ihn da rauszuholen, muss man das Dach entfernen.«

José erwiderte nichts. Er steckte sich eine Zigarette an und rauchte mit besorgter Miene. Wegen des Unfalls würde er viel

Zeit verlieren, vielleicht würde man den Laster auch beschlagnahmen, bis die Schuldfrage geklärt war. Er kletterte in die Fahrerkabine, holte Fahrzeugpapiere und Führerschein und reichte sie dem Polizisten.

»Hier, die Papiere. Was machen wir jetzt?«

»Vorläufig bleiben Sie und der Lastwagen hier. Wir werden einen Alkoholtest und alle sonstigen Kontrollmaßnahmen durchführen. Dann sehen wir weiter«, antwortete der Polizist bestimmt.

In der Zwischenzeit war sein Kollege herangetreten. Er hielt die Fahrzeugpapiere des anderen Wagens in der Hand und meinte: »Der Fahrer ist nur leicht verletzt. Er ist bereits ausgestiegen, aber er verliert Blut.«

»Deck die Wunden ab oder leg ihm einen blutstillenden Verband an, bis der Krankenwagen kommt. Wir können nicht mehr tun. Hast du die Sachen da, um ihn ins Röhrchen blasen zu lassen?«

»Ja, ich hab alles dabei. Bei dem Leichtverletzten habe ich den Test schon durchgeführt. Soll ich ihn auch bei dem Lastwagenfahrer machen?«

»Später. Hier sind seine Papiere. Der Krankenwagen kommt. Lass uns schnell dem Verletzten helfen und schauen, ob wir den Fahrer aus dem Volkswagen herausbekommen.«

Der Krankenwagen näherte sich mit Blaulicht. Als er hielt, sprangen zwei Männer mit weißen Kitteln heraus und liefen auf die zerstörten Fahrzeuge zu. Der eine holte aus einer Tasche Verbandszeug hervor und verarztete den Verletzten, während der andere, ein Mann mit leicht ergrautem Haar, auf den Käfer zueilte, einen Blick hineinwarf und laut rief: »Wer hilft mir, ihn aus dem Wagen zu befreien?«

Die Frage schien an José gerichtet zu sein, der von allen Umstehenden der Kräftigste war.

»Warten Sie einen Augenblick, ich hole ein Brecheisen und ein paar andere Werkzeuge, damit wir die Tür öffnen und das

Dach anheben können.« Mit diesen Worten steuerte José auf eine Werkzeugkiste zu, die an einer Seite seines Lastwagens befestigt war.

»Keinerlei Spuren von Blut an seinem Körper, seltsam. Das Auto hat einen Totalschaden, aber der Fahrer wirkt vollkommen unverletzt. Vielleicht hat er innere Blutungen oder die Wirbelsäule ist gebrochen«, meinte der Arzt zu dem Polizisten, der neben ihm stand.

Der Polizist nickte zustimmend: »Gleich kommt Verstärkung. Alle zusammen werden wir den Mann bestimmt befreien können, vorausgesetzt, ihr gebt uns eure Erlaubnis dazu.«

»Ich bin Dr. Roca und leite die Rettungsarbeiten. Zunächst müssen wir versuchen, die Tür und das Dach auf der rechten Seite zu öffnen, denn der Körper liegt auf dem Beifahrersitz. Lasst uns beten, dass er noch lebt. Los, beeilen wir uns, ehe es zu spät ist.«

Unterdessen waren ein zweiter Krankenwagen, ein Feuerwehrfahrzeug und ein Mannschaftswagen eingetroffen. Die Insassen stiegen aus und machten sich zwischen den Unfallwagen zu schaffen. Zwei Polizisten halfen ihren Kollegen, den Verkehr zu lenken, zwei weitere befestigten an dem hinteren Auto eine Abschleppleine, um es fortzuschaffen, ein weiterer markierte mit Kreide auf der Straße die Position der in den Unfall verwickelten Fahrzeuge.

José, der mit Brecheisen, Schneidwerkzeugen, Zangen und Hammer ausgerüstet war, arbeitete an der Tür. Nach mehreren Versuchen, bei dem ihm die anderen behilflich waren, gelang es ihm schließlich, das verbeulte Blech zu entfernen. Dr. Roca zwängte sich vorsichtig durch die Öffnung und berührte den Nacken des Verletzten. Dann tastete er seine Arme, die Nase und den Hals ab. »Passt auf, wenn ihr ihn herauszieht. Hoffentlich ist nichts gebrochen. Er scheint nur ohnmächtig zu sein. Lässt sich die Tür auf der anderen Seite öffnen und das Dach entfernen?«

»Das geht bestimmt«, meinte Jose. »Allerdings brauche ich dafür Hilfe. Jemand muss eine Holzstange halten, während ich das Brecheisen ansetze.«

»Sagen Sie uns, was wir tun sollen«, rief der Polizist, der neben dem leitenden Arzt stand.

Ohne zu antworten holte José eine Stange aus dem Lastwagen und steckte sie durch die zerbrochene Heckscheibe. Dann suchte er nach einem Ansatzpunkt und begann zu hebeln. Mit Hilfe der anderen schaffte er es, das Dach anzuheben und so den Volkswagen von seinem eigenen Fahrzeug zu trennen. Dann öffneten sie die zweite Tür, wobei sie sich gegen das Fahrgestell des Lastwagens stemmten. Endlich gelang es ihnen, die Tür ganz zu entfernen. Dr. Roca verfolgte alles mit aufmerksamen Blick.

»Man müsste das Dach ein wenig beiseiteschieben und den Wagen leicht zu einer Seite neigen, um den Körper zu befreien. Ist das machbar?«

»Das wird sich zeigen«, erwiderte José und schob das Brecheisen unter das zusammengedrückte Verdeck des Wagens. Zwei Männer waren ihm behilflich. Mit vereinten Kräften hoben sie das Dach an und schoben es beiseite. Das Metall gab ein unangenehm knirschendes Geräusch von sich.

»Ich denke, das genügt. Man müsste jetzt gut an den Körper herankommen. Danke.«

Die vier Männer in weißen Kitteln traten an das nunmehr total zerstörte Fahrzeug heran. »Während wir den Verletzten herausziehen, biegt ihr das Blech so weit wie möglich auseinander.«

Eine Viertelstunde später lag Javier endlich auf einer Bahre, vollkommen reglos. Dr. Roca und Dr. Sanchéz wollten gerade beginnen, ihn eingehend zu untersuchen, als Rocas Blick auf des leblose Gesicht des Patienten fiel. Er erblasste und wollte seinen Augen nicht trauen, aber der Ausweis des Verletzten schloss jeden Zweifel aus.

Dieser Mann war der Ingenieur Javier Frisancho. Roca kannte ihn persönlich. Bereits bei ihrer ersten Begegnung war er ihm äußerst sympathisch. Vor allem sein klarer, herzlicher und aufmerksamer Blick hatte ihn für den Ingenieur eingenommen. Bewegt dachte er daran zurück, wie er ihm einmal einen Besuch abgestattet hatte. Sie kannten sich nicht, aber Frisancho hatte ihn sehr herzlich empfangen. Als er ihm erklärte, dass er das Krankenhaus, in dem er arbeitete, mit einer Kobaltkanone ausstatten lassen wollte, hatte ihm der Ingenieur ruhig und aufmerksam zugehört und ihm dann seine Unterstützung zugesichert. Er sah diesen sportlich gekleideten Mann mit seinem dunklen Haar, das hier und da bereits ein paar graue Strähnen erkennen ließ, noch vor sich am Schreibtisch sitzen. Als er sich erhob, um ihn hinauszubegleiten, hatte er sich eine braune Lederjacke übergeworfen und sich mit federnden Schritten zur Tür bewegt. Während sie sich zum Abschied freundschaftlich die Hände reichten, hatte Roca gespürt, dass er einem gutherzigen Menschen gegenüberstand, auf den er sich verlassen konnte und der ihm ernsthaft helfen wollte.

Nun sah er ihn in einem derart kritischen Moment wieder und wurde Zeuge des furchtbaren Dramas, das er durchlebte, reglos, ohnmächtig und vielleicht ohne Hoffnung auf Überleben. Das Leben dieses Mannes hing davon ab, wie schnell es gelingen würde, ihn in eine gut ausgestattete Klinik zu bringen. Roca entschied sich für die direkteste Lösung. »Schnell, bringt ihn in den Krankenwagen. Wir fahren in die Klinik Salud. Der andere Rettungswagen soll den Leichtverletzten in das Krankenhaus Atocongo bringen.«

Daraufhin wandte er sich an seinen Arztkollegen: »Kannst du mitkommen? Vielleicht gelingt es uns beiden zusammen, ein Wunder zu vollbringen.«

Dr. Sánchez nickte. Sie stiegen in den Rettungswagen, der kurz darauf mit quietschenden Reifen losfuhr. Die Arzthelfer hatten Javier bereits auf der Bahre festgeschnallt und ihm eine Sauerstoffmaske angelegt. Sánchez bereitete eine Adrenalininjektion vor, in der Hoffnung, dass der Kranke positiv darauf ansprechen würde. »Hoffentlich kommt er wieder zu Bewusstsein. Es ist seltsam, dass er äußerlich überhaupt keine schweren Verletzungen hat, nur ein paar Kratzer und eine Prellung an der Stirn«, bemerkte Roca.

»Weißt du, wer er ist? Jemand von Bedeutung?«, fragte Sanchéz, der sich wunderte, dass sein Kollege die teuerste Klinik von ganz Lima gewählt hatte.

»Er heißt Frisancho, ist Ingenieur und ehemaliger Präsident der Atomenergiekommission von Peru. In Wissenschaftskreisen ist er sowohl auf nationaler als auch auf internationaler Ebene nicht unbedeutend. Ich kenne ihn schon länger. Er hat uns bei den Formalitäten geholfen, als es darum ging, unser Krankenhaus mit einer Kobaltkanone auszustatten.«

»Verstehe. Ich selbst habe ihn nie kennengelernt. Es erscheint mir wie ein Wunder, dass er nur ein paar Schrammen im Gesicht hat. Hoffentlich zeigt die Spritze bald Wirkung. Bisher lässt sich nicht sagen, in welchem Zustand sich seine inneren Organe befinden«, antwortete Sánchez, während er das Foto in Javiers Führerschein betrachtete.

»Bleibt nur zu wünschen, dass er sich erholt. Sein Tod würde mehr als eine Institution ins Chaos stürzen. Als Ingenieur ist er an mehreren technischen Universitäten sowie im Industrieministerium als Berater tätig. Ich schätze ihn vor allem wegen seiner aufrichtigen Art und seinen festen Prinzipien«, erklärte Roca, der am Kopf der Bahre saß.

»Ich hoffe sehr, dass er keine lebensgefährlichen Verletzungen hat. Da er nicht bei Bewusstsein ist und die nötigen medizinischen Untersuchungen fehlen, können wir darüber leider keine Aussage treffen«, bemerkte Sánchez.

Während sich die beiden Ärzte unterhielten, raste der Krankenwagen mit Blaulicht und Martinshorn in Richtung Klinik.

Es herrschte dichter Verkehr, aber die Autos wichen aus und ließen den Rettungswagen passieren. Der Fahrer wählte die weniger stark befahrenen Straßen und gelangte innerhalb kürzester Zeit sicher ans Ziel. Als sie das Krankenhausgelände erreicht hatten, wandte er sich um und fragte: »Wir sind bereits am Eingangstor. Wohin soll ich Sie bringen?«

»Zur Notaufnahme. Sobald wir da sind, holt den Verletzten vorsichtig heraus. Ich werde derweil mit den Ärzten reden. Sánchez, ich brauche deine Hilfe. Behalte alles im Blick, während ich nach dem diensthabenden Arzt suche und ihm die Situation erkläre.«

Kaum hatte der Krankenwagen vor der Station geparkt, stieg Dr. Roca aus und eilte hinein. Nach wenigen Minuten erschien er in Begleitung eines Arztes mit dicken Brillengläsern sowie mehreren Arzthelfern, die eine Liege auf Rollen dabeihatten. Javier wurde darauf gebettet und rasch hineingeschoben.

Gleich darauf begannen die Untersuchungen: Eine Schwester nahm ihm Blut ab, man fertigte eine Computertomographie an, um innere Blutungen, verletzte Organe oder eventuelle Frakturen auszuschließen. Mit Hilfe verschiedener Apparaturen wurde der Zustand der einzelnen inneren Organe geprüft. Um ganz sicherzugehen, wurde außerdem eine Ultraschallaufnahme und eine Kernspintomographie gemacht. Das Personal war aufmerksam, flink und sehr gewissenhaft, die Versorgung erstklassig.

»Dr. Roca, wir können bald einen Krankenbericht schreiben«, erklärte Dr. Gironzini.

»Kann ich kurz telefonieren, um Verwandte oder Freunde des Ingenieurs zu benachrichtigen?«

»Das Telefon befindet sich dort hinten, ein Stück den Flur entlang. Sie können ruhig den Apparat in meinem Sprechzimmer benutzen.«

»Danke. Hoffentlich erreiche ich jemanden, der herkommen kann, denn ich muss zurück zu meiner Arbeit.«

Nach etwa zehn Minuten kam Roca aus dem Sprechzimmer und eilte auf Dr. Gironzini zu, der sich mit Dr. Revilla, dem Neurologen, beriet. »Wie durch ein Wunder hat der Patient weder Frakturen noch innere Blutungen«, erklärten sie ihm. »Er befindet sich noch auf der Intensivstation. Dank der neuesten medizinischen Geräte können wir seinen Zustand Tag und Nacht überwachen. Möglicherweise haben einige Nervenzentren auf Grund des Unfalls ein Trauma erlitten. Bisher ist er noch nicht wieder bei Bewusstsein.«

»Bei ihm zu Hause geht niemand ans Telefon. Ich habe bei seiner Arbeit angerufen und die Nachricht von seinem Unfall hinterlassen. Man wird sich darum kümmern, Verwandte und Freunde zu benachrichtigen. Ich muss jetzt leider fort, ich habe eine Nachricht auf meinem Piepser, es gibt einen neuen Fall für mich. Sagen Sie mir Bescheid, sobald Sie Neuigkeiten haben. Mir liegt sehr viel am Leben dieses Mannes.«

»Sie können auf uns zählen.«

»Bis bald.«

Roca lief zügig zum Ausgang und stieg in den Rettungswagen. Während das Fahrzeug durch die Straßen raste, der nächsten Aufgabe entgegen, dachte er über den seltsamen Unfall nach. Er hatte in seinem Leben schon viele Verkehrsunfälle gesehen. Er war es gewohnt, um das Überleben eines Schwerverletzten zu kämpfen. Manchmal bestand seine Aufgabe lediglich darin, den Tod zu bescheinigen. Aber warum fiel jemand wie Frisancho, der keinerlei Organschäden und kaum äußerliche Verletzungen aufwies, ins Koma? Im Lauf seiner Karriere hatte er diesbezüglich die unterschiedlichsten Theorien gehört, allerdings hatte ihn keine recht überzeugt, zumindest so lange nicht, bis er Dario kennenlernte. Über diesen ruhelosen, von Natur aus neugierigen Psychologen wurde viel geredet. Manche behaupteten, er sei ein Träumer oder gar ein Visionär, aber niemand hielt ihn für dumm. Dario war der Meinung, dass es Fälle gab, in denen ein besonders einschneidendes Erlebnis ein Koma zur Folge haben konnte. Ebenso, wie wir bei großer Müdigkeit in Schlaf fallen, kann ein Mensch, wenn er sich mit einer übermäßigen Angst konfrontiert sieht, die er nicht anders zu bewältigen vermag, ins Koma fallen. Während jedoch im Schlaf das Bewusstsein wach bleibt, ähnelt die Bewusstlosigkeit des Komas dem Tod. Im Koma überschreitet das Individuum, das dem Gegenstand seiner Angst entflieht, eine Grenze und betritt das Reich des Todes, dringt aber nicht bis zum Ende vor. Von dort ist eine Umkehr immer noch möglich.

Dr. Roca dachte an Dario, an das kindliche Lachen aus seinem von einem dichten schwarzen Bart umrahmten Mund. Er erinnerte sich daran, was er erwidert hatte, nachdem Dario ihm seine Theorie erklärt hatte: »Mir scheint, dass du der Angst zu große Bedeutung beimisst, aber was du sagst, klingt ziemlich interessant. Angenommen, du hast recht, wie schaffen es manche Patienten, aus dem Koma zu erwachen?«

»Weil es ihnen gelingt, wieder Vertrauen zu sich zu fassen. Sie erinnern sich daran, dass sie noch leben, und bei dem Versuch, wieder zu sich zu kommen, setzen sie alle Energien daran, in den uns gewohnten Wachzustand und zum Bewusstsein zurückzukehren.«

Während der Rettungswagen sein Ziel ansteuerte, begann Roca für die Seele Javiers zu beten. Inständig bat er darum, dass er wieder erwachen möge. Ein Mann wie dieser Ingenieur durfte einfach nicht sterben. Seit einigen Jahren glaubte der Arzt an die Kraft des Gebets. Und Gott um Beistand für einen Mann zu bitten, der sich ihm gegenüber hilfsbereit und herzlich gegeben hatte, schien ihm das Mindeste, was er tun konnte.

Während er betete, musste er immer denken, welch grausamer Schicksalsschlag jener Autounfall für Javier Frisancho darstellte. Schon oft war er als Bereitschaftsarzt Zeuge großen Unglücks geworden und war dem Tod als der Folge eines banalen Unfalls begegnet. Schon oft hatte er das Gefühl, dass irgendjemand mit dem Leben der Menschen spielte. Er musste an seinen Freund Jorge denken, der während eines friedlichen Spaziergangs ums Leben gekommen war: vermutlich durch einen Windstoß, der einen Krug von einem Fensterbrett herabfallen ließ und ihn genau getroffen hatte. Jorge war auf der Stelle tot. Roca hatte versucht zu begreifen, wie das geschehen konnte. Immer wieder hatte er sich die Frage gestellt, warum Jorge ausgerechnet in jenem Moment dort entlanggelaufen war. Welche raum-zeitlichen Verknüpfungen steckten dahinter? Gab es wirklich den Todesengel, der zu einem ganz bestimmten Zeitpunkt unser Leben forderte?

3

Zwischen Leben und Tod

Gleichgültig gegenüber den Sorgen seiner Mitmenschen schwebte Javier in einem Zustand der Bewusstlosigkeit, der Finsternis und Leere, gleichsam im absoluten Nichts. Seine Lebensgeister schienen ihn verlassen zu haben – keine Spur eines Gedankens oder eines Gefühls. Reglos ruhte sein Körper auf dem Krankenbett. Aber vielleicht war er auch auf der Reise in eine andere Dimension, ins Jenseits, in die Unendlichkeit.

Als Javier wieder zu sich kam, war er verwirrt und konnte sich nicht an den Unfall erinnern. Er befand sich in einer Art schwarzem Tunnel, von Finsternis umgeben. Aber in der Ferne erkannte er einen hellen Punkt – ein Beweis für die Existenz des Lichts. Er bewegte sich darauf zu. Vielleicht war es der Tunneleingang oder der Ausgang zum Licht. Er eilte mit schnellen Schritten voran. Während er lief, bemerkte er, dass die Tunnelwände gewölbt waren und aus einem weichen Material bestanden, das an elastisches Gewebe erinnerte. Er achtete nicht weiter darauf, obwohl es als Bauingenieur eigentlich zu seinen Aufgaben gehörte, derartige Materialien unter die Lupe zu nehmen. Unbeirrt setzte er seinen Weg fort, dem Licht entgegen.

Je weiter er vorankam, desto heller leuchtete es ihm entgegen. Allmählich wich die Finsternis, Farben und Formen wurden erkennbar, und Wärme breitete sich aus. Als er hinaustrat, bot sich ihm ein großartiges Schauspiel. Ein gleißendes Licht tauchte alles in leuchtende Farben. Unter dem klaren, zartblauen Himmel erstreckte sich eine üppige Vegetation, die Berge wirkten wie verzaubert, in den saftigen Tälern wuchsen Bäume, an denen Früchte reiften, die Luft war mild und von Duft erfüllt. Alles schien vollkommen zu sein: Eine himmlische Musik, nie zuvor gehörte Melodien drangen an sein Ohr, und ein Wohlgeruch breitete sich rings um ihn aus.

Vor seinen Augen lag eine breite Straße, die in eine fantastische Stadt führte. Obwohl sie in weiter Ferne lag, konnte man die Farben der Gebäude erkennen. Die Häuser, deren Außenmauern abgerundet waren, schimmerten golden, während sich die größeren Paläste und Türme blau und silbern in die Luft erhoben. Ein gedämpftes, geheimnisvolles, rotviolett schimmerndes Licht umgab die Stadt und verlor sich im Blau des Himmels. Die Märchenstadt war auf einer wunderschönen grünen Insel inmitten eines Sees errichtet und spiegelte sich im Wasser. Die Straße, die zu ihr führte, war zwar lang, aber links und rechts von Bäumen und Blumen gesäumt, sodass der Weg sehr einladend aussah.

Während Javier dieses Schauspiel bewunderte, hörte er jemand seinen Namen rufen. Die Stimme kam ihm bekannt vor. Als er sich umwandte, sah er einen schönen Mann in einer violett schimmernden Tunika, der von einem Lichtkranz umgeben war. Er schien ein göttliches Wesen zu sein. Wohlwollend lächelte er ihm zu. Sein Blick war klar und sanft.

»Herzlich willkommen zu Hause«, sagte er freundlich.

»Wo bin ich? Was ist das für ein wunderschöner, unbekannter Ort?«

»Du bist daheim. Das Trauma des Todes hat dich vergessen lassen, dass du seit jeher hier lebst. Hin und wieder verlässt du diesen Ort, um in einem Körper Gestalt anzunehmen und zur Vollkommenheit zu gelangen. Nun kehrst du von deiner letzten Reise zurück. Wir haben bereits eine Bilanz deiner Handlungen gezogen. Es tut mir leid, dir sagen zu müssen, dass du die Aufgabe, die du dir vor deiner Reinkarnation gestellt hast, nicht zu Ende bringen konntest. Ruh dich eine Weile aus. Wenn du dich erholt hast, kannst du erneut auf die Erde zurückkehren und in einem neuen Leben deine Mission zu Ende führen.«

Nach diesen Worten schwieg die Gestalt, und gemeinsam folgten sie der Straße.

Javier war in Gedanken versunken. Allmählich öffnete sich sein Geist. Er erinnerte sich daran, wer er war, und begann, über seine vergangenen Lebenserfahrungen nachzudenken. Er war unzufrieden angesichts seines Scheiterns. Er hatte sich ablenken lassen und die sich selbst gestellte Aufgabe nicht erfüllt. Am liebsten wäre er umgekehrt, um seine Fehler zu beheben. Sein Begleiter spürte Javiers innere Unruhe und sagte freundlich: »Du hast über dein Leben nachgedacht, aber bedenke, dass du nur teilweise gescheitert bist.«

»Es wäre mir beinahe gelungen, aber dann hat die Angst gesiegt und ich habe mich abbringen lassen.«

»Das stimmt. Du hättest es schaffen können, wenn du deiner Angst begegnet wärst. Aber du darfst nicht vergessen, dass du mit deinem Körper und deinem Geist in jener Welt, in der du dich bewegt hast, nicht genügend vertraut warst.«

»Was hätte ich tun sollen?«

»Du hättest deine Angst nicht nur mit Mut, sondern auch mit Wissen überwinden müssen. Nur so lässt sich die transzendentale Bedeutung des Lebens erfassen und das fundamentale Gesetz der eigenen Existenz beachten«, erwiderte sein Begleiter ernst.

»Ich war kurz vor dem Ziel, ich hätte es erreichen können, wenn ich mehr Zeit gehabt hätte. Kann ich nicht gleich umkehren?«, fragte Javier.

»Es tut mir leid, aber die Frist, die du selbst für jene Aufgabe festgelegt hast, ist verstrichen.«

»Mit ein wenig mehr Zeit könnte ich sie zu Ende führen«, beharrte Javier.

»Willst du wirklich sofort zurückkehren? Willst du nicht ein wenig ausruhen und dann wiedergeboren werden?«

»Nein, ich möchte das Problem sofort lösen, mich der Herausforderung stellen. Ich bitte dich, willige ein. Ich werde mein Wissen vergrößern«, versicherte Javier mit überzeugter Stimme.

Sein Begleiter schloss die Augen und verharrte lange Zeit in Schweigen. Schließlich zeigte er Verständnis und sagte: »Einverstanden, wenn das dein Wille ist. Die göttliche Liebe der kosmischen Mutter ermöglicht es dir.«

Die beiden hatten bereits ein gutes Stück Weg zurückgelegt und befanden sich vor den Toren der Stadt. Ganz in der Nähe war ein Brunnen zu sehen. Das Wasser sprudelte aus einem kleinen, mit Edelsteinen besetzten Rohr hervor. Die Tropfen fielen in ein Becken und erzeugten wunderbare Klänge. Javiers Gefährte nahm eine goldene Schale mit silbernem Boden, füllte sie mit Wasser, reichte sie ihm und sagte: »Das ist das Wasser des Lebens. Trink davon, so kannst du länger auf der Erde weilen. Du wirst jetzt ins Leben zurückkehren, wie du es dir gewünscht hast, aber ich werde dir Schranken auferlegen. Trotz dieser Schranken musst du deine Angst besiegen und deinen Weg des Lernens, der dich an die Erde bindet, bis zum Ende gehen.«

Javier leerte die Schale in einem Zug. Während das Wasser seine Kehle hinunterrann, spürte er die Energie. Ein riesiger Strudel erfasste ihn und zog ihn in einen tiefen, schwarzen Abgrund. Wieder verlor er die Besinnung, seine gesamte Existenz schien im Nichts zu verschwinden.

Er hatte sich dafür entschieden, ins Leben zurückzukehren, um seine Aufgabe zu erfüllen und sich zu vervollkommnen. Der Geist muss unzählige Male wiedergeboren werden, ehe er seine wahre Natur entdeckt. Er ist ein ewig Reisender in Raum und Zeit, zwischen Leben und Tod, Licht und Finsternis. Javier hatte beschlossen, seinen Weg fortzusetzen, aber dazu brauchte er seinen Körper. Er musste versuchen, durch Licht und Bewegung die Finsternis und Unwissenheit zu vertreiben, seinen Körper und seinen Geist neu zu beleben.

Als Javier erwachte, hatte er das Gefühl, auf etwas Weichem zu liegen. Er konnte sich nicht bewegen und spürte einen stechenden Schmerz im Kopf. Er fühlte sich wie betäubt. Das Licht erschien ihm matt und trübe, hin und wieder drangen aus weiter Ferne Stimmen an sein Ohr. Er hatte keine Ahnung, was in der Zeit zwischen dem Unfall und seiner Rückkehr ins Bewusstsein geschehen war. Davon sollte er erst später erfahren.

Javier wusste, dass alle Dinge miteinander verknüpft sind. Das galt auch für Körper und Geist, die sich gegenseitig bedingen und derart eng miteinander verbunden sind, dass die Grenzen verwischen. Keiner der beiden kann ohne den anderen existieren. Javiers Gehirn hatte, wenn auch unter großer Anstrengung, begonnen wieder zu arbeiten. Bisweilen nahm er die Außenwelt deutlich wahr, bisweilen drang alles nur verschwommen bis zu ihm vor. Er wusste, dass er lebte, aber sein Körper gehorchte ihm nicht.

Vergeblich versuchte er, sich zu bewegen, sich in dem Krankenzimmer bemerkbar zu machen und zu zeigen, dass er lebte. Er hatte Angst davor, für tot erklärt und lebendig begraben zu werden. Er hatte Geschichten von Leuten gehört, die in ihrem Sarg erwachten. Er stellte sich den grausamen Tod jener Leute vor, die sich die Lunge aus dem Hals schrien, sich die Finger blutig kratzten und schließlich erstickten. Er musste irgendjemandem mitteilen, dass er wieder erwacht war. Deshalb nahm er all seine Geisteskraft zusammen und schrie: »Ich lebe noch! So helft mir doch!«

Aber aus seiner Kehle kam kein einziger Laut, obwohl er

im Geiste weiter verzweifelte Schreie ausstieß. In seinem Kopf begann sich alles zu drehen, der Raum um ihn herum dehnte sich aus und zog sich wieder zusammen. Bisweilen verschluckte die Dunkelheit alles. Er konnte nichts mehr sehen, nicht einmal den kleinsten Umriss, sosehr er sich auch darum bemühte. In einem dieser Augenblicke sah er plötzlich Lichter, die sich wie lange Feuerzungen auf ihn zubewegten.

In der Ferne hörte er Stimmen, die langsam näher kamen, als würden sich Leute unterhalten. Irgendjemand gab mit mehr oder weniger lauter Stimme Anweisungen, ein anderer sagte: »Wir werden ihn verlieren.«

»Die Körpertemperatur sinkt, wir müssen ihn aufwärmen, ihn massieren, ihn reanimieren«, befahl eine strenge Stimme.

»Das hat keinen Zweck, sein Körper reagiert nicht darauf. Vielleicht ist er bereits tot«, entgegnete eine andere Stimme.

Javier spürte, dass man sich um ihn kümmerte, was er nicht spürte, war sein Körper. Warum reagierte er nicht? Warum schrie sein Geist unaufhörlich, während sein Mund keinen einzigen Laut hervorbrachte?

»Ich lebe, lasst mich nicht sterben. Ich will weiterleben!«

Wieder hörte er die strenge Stimme irgendwelche Anweisungen geben.

»Schnell, bringt die Elektroden an, eine auf die Brust, eine auf den Nacken. Vielleicht reagiert er auf Elektroschocks.«

Plötzlich spürte er, wie sich Wärme in seinem Körper ausbreitete, aber seine visuelle Wahrnehmung verdunkelte sich erneut. Schläge durchzuckten ihn, doch Javier merkte, dass seine Gliedmaßen allmählich eine Verbindung zum Gehirn aufbauten. Er konnte sich immer noch nicht bewegen, aber er hatte mit einem Mal das Gefühl, einen wichtigen Teil seiner selbst wiedergefunden zu haben.

»Wir haben es geschafft«, rief jemand triumphierend. »Er kommt wieder zu Bewusstsein. Jetzt brauchen wir nur noch abzuwarten!«

Javier litt. Jegliche Bewegung war unmöglich, er war sich seines Körpers zwar bewusst, hatte ihn aber nicht unter Kontrolle. Ausgestreckt auf dem Bett spürte er seine Ohnmacht. Er wusste nicht einmal, ob es Tag oder Nacht war. Er fühlte sich wehrlos wie ein kleines Kind. Seine Sinneswahrnehmung war beinahe vollkommen zum Erliegen gekommen: Er spürte bloß die Wärme des Bettes und hörte gedämpfte Stimmen in der Ferne. Dass sein Körper nicht reagierte, bereitete ihm Angst. Aber er wollte sich von dieser Angst nicht unterkriegen lassen, sonst konnte er nicht mehr klar denken. Allmählich beruhigte er sich und begann, die Situation abzuschätzen. Er musste es einfach schaffen, sich zu bewegen: Sein Leben hing davon ab.

Blitzartig tauchten in seinem Geist die verschiedenen Möglichkeiten auf. Er musste sein Ziel fest im Auge behalten, durfte sich nicht ablenken lassen. Seit seiner Kindheit hatte ihm diese Haltung immer wieder zum Erfolg verholfen. Sein Vater, der ihn seit seinen ersten Lebensjahren zu Zähigkeit, Entschlossenheit und Ausdauer erzogen hatte, diente ihm dabei als Vorbild. Er hatte ihm außerdem beigebracht, dass man mit Willenskraft sehr viel erreichen kann. Nun musste er sich der Herausforderung stellen, ein Hindernis überwinden. Er würde nicht aufgeben.

Javier erinnerte sich an die Lehren seines Vaters, an seine strenge, beinahe militärische Disziplin, die ihm jedoch sehr hilfreich gewesen war, vor allem während der Schulzeit und des Studiums im Ausland. Er hatte immer alle Prüfungen bestanden und war ein guter Ingenieur geworden. Er nahm seine Arbeit sehr ernst, er war stets pünktlich, sein Schreibtisch, sein Terminkalender, seine Buchführung zeichneten sich durch Übersichtlichkeit und Ordnung aus. Aber auch die Mutter hatte ihren Beitrag zur Herausbildung seines Charakters geleistet. Sie hatte ihm Werte wie Großzügigkeit, Aufrichtigkeit und Offenheit vermittelt und ihm beigebracht, dass man andere nicht vorschnell verurteilen darf. Durch sie hatte er erfahren, was Freundschaft und Liebe bedeuten. Diese Werte hatten von Kindheit an eine große Rolle in seinem Leben gespielt. Er war sehr erfolgreich in seinem Beruf, es mangelte ihm weder an Fähigkeiten noch an Ideen. Gleichzeitig war er immer menschlich geblieben, seine Mitmenschen, ob Vorgesetzte oder Untergebene, schätzten und achteten ihn. Immer wieder zeigten ihm die Leute, dass sie ihn wegen seiner freundlichen, aufrichtigen Art sympathisch fanden. Als er sich dazu entschloss, in den Ruhestand zu gehen, hätten ihn viele nur allzu gern von seinen Plänen abgehalten. Nun lag er hier, fernab von allen, und kämpfte gegen die Ewigkeit, kämpfte darum, sich bewegen zu können, aufzustehen und seine Aufgabe zu Ende zu führen. Er hatte sich weitere Zeit auf der Erde erbeten, nun war der Augenblick gekommen, die Zügel des Lebens erneut zu ergreifen und den eigenen Körper wiederzuerwecken. Es gab keine Zeit zu verlieren.

Die strenge Stimme, die offenbar dem Chefarzt gehörte, riss ihn aus seinen Gedanken: »Wir bringen ihn auf die Intensivstation, um jegliches Zeichen der Besserung registrieren zu können.«

Am folgenden Morgen saß Arturo Roca auf dem Sofa in seinem Haus in Chorillos und sah auf das Meer hinaus, während er die Radionachrichten hörte. Gerade wurde von dem Unfall berichtet, dessen Zeuge er am Vortag geworden war, als seine Frau mit einem Stoß Zeitungen unter dem Arm hereintrat.

Als Roca ihr den Stapel abnahm, fiel sein Blick auf die Zeitung »La Prensa« und auf eine Überschrift in Großbuchstaben: DRAMA AUF DER AUTOBAHN. Im Untertitel hieß es: »Ingenieur Frisancho erleidet Hirnschaden in Folge eines Autounfalls«. In dem mit Fotos und Bildunterschriften versehenen Artikel wurde der zweifache Zusammenstoß beschrieben. Darunter folgte eine Kurzbiografie Frisanchos. Eilig überflog Roca die

Schlagzeilen der anderen Zeitungen. Die Überschriften lauteten überall gleich, als hätte ein und derselbe Autor sie geschrieben. Nachdem er alle Zeitungen durchgeblättert hatte, dachte Roca über den Ingenieur nach, der durch das Verschulden eines unverantwortlichen Autofahrers nur noch vor sich hin vegetierte. Wenn er nicht aus dem Koma erwachte oder gar starb, wäre das ein großer Verlust für das Land. Der Schuldige würde hinter Gittern landen, vorausgesetzt, die Richter legten die nötige Strenge an den Tag. Aber in diesem Land, in dem es unzählige Winkeladvokaten und bestechliche Richter gab, war es gut möglich, dass er sich durch Schmiergelder freikaufen und nicht ins Gefängnis kommen würde, auch auf die Gefahr hin, dass er bald ein weiteres Opfer auf dem Gewissen hatte.

Seit dem Vortag hatte Roca keine Nachrichten mehr über den Patienten erhalten, niemand aus der Klinik hatte ihn angerufen. Ob er wieder bei Bewusstsein war? Roca war besorgt. Er ließ seine Gedanken treiben, während sein Blick aus dem Fenster schweifte: Das Meer war bewegt, und auf den Wellen zeigten sich Schaumkronen. Wegen des Südostwindes, der so stark war, dass sich die Palmen am Strand bogen, war der Morgen recht kühl. Die Stimme der Ehefrau unterbrach seine Gedanken.

»Arturo, ein gewisser Dr. Gironzini will dich sprechen«, sagte sie und reichte ihm das schnurlose Telefon.

»Danke Schatz. Hallo Dr. Gironzini, nett, dass Sie mich anrufen, ich bin schon sehr in Sorge. Gibt es Neuigkeiten? Wie geht es dem Ingenieur? Ist er zu sich gekommen?«

»Nein, er ist immer noch bewusstlos, aber seine Lebensfunktionen haben sich stabilisiert. Er befindet sich unter permanenter Beobachtung.«

»Vielen Dank. Ich hoffe sehr, dass er bald erwacht.«

»Das hoffe ich auch. Ich rufe Sie an, weil Sie eine starke Anteilnahme gezeigt haben. Gestern hat Bustamante angerufen und später auch der Ingenieur Loayza, der für die Verwaltung des Ministeriums verantwortlich ist. Heute Morgen ist der Minister persönlich gekommen. Es kann sein, dass man ihn ins Militärkrankenhaus verlegt. Aber mein Anruf betrifft eine eher fachliche Frage.«

»Bitte sehr, ich bin Ihnen gerne behilflich.«

»Sie erinnern sich, dass wir Frisancho gestern einer Reihe von Untersuchungen unterzogen haben. Nachdem wir die einzelnen Daten ausgewertet hatten, haben wir sie miteinander verglichen, um Einzelheiten über den Gesundheitszustand des Patienten zu erfahren. Wir waren nicht ganz zufrieden mit den zusammengetragenen Informationen, und so habe ich weitere Untersuchungen seiner Hirnfunktionen angeordnet. Nach der Auswertung der Ergebnisse und der eingehenden Beratung mit Kollegen bin ich zu dem Schluss gekommen, dass der Zustand der Bewusstlosigkeit Tage, aber auch Monate dauern kann. Aber was mich am meisten beunruhigt, ist der Verdacht auf einen bösartigen Tumor in einer der beiden Gehirnhälften.«

»Als wenn der Unfall nicht schon genug wäre. Und nun?«

»Man kann nicht viel tun. Wir müssen abwarten, bis er erwacht, und ihm dann die Möglichkeit einer Operation unterbreiten. Wir wissen, dass er Witwer ist und seine Kinder im Ausland leben. Allerdings haben wir ihre Telefonnummern nicht. Deshalb können wir sie nicht benachrichtigen. Waren Sie eigentlich eng mit ihm befreundet?«

»Ich schätze ihn sehr und kenne ihn ganz gut. Er hat sich um die Formalitäten gekümmert, als es darum ging, unsere onkologische Abteilung mit einer Kobaltkanone auszustatten.«

»Er muss ziemlich bekannt sein, denn es haben viele einflussreiche Leute angerufen, um sich nach ihm zu erkundigen.«

»Das stimmt. Er ist ein bekannter Fachmann und Politiker. Als er nach Lima kam, hat er eine Reihe wichtiger Ämter übernommen. Er ist in Puno geboren und hat oft von dieser Stadt gesprochen.«

»Ich komme ebenfalls aus Puno. Mein Vater lebt noch dort, er ist aus Italien eingewandert. Nach dem Zweiten Weltkrieg ist er nach Peru gegangen und hat meine Mutter, Beatriz Pineda, geheiratet. Jetzt, wo ich weiß, dass wir aus derselben Stadt stammen, fühle ich mich dem Ingenieur noch stärker verbunden. Ich hoffe, dass man ihn hierlässt. Aber auch wenn man ihn ins Militärkrankenhaus bringt, wird er eine ausgezeichnete Versorgung erhalten.«

»Sagen Sie, Dr. Gironzini, wenn ich jetzt gleich vorbeikomme, treffe ich Sie dann noch an?«

»Ich habe bis zwei Uhr Dienst. Kommen Sie, wann es Ihnen passt, dann können wir weiterreden.«

»Gut, ich werde in den nächsten Stunden vorbeischauen.«

Als sie das Gespräch beendet hatten, blieb Roca noch eine Weile nachdenklich sitzen. Die Nachricht von dem Tumor und die Tatsache, dass die Familienangehörigen des Kranken nicht benachrichtigt werden konnten, beunruhigten ihn sehr. Am Tag zuvor hatte er mehrfach vergeblich unter Frisanchos Privatnummer angerufen. Ob er er ganz alleine lebte? Bevor sich Roca auf den Weg machte, unternahm er einen letzten Versuch.

»Hallo, wer spricht da?«

»Ich bin der Arzt Dr. Roca. Spreche ich mit einer Verwandten des Ingenieurs Frisancho?«

»Der Ingenieur ist nicht da. So wie es aussieht, ist er heute Nacht nicht nach Hause gekommen.«

»Ich weiß. Er hatte einen Unfall und ist im Krankenhaus. Hat man Sie nicht benachrichtigt? Darf ich fragen, mit wem ich spreche?«

»Ich bin die Haushälterin. Ich arbeite nur halbtags. Gestern war mein freier Tag, deshalb habe ich bisher nichts davon erfahren. Wie geht es dem Ingenieur?«

»Er ist außer Gefahr«, beruhigte sie Roca. Dann fragte er: »Können Sie mir Adresse und Telefonnummer der näheren

Angehörigen geben? Ich muss unbedingt mit ihnen Kontakt aufnehmen.«

»In Lima hat er keine Verwandten. Einer seiner Brüder lebt in Chiclayo, ein anderer in Puno. Hier hat er nur einen sehr guten Freund, Dr. Jaime Miranda. Wenn Sie seine Telefonnummer brauchen, ich weiß sie auswendig.«

»Warten Sie, ich suche schnell einen Stift… So: Festnetznummer, Handynummer und Nummer am Arbeitsplatz…«

Wenige Minuten später versuchte Roca, Dr. Miranda zu erreichen. Das Telefon klingelte ein paar Mal, bevor sich am anderen Ende der Leitung eine wohltönende Männerstimme meldete.

»Hallo?«

»Spreche ich mit Dr. Miranda?«

»Ja, der bin ich. Was wünschen Sie?«

»Sie kennen mich nicht. Mein Name ist Roca, ich bin Arzt. Ich muss Ihnen leider mitteilen, dass Ihr Freund, Javier Frisancho, gestern Opfer eines Verkehrsunfalls geworden ist und in der Klinik Salud im Koma liegt.«

»Oh, mein Gott! Niemand hat mich benachrichtigt. Ich bin gerade von einer Reise zurückgekehrt und habe noch keine Zeitung gelesen. Können wir uns in der Klinik sehen? Ich werde sofort kommen.«

»Ja, ich werde in etwa einer Dreiviertelstunde dort sein. Am besten, wir treffen uns in der Cafeteria.«

»Woran kann ich Sie erkennen?«

»Ganz einfach. Ich habe immer einen kleinen Koffer bei mir, mit einem Regenbogen darauf.«

»Gut, also bis bald.«

Dr. Roca atmete erleichtert auf, als habe er sich von einer großen Verantwortung befreit. Er nahm Koffer, Jacke und Hut und verabschiedete sich von seiner Frau. Kurz darauf saß er im Wagen und fuhr in Richtung el Zanjón. Dieser volkstümliche Name, der so viel wie »tiefer Graben« bedeutet, bezeichnet die Hauptverkehrsader, die in den Stadtteil Miraflores führt. Während Roca hinter dem Steuer saß, fragte er sich, ob er sich den Fall Frisancho nicht zu sehr zu Herzen nahm.

Vor der Klinik parkte er den Wagen und eilte in die Cafeteria. Kaum war er eingetreten, lief ihm jemand entgegen und rief: »Dr. Roca? Ich bin Jaime Miranda.«

Er stand einem stattlichen Mann in grauem Anzug gegenüber. Aus seinen Augen sprachen Aufrichtigkeit und Natürlichkeit, er wirkte sympathisch und strahlte Ruhe aus.

»Schön, Sie kennenzulernen, Dr. Miranda, wenn die Umstände auch nicht gerade glücklich sind. Wollen wir uns an einen der Tische setzen?«

»Ich würde lieber gleich meinen Freund besuchen. Die Nachricht von seinem Unfall hat mich sehr getroffen. Das ist ein schlimmer Schlag für ihn. Können Sie mir Näheres erzählen?«

»Ich will Ihnen berichten, was sich ereignet hat und was mich besonders beunruhigt. Ich hatte Rettungsdienst und war einer der Ersten am Unfallort. Ich habe sein Auto gesehen, es war wirklich nur noch ein Haufen verbogenes Blech. Das Merkwürdige ist, dass Frisancho keinerlei Frakturen oder innere Verletzungen davongetragen hat. Man könnte meinen, eine unsichtbare Hand habe ihn beschützt. Die Untersuchungsergebnisse haben keine Auffälligkeiten ergeben, dennoch ist der Patient nicht bei Bewusstsein. Dr. Gironzini sagt, man habe einen Hirntumor gefunden. Sobald Frisancho aus dem Koma erwacht, könnte man ihn operieren und das Problem beseitigen. Momentan ist er auf der Intensivstation und steht unter permanenter Beobachtung.«

Jaime hörte aufmerksam zu. Dieser Bericht gefiel ihm gar nicht. Aber er versuchte, sich zu beruhigen, während sie auf das Sprechzimmer des zuständigen Arztes zugingen.

»Welche Chance hat er, aus dem Koma zu erwachen?«

»Schwer zu sagen, es kann einen Tag dauern, oder auch mehrere Monate. Es kommt ganz darauf an.«

»Vielleicht geschieht ein Wunder. Es gibt Fälle, in denen Leute sehr schnell aus dem Koma erwacht sind. Es könnte doch sein, dass es auch bei ihm so ist.«

Dr. Roca blieb vor dem Sprechzimmer stehen und klopfte leise an die Tür. Dr. Gironzini öffnete.

»Darf ich Ihnen Dr. Jaime Miranda, einen guten Freund des Patienten, vorstellen?«

»Angenehm. Möchten Sie Ihren Freund gleich sehen, oder soll ich Ihnen erst über seinen Zustand berichten?«

»Ich würde ihn gerne gleich sehen. Dr. Roca hat mir schon einiges erklärt. Wie viel Hoffnung gibt es, dass er sich erholt?«

»Es sieht recht gut aus. Vor einigen Minuten hat er offenbar zum ersten Mal eine Hand bewegt. Meine Kollegen waren dabei. Sie haben es bemerkt, während sie sich in seinem Zimmer unterhielten.«

»Großartig! Das ist eine gute Nachricht. Es ist das erste Anzeichen dafür, dass er wieder zu sich kommt«, rief Roca zuversichtlich.

Jaime Miranda sagte nichts dazu, er war in seine Gedanken vertieft. Die Ärzte eilten voraus. Da er selbst einen etwas kräftigeren Körperbau hatte, war er es nicht gewohnt, so schnell zu laufen. Er musste beinahe rennen, um mit ihnen Schritt zu halten. In den Fluren begegneten sie Ärzten und Pflegern, alle mit weißen oder türkisgrünen Kitteln bekleidet. Als sie endlich an das Krankenbett traten, versuchte Gironzini, die Stimmung durch eine lustige Bemerkung aufzuheitern: »Hier ist Ihr Freund. Er schläft so gut, dass er keine Lust hat aufzuwachen.«

Roca und Miranda betrachteten aufmerksam das Gesicht des Mannes, der ausgestreckt auf dem Bett lag und mit Schläuchen und Leitungen an die verschiedensten Apparaturen angeschlossen war. Sein Atem war kaum zu hören, aber das EKG-Gerät zeigte an, dass sein Herz gleichmäßig schlug.

Jaime berührte die Hand seines Freundes und flüsterte ihm ins Ohr: »Javier, ich bin es, Jaime. Wenn du mich hören kannst, so beweg deine Hand oder wenigstens einen Finger.«

Kurz darauf bewegten sich zuerst der kleine Finger und dann der Ringfinger.

»Danke, Javier. Jetzt weiß ich, dass du mich hören kannst. Lieber Freund, du musst aus deiner Ohnmacht erwachen.«

Javiers rechter Fuß bewegte sich, aber der übrige Körper blieb reglos.

»Es kostet ihn große Mühe. Wir sollten ihn besser in Ruhe lassen«, erklärte Gironzini. »Immerhin wissen wir jetzt, dass er sich auf dem Weg der Besserung befindet. Es gibt nur ein Problem: Seine Arbeitskollegen möchten, dass er ins Militärkrankenhaus verlegt wird, aber das ist ziemlich riskant, da sein Zustand nach wie vor kritisch ist. Ich möchte nicht, dass alle bisher erzielten Fortschritte zunichtegemacht werden.«

»Hören Sie, niemand wird meinen Freund von hier fortholen. Ich werde mich dagegen wehren, werde Tag und Nacht Wache halten, vorausgesetzt, Sie haben nichts dagegen.«

»Einverstanden. Wir finden eine Lösung.«

Wenig später telefonierte Miranda bereits mit dem Ingenieur Loayza und auch mit dem Minister persönlich, um sie über den Gesundheitszustand Javiers zu informieren.

»Ich habe alles besprochen, es wird keine Verlegung geben«, meinte er schließlich an die beiden Ärzte gewandt. »Nun bleibt mir nichts weiter, als auf Ihre Fähigkeiten zu setzen und zu Gott zu beten, dass diese Geschichte ein gutes Ende nimmt. Ich muss nur noch ein Telefonat führen, dann bin ich wieder hier.«

Unterdessen tauschten Roca und Gironzini ihre Erfahrungen in ähnlichen Fällen aus. Beide hatten erlebt, dass Leute sich rasch erholten, andere dagegen allmählich ihre Lebenskraft verloren. Beide arbeiteten in Notaufnahmen, und fast täglich kämpften sie darum, jemanden dem Tod zu entreißen.

Sie glaubten an eine höhere Macht, die den Menschen bisweilen ihr Leben schenkt. Sie hatten gesehen, dass Leute überlebten, die die Medizin bereits abgeschrieben hatte. Andererseits hatten sie auch mitansehen müssen, dass Menschen starben, deren Zustand zunächst stabil gewesen war.

4

Ein schier endloser Kampf

Während die drei Männer darauf warteten, dass sich Javier erneut bewegte, erzählte Miranda aus seinem Leben. Er arbeitete als Rechtsberater für das Gesundheitsministerium und war in Arequipa geboren. Er kannte Javier seit seiner Jugend, sie hatten gemeinsam die Oberschule besucht und waren rasch Freunde geworden. Später hatte er Jura in Arequipa studiert, während Frisancho sich für Ingenieurswissenschaften an der Universität Lima entschied. Nachdem Miranda mehrere Jahre in seiner Geburtsstadt gearbeitet hatte, war er nach Lima gegangen, da ein Freund, den man zum Minister ernannt hatte, ihn als Berater brauchte. In der Hauptstadt waren sich Jaime und Javier wiederbegegnet.

»Seitdem haben wir uns regelmäßig getroffen. Am Wochenende sind wir oft zum Wandern in die Berge gegangen oder nach San Pedro de Casta gefahren.«

Während die drei sich unterhielten, hörte Javier, der sich nicht rühren konnte, verzweifelt zu.

Er versuchte, einen Fuß zu bewegen, aber sein Körper gehorchte ihm einfach nicht. Er probierte es mit den Fingern und der Hand. Er unternahm gewaltige Anstrengungen, aber angesichts seines permanenten Scheiterns stiegen Enttäuschung und Verzweiflung in ihm auf.

Bei jedem neuen Versuch spürte er ein Stechen im Kopf, und rings um ihn verdunkelte sich alles. Javier legte eine Pause ein, sammelte seine Kräfte und probierte es erneut. Gedämpfte Stimmen drangen an sein Ohr, aber er wusste nicht, woher sie kamen.

Allmählich schärfte sich jedoch sein Gehörsinn. Das war ein gutes Zeichen. Hin und wieder gelang es ihm sogar, ein paar Umrisse zu erkennen. Es waren unscharfe, wie in Nebel getauchte Bilder. Sobald er jedoch versuchte, deutlicher zu sehen, begannen die Augen zu schmerzen, und er musste sie schließen. Dann drang nur noch ein dünner Lichtstrahl durch seine bis auf einen schmalen Spalt geschlossenen Lider.

Mit letzter Kraft schaffte er es, die Augen noch einmal zu öffnen. Er sah einen Mann in gebeugter Haltung über sich, der eine starke Brille sowie einen weißen Kittel trug und ihn aufmerksam ansah. Javier wollte sprechen, ihm mitteilen, dass er bei Bewusstsein war und dass man ihm helfen musste. Verzweifelt versuchte er, die Lippen zu bewegen, aber die Stimme erstarb ihm im Hals.

»Bleiben Sie ruhig, heben Sie sich Ihre Kräfte für später auf«, sagte der Mann mit den dicken Brillengläsern, und Javier begriff, dass er seine Anstrengungen erkannte.

Er merkte, dass er die Augen nicht länger offen halten konnte, die Lider wurden ihm schwer. Er schloss sie ermattet. Stumm und reglos lag er in ewiger Nacht, nur sein Gehirn arbeitete noch. Was würde er darum geben, sich bewegen zu können! In seiner Angst schrie eine Stimme in ihm: »Ich will nicht länger gelähmt an dieses Bett gefesselt sein, ich will wieder Herr meiner selbst sein.«

Erschöpft schlief er ein. Als er erwachte, sah er nur die beigefarbene Zimmerdecke über sich. Er wusste nicht, wie lange er geschlafen hatte, aber er merkte, dass er die Augen nicht bewegen konnte. Sosehr er sich auch bemühte, der Blick blieb starr auf einen Punkt gerichtet. Er versuchte, den Mund zu öffnen, vergeblich, er probierte es mit den verschiedensten Körperteilen, vergeblich. Es war eine furchtbare Qual.

Keiner der Umstehenden schien zu bemerken, welch grausamen Kampf Javier ausfocht, um die Kontrolle über seinen Körper wiederzugewinnen und ins Leben zurückzukehren. Er wünschte sich sehnlichst, aufzustehen und weiterzuleben. Im Geiste wiederholte er immer wieder: »Ich will mich bewegen, ich muss meinen Weg gehen, ich habe eine Aufgabe zu erfüllen. Deshalb bin ich zurückgekehrt.« Hin und wieder setzte für kurze Augenblicke sein Gedächtnis aus, und er geriet in einen Zustand der Verwirrung. Das versetzte ihn in Panik, er hatte Angst, erneut das Bewusstsein zu verlieren und in einen ewigen Schlaf zu versinken.

Wie alle westlich geprägten Menschen, hatte auch Javier Angst vor dem Tod, Angst davor, nicht mehr er selbst sein zu können, die eigene Individualität zu verlieren und sich im Nichts aufzulösen. Er war eine rational geprägte Persönlichkeit. Bisher hatte er geglaubt, dass der Mensch nur ein einziges Mal lebt. Er kannte Leute, die anders darüber dachten, die davon überzeugt waren, dass der Mensch nicht nur einmal geboren wird und stirbt, sondern im Lauf der Jahrhunderte und Jahrtausende wiedergeboren wird. Er hatte davon gehört, dass der Mensch so lange ins Leben zurückkehrt, bis seine geistige Natur den Zustand der Vollkommenheit erreicht hat.

Javier musste an die eigenartigen Erfahrungen denken, von denen ihm Juan Yatako berichtet hatte, der damals, als er selbst noch in Puno arbeitete, für ihn als Chauffeur tätig war. Während sie mit dem Pickup aufs Land fuhren, hatte er angefangen zu erzählen.

»Als mein Großvater sah, dass ich an seinem Sterbebett verzweifelt um ihn weinte, sagte er mir zum Trost: ›Ich werde dich nicht verlassen, Juanecho, in ein paar Jahren kehre ich zu dir zurück‹.«

»Und war es tatsächlich so?«, fragte Javier mit einer Mischung aus Neugier und Skepsis.

»Ja, er ist zurückgekehrt. Ich bin sicher, dass er einer meiner Söhne ist.«

»Was lässt dich so etwas glauben?«, entgegnete Javier zweifelnd.

»Mein zweitgeborener Sohn kam einige Jahre später genau am Todestag des Großvaters zur Welt«, erklärte Juan, ohne den Blick von der Straße abzuwenden, die über die Hochebene von Puno führte.

»Das ist bloß ein Zufall und beweist überhaupt nichts.«

»Als kleiner Junge eignete sich mein Sohn einige Gegenstände an, die meinem Großvater gehört hatten und die ich sorgfältig aufbewahrte. Er behauptete, es wären seine Sachen. Aber wirklich überzeugt hat mich schließlich, als mein Sohn in noch ganz jungen Jahren zu mir sagte: ›Ich bin der Großvater, ich bin zurückgekommen, wie ich es dir versprochen habe.‹«

»Das sind Hirngespinste, Projektionen deines Geistes«, wandte Javier ein.

»Herr Ingenieur, je älter mein Sohn wird, desto mehr ähnelt er dem Großvater, er hat denselben Gang, er tanzt wie er, und seine Gesichtszüge sind genau die gleichen.«

»Lassen wir das, am Ende fange ich noch an, dir zu glauben«, lenkte Javier ab, da er sich nicht länger auf das Thema einlassen wollte.

Wenn er näher auf Yatako eingegangen wäre, hätte er einiges über die Lebenseinstellung und die Todesvorstellungen der Quechua und der Aymara erfahren können. Diese Völker betrachten Leben und Tod als Elemente einer größeren Einheit, die sie als *Kay* bezeichnen, als die Existenz oder »das Sein« im Sinne von individuellem Bewusstsein, dessen Teil das *Ñoqa* oder Ich, das abendländische Ego ist. Solange dieses Ich in den großen Stammbaum der Menschheit eingebunden ist und zum *Noqanchis,* zum »Wir« wird, kann der Einzelne wiedergeboren werden und sterben.

Laut einiger Lehrmeister der Anden werden die Menschen wiedergeboren, um sich geistig weiterzuentwickeln. Der Weg ist nicht leicht, dazu bedarf es Wissen, Tatkraft und Willensstärke. Wir sind auf der Erde, um uns als Menschen zu vervollkommnen und auf diese Weise wahre Runa zu werden. Höchstes Ziel ist es, ein Hatun Runa zu werden, eine höhere menschliche Daseinsform zu erreichen und zu absoluter geistiger Perfektion zu gelangen, um schließlich nicht mehr auf der Erde wiedergeboren zu werden. So zumindest hatte es der große, durch den Geist des Wiracocha inspirierte Meister seinem Schüler Nina Kuyuchi erklärt. Nach den Vorstellungen der alten Peruaner trat der Geist oder das Sein, nachdem es sich von den irdischen Fesseln befreit hatte, in die Zeitlosigkeit ein, wurde in einem anderen Teil des Universums, in einem anderen Sonnensystem, einer anderen Galaxie wiedergeboren.

Vor vielen Jahrhunderten hatte Tunapa, ebenfalls ein großer geistiger Lehrer der Anden, einmal gesagt: »Es ist nicht leicht, Leben zu lernen, man muss ganz und gar teilhaben an der irdischen Existenz und jeden Moment, das Hier und Jetzt, ausleben.«

Und als einer seiner Schüler ihn gebeten hatte, die einzelnen Schritte des Lernens genauer zu erläutern, war der Meister fortgefahren: »Es ist, als ob man Schwimmen lernt. Zuerst macht man sich mit dem Wasser vertraut, dann erprobt man seine Schwimmtechnik in einem See, einem Fluss oder dem Meer. Auf dieselbe Weise muss der Mensch lernen zu leben, sich treiben zu lassen und jeder Schwierigkeit zu begegnen, ohne sich aus der Bahn werfen zu lassen. Man darf sich niemals zu sehr an materielle Dinge wie Geld, Schmuck, Kleidung oder Grundbesitz binden, denn sie können zu Fesseln werden. Außerdem muss man lernen, seine Gefühle und Neigungen auszuleben. Man darf sich jedoch nicht von ihnen beherrschen lassen.«

»Erzähle uns vom Tod, Meister«, bat ein anderer Schüler.

»Warum willst du über den Tod sprechen, wenn du noch nicht einmal richtig zu leben verstehst? Erst wenn es dir gelingt, jeden Augenblick deiner Existenz intensiv zu leben, sollst du mich nach der Kunst des Sterbens fragen.«

»Meister, was meinst du mit ›richtig leben‹? Bitte, erkläre es uns«, fragte ein weiterer seiner Zuhörer.

Tunapa wandte den Blick hinaus auf den Titicaca-See, als suche er um Rat, wie er sich der Menge jener einfachen Geister, die ihm folgten, verständlich machen konnte. Dann sah er hinauf in den klaren, blauen Himmel. Als habe er von dort eine göttliche Eingebung empfangen, wandte er sich schließlich wohlwollend seinen Schülern zu: »Richtig zu leben bedeutet, nach seinen eigenen Vorstellungen zu leben, ohne sich durch andere bestimmen zu lassen. Man muss lernen, man selbst zu sein, und sollte nicht versuchen, anders zu scheinen, als man ist. Die anderen dürfen keinen Einfluss auf uns ausüben.«

»Wir leben in Gemeinschaft, unsere Vorstellungen, Gefühle und Wünsche werden oft durch die Gesellschaft bestimmt. Wie kann man dieser Falle entkommen?«, hörte Tunapa einen seiner Schüler fragen.

Nachdenklich stützte sich der Meister auf seinen hölzernen Stab, der wahre Zauberkräfte barg. Mit ihm konnte er Blitze auf seine Feinde niederregnen lassen und Unwettern oder Orkanen Einhalt gebieten. Einen kurzen Moment suchte er nach den passenden Worten, dann antwortete er: »Wir leben in einer Gesellschaft, die versucht, uns bestimmte Vorstellungen aufzuzwängen. Es liegt an uns, ob wir sie annehmen oder ablehnen. Das Beste ist jedoch, neue, eigene Vorstellungen zu entwickeln, um das Leben zu vervollkommnen. Versucht, so zu sein wie ein Vogel, der selbst wählt, wo er sein Nest baut. Seine Entscheidung hängt nur von ihm, von seinen Bedürfnissen und seinen Wünschen ab.«

»Meister«, wurde er unterbrochen, »haben wir unser Schicksal selbst in der Hand oder wird es uns auferlegt?«

»Die Tatsache, dass du an einem bestimmten Ort geboren bist, von deinen Eltern stammst, ein bestimmtes Geschlecht und Äußeres hast, sind Umstände, die du akzeptieren musst und über die du dich nicht beklagen solltest. Wenn du es doch tust, erreichst du damit nichts, sondern fesselst dich bloß an die Vergangenheit. Man muss im Leben lernen, sich selbst zu akzeptieren. Das ist die Grundlage, die es ermöglicht, in der Gegenwart zu leben und gleichzeitig die Zukunft im Auge zu behalten.«

An dieser Stelle meldete sich ein alter Mann zu Wort, der Tunapa oft auf seinem Weg durch die Dörfer, auf dem er den Leuten von der Bedeutung der Spiritualität erzählte, begleitet hatte. Mit einer Geste der Ehrerbietung begann er: »Meister, ich habe ein langes Leben hinter mir. Ich habe meine Kinder großgezogen und ihnen menschliche Werte vermittelt. Ich habe meine Frau sehr geliebt und war immer bereit, meinem Nächsten zu helfen. Nun habe ich alles verloren, aber das spielt keine Rolle. Ich habe in meinem Leben alles gegeben und so meinen Seelenqualen ein Ende bereitet und Frieden mit mir selbst geschlossen. Ich weiß, dass einen Menschen in meinem Alter jederzeit der Tod ereilen kann. Ich habe keine Angst davor, aber ich möchte dem Tod gerne mit Würde begegnen. Bitte, erzähle mir von der Kunst des Sterbens.«

Wohlwollend hörte Tunapa die Worte des Alten. Seit dem Tag, an dem sie sich kennengelernt hatten, war er ihm immer mit großer Freundlichkeit begegnet und hatte ihn in seinem bescheidenen Heim aufgenommen. Er hatte ihm all das gegeben, was er zu geben vermochte: Liebe, Treue, Zuverlässigkeit und Achtung. Dieser Mann hatte Tunapas Lehren verinnerlicht und zeigte sich dafür dankbar. Sein Meister wusste, dass er ein erfülltes Leben hinter sich hatte, deshalb erwiderte er nun: »Du hast die Kunst des Lebens tatsächlich erlernt, nun sollst du auch die Kunst des Sterbens lernen. Für dich wird das irdische Ende eine angenehme Erfahrung werden, etwas Einzigartiges, ein neues Abenteuer. Lebe so, als könntest du jede Nacht sterben. Halte dich bereit, als würdest du einen wichtigen Gast erwarten. Denke daran, dass er dich auf eine Reise in eine andere Dimension deiner Existenz führen wird.«

»Und wenn er nicht so gelebt hätte, wie du es sagst? Was würde dann mit ihm geschehen?«, hörte Tunapa eine besorgte Stimme einwenden.

»Wer sein Leben nicht wirklich gelebt hat, ist nicht würdig zu sterben. Für ihn wird der Tod zu einem schrecklichen Ereignis. Deshalb sterben manche unter Qualen und Schreien, sie verfluchen die Welt und hassen sie. Das ist sicherlich nicht die beste Form, sein Leben zu beenden. Wer Angst vor dem Tod hat, leidet bereits, bevor er ihm gegenübersteht«, antwortete Tunapa.

Dies war bei Javier nicht der Fall. Er selbst hatte darum gebeten, das Jenseits wieder verlassen zu dürfen, und er wusste nun, dass er in seinen Körper zurückgekehrt war. Aber dieser gehorchte den Befehlen seines Gehirns nicht, und Javier dachte mit Schrecken an die Möglichkeit einer Lähmung. Einige seiner Sinne hatten allerdings bereits begonnen, wieder zu arbeiten. Es war ein erster Schritt. Er durfte nicht in Panik verfallen, er musste weiterkämpfen, musste all seine Geduld, Ausdauer und Zähigkeit aufbieten.

Durch Selbstbeobachtung versuchte er herauszufinden, welche Schäden er durch den Unfall davongetragen hatte. Er verspürte keine starken Schmerzen, also hatte er keine Verletzungen. Er spürte die ihn umgebende Wärme und hatte es satt, unbeweglich in seinem Bett zu liegen. Er hörte entfernte oder sich nähernde Stimmen, bisweilen auch Musik. Manchmal hatte er das Gefühl, berührt zu werden, er spürte den Kontakt auf der Haut. Er war sich sicher, den Klauen des Todes entkommen zu sein, er wusste, dass er sich erholen würde. Aber dazu bedurfte es noch viel Zeit und seines ganzen Überlebenswillens.

Wenn wir wissen, was wir wollen, ist das gleichsam ein Kompass, der uns in den Hafen führt. Bisweilen umgibt uns die Finsternis wie ein schwarzer, unbekannter Ozean, in dem es keinerlei Anhaltspunkte gibt. Um einen Weg herauszufinden, bedarf es eines Lichts, das uns zu geistiger Erhellung führt. Javiers Licht war sein Glaube und sein Kompass der Wille zu überleben. Er wollte in den Hafen gelangen.

Es dauerte mehrere Wochen, bis Javier die Kontrolle über seinen Körper vollständig zurückgewann. Mittlerweile war die Verbindung zwischen seinem Geist und seinen Gliedmaßen wiederhergestellt. Zwar fehlte es ihm noch an Koordinationsfähigkeit, aber das Schlimmste war überwunden. Javier wusste, dass der Genesungsprozess in erster Linie von ihm selbst abhing. So bemühte er sich, die Übungen, die ihm die Physiotherapeuten empfahlen, so gewissenhaft wie möglich auszuführen. Er sammelte all seine Kräfte und setzte alle ihm zur Verfügung stehenden Energien ein. Zunächst arbeitete er daran, Herr über die oberen Gliedmaßen zu werden, danach konzentrierte er sich auf die unteren Gliedmaßen. Mit Hilfe der Krankenschwestern und Physiotherapeuten lernte er wieder Laufen. Zu Beginn kostete es ihn gewaltige Anstrengungen, aber allmählich wurde er immer sicherer. Die Ärzte erklärten ihm, dass er durch den Unfall eine Gehirnerschütterung erlitten hatte und deshalb sein Gleichgewichtssinn, sein Koordinationsvermögen und die Bewegungsfähigkeit gestört waren. Aus diesem Grund humpelte er leicht und verspürte bei jedem Schritt starke Schmerzen.

Doch langsam gewann er seine Sinneswahrnehmung und auch seine geistigen Fähigkeiten vollständig zurück. Nur Sprechen konnte er immer noch nicht. Irgendetwas blockierte den

Mechanismus, der die Bewegungen der Zunge und der Lippen mit einem Laut koordiniert. Javier litt nicht darunter. Zwar bedeutete es eine große Einschränkung, aber auf der anderen Seite blieb es ihm so erspart, allen Menschen Rede und Antwort zu stehen.

Seine Erfahrungen mit dem Jenseits waren sehr unbegreiflich. Niemand hätte ihm Glauben geschenkt, und auch er selbst war nicht ganz sicher, ob er das alles tatsächlich erlebt hatte. Bisweilen tauchten die Erinnerungen mit derartiger Klarheit aus seinem Gedächtnis empor, dass es unmöglich war, sie nicht für real zu halten. Andere Male überkamen ihn Zweifel, ob er nicht alles nur geträumt hatte.

Javier wusste, dass der Geist die Fähigkeit hat, alle möglichen Dinge zu erschaffen und Träume zu erzeugen, die einem wie die Wirklichkeit erscheinen. Die Fantasie kann Bilder wachrufen, die gleichsam greifbar sind. Die Hindus sagen, dass die Welt ein Traum ist und dass nur wer träumt, nicht daran teilhat.

Man hatte ihm erzählt, dass er lange Zeit nicht bei Bewusstsein war, aber er konnte sich deutlich an diese Zeit erinnern. Spielte ihm seine Vorstellung einen Streich, oder war das alles wirklich geschehen? Um das Erlebte besser zu begreifen, verlangte er nach einigen Büchern zu dem Thema. Er las Geschichten von Leuten, die aus dem Jenseits zurückgekehrt waren. Sie erinnerten ihn sehr an die eigenen Erlebnisse. Sein Verstand weigerte sich, der Vorstellung Glauben zu schenken, er sei aus einer anderen Dimension zurückgekehrt, aber sein Herz wies ihm eine andere Richtung. Verwirrt und aus Angst, man könne ihn für verrückt erklären, beschloss er, mit niemandem darüber zu reden.

Diese Erfahrung, ob real oder nur in seiner Vorstellung existent, hatte ihm neue Horizonte eröffnet und neue Hoffnungen in ihm geweckt. Nach dem Tod seiner Frau hatte sich Javier oft gefragt, was die Menschen nach dem Leben erwartet. Sind wir dazu verdammt, uns im Nichts aufzulösen, oder existieren wir weiter, in einer anderen Dimension, einer anderen Welt? In Puno hatte er einige alte Leute über das Leben nach dem Tod sprechen hören. Nun spürte er tief in seinem Herzen die Gewissheit, dass es ein Jenseits gab und dass es wunderbar war.

Aber seine logisch analytische Denkweise ließ ihn weiterhin Zweifel hegen. War er wirklich gestorben und hatte mit dieser himmlischen Kreatur gesprochen, oder war alles nur seiner Einbildung entsprungen? Seine Eltern, die sehr religiös waren, hatten ihm vom Paradies erzählt. Aber er hatte eine naturwissenschaftliche Laufbahn eingeschlagen und wusste, dass jenseits der Stratosphäre kein Paradies, sondern lediglich Himmelskörper in den unterschiedlichsten Größen existieren. Zeit seines Lebens hatte er sich dazu bekannt, Agnostiker zu sein, er glaubte nicht an einen strafenden Gott, der über seine Taten richtete. Er hatte niemals den Glauben seiner Eltern geteilt. Im Religionsunterricht, an dem er teilnehmen musste, als er die katholische Schule besuchte, hatte er gelernt, dass die Unsterblichkeit der Seele ein Dogma ist. Er erinnerte sich daran, wie erbost der rundliche Franziskanermönch war, als er und einige seiner Schulkameraden dieses Dogma in Zweifel zogen.

»Wer die Unsterblichkeit der Seele bezweifelt oder gar leugnet, wird exkommuniziert«, hatte er geschrien.

Javier hatte noch deutlich die Worte und den Gesichtsausdruck seines Schulfreundes Eduardo Linares im Gedächtnis. Er war der Sohn eines bekannten Kommunisten. »Pater«, hatte er gesagt, »das Leben nach dem Tod ist wissenschaftlich nicht beweisbar. Ist vielleicht irgendwann einmal jemand aus dem Jenseits zurückgekehrt?«

Der Geistliche hatte Eduardo nicht exkommuniziert, sondern sich darauf beschränkt, ihn von der Schule zu verweisen. Aus Solidarität war Javier mit ihm gegangen, und beide wechselten auf eine staatliche Schule. Diese Entscheidung war bei seiner Mutter auf einigen Widerwillen gestoßen. Sein Vater hatte ihn jedoch unterstützt, er konnte seine Reaktion verstehen. An der neuen Schule hatte er Jaime Miranda kennengelernt, der ihn nun täglich im Krankenhaus besuchen kam.

Da er immer noch nicht sprechen konnte, kommunizierte Javier mit seinem Freund durch kleine Briefe, in denen er seine Gedanken und Bedürfnisse mitteilte. Doch sobald Jaime gegangen war, fühlte sich Javier beunruhigt und wollte keine weiteren Besucher empfangen. Ihre Fragen konnte er ohnehin nicht beantworten.

Javier hatte in seinem Leben viel geredet, nun war der Zeitpunkt des Schweigens gekommen. Er erinnerte sich daran, irgendwo gelesen zu haben, dass der Mensch lernen muss, mit anderen Menschen zu kommunizieren, dass es aber die Aufgabe der Götter sei, die vollkommene Form des Schweigens zu lehren. Irgendjemand hatte ihm einmal gesagt, dass Gott in der Stille zu einem spricht, und obwohl Javier nicht religiös war, wusste er, dass Buddha, Jesus Christus und Mohammed sich bisweilen tagelang in Schweigen gehüllt hatten. Erst in der Stille waren sie zur Erleuchtung gelangt und schließlich zu den Begründern der weltweit größten religiösen Lehren geworden.

Auch sein ehemaliger Philosophielehrer hatte ihm gegenüber von der Tugend des Schweigens gesprochen: »Die erste Stufe der Weisheit hat man erreicht, wenn man zu schweigen vermag, die zweite, wenn man eine komplexe Idee in knappe Worte fassen kann, und die dritte, wenn man viel zu sagen hat, ohne darüber allzu viele oder gar böse Worte zu verlieren.«

In der Vergangenheit war es Javier schwergefallen zu schweigen. Aber nun, während er sich allmählich erholte, ohne dabei sprechen zu können, erlaubte es ihm die Stille, sich ganz auf seine eigene Vergangenheit, auf die begangenen Fehler und unpassend angebrachten Bemerkungen zu besinnen. Er dachte an die leeren Reden vieler Politiker, die er oft gezwungenermaßen hatte mitanhören müssen. Auch er selbst war dazu genötigt, bestimmte Worte zu verwenden, um seine Mitarbeiter zu überzeugen und die Oberhand über seine Gegner zu bewahren.

Endlich begriff er, wie wichtig und notwendig die Stille ist. Schweigen stärkt den Geist, es nährt ihn. Schweigen, so überlegte er, müsste vor dem Sprechen kommen, denn nur wenn man lernte zuzuhören, war man in der Lage, korrekt zu sprechen. Javier wusste nun, dass alles zu seiner Zeit kam. Es gab eine Zeit des Sprechens und eine Zeit des Schweigens. Man sollte nur sprechen, wenn man wirklich etwas zu sagen hat, etwas, das mehr wert ist als die Stille.

Javier fühlte sich ganz Herr seiner selbst. In Schweigen gehüllt konnte er seine Gedanken analysieren, sich selbst besser kennenlernen. Er beobachtete die anderen, verglich sich mit ihnen und dachte über ihre Bedürfnisse nach. Bisweilen ist das Schweigen des Weisen mehr wert als die Argumentation des Philosophen. Die Sprache der Stille kann dazu dienen, den Unverschämten eine Lektion zu erteilen oder einen Schuldigen zu bestrafen. Mit jemandem nicht mehr zu sprechen, ist eine der schlimmsten Schmähungen.

Nun, da er zum Schweigen verdammt war, erinnerte sich Javier daran, dass er sich früher oft zum Sprechen genötigt fühlte. Man hatte ihm beigebracht, dass Schweigen ein Zeichen von Schwäche oder Unwissenheit sei. Aber niemand hatte ihm erklärt, dass es Situationen gab, in denen man besser schwieg, in denen es taktlos und gedankenlos war zu sprechen. Die beste Lösung war sicherlich ein Mittelweg: Wichtige Dinge musste man zur Sprache bringen, und dazu gehörte bisweilen Mut. Nur die Gedankenlosen reden um des Redens willen, ohne ihre Worte abzuwägen. Aber wer feige ist, macht den Mund nie auf, weil er kein Risiko eingehen will.

Der Vater war für Javier ein wichtiges Vorbild gewesen. Salvador Frisancho hatte lange Zeit als Richter gearbeitet und war dafür bekannt, nicht viele Worte zu verlieren, aber immer das richtige Gespür zu entwickeln. Ein achtenswerter Mensch, so hatte er seinem Sohn immer wieder erklärt, spricht wenig und handelt mit Bedacht. Mit diesem Vorbild vor Augen war Javier aufgewachsen. Wenn er seine Berechnungen anstellte, war er oft wortkarg. Das hatte ihm den Ruf eines Genies eingebracht. Auf der anderen Seite liebte er es, über seine Träume zu reden. Er ließ sich gerne treiben, und bisweilen hatte er vielleicht den Eindruck vermittelt, allzu idealistisch oder gar ein wenig verrückt zu sein. Sobald er bemerkte, dass er diesen Eindruck hinterließ, erinnerte er sich an die Lehre des Vaters und sprach nicht weiter: Besser, man hielt ihn für ein stummes Genie, als für einen Spinner, der zu viel redete.

Eines Tages veränderte sich etwas in Javiers Körper, er hatte das Gefühl, als habe eine unsichtbare Hand eine Blockade in ihm gelöst: Plötzlich konnte er wieder sprechen. Aber bevor ihm ein Satz über die Lippen kam, wog er ihn genau ab und wiederholte ihn mehrfach in Gedanken. Er wollte seine Worte später nicht bereuen müssen. Er wusste nun, dass Zurückhaltung eine wichtige Fähigkeit ist, ebenso wichtig wie die Fähigkeit, sich gut ausdrücken zu können. Wenn man sich zu einem Thema nicht auskennt, ist es besser zu schweigen. Bevor man seine Meinung kundtut, sollte man zuhören, beobachten, nachdenken und abwägen.

»Wie geht es unserem Kranken?« Die vertraute Stimme des besten Freundes riss Javier aus seinen Überlegungen und Erinnerungen.

»Hallo Jaime. Heute bist du eher gekommen als sonst. Hast du einen freien Nachmittag, oder bist du der Arbeit entflohen?«

»Stell dir vor, ich habe um die Erlaubnis gebeten, dich auch außerhalb der Besuchszeiten sehen zu dürfen. Wenn ich komme, sind immer schon andere Leute da. Manchmal sind es so viele, dass wir kaum Zeit finden, ein paar Worte miteinander zu wechseln.«

»Ein Mann im öffentlichen Dienst zu sein, hat auch seine Schattenseiten. Alle wollen mit dir sprechen.«

»Nun verdreh mal nicht alles! Du bist derjenige, mit dem alle sprechen wollen. Man schätzt dich sehr, und alle hoffen, dass du so schnell wie möglich wieder auf die Beine kommst.«

»Das hoffe ich auch. Ich habe viele Pläne. Das Erste, was ich tun werde, sobald man mich aus dem Krankenhaus entlässt, ist endlich in den Ruhestand zu gehen.«

»Und was hast du dann vor? Willst du reisen, deine Kinder im Ausland besuchen?«, erkundigte sich sein Freund. Seine Stimme klang wenig begeistert.

»Ich habe ein Bildungsprojekt für junge Wissenschaftler und Forscher im Kopf.«

Jaime hörte seinem Freund zu, aber innerlich war er sehr beunruhigt. Er musste ihm etwas sehr Wichtiges mitteilen, musste ihn endlich über seinen heiklen Gesundheitszustand aufklären. Die Ärzte hatten es für ratsam gehalten, Javier nicht sofort über den Hirntumor in Kenntnis zu setzen. In solchen Fällen wurde üblicherweise zunächst ein nahestehender Verwandter informiert, vor allem, wenn es sich um einen bösartigen und sehr gefährlichen Tumor handelte. Bei Javier bestand jedoch das Problem, dass keiner seiner Angehörigen in Lima lebte. Als er aus dem Koma erwacht war, hatte er außerdem gleich darum gebeten, niemanden aus der Verwandtschaft zu benachrichtigen. Er wollte sie nicht beunruhigen, wollte keinem zur Last fallen. Er war es gewohnt, allein zurechtzukommen, und war sich obendrein sicher, bald alles überstanden zu haben.

Javier hatte nicht die geringste Ahnung davon, dass die Gehirnerschütterung bösartige Zellen aktiviert hatte, die sich möglicherweise sogar ausbreiten konnten. Ein Eingriff war unabdingbar, aber jemand musste sein Einverständnis dafür geben.

Die Entscheidung lag bei Javier. Deshalb hatten die Ärzte Jaime gebeten, seinem Freund die bittere Wahrheit zu enthüllen.

Jaime war sich nicht sicher, wie sein Freund die furchtbare Botschaft aufnehmen würde: ausgerechnet jetzt, wo er seine Arbeit aufgeben und sich den Dingen widmen wollte, die ihm besonders am Herzen lagen. Jaime erinnerte sich daran, dass Javier ihm bereits vor seinem Unfall, während einer ihrer gemeinsamen Wanderungen, von seinem Plan erzählt hatte, eine Universität zu gründen. Er wollte verschiedene Fakultäten von höchstem wissenschaftlichem Niveau einrichten, die jedoch für alle zugänglich sein sollten. Es sollte eine Forschungsstätte auf der Höhe der Zeit werden, etwas, das diesem Land bisher noch fehlte.

Jaime wusste aus Erfahrung, dass Javier, wenn er sich etwas vorgenommen hatte, alles versuchte, um es in die Tat umzusetzen. Er hatte als Universitätsdozent gearbeitet, er war ein großartiger Ingenieur, hatte zahlreiche Freunde, eine Menge Einfluss und genoss hohes Ansehen. Es fehlte ihm lediglich an Zeit. Aber Javier war davon überzeugt, dass er, sobald er pensioniert war, seine Träume realisieren würde. Er ahnte nicht, wie es um seine Gesundheit bestellt war.

Jaime suchte nach den passenden Worten. Die Aufgabe, die ihm die Ärzte anvertraut hatten, war weder leicht noch angenehm, aber er musste sie erfüllen und zwar möglichst rasch.

»Jaime, geht's dir nicht gut? Du siehst so sorgenvoll aus«, fragte Javier, ohne zu wissen, was ihn erwartete.

Sein Freund runzelte die Stirn. Es fiel ihm schwer, seine Gedanken und Gefühle zu verbergen. Er schätzte Javier sehr. Sowohl in guten als auch in schlechten Zeiten waren sie immer füreinander da gewesen und hatten sich gegenseitig ermutigt. Aber in dieser Situation konnte er Javier nicht helfen, denn sein Problem betraf nur ihn persönlich, er allein musste die Entscheidung fällen.

Jaime atmete tief durch, bevor er zu sprechen begann. Er wusste, dass seine Worte den Freund in die Verzweiflung treiben würden. Er musste genau das tun, was auch seine Arbeit täglich von ihm erforderte, nämlich geradezu auf den Punkt kommen. So grausam die Wahrheit auch war, sie musste ausgesprochen werden.

»Ja, ich sitze auf glühenden Kohlen«, erklärte er. »Ich habe leider eine schlechte Nachricht, und das tut mir sehr leid.«

»Was ist los? Ist jemand aus deiner Familie erkrankt? Läuft irgendetwas schief?«

»Nein, mit mir hat es nichts zu tun. Es betrifft dich, und ich weiß nicht, wie ich beginnen soll. Man hat mich damit beauftragt, es dir zu sagen, weil wir Freunde sind. Ich kann seit Tagen nicht mehr schlafen, da ich immer daran denken muss.«

»Was ist mit mir? Wird die Genesung noch länger dauern? Laufe ich nicht mehr so gut wie zu Beginn?«

»Nein, Javier, es ist viel schlimmer. Die Ärzte haben einen Tumor in deinem Gehirn gefunden. Nach dem Unfall haben die Zellen angefangen zu wuchern. Der Tumor wurde im Lauf der Untersuchungen entdeckt. Man ist der Meinung, dass du nur überleben kannst, wenn du dich operieren lässt.«

Javier schwieg und wartete, bis sein Freund zu Ende gesprochen hatte. Dann bewegten sich seine Lippen, und er begann zu gestikulieren, aber er brachte keinen Ton hervor. Er war leichenblass. Endlich stieß er die ersten Sätze hervor: »Was erzählst du da? Bist du wirklich ganz sicher? Wer hat dir das gesagt und wann?« Fragend starrte er seinen Freund an.

»Es ist die Wahrheit. Ich wollte mir alles genau bestätigen lassen, bevor ich mit dir darüber spreche.«

»Das kann nicht sein. Ich habe immer alle Kontrolluntersuchungen durchführen lassen, kein Arzt hat je etwas Auffälliges bemerkt. Man hat mir immer versichert, dass ich kerngesund und absolut fit bin«, widersprach Javier, als wollte er sich rechtfertigen.

»Ich wünschte, es wäre so, aber die Tomographie hat ein Neoplasma ergeben. Man weiß nicht genau, ob sich Metastasen bilden können«, erklärte Jaime mit trauriger Stimme.

Javier erwiderte nichts, er konnte es nicht glauben und war vollkommen verwirrt. Die unerwartete Krebsdiagnose berührte ihn zutiefst. Er spürte ein Stechen im Unterleib, eine instinktive Angst breitete sich in ihm aus, er hatte das Gefühl, als zitterten ihm die Beine. Lange Zeit schwieg er mit zu Boden gesenktem Blick. Allmählich kam er innerlich zur Ruhe, er atmete tief durch und sagte schließlich mit entschlossener Stimme: »Ich will die ganze Wahrheit erfahren, so grausam sie auch sein mag.«

»Die Ärzte werden dir alle weiteren Informationen geben. Es tut mir sehr leid, Javier, es ist furchtbar. Ich hoffe von ganzem Herzen, dass sich alles zum Guten wendet. Du musst dich jetzt leider dem Problem stellen, aber ich werde dir in jedem Augenblick zur Seite stehen.«

Nachdem Jaime gegangen war, überkamen Javier die unterschiedlichsten und widersprüchlichsten Gefühle. Es hatte ihn so große Anstrengungen gekostet, ins Leben zurückzukehren, seinen Weg wiederaufzunehmen – und nun das. Seine Verzweiflung verwandelte sich in Wut und schließlich in ein Gefühl der Ohnmacht angesichts der neuen Bedrohung. Bei dem bloßen Gedanken an seine Frau, die an Krebs gestorben war und bis zu ihrem Tod schrecklich gelitten hatte, erschien ihm die Zukunft in den düstersten Farben. Aber ein Teil in ihm kämpfte weiter und hielt die Hoffnung aufrecht: Er musste zunächst mit den Ärzten sprechen, um sich ein genaueres Bild von seiner Lage zu machen.

Die Ärzte erklärten Javier alles ausführlich. Anhand der Aufnahmen von den betroffenen Stellen erläuterten sie ihm die Auswirkungen des Tumors auf die Gehirnfunktionen. Nun wusste er endlich, weshalb er in letzter Zeit so häufig kleinere Beschwerden hatte. Hin und wieder fühlten sich Teile seines

Körpers wie gelähmt an, bisweilen verlor er auch das Gleichgewicht. Das Tumorgewebe erklärte auch die häufigen Kopfschmerzen, die er immer übergangen hatte.

»Es ist erwiesen, dass es sich um einen Tumor handelt. Wir wissen jedoch nicht, warum er entstanden ist. Es gibt viele mögliche Ursachen«, erklärte Dr. Revilla, einer der angesehensten Neurologen des Landes. »In Folge der Gehirnerschütterung hat sich der Tumor vergrößert. Es ist ratsam, ihn chirurgisch zu entfernen. Aber vor diesem Eingriff müssen wir noch einige Untersuchungen durchführen.«

»Wie groß sind die Chancen auf Erfolg? Gibt es keine anderen Möglichkeiten außer einer Operation?«

»Schwer zu sagen. Es kommt darauf an, wie Ihr Organismus reagiert. Es fehlen uns noch die Ergebnisse der beiden letzten Untersuchungen, die mithilfe eines Spezialgeräts zur Lokalisierung der beschädigten Hirnpartien durchgeführt wurden. Neben der Computer- und der Magnetresonanztomographie haben wir eines der neuesten technologischen Geräte, den sogenannten Trimprob-Scanner verwendet, mit dem sich auch die kleinsten Läsionen erkennen lassen. Die Ergebnisse werden in einem hochspezialisierten Tumorzentrum im Ausland ausgewertet und uns in den nächsten Tagen zugeschickt. Wir müssen vor allem sicher sein, welche Stellen genau betroffen sind, und benötigen außerdem die Ergebnisse der klinischen Analysen. Sobald wir die Resultate haben, können wir Ihnen Genaueres sagen.«

Als die Untersuchungsergebnisse eintrafen, wartete eine neue Schreckensnachricht auf Javier. Der Tumor ließ sich nicht durch einen chirurgischen Eingriff entfernen, da einige sehr empfindliche Teile des Gehirns betroffen waren.

»Die einzige uns verbleibende Möglichkeit ist eine sehr hoch dosierte Chemotherapie, die zwar das Knochenmark angreift, aber die Aktivität der Tumorzellen eindämmt. In der Zwischenzeit werden wir Ihnen Stammzellen aus dem Knochenmark entnehmen und diese nach etwa zwanzig Tagen intravenös injizieren. Wenn Sie positiv auf die Therapie reagieren, sind Sie innerhalb weniger Monate außer Gefahr. Aber leider kann ich nicht für den Erfolg der Behandlung garantieren.«

Javier hörte zu. Er wollte unbedingt leben. Er war aus dem Jenseits zurückgekehrt, um sich einer Aufgabe zu stellen, um anderen zu helfen. Seit den Zeiten als Universitätsdozent hatte er immer einen Traum gehegt: Er wollte das Bildungssystem im Land verbessern. Dieses Ziel hatte er bereits vor vielen Jahren ins Auge gefasst, es zu erreichen aber immer auf die Zeit der Pensionierung verschoben. Nun, da es endlich soweit war, kam ihm unerwartet die Krankheit dazwischen. Plötzlich musste er an seine Reise ins Jenseits und an die Worte seines Begleiters denken. Er durfte auf die Erde zurückkehren, aber man würde ihm Schranken auferlegen. Vielleicht waren diese Schranken seine Krankheit.

Javier sah mit einem Mal vollkommen klar. »Was kann mir im schlimmsten Fall passieren?«, wandte er sich fragend an die Ärzte.

»Entweder in einen Zustand der Bewusstlosigkeit zu fallen oder aber zu sterben.«

»Bevor ich meine Einwilligung zu der von Ihnen vorgeschlagenen Therapie gebe, brauche ich noch etwas Bedenkzeit.«

»Selbstverständlich. Ich stehe Ihnen gerne jederzeit zur Verfügung …«

Javier wusste, dass er nicht gleich sterben würde. Das Einzige, wovor er wirklich Angst hatte, war ein Zustand des vollkommenen Dahinvegetierens. Er wollte im Vollbesitz seiner Kräfte sein, sich bewegen und klar denken können. Als er sich an den schwierigen Weg zurück ins Leben erinnerte, durchlief ihn ein Schaudern. Dieses Erlebnis war für ihn traumatischer gewesen als der Übergang vom Leben zum Tod.

5

Werde dein eigener Arzt

In den folgenden Tagen informierte sich Javier über die Nebenwirkungen und Folgen der Therapie und wog die Erfolgschancen ab. Nachdem er mit mehreren Spezialisten gesprochen hatte, kam er zu dem Entschluss, dass die Chemotherapie für ihn nicht sehr vielversprechend war. Auf diesem Weg würde er sein Leben lediglich um ein paar Monate verlängern – doch nur um den Preis all der Leiden und Unannehmlichkeiten, die ein Krankenhausaufenthalt mit sich brachte. Die Behandlung würde ihn nur weiter schwächen und zur Untätigkeit verdammen. Er wollte sich nicht den herkömmlichen Heilverfahren unterziehen, die kaum Aussicht auf Erfolg hatten.

Aber sein Ziel war es nach wie vor, um jeden Preis weiterzuleben. Er musste etwas finden, das ihm half, die Angst zu überwinden und seinen Traum zu verwirklichen. Jeder weitere Tag war für ihn von großem Wert.

Javier war ein praktisch veranlagter Mensch. Wenn er sich einem Problem stellen musste, wog er immer alle bestehenden Möglichkeiten ab. Auf die gleiche Weise begegnete er seiner Krankheit. Er suchte nach alternativen Heilmethoden, die weniger schädlich für den Organismus waren. Er musste seinen Gesundheitszustand so lange wie möglich stabil halten, danach konnte er beruhigt sterben.

Als er den Ärzten seinen Entschluss mitteilte, schüttelten sie missbilligend die Köpfe. Aber da sich Javier strikt weigerte, eine Chemo- oder Strahlentherapie zu beginnen, blieb ihnen nichts weiter übrig, als ihn aus dem Krankenhaus zu entlassen.

Am Morgen der Entlassung kam Jaime, um ihn abzuholen. Auch er konnte die Entscheidung seines Freundes nicht ganz verstehen. Für ihn war der Versuch, sich durch die herkömmlichen Therapien heilen zu lassen, eine Art Glücksspiel: Die Chancen zu gewinnen oder zu verlieren waren gleich hoch, aber man konnte es zumindest versuchen. Wenn er sich überhaupt keiner Behandlung unterzog, hatte er, laut Auskunft der Ärzte, höchstens noch sechs Monate zu leben.

»Javier, was willst du nun tun? Welche Zukunftspläne hast du?«, fragte sein Freund besorgt.

»Lieber Jaime, ich werde meine Ämter hier niederlegen und nach Puno gehen. Dort muss ich noch einige Angelegenheiten regeln, danach werde ich mich darum kümmern, wenigstens die Grundlagen für das Projekt auf den Weg zu bringen, das ich seit langem im Kopf habe. Der Unfall und die Tumordiagnose kamen für mich vollkommen unerwartet. Da ich nicht all meine Träume in die Tat umsetzen kann, muss ich mich damit zufriedengeben, von einem Tag zum nächsten zu planen.«

»Wenn ich etwas für dich tun kann, sag es mir, ich helfe dir jederzeit gern.«

»Danke, aber ich werde nur im äußersten Notfall darauf zurückkommen«, antwortete Javier, während sich ein Schatten der Verzweiflung auf sein Gesicht legte.

Sie fuhren in südlicher Richtung zu Javiers neuem Haus. Er hatte sich dort niedergelassen, um seine freie Zeit möglichst nah am Meer verbringen zu können. Als seine Frau noch lebte, wohnten sie in Jesús María, einem Stadtteil im Zentrum von Lima. Aber nach Doras Tod war es für Javier unerträglich, länger in der alten Wohnung zu bleiben.

Während der Fahrt sprachen sie über dies und das. Beide vermieden das Thema der Krankheit und der wenigen Monate, die Javier noch verbleiben sollten. Jaime spürte, dass sich sein Freund durch die Krankheit sehr verändert hatte. Javier gab sich ihm gegenüber nach wie vor heiter und freundlich, aber etwas an ihm war anders als früher. Er strahlte etwas Geheimnisvolles aus, etwas, das Jaime nicht zu ergründen vermochte, obwohl er ihn schon so lange kannte. Seine Worte, seine Gesten, seine gesamte Einstellung schienen verändert. Wenn er Javier in die Augen sah, wirkte sein Blick unbeteiligt, in weite Ferne gerichtet, gleichsam rätselhaft.

Im Lauf der folgenden Tage nahm Jaime die Veränderungen an seinem Freund noch deutlicher wahr. Er glaubte, dass sein Verhalten und seine neue Lebenseinstellung allein mit dem furchtbaren Schicksalsschlag zusammenhingen, den er erlitten hatte.

Jaime bemerkte nicht, dass Javier, seit er das Krankenhaus verlassen hatte, unter Schlaflosigkeit litt. Stundenlang lauschte er dem Meeresrauschen, er las viel, unternahm nächtliche Spaziergänge, dachte über seine Krankheit, über Leben und Tod nach. Oft schlich er sich unbemerkt auf den Friedhof und blieb lange Zeit vor dem Grab seiner Frau sitzen.

Früher hatte Javier, zumindest tagsüber, immer heiter gewirkt. Obwohl der Verlust seiner Frau ihn mit Schmerz erfüllte, gab er sich fröhlich und herzlich und versuchte positiv zu denken. Jetzt wartete er dagegen voller Ungeduld auf die Nacht. In der Stille und Einsamkeit erweiterte er seine medizinischen Kenntnisse, las spirituelle Texte und suchte nach einem Ausweg. Er schmiedete Pläne, in der Hoffnung, dass einige seiner ehemaligen Studenten, die inzwischen selbst erfolgreich im Berufsleben standen, sie eines Tages, wenn er nicht mehr am Leben war, umsetzen würden.

Er sammelte immer detailliertere Informationen über seine Krankheit und deren Verlauf innerhalb der wenigen Monate, die ihm laut Angabe der Ärzte noch verbleiben sollten. Er erkannte, dass der Schulmedizin Grenzen gesetzt waren, auch wenn sie noch so fortschrittlich war. Obwohl man mittlerweile sehr präzise Diagnosen stellen konnte, waren die Heilungschancen oft ziemlich gering. In den Annalen der Medizin wurde häufig von Spontanheilungen berichtet, die sich wissenschaftlich nicht erklären ließen. So war beispielsweise ein an Lungenkrebs erkrankter Patient zu sich nach Hause zurückgekehrt, um dort die letzten Tage zu verbringen. Fünf Monate später hatte er sich einer erneuten Untersuchung unterzogen: Der Tumor war verschwunden.

Javier beschloss, sich näher mit diesem Thema zu beschäftigen. Er fand heraus, dass es unzählige Fälle von sogenannten unerklärlichen Heilungen gab. Die Mediziner waren angesichts dieses Phänomens ratlos, aber leugnen konnten sie es nicht und stuften es als Sonderfall ein. Javier kam allmählich zu der Überzeugung, dass die Medizin weniger eine Wissenschaft, sondern vielmehr eine Heilkunst war.

Er betrachtete den Menschen nunmehr als ein Meisterwerk der Natur, als ein genetisches Wunder, dessen Erforschung gerade erst begonnen hatte. Es gab noch so viel zu entdecken. Je länger sich Javier mit dem Menschen auseinandersetzte, desto plausibler erschien ihm die Gottesvorstellung. Nur ein sehr weises und mächtiges Wesen konnte ein derartiges Geschöpf hervorbringen. Gott war der Baumeister des Universums.

Aus wissenschaftlicher Sicht besteht der Körper aus Milliarden von Zellen, die sich nach Zellarten zusammenschließen und die einzelnen Körperteile und Organe bilden. Jede dieser Zellen erfüllt drei Lebensfunktionen: erstens als Einzelzelle, zweitens als Element, das in unmittelbarem Kontakt mit den sie umgebenden Zellen steht, und schließlich drittens als Teil des gesamten Organismus. Während sich Javier immer ausführlicher mit der Physiologie beschäftigte, entdeckte er, dass sich der Körper durch eine ganze Reihe verschiedener Systeme am

Leben erhält und erneuert. Das Nervensystem, das Lymphsystem, der Blutkreislauf, der Bewegungsapparat und das Skelett spielten eine gleichermaßen wichtige Rolle.

Als Javier eines Tages Dr. Roca besuchte, um sich bei ihm zu bedanken, gab ihm dieser weitere Informationen: »Jedes dieser Systeme hat einen eigenen Stoffwechsel, seine eigene Bewegungs- und Wahrnehmungsfähigkeit. Die Zellen empfinden, bewegen und ernähren sich nach ihrem jeweiligen Vermögen. Ihren eigenen Bedürfnissen und denen des gesamten Organismus entsprechend, nehmen sie Energie auf und wandeln sie um.«

Nachdem Javier ihm von den Komplikationen berichtet hatte, die eine Chemotherapie möglicherweise mit sich bringen konnte, antwortete Roca schlicht: »Ihr Tumor lässt sich sehr schwer entfernen. Kein Arzt könnte für ein vollständiges Gelingen garantieren. Auch die anderen Therapien sind bloße Möglichkeiten, die ganz von Ihrer Reaktion abhängen. Als Freund rate ich Ihnen, sich einer Behandlung zu unterziehen, aber als Arzt muss ich bekennen, dass der Medizin Grenzen gesetzt sind und dass Sie nur noch ein Wunder retten kann.«

»Ich danke Ihnen für Ihre Aufrichtigkeit, Dr. Roca«, erwiderte Javier nachdenklich.

»Frisancho, ich schätze Sie sehr, und ich kann Ihnen gar nicht sagen, wie leid es mir tut, dass ich für Sie nichts weiter tun kann, als zu beten.«

Noch im Krankenhaus hatte Dr. Revilla Javier erklärt, dass das Nervensystem aus Milliarden von Neuronen besteht und dass diese im Knochenmark und den anderen Nervenzentren in etwa derselben Anzahl vorliegen.

»Wie treten all diese Neuronen untereinander in Kontakt?«, hatte ihn Javier damals gefragt.

»Nerven haben die Form von Bändern, sie bestehen aus einzelnen Fasern, die jeweils von einer Membran umgeben sind.

Sie übertragen Impulse und Empfindungen und verbinden das Gehirn mit bestimmten Körperteilen. Die Nerven werden durch verlängerte Neuronen gebildet, die direkt oder indirekt mit dem Gehirn oder Rückenmark verknüpft sind.«

»Was für Folgen hätte es, wenn ich mich einer Operation unterziehen würde?«

»In Ihrem Fall müssten wir einen Schnitt vornehmen, wodurch Teile des Mittelhirns, des Hirnstamms sowie vor allem des verlängerten Rückenmarks verletzt würden.«

»Was hätte das für Auswirkungen?«

»Ein Eingriff würde die Funktion des vegetativen Nervensystems einschränken, aber viel folgenschwerer sind die Schäden am verlängerten Rückenmark. Die Atmung und der Blutkreislauf könnten in Mitleidenschaft gezogen werden, was den sicheren Tod zur Folge hätte. Die einzige Möglichkeit, mit der sich das Wachstum des Tumors eventuell stoppen lässt, ist die Chemotherapie in Kombination mit einer Strahlentherapie.«

Javier suchte auch bei anderen Onkologen Rat, aber alle gaben Dr. Revilla recht. Während seiner Suche lernte er jedoch auch Ärzte kennen, die ihm von alternativen Heilverfahren berichteten. Javier kam zu dem Schluss, dass es innerhalb der Medizin zwei unterschiedliche Ansätze gab: zum einen die Allopathie, die sich vor allem chemischer Medikamente bediente, und zum anderen die holistische, auf Naturheilverfahren gestützte Medizin.

Die Schulmedizin betrachtete ihn als einen unheilbar Kranken. Die Tatsache, dass er als kritischer Fall galt und es kaum noch Hoffnung gab, hatte eine Reihe existentieller Konflikte in ihm ausgelöst. So setzte er zum Beispiel seine Angehörigen nicht über seinen Zustand in Kenntnis, weil er nicht wollte, dass sie ihn in irgendeine Einrichtung brachten, um ihn dort bis zu seinem Tod zu pflegen.

Seine Gefühle schwankten zwischen Aufbegehren, Mut und der Entschlossenheit, sein Ziel zu erreichen. Gleichzeitig verspürte er Ohnmacht, Wut, Trauer und Enttäuschung. Aber am stärksten war in ihm der Wunsch, noch so lange wie möglich am Leben zu bleiben.

Die Begegnung mit Dr. Miguel Ángel Ayala, einem ehemaligen Schulkameraden, der inzwischen ein bekannter Onkologe geworden war, bedeutete für Javier einen kleinen Lichtblick. Er traf ihn zufällig, als er in einer Klinik weitere Nachforschungen über Heilungsmöglichkeiten anstellte.

»Javier, was für eine Überraschung. Was treibst du hier? Hast du gesundheitliche Probleme? Ich habe in der Zeitung von deinem Unfall gelesen, aber später hieß es, du hättest dich erholt. Ich war damals gar nicht hier, sondern auf einem Fortbildungsseminar in Europa.«

»Miguel Ángel, wie schön, dich zu sehen. Arbeitest du hier?«

»Ich bin Chefarzt der onkologischen Abteilung. Wollen wir in die Cafeteria gehen und auf die guten alten Zeiten anstoßen?«

»Einverstanden. Ich habe es nicht eilig. Wir können ein wenig plaudern«, antwortete Javier. Er war sichtlich erfreut, seinen alten Freund nach so langer Zeit wiederzutreffen.

Auf dem Weg in die Cafeteria bemerkte Javier, dass Miguel Ángel ein wenig fülliger geworden war und nun eine Brille trug. Auch sein Gang wirkte schleppender als früher, aber er hatte sich seinen sechsten Sinn und seinen scharfen Blick bewahrt. Während sie mit einer Tasse Tee an einem der Tische saßen, schilderte Javier ihm seine Situation. Miguel Ángel hörte aufmerksam zu. Die Worte, die er schließlich fand, um seinen Freund zu trösten, flößten Javier neuen Mut ein.

»Es tut mir sehr leid, Javier, dass du in diese schlimme Lage geraten bist. Als Arzt und als Freund sage ich dir jedoch ganz offen: Verliere niemals die Hoffnung, es ist noch nicht alles verloren, manchmal geschehen auch Wunder. Koste deine

Tage aus und versuche, nicht an den Tod zu denken, denn trotz unserer ganzen Wissenschaft können wir nicht wissen, wie viel Zeit Gott uns tatsächlich noch gewährt.«

Javier rief sich später immer wieder die Worte seines Freundes ins Gedächtnis zurück: »Manchmal geschehen auch Wunder.«

Die Erklärungen eines Arztes können sowohl positive als auch negative Auswirkungen auf den Patienten haben. Der Kranke setzt all sein Vertrauen in ihn. Die Diagnose der Krankenhausärzte hatte in Javier ein Gefühl der Niederlage ausgelöst, er fühlte sich zum Tode verurteilt. Aber Miguel Ángel weckte erneut eine leise Hoffnung in ihm und gab ihm Kraft, seinen Weg fortzusetzen. Seit ihrer Begegnung war Javier aus seiner Lethargie erwacht und beschloss nun, das Leben in vollen Zügen auszuleben. Er hatte zwar einige Beschwerden, aber die Schmerzen waren erträglich. Alles in allem war er noch ganz gut in Form.

Javier begann, sich über alternative Heilmethoden zu informieren, da er gehört hatte, dass sie dort, wo die Schulmedizin an ihre Grenzen stieß, bisweilen zu positiven Ergebnissen führten.

Den Anstoß dazu hatte einer der Nachbarn seines Hauses am Meer gegeben. Mario Vera kannte sich gut mit Naturheilverfahren aus. Er war groß und mager, Bart und Haare wirkten ein wenig zerzaust, und er hatte immer ein Lächeln auf den Lippen. Obwohl er gelernter Chemiker war, hatte er sich seit seiner Jugend mit den Lehren des tibetischen Buddhismus auseinandergesetzt und Yoga betrieben. Später hatte er in einer Kampfsportschule mit Tai Chi begonnen, und nun ließ er sich von einem chinesischen Mediziner in die Akupunktur unterweisen.

Mario hatte durch die Haushälterin, die in Teilzeit auch bei ihm arbeitete, von dem Unfall seines Nachbarn erfahren. Deshalb kam er, als Javier aus dem Krankenhaus entlassen wurde, gleich zu ihm herüber, um sich nach seinem Befinden zu erkundigen. Er zeigte ihm einige Chi-Gong-Übungen, die das allgemeine Wohlbefinden steigern sollten.

»Du wirst sehen, dass es dir bald besser geht«, erklärte er mit begeisterter Stimme, ohne zu wissen, was Javier fehlte. »Diese Übungen hat mir mein Lehrer gezeigt.«

»Wer ist denn dein Lehrer?«

»Er heißt Ling Shen und ist praktizierender Arzt für traditionelle Akupunktur. Während der Kulturrevolution unter Mao ist er aus China geflohen und nach Peru gekommen. Seine Praxis befindet sich im chinesischen Viertel im Zentrum. Bevor er sich als Arzt niederließ, hat er hier in Lima an der Cayetano-Heredia-Universität seinen Abschluss gemacht. Shen ist auch mit der westlichen Medizin vertraut, aber seine Behandlungen beschränken sich ausschließlich auf die Akupunktur. Er kann dir helfen, dein inneres Gleichgewicht wiederzufinden.«

Javier zögerte zunächst, aber da die Schmerzen im Hals nicht nachließen, er kaum noch Schlaf fand und außerdem bereits einiges von der Wirksamkeit der Akupunktur gehört hatte, beschloss er, einen Versuch zu wagen.

»Kannst du mir einen Termin besorgen?«

»Natürlich. Ich sehe ihn morgen Nachmittag. Wenn du mitkommen willst, gehen wir einfach etwas eher los, dann kann er dich vorher untersuchen.«

»Einverstanden. Wann kommst du vorbei?«

Als Mario und Javier bei Shen eintrafen, waren bereits einige andere Leute anwesend. Sie saßen im Kreis um einen weißhaarigen Chinesen mit langem, dünnem Bart. Sein Blick wirkte klar und seine Bewegungen natürlich. Mario nickte ihm zu, und er erhob sich, um ihn mit einem Lächeln zu begrüßen. Sein Gang war gleichzeitig leicht und energisch.

»Meister Shen, darf ich Ihnen meinen Nachbarn Javier vorstellen? Er hat gesundheitliche Probleme. Könnten Sie einen Blick auf ihn werfen, bevor Sie mit dem Unterricht beginnen?«

»Wir haben noch eine Viertelstunde Zeit, das müsste genügen«, antwortete er, wobei er zum Gruß eine leichte Verbeugung andeutete und Javier dabei unablässig betrachtete. »Hier geht es lang. Darf ich fragen, was Sie beruflich machen?«

»Ich war Staatsbeamter, jetzt bin ich allerdings pensioniert«, erklärte Javier, während er Shen den Flur entlang in ein Zimmer folgte, in dem sich eine Liege, ein Schreibtisch, mehrere Stühle, Schüsseln und eine Garderobe befanden.

»Machen Sie es sich bequem, und zeigen Sie mir Ihre Hände«, sagte Shen und nahm Javier gegenüber Platz. Er ergriff erst das rechte, dann das linke Handgelenk seines Patienten, während seine Finger einen mal leichten, mal etwas festeren Druck ausübten. Dann betrachtete er Javiers Gesicht.

»Haben Sie Schmerzen im Rücken, im Hals und im Schulterbereich?«, fragte er. »Ich spüre, dass Sie Verdauungsbeschwerden haben.«

»Ja, das stimmt«, antwortete Javier. Er war etwas verwundert über die Untersuchungsmethode.

»Legen Sie sich bitte dort auf die Liege. Lösen Sie den Gürtel, knöpfen Sie das Hemd auf, und entspannen Sie sich.«

Javier gehorchte. Kurz darauf lag er ausgestreckt auf dem Rücken. Mehrere Nadeln steckten in seinem Körper.

»Ihre Energie ist aus dem Gleichgewicht geraten, zu viel Yang. Wir werden Sie wieder ins Gleichgewicht bringen. Sie brauchen nur ruhig dazuliegen. Ruhen Sie sich aus, schließen Sie die Augen, und atmen Sie gleichmäßig. In der Zwischenzeit werde ich mit meinen Schülern sprechen, danach komme ich wieder zu Ihnen.«

Javier schlief ein. Als er erwachte, merkte er, dass der stechende Schmerz im Hals wie durch ein Wunder verschwunden war. Er war sehr erstaunt und dachte, dass ihm der chinesische Arzt vielleicht weiterhelfen oder zumindest seine Beschwerden lindern konnte. Als er eintrat, sagte Javier: »Dr. Shen, ich fühle mich besser, die Schmerzen sind verflogen. Ihre Therapie hat gewirkt, aber eigentlich habe ich ein sehr viel ernsteres Problem. Ich bin todkrank, ich habe einen bösartigen Tumor im Gehirn. Eine Operation ist unmöglich, ich muss eine andere Heilmethode finden, koste es, was es wolle.«

Shen hörte ihm schweigend und konzentriert zu. Dann bekannte er aufrichtig: »Ihr Fall ist sehr ernst. Akupunktur kann Ihnen nur bedingt weiterhelfen.«

»Aber können Sie nicht mein Leben wenigstens um ein paar Tage verlängern?«, fragte Javier hoffnungsvoll.

»Das ist möglich, aber Sie müssten weitere Maßnahmen ergreifen. Vor allem müssen Sie Ihr eigener Arzt werden.«

»Wollen Sie damit sagen, ich soll mich selbst heilen?«

»Genau. Kümmern Sie sich um sich selbst, achten Sie auf Ihre Ernährung, auf Ihre Gedanken, Ihr Wohlbefinden und Ihre eigenen Kräfte.«

»Aber wie soll ich vorgehen? Ich habe Angst, etwas falsch zu machen.«

»Gebrauchen Sie Ihren Verstand und hören Sie auf Ihren Körper. Nutzen Sie Ihre Geisteskraft in einem positiven, konstruktiven Sinne. Um sich selbst zu heilen und die eigene Lebensqualität zu steigern, müssen Sie bereit sein, Gewohnheiten aufzugeben, die zu Ihrer Erkrankung beigetragen haben. Danach müssen Sie zum Handeln übergehen, sich gesund ernähren und sich selbst wertschätzen. Wichtig ist auch regelmäßige Bewegung. Aber noch wichtiger ist es zu lernen, auf die Stimme des Herzens zu hören, die eigenen Gefühle zu akzeptieren und ihnen aufrichtig Ausdruck zu verleihen.«

»Kann ich es schaffen, wieder gesund zu werden?«

»Ja, indem Sie das Gleichgewicht in Ihrem Inneren und in Bezug auf Ihre Mitmenschen herstellen. Es gibt keinen anderen Weg.«

Die Begegnung mit Shen weckte in Javier das Interesse an Themen, von denen er niemals geglaubt hätte, dass er sich jemals damit befassen würde. Shen hatte ihm erklärt, dass es für den Erhalt der Gesundheit vier Grundprinzipien zu beachten galt: Man musste auf sich selbst hören, sich selbst analysieren, sich entscheiden und sich fügen können. Als Javier ihn darum bat, sich klarer auszudrücken, erläuterte er ihm alles Schritt für Schritt und lächelte ihn dabei unaufhörlich an.

»Um die Kunst des Lebens zu erlernen, muss man anfangen, auf seinen Körper zu hören. Man muss seine Schmerzen und körperlichen Veränderungen wie Gewichtszunahme oder -verlust wahrnehmen, muss auf seine Ernährungsbedürfnisse achten und darauf, ob der Körper ausgeruht oder müde ist, ob die Stimme sich verändert usw. In einem zweiten Schritt muss man sich auf seinen Kopf, auf seine Vorstellungen, Gedanken, Gefühle und Wünsche konzentrieren. Man muss die positiven und die negativen Gedanken abwägen und erkennen, ob die eigenen Vorstellungen unserer Entwicklung dienlich oder eher hinderlich sind.

Darüber hinaus ist es wichtig, die eigenen Gefühle genau zu durchdenken, um zu erkennen, ob sie uns wachsen lassen. Auch sollte man immer erst abwägen, was man sagt, damit man später nichts bereut.

Der dritte Schritt besteht darin, seinen eigenen Weg zu wählen und auch bereit zu sein, ihn wieder zu verlassen, falls er sich als falsch erweist. Doch um das entscheiden zu können, bedarf es viel Lebenserfahrung. Erst wenn wir uns gänzlich auf das Leben einlassen und bereit sind, von ihm zu lernen, können wir unser Schicksal erkennen. Das Wissen kommt vor dem Handeln.

Viertens: Der Mensch lebt in dem permanenten Spannungsfeld zwischen den eigenen Wünschen und den Erwartungen anderer. Es geht einem gut, wenn man bereit ist, sich an seine Umwelt anzupassen, und gleichzeitig lernt, diese auf der Grundlage der Gegebenheiten umzugestalten. Das impliziert die Fähigkeit, seine Vorstellungen, Gewohnheiten und den eigenen Lebensstil zu verändern. Flexibilität und geistige Offenheit gegenüber neuen Erfahrungen sind eine gesunde Grundhaltung.

Wenn wir in der Lage sind, uns gegenseitig aufmerksam zuzuhören, über uns zu reflektieren, die richtigen Entscheidungen zu treffen und uns anzupassen, haben wir die Kunst, ein gesundes und glückliches Leben zu führen, erlernt.«

»Aber wo muss ich als Kranker ansetzen?«, unterbrach ihn Javier.

Shen sah ihm in die Augen. Er spürte seine Verzweiflung, aber als Arzt wusste er, dass eine Operation oder eine Therapie, die die Schädigung eines Teils seines Körpers zur Folge hätte, Javier nicht weiterhelfen würde. Um ihn wirklich zu heilen, musste das Problem bei den Wurzeln gepackt werden. Der erste Schritt bestand darin, dieses Problem zu begreifen und es zu akzeptieren. Deshalb antwortete er: »Gehen Sie zuerst der Frage nach, weshalb sich der Tumor in Ihrem Gehirn gebildet hat. Eine Krankheit oder ein Unfall sind immer ein Zeichen. Sie zeigen einem, dass etwas in unserem Leben nicht stimmt, dass wir etwas verändern müssen. Ich verstehe Ihre Verzweiflung, ich weiß, dass Sie von Schmerzen geplagt werden, dass Sie leiden und sich verunsichert fühlen. Trotzdem können Sie alles zum Guten wenden und müssen Ihr Schicksal nicht als einen Fluch oder eine Tragödie betrachten. Gehen Sie in sich, beobachten Sie sich genau und seien Sie aufrichtig zu sich selbst. Vielleicht hat etwas Ihr Leben verändert, vielleicht hängen Sie alten Erinnerungen nach oder haben Angst vor der Zukunft.«

»Danke für Ihre weisen Ratschläge, Dr. Shen. Ich werde nachdenken und nach einer Antwort suchen.«

»Wenn die Schmerzen anhalten, rufen Sie mich an, lieber Javier«, sagte Shen zum Abschied und verneigte sich.

In den folgenden Tagen dachte Javier viel nach. Die Frage nach der Ursache seiner Krankheit verwirrte ihn. Er hatte zwar verstanden, was Shen ihm sagen wollte, aber er vermochte es nicht umzusetzen.

Inzwischen hatte Javier mit Mario Freundschaft geschlossen. Seine Vorurteile gegenüber diesem Mann, der ihm früher immer ein wenig sonderbar erschienen war, hatte er nach und nach aufgegeben. Er konnte jetzt verstehen, warum sich Mario für seine Art der Lebensführung entschieden hatte, und wusste, dass er damit glücklich war.

Mario und seine Frau Isabel zeigten Javier durch ihre Art zu leben und durch ihre große Hilfsbereitschaft, dass es auch andere Wege gab, das eigene Schicksal zu meistern und zu innerer Zufriedenheit zu gelangen. Sie hatten lange gemeinsame Jahre der Liebe und der Hoffnung hinter sich, auch wenn ihr Leben nicht immer einfach gewesen war. Aber sie waren den Schwierigkeiten immer zusammen begegnet.

Mario arbeitete in der Lebensmittelbranche, er hatte ein eigenes kleines Unternehmen und seine Frau unterstützte ihn. Sie hatten zwei Kinder von elf und vierzehn Jahren, die in La Molina die Waldorfschule besuchten.

»Bei unserer Arbeit mussten wir oft Niederlagen einstecken. Wir wollten expandieren und haben unsere Ambitionen teuer bezahlt. Wir mussten hart arbeiten, um all die entstandenen Schulden abzubezahlen. Aber wir haben auch unsere Erfahrungen gesammelt, haben nicht aufgegeben, und nun geht es wieder bergauf. Mario bietet unsere Waren seit einiger Zeit auf dem chinesischen Markt an. Bisher läuft es gut, wir können uns nicht beklagen. Wir sehen der Zukunft mit Hoffnung und Zuversicht entgegen«, erzählte Isabel eines Nachmittags, während sie mit Javier und ihrer Freundin Maruja, die für einige Tage zu Gast war, zusammensaß und Tee trank.

Isabels Freundin war um die fünfzig Jahre alt. Sie hatte bereits ergrautes Haar, ein fröhliches Gesicht und eine angenehme Stimme. Außerdem war sie sehr feinfühlig. Sie stammte aus Chimbote und arbeitete als Erzieherin in einem Kindergarten in Lima. Maruja war Buddhistin und interessierte sich sehr für die Medizin der peruanischen Indios. Dieses Interesse war in ihr erwacht, nachdem sie von der Heilung eines kleinen Jungen erfahren hatte. Mit neun Jahren begann der Kleine plötzlich unter Krampfanfällen zu leiden und die Ärzte diagnostizierten Epilepsie. Lange Zeit behandelte ihn die Mutter mit Medikamenten, bis ihn seine Großmutter eines Tages mit zu den Huaringas nahm, jenen heiligen Seen im Süden Perus, die unter den Curanderos als bedeutende Heilstätten gelten. Die Mutter wusste nicht, welcher Behandlung ihr Sohn dort genau unterzogen wurde, aber er war gesund nach Hause zurückgekehrt.

Maruja erzählte, dass sie den Lehren eines Curanderos, eines traditionellen Heilers, folgte, der zum Volk der Quechua gehörte. Er hieß Benito Ccama und lebte im Stadtteil Comas. Sie hatte jahrelang gewartet, bis er sie als seine Schülerin akzeptierte. Eines Tages ließ er sie endlich wissen, dass er nun bereit war, sie in die Heilkunst zu unterweisen.

»Mein Lehrer ist eine sehr einfache und bescheidene Persönlichkeit, aber er verfügt über unglaublich viel Erfahrung. Obwohl er sehr fundierte medizinische Kenntnisse hat, arbeitet er hauptberuflich nicht als Heiler, sondern als Maurer. Aber wenn sich jemand bei ihm in Behandlung begibt, wird er geheilt, ohne dass Benito großes Aufhebens darum macht«, erklärte Maruja.

Javier ging nicht weiter darauf ein und zeigte nach außen kein großes Interesse an dem Curandero, aber im Stillen fragte er sich, was plötzlich mit ihm geschah. Seit er von seiner Krankheit wusste, hatte er innerhalb kürzester Zeit von zahlreichen alternativen Heilmethoden erfahren, in die viele Menschen ihr Vertrauen setzten. Selbst Jaime, der ungern über seine Gebrechen sprach, hatte ihm gestanden, dass er Naturheilverfahren bevorzuge. Eines Tages war er mit einem Kilo gerösteten Mais unter dem Arm zu Javier gekommen und hatte gesagt: »Damit kannst du deine Cholesterinwerte senken und außerdem die Blutbildung fördern. Probier es nur aus.«

»Willst du mich auf den Arm nehmen? Das ist ein einfaches Grundnahrungsmittel.«

»Du wirst sehen, dass es dir guttut. In deiner Ernährung sollten außerdem weder Knoblauch noch Zwiebeln noch Zitronen fehlen«, insistierte der Freund.

»Jaime, ich erkenne dich kaum wieder. Ich dachte, du vertraust nur auf pharmazeutische Produkte und nicht auf Hausmittelchen.«

»Lieber Javier, ich bin keinesfalls verrückt, sondern nur praktisch veranlagt. Ich gehe zum Arzt, wenn ich mich schlecht fühle. Aber bevor ich irgendwelche Arzneien nehme, prüfe ich, ob sie mir wirklich weiterhelfen. Wenn mir Zweifel kommen, greife ich lieber auf Naturheilverfahren zurück.«

»Hast du keine Bedenken, dich in die Hände von Leuten zu begeben, die weder studiert noch irgendwelche Titel erworben haben?«

»Das Studium allein reicht nicht, man braucht auch Erfahrung. Ich bin nicht so dumm, mich jedem Beliebigen anzuvertrauen.«

»Jaime. Du überrascht mich immer wieder aufs Neue. Hast du bisher nicht immer auf die Schulmedizin geschworen?«

»Schon, aber ich suche auch Rat bei den Curanderos. Jeder hat seinen eigenen Bereich. Ich vertraue niemandem blind. Ich weiß, dass weder alle Ärzte noch alle Curanderos fähig sind, es gibt immer auch solche, die den Patienten ausnutzen oder ihm schädliche Medikamente verschreiben.«

»Ich glaube nicht, dass irgendein Arzt unverantwortlich handelt oder seine Macht missbraucht.«

»Oh doch. Leider gibt es auch solche, die sich an Krankheiten bereichern oder bestimmte Interessen verfolgen.«

»Was meinst du damit?«

»Nun, manche Ärzte verschreiben Medikamente, die noch gar nicht erprobt sind, und zwar allein deshalb, weil ein Pharmaunternehmen sie dafür bezahlt oder ihnen einen Auslandsaufenthalt ermöglicht.«

»Wie auch immer, mir ist eine Arznei aus der Apotheke lieber, als irgendein Gebräu von einem Curandero«, versuchte Javier, die Pharmaindustrie zu verteidigen.

»Du vergisst, dass man in dieser Branche ebenso Informationen über die Volksheilkunde sammelt, ihre Methoden erforscht und erprobt. Danach werden entsprechende synthetische Produkte hergestellt und auf den Markt geworfen. Da jedoch die Marktchancen der Pharmaindustrie durch die Volksheilkunde geschmälert werden, versucht man, sie in Verruf zu bringen und ihre Anwendung zu verhindern. Die Pharmaindustrie unterstützt außerdem Kampagnen, die sich gegen die Curanderos und ihre Praktiken richten.«

»Willst du behaupten, es gäbe Kampagnen zu Gunsten der Pharmaindustrie?«

»Genau das. Immer mehr Menschen werden unter dem Vorwand, sich ärztlich betreuen lassen zu müssen, dazu gebracht, regelmäßig Medikamente einzunehmen.«

»Du meinst ein regelrechtes Pharma-Marketing?«

»Es gibt Firmen, die sich darauf spezialisiert haben, bestimmte Krankheitsbilder zu entwerfen, bevor sie ein entsprechendes Medikament auf den Markt bringen. Manche Pharmaunternehmen haben erkannt, dass sie, um ein Produkt zu verkaufen, dafür zunächst die passenden Beschwerden erfinden müssen. So hat man beispielsweise 1997 unter dem Namen ›weibliche sexuelle Dysfunktion‹ gezielt ein Krankheitsbild erschaffen.«

»Deine These ist also, dass es den Firmen letztlich nur darum geht, ihre Produkte an die Patienten loszuwerden.«

»So ist es. Zu diesem Zweck veranstalten sie ihre medizinischen Kongresse. Sie bezahlen Leute dafür, ihre Produkte, die bisweilen sogar schädlich sind, zu bewerben. Sie verschicken Proben mit ihrem Firmenlogo und bezahlen die Ärzte dafür, dass sie die Arbeit der Curanderos in Misskredit bringen.«

»Ich wusste gar nicht, dass du dich für dieses Thema so interessierst. Du ergreifst ja regelrecht Partei für die alternativen Heilverfahren.«

»Du weißt doch, dass ich als Rechtsberater im Gesundheitsministerium gearbeitet habe. Du kannst dir nicht vorstellen, wie oft man mir Schmiergelder angeboten hat, damit ich bestimmte Vorschriften ändere, Zulassungen für unzureichend getestete Medikamente unterschreibe oder bestimmte Pflichtimpfungen einführe. Deshalb habe ich mich immer eingehend informiert und alle Anträge auf die dahinterstehenden wirtschaftlichen Interessen geprüft, bevor ich ein Rechtsgutachten erstellte. Leider liegt unsere Gesundheit in den Händen der großen Pharmaunternehmen, einiger politischer Machthaber und eines Teils der Presse.«

»Ich kann das gar nicht glauben. Ich dachte immer, dass sich dieser Bereich durch verantwortungsvolles und gesetzeskonformes Handeln auszeichnet«, rief Javier entsetzt aus.

»Die Bestechungsversuche waren nicht die einzigen Vorfälle. So ließ sich zum Beispiel ein Abgeordneter dafür bezahlen, dass er eine Kampagne zu Gunsten einer Impfung unterstützte. Außerdem weiß ich, dass der Vorgänger des jetzigen Gesundheitsministers bestechlich war. Als es herauskam, gab es einen ziemlichen Skandal.«

»Was ist passiert, als du die Schmiergelder ablehntest?«

»Man hat versucht, mich mit Drohungen einzuschüchtern. Aber ich habe mich nicht einschüchtern lassen und bin auf keinen Kompromiss eingegangen. Die großen Pharmafirmen können Forschungsergebnisse boykottieren und ein Produkt, das ihren eigenen Interessen zuwiderläuft, in Verruf bringen. Ich wusste das und habe es trotzdem ganz gut geschafft, mich nicht auf ihr Spiel einzulassen. Ich hätte es nicht vor mir selbst verantworten können, mit anzusehen, wie man anderen Schaden zufügt. Ich habe immer nur Medikamenten von seriösen Unternehmen die Zulassung erteilt, ohne dass dabei Schmiergelder geflossen wären.«

»Ich bewundere deine Ehrlichkeit und Aufrichtigkeit. Auch ich habe immer auf die Stimme meines Gewissens gehört, obwohl es manchmal mühsam war. Aber meine Eltern haben mir Werte mitgegeben und mich gelehrt, meinen Nächsten zu lieben.«

Javier wurde von Isabel aus seinen Gedanken gerissen. Sie sah ihn an und fragte neugierig: »Warum bist du so nachdenklich?«

»Ich habe nur an ein Gespräch über das Gesundheitswesen gedacht, das ich einmal mit einem Freund geführt habe. Ich wundere mich, dass es so viele Menschen gibt, die ihr Vertrauen in alternative Heilmethoden setzen, obwohl diese offiziell weder anerkannt noch erprobt sind.«

»Darüber solltest du mit Mario reden. Er sagt, dass in Peru drei von vier Personen auf Hausmittel zurückgreifen oder zu einem Curandero gehen. Er ist aber auch der Meinung, dass viele traditionelle Heiler über zu wenig Kenntnisse verfügen. In seinen Augen wäre es das Beste, wenn das Gesundheitsministerium die wirklich guten Curanderos auswählte und dazu befugte, mit den Ärzten zusammenzuarbeiten.«

»In Bolivien gibt es so etwas bereits. Der Patient kann dort in jedem beliebigen Krankenhaus wählen, ob er sich lieber von einem Arzt oder von einem Heiler behandeln lassen will«, unterbrach Maruja. Sie kannte sich offenbar gut in den verschiedenen Gesundheitssystemen aus.

»Ist es nicht riskant, so unterschiedliche Therapien anzubieten und Leuten ohne Universitätsabschluss die Zulassung zu erteilen?«

»Das ist es sicherlich. Aber genauso riskant ist es, jahrhundertealte, äußerst wirksame Heilverfahren einfach auszuschließen. Um Kenntnisse zu gewinnen, muss man nicht unbedingt an der Uni studieren. Sie können auch von einem Curandero vermittelt werden. Von ihm lernt man zunächst die Grundlagen, die man vertiefen muss, um schließlich selbst im Verborgenen als Heiler tätig werden zu können. Mein Lehrer zum Beispiel praktiziert seine Heilkunst nicht offiziell, weil er die Gesetze nicht übertreten will. Aber ich weiß, dass er den Leuten wirklich helfen kann.«

»Was genau bringt er dir eigentlich bei?«, fragte Javier wissbegierig.

»Er lehrt mich, dass Gesundheit das Gleichgewicht zweier Kräfte ist und dass es einem nur dann wirklich gut geht, wenn man die uns von der Natur auferlegten Gesetze kennt und respektiert. Er sagt, dass die Heilverfahren von Generation zu Generation weitervermittelt werden und dass sie durch eine sich ständig erneuernde Gruppe von Curanderos zur Anwendung kommen. Er bringt mir auch den Gebrauch von Heilkräutern bei. Er spricht sehr viel von der universellen Energie und ihrer Wirkungsweise. Es ist äußerst interessant zu sehen, inwiefern der Mensch von dieser Energie beeinflusst wird. Aber vor allem lehrt er mich, die menschliche Natur zu verstehen und Krankheiten zu heilen. Er zeigt mir, wie sich Körper und Geist in Einklang bringen lassen, welche Symbole, Reinigungsrituale und andere Mittel dazu nötig sind.«

»Und welche sind das?«

»Wichtig ist vor allem, nicht die Krankheit, sondern den Kranken zu behandeln. Jeder Mensch ist ein Fall für sich, jeder hat ein ganz persönliches Problem, das sich nicht verallgemeinern lässt. Krankheit bedeutet Disharmonie, der Verlust des Gleichgewichts zwischen Geist, Körper und Bewusstsein. Wir erkranken, weil etwas den Mechanismus blockiert, der unser inneres Gleichgewicht aufrechterhält. Benito Ccama ist davon überzeugt, dass jeder von uns ein Ganzes ist und dass es Auswirkungen auf alles Übrige hat, wenn ein Teil von uns erkrankt.«

»Und was denkt er über Krebs?«

»Er glaubt, dass es eine Krankheit ist, die zunächst unseren Geist befällt und sich dann im gesamten Körper ausbreitet. Um Krebs zu heilen, muss man verstehen, wo seine Ursachen liegen, das heißt, man muss zunächst den Geist heilen und dann den Körper.«

»Dann nutzen also Operationen, Chemo- und Strahlentherapie alleine nichts?«

»Seiner Meinung nach nicht, da durch sie nur die Krankheit, aber nicht der Kranke behandelt wird. Auch wenn eine Operation auf den ersten Blick erfolgreich war, werden sich später an einer anderen Stelle erneut Metastasen bilden.«

»Aber viele Leute sind nach einem Eingriff vollkommen wiederhergestellt, ohne dass sie bei einem Curandero waren. Wie willst du das erklären?«

»Vermutlich hatten sie großes Vertrauen und haben über ihre Krankheit nachgedacht. Sie haben ihren Lebensstil und ihre Art zu denken nach der Operation verändert und sich in gewisser Weise selbst geheilt.«

»Glaubst du, das ist der richtige Weg? Sollten wir unsere eigenen Ärzte werden?«

»Benito Ccama sagt, der erste Schritt bestehe darin, sich selbst zu beobachten und zu erkennen, ob ein Konflikt zwischen Kopf, Herz und Stimme besteht. Mit ›Kopf‹ meint er die Gedanken, Vorstellungen, Ansichten und Überzeugungen, mit ›Herz‹ die Gefühle, Empfindungen, Stimmungen und Triebe und mit ›Stimme‹ die Fähigkeit, sich auszudrücken, unsere Kreativität und Vorstellungsgabe. Stimme und Handlungsvermögen sind schöpferische Elemente.

Wir sind alle sehr kopflastig, Herz und Stimme zählen wenig. Deshalb werden wir krank – uns fehlt das Gleichgewicht.«

»Ich würde deinen Lehrer gerne einmal kennenlernen und mit ihm sprechen.«

»Im Moment ist er in Chachapoyas, aber sobald er zurückkommt, werde ich euch miteinander bekannt machen. Ich sag dir Bescheid, wenn es so weit ist.«

In den folgenden Tagen dachte Javier viel über Shens und Marujas Worte nach. Er kam zu dem Schluss, dass die eigentliche Ursache seines Hirntumors in seinem Schmerz um den Verlust der geliebten Frau zu suchen war. Er hatte sich oft gewünscht zu sterben, um wieder bei ihr zu sein. Nur die Arbeit hatte ihn aus seiner Verzweiflung gerettet. Er erinnerte sich daran, dass er während der Bestattungsfeierlichkeiten seine Gefühle unterdrückt und so gut wie gar nicht geweint hatte. Aber in seinem Inneren durchlebte er eine Tragödie, lange Zeit war er von einem Gefühl der Trauer, Einsamkeit und Leere erfüllt gewesen.

Seine Pläne hatte er alle auf die Zeit nach der Pensionierung verschoben. Ein Naturwissenschaftler wie er hatte keine Zeit für geistig-spirituelle Dinge. Doch nun, da er todkrank war, spürte er, dass in ihm eine Veränderung vor sich ging. Er gewann die Kraft seines Herzens zurück und begriff, dass irgendwo im weiten Universum Wesen existieren, die ihn liebten und bereit waren, ihm zu helfen. Zum ersten Mal seit dem Tod seiner Frau kniete er in einer Ecke des Schlafzimmers nieder und begann zu beten: »Hilf mir, Dora, du fehlst mir so, ich brauche deinen Rat. Du warst mein Schutzengel, wenn du mich nur hören und mir beistehen könntest.«

Javier ließ sich auf der Bettkante nieder. Er war von seinem eigenen Handeln überrascht. Plötzlich verspürte er große Müdigkeit. Er streckte sich auf dem Bett aus, ohne die Kleider auszuziehen, und zog sich die Decke über den Körper. Seit Wochen hatte er nicht mehr richtig geschlafen, er musste sich endlich ausruhen.

Im Traum erschien ihm Dora. Sie sah sehr jung aus. Während sie ihn streichelte, sprach sie: »Javier, das Leben ist kurz – ein Hauch, schon ist es vorbei – und du verlierst Zeit, indem du dich deiner Verzweiflung hingibst. Nutze deine Kraft, um nachzudenken, dann ruhe dich aus. Du hast verzweifelt nach einer Lösung gesucht, nun bist du müde. Hör auf, dir Sorgen zu machen, gönne dir ein wenig Ruhe und quäle dich nicht länger mit dem Gedanken, dass du deine Träume nicht in die Tat umgesetzt hast. Das Leben ist ein ständig sich wandelnder Fluss, nichts bleibt wie es ist. Das ist das Gesetz des Lebens. Es nützt nichts, sich verzweifelt an etwas zu klammern. Wenn du dich weiterhin quälst, stürzt du dich nur tiefer ins Unglück. Ruhe dich jetzt aus und entspanne dich, dann wirst du die Lösung finden, die du bereits in dir trägst.

Lass diese Erkenntnis ganz in dich eindringen, lass sie bis in dein Herz. Sie wird dort wie ein Stachel verbleiben und dich immer daran erinnern, dass das Leben wandelbar ist wie das Meer. Gräme dich nicht, weil deine Pläne nicht verwirklicht wurden. Was hat es für einen Sinn, sich so viele Sorgen zu machen?«

Javier hörte sich selbst antworten: »Ich kann nicht anders, ich muss meine Träume umsetzen, sonst werde ich auch nach dem Tod keinen Frieden finden.«

»Geliebter Schatz, denke an den Tod, vergiss ihn niemals, denn nur er kann dein Bewusstsein erhellen. Wenn du den Tod vergisst, verlierst du dich selbst. Allein der Todesgedanke führt den Menschen zur Erleuchtung. Schreite voran, folge dem Weg deines Herzens, aber höre niemals auf, dich zu fragen, ob es deine Träume sind, die dich lenken, oder ob du es bist, der deine Träume lenkt.«

»Liebste, du fehlst mir so, ich möchte für immer bei dir sein.«

»Hab nur Geduld. Eines Tages wirst du mich wiedersehen. Ich werde zu dir zurückkehren und bei dir bleiben. Jetzt muss ich fort, aber ich werde dich immer beschützen. Auf Wiedersehen.«

Unruhig fuhr Javier aus dem Schlaf auf. Der Traum war ihm vollkommen real erschienen. Hatte er tatsächlich mit seiner Frau gesprochen?

6

Auf der Suche nach der Ewigkeit

Da Javier kaum noch Hoffnung auf Genesung hatte, beschloss er, die letzten Lebensmonate in seiner Heimatstadt zu verbringen. Lima war der geeignete Ort, um zu arbeiten und sich um die Karriere zu kümmern, aber in Puno, wo Javiers Freunde und ein Teil seiner Familie lebten, ließ sich der Lebensabend besser verbringen. Vor allem verbanden ihn mit dieser Stadt seine Kindheitserinnerungen, die Erinnerungen daran, wie er an den Ufern des Sees gespielt hatte oder in den Bergen unterwegs war, während er in der Ferne das Rauschen der Bäche hörte, die sich über die Hänge hinab in den See ergossen.

Als Javier nach Puno kam, hatte er das Gefühl wieder aufzuleben und die Krankheit vergessen zu können. Diese Stadt inmitten der Hochebene schien ganz den menschlichen Bedürfnissen zu entsprechen, sie war freundlich und heiter, ganz anders als die Hauptstadt. Hier fühlte man sich sicher. Es herrschte eine ruhige Atmosphäre, die Leute begegneten sich ohne Angst. Auf den Märkten hörte man Lachen und Plaudern, es wurden fröhliche Feste gefeiert.

Javier gab sich seinen Erinnerungen hin. Er dachte daran, wie er als Kind zusammen mit seinen Kameraden die Tänzer beobachtet hatte, die sich zum Klang der Saiteninstrumente drehten. Er sah hinaus auf den Titicaca-See, auf dem sich kleine Wellen gebildet hatten, und musste daran denken, wie oft er hier gespielt hatte. Er war in das Haus seiner Eltern zurückgekehrt. Dort, im Schatten des großen Baumes, hatte er einen Teil seiner Kindheit verbracht. Javier unternahm lange Spaziergänge an den Ufern des Sees. Er ließ den Tränen freien Lauf, um sich von dem Gefühl der Traurigkeit zu befreien, das auf seiner Seele lastete und eine große Sehnsucht nach den Kindheitstagen in ihm weckte, nach jener Zeit, die er am liebsten mit seinem Freund Celestino Ayma verbracht hatte, einem Indiojungen vom Volk der Aymara.

Der Gedanke an die Feier, zu der er an diesem Tag eingeladen war, holte ihn wieder in die Gegenwart zurück. Ein befreundetes Pärchen hatte ihn eingeladen, zu einer Hochzeit mitzukommen, bei der die beiden als Trauzeugen fungieren sollten. Obwohl Javier weder die Brautleute noch die übrigen Gäste kannte, hoffte er, einen vergnüglichen Abend zu verbringen und vielleicht einen alten Bekannten wiederzutreffen, mit dem er plaudern konnte.

Javier war ziemlich bekannt in Puno, die meisten Leute schätzten ihn sehr. Durch seine Arbeit als Ingenieur hatte er sich einen Namen gemacht. Auch als er bereits in Lima lebte, hatte er seine Geburtsstadt nicht vergessen und häufig an Projekten mitgewirkt, die der Stadt zugutekamen. Die Leute glaubten, er sei nur ein paar Tage zu Besuch. Keiner kannte seine wahren Beweggründe.

Als Javier am Abend mit den anderen Gästen beim Essen zusammensaß und sich unterhielt, fiel es ihm schwer, den Gedanken an die Krankheit zu verdrängen. Wie sollte er sich amüsieren, wo er wusste, dass seine Tage gezählt waren?

Die Musik begann zu spielen, Walzermelodien luden zum Tanzen ein, und die ersten Pärchen betraten die Tanzfläche. Javier beobachtete die Tänzer, die fröhlich ihre Tücher im Takt der Musik schwangen. Er dachte an Dora, mit der er so oft getanzt hatte. Sie war eine reine, heitere Seele, die ihn aufrichtig geliebt, aber eines Tages für immer verlassen hatte. Der Krebs zehrte an Javier, und wenn nicht ein Wunder geschah, würde er ihr bald folgen. Der Tod seiner Frau war in einer Zeit erfolgt, die für ihn in beruflicher Hinsicht mit großen Schwierigkeiten verbunden war. Man hatte ihn der Korruption bezichtigt. Er erinnerte sich, wie sehr Dora gelitten hatte, als sie in den Zeitungen seinen Namen mit derartigen Vorwürfen in Verbindung gebracht sah, wusste sie doch, dass ihr Mann unschuldig war. Nach ihrem Tod war Javier schlagartig gealtert. Die Frau, die ihn zeit ihres Lebens unterstützt und immer wieder Hoffnung in ihm geweckt hatte, durfte nicht mehr miterleben, wie man ihn von allen Vorwürfen freisprach. Um sich abzulenken, hatte sich Javier auf die Arbeit gestürzt, Tag und Nacht hatte er damit verbracht, seine Projekte weiterzuentwickeln. Er ließ sich ganz davon aufsaugen und gönnte sich keine Zeit zum Trauern. Vielleicht lag genau darin die Ursache seiner Krankheit.

Javier war vollkommen in seine Gedanken vertieft und bemerkte nicht, dass Ana, die Frau seines alten Freundes Fabián, zu ihm herantrat. Es gibt nur wenige Männer, die wie eine Frau im Herzen der Menschen zu lesen vermögen. Ana, die auch Dora gut gekannt hatte, sah ihm seine Traurigkeit auf den ersten Blick an. Mit einer vertraulichen Geste forderte sie ihn zum Tanz auf und sagte lächelnd: »Komm, wir wollen uns amüsieren, wie in den guten alten Zeiten, lass uns tanzen gehen. Warum sitzt du hier zwischen all den Männern, die nur reden und trinken, während wir Frauen darauf warten, dass uns jemand zum Tanz auffordert?«

»Gern, wenn Fabián damit einverstanden ist«, scherzte Javier.

»Bitte, Liebling, weck diesen alten Bären aus seiner Lethargie. Auf, Javiercito«, antwortete Fabián, gab seinem Freund einen Klaps auf die Schulter und schob ihn in Richtung Tanzfläche.

Javier und Ana bewegten sich auf die Mitte zu, wo einige

Tänzer einen Kreis gebildet hatten. Während sie sich im Takt der Musik drehten, bemerkte Javier, dass seine Tanzpartnerin nicht mehr so beweglich war wie früher: Sie war fülliger geworden, hatte mehr Falten im Gesicht als früher, und so fröhlich sie sich auch gab, ihre Kräfte würden sie schon bald im Stich lassen. Während einer Pause klagte sie: »Die Jahre vergehen, Javier, mittlerweile bin ich alt und langsam, mein Gedächtnis wird immer schlechter und meine Haut immer runzliger. Was gäbe ich drum, noch mal jung und hübsch zu sein, voller Energie und Illusionen.«

»Wir werden alle älter, das ist ein Naturgesetz«, bemerkte Javier ein wenig bedauernd.

»Aber du bist noch jung, noch kaum gealtert. Wie hältst du dich in Form? Trinkst du das Wasser aus der Quelle der ewigen Jugend?«, fragte sie neugierig.

»Ich achte auf meine Ernährung, habe immer Sport getrieben und viel gearbeitet. Das ist das ganze Geheimnis«, erwiderte Javier lächelnd, ohne sein wahres Problem zur Sprache zu bringen.

»Dann trinkst du also nicht das Wasser von *Qhalis Pukio,* der Quelle des Lebens und der Gesundheit?«, fragte Ana scherzhaft.

»Was ist das für eine Quelle, und wo soll sie sein?«

»Wenn ich das wüsste! Ich würde nichts unversucht lassen, um hinzugelangen und meine Jugend zurückzugewinnen.«

»Aber du bist immer noch eine attraktive Frau«, sagte Javier lächelnd.

»Schön wär's… Für uns Frauen ist das Altern eine Qual: Falten, zu viele Pfunde. Wir träumen von der ewigen Jugend, die wir mit Romantik, Liebe und Hoffnung verbinden.«

»Dann solltest du versuchen, dein Wunderwasser zu finden. Heißt es nicht, eine Frau, die sucht, findet?«, warf Javier scherzend ein.

»Das würde ich gern tun, aber es ist nicht so einfach. Angeblich heilt das Wasser sogar Krebs. Ich bin sicher, dass diese Quelle gar nicht weit entfernt ist. Die alten Indios behaupten, dass die Inka-Könige daraus tranken, um jung zu bleiben«, antwortete Ana in geheimnisvollem Ton.

Bei diesen Worten zuckte Javier zusammen. Plötzlich musste er daran denken, was ihm Celestino vor vielen Jahren einmal erzählt hatte, damals, als sie noch Kinder waren und gemeinsam am Ufer des Sees gespielt hatten. Es war die Geschichte von Wiñay Marka, der ewigen Stadt, in der, wie es hieß, die Quelle des Lebens und der Gesundheit entsprang. Vielleicht war an der Geschichte etwas dran, vielleicht war das seine Rettung.

Javiers gesamtes Denken klammerte sich mit einem Mal an diesen kleinen Funken Hoffnung. Er war so von seinen Gedanken vereinnahmt, dass er nichts erwiderte. Sein Gesicht hatte einen derart merkwürdigen Ausdruck angenommen, dass Ana ihn lange Zeit anstarrte. Schließlich fragte sie erstaunt: »Was hast du, Javier? Deine Augen glänzen, und du sieht so seltsam aus.«

»Ich war nur ein bisschen zerstreut. Wollen wir wieder tanzen?« Er hatte keine Lust, sich auf weitere Fragen einzulassen, aber in ihm war eine Hoffnung erwacht.

Javier tanzte mit mechanischen Bewegungen. In Gedanken war er bei Celestino. Er hatte das Gefühl, endlich etwas gefunden zu haben, woran er sich festhalten konnte.

Nach der Feier kehrte Javier erregt und voller Optimismus nach Hause zurück. Unaufhörlich musste er daran denken, was Ana ihm über die Quelle der ewigen Jugend erzählt hatte. Es passte so gut zu dem, was Celestino ihm vor Jahren berichtet hatte. Wenn es die Quelle wirklich gab, musste er sie finden und davon trinken.

Zu einem früheren Zeitpunkt hätte er einer derartigen Geschichte keinen Glauben geschenkt, sie als absurd, irrational und fantastisch abgetan. Aber in seiner jetzigen, nahezu ausweglosen Situation schien ihm alles möglich zu sein. Wenn es diese Quelle nun wirklich gab? Hatte ihn nicht auch sein geistiger Begleiter, dem er nach dem Unfall im Jenseits begegnet war, von dem Wasser des Lebens trinken lassen?

Für einen kurzen Augenblick gewann wieder die rationale Seite in Javier die Oberhand. Nein, das waren alles nur dumme Fantasien. Zwar war in unzähligen peruanischen Legenden von der Quelle der ewigen Jugend die Rede, aber niemand hatte sie bisher gefunden. Andererseits steckte in diesen Mythen vielleicht doch ein Funken Wahrheit. Was gab es schon zu verlieren? Er hatte kein Vertrauen mehr zu der Schulmedizin, und auch mit Naturheilverfahren war er nicht weitergekommen. Beide hatten ihre Grenzen. Möglicherweise war dieses Wasser die Lösung seines Problems. Einen Versuch war es wert, allerdings musste er dazu erst einmal seinen alten Freund finden.

Tagelang suchte Javier nach Celestino Ayma, der ihm zum ersten Mal von der Stadt der Unsterblichen erzählt hatte. Ihre letzte Begegnung lag bereits fünf Jahre zurück. Celestino und er hatten damals ihre Adressen nicht ausgetauscht, und Javier hatte keine Ahnung, wo er wohnte.

Es war nicht einfach, unter Tausenden von Aymara, die sich gegenüber Fremden eher verschlossen gaben, nach einer einzigen Person zu forschen. Niemand wusste, ob Celestino in der Stadt oder auf dem Land, in einem der Dörfer am Ufer des Titicaca-Sees lebte. Javier griff auf alle ihm zur Verfügung stehenden Mittel zurück. Er befragte alte Schulkameraden, Bekannte und Angestellte der städtischen Behörden. Sogar an die Polizei wandte er sich – ohne Erfolg. Von Celestino fehlte jede Spur, vielleicht war er gar nicht mehr am Leben. Niemand konnte ihm sagen, wo er sich aufhielt. In der Stadt, deren Einwohnerzahl in den letzten Jahren beträchtlich gestiegen war, kannte ihn kaum jemand.

Nach zahllosen vergeblichen Versuchen verlor Javier allmählich die Hoffnung, ihn zu finden, und er beschloss, die kurze Zeit, die ihm noch verbleiben sollte, endlich auszukosten. Er verbrachte seine Tage am Ufer des Sees, dessen Anblick ihn jedoch immer wieder an Celestino und die mit ihm verbrachten Kindheitstage denken ließ.

Abends fand Javier oft keinen Schlaf. Dann unternahm er Spaziergänge in die Altstadt, um sich mit alten Freunden zu treffen, die nichts von seiner Krankheit ahnten. Sie tranken einen Kaffee oder einen Aufguss aus Cocablättern in einer der Bars oder gingen gemeinsam essen und ließen die alten Zeiten wieder aufleben.

Während einer dieser Essen im Restaurant fiel Javiers Blick zufällig auf ein Plakat, auf dem ein Vortrag über Naturheilkunde angekündigt war. Die Veranstaltung sollte am selben Abend im amerikanischen Kulturinstitut in der Calle Deza stattfinden. Javier hatte das Gefühl, den Namen des Vortragenden schon einmal gehört zu haben. Das Thema lautete: »Die Natur im Dienst der Gesundheit«. Da sich der Veranstaltungsort ganz in der Nähe befand, spielte Javier mit dem Gedanken hinzugehen. Er sah auf die Uhr: Es war noch genug Zeit, vielleicht würde es ein interessanter Abend werden.

Als sich Javier dem Institutsgebäude näherte, spürte er plötzlich, dass ihm jemand von hinten auf die Schulter klopfte. Eine Stimme in dem unverkennbaren Dialekt der Gegend rief: »Javier, was für eine Überraschung! Ich dachte, du bist in Lima. Kommst du zum Vortrag?«

Sein Gegenüber war ein Mann mittleren Alters, der einen breiten Schal um den Hals trug und sein gerötetes Gesicht hinter dicken Brillengläsern verbarg. Javier erkannte ihn nicht, aber er wollte nicht unhöflich sein und begrüßte ihn freundlich: »Angenehm, lieber Freund, du musst nur meinem Gedächtnis etwas auf die Sprünge helfen.«

»Adrián Apaza, wir haben hier in Puno in der Calle Lima zusammen die Volksschule besucht.«

Erst nachdem er Schal und Mantel abgelegt hatte, erkannte ihn Javier. Adrián war ein sympathischer, etwas chaotischer Junge gewesen, der nie den Mund hatte halten können.

»Jetzt erinnere ich mich. Wie geht es dir? Wir haben uns Ewigkeiten nicht gesehen. Wenn ich mich recht entsinne, hast du früher als Lehrer in Juliaca gearbeitet. Bist du schon pensioniert?«

»Ja, das bin ich. Der Staat braucht mich nicht mehr. Da opfert man Jahre seines Lebens, um den Kindern das Lesen beizubringen, und am Ende wird man mit einer mickrigen Rente abgespeist, mit der man kaum den halben Monat durchkommt. Zum Glück habe ich einiges beiseitegelegt. Bist du auch schon im Ruhestand?«

»Ja. Ich habe beschlossen, ein paar Monate in Puno zu bleiben, dann werde ich weitersehen. Hast du noch Kontakt zu alten Freunden?«, erkundigte sich Javier, in der Hoffnung, auf diesem Weg vielleicht den ein oder anderen wiederzutreffen. Puno hatte sich verändert, die vielen jungen Leute dominierten das Stadtbild. Seit er die Stadt verlassen hatte, waren mehrere Jahrzehnte vergangen.

»Zu einigen schon, aber viele sind nach Arequipa, Tacna oder Lima gegangen, manche sogar nach La Paz oder anderswo ins Ausland.«

Wie so oft bei ähnlichen Gelegenheiten musste Javier unwillkürlich an Celestino denken. »Weißt du, was aus Ayma geworden ist?«, erkundigte er sich deshalb. »Bei unserer letzten Begegnung habe ich vergessen, ihn nach seiner Adresse zu fragen.«

»Celestino lebt in der Nähe von Puno, in Tikillaka auf einem kleinen Hof. Er hat lange Zeit als Bergarbeiter gearbeitet, aber im Moment ist er arbeitslos. Die Firma, bei der er angestellt war, ist pleitegegangen. Manchmal besucht er Puno, um Fleisch und Wolle zu verkaufen. Warum interessierst du dich für einen schweigsamen Aymara wie ihn? Er spricht fast nie ein Wort.«

In Javier erwachten die unterschiedlichsten Gefühle: Er war glücklich zu erfahren, dass der Freund noch lebte, traurig, dass er keine Arbeit hatte, und wütend darüber, dass seine menschlichen Qualitäten so geringgeschätzt wurden. Aber er hielt seine Wut zurück. »Mit mir unterhält er sich immer sehr angeregt«, verteidigte er ihn. »Wir haben uns lange nicht gesehen, aber ich würde ihn gern einmal wiedertreffen.«

»Dann fahr nach Tikillaka, dort kann dir jeder sagen, wo er wohnt. Um auf ein anderes Thema zu kommen – wusstest du, dass der Vortrag heute Abend ebenfalls von einem unserer alten Klassenkameraden gehalten wird? Erinnerst du dich an Efrain Quispe, das kleine Vikunja? Er ist ein sehr fähiger Arzt geworden, der sich auch mit Naturheilverfahren auskennt. Dahinten kommt er schon.«

Quispe war ein untersetzter Mann mit ergrautem Haar und behäbigem Gang. Als er die beiden erblickte, rief er: »Javier, Adrián! Wie schön, zwei alte Freunde wiederzutreffen … Sag, Javier, seit wann bist du hier? Ich habe dich in Lima oder gar in Europa vermutet, auf jeden Fall nicht in Puno. Lass dich umarmen.«

»Efrain! Was für eine Überraschung. Aber dein Spitzname passt nicht mehr zu dir. Mit deinem Bauch siehst du wirklich nicht aus wie ein Vikunja. Wir müssen einen anderen Namen finden. Ich freu mich, dich zu sehen, und bin gespannt auf deinen Vortrag.«

»Danke, es ehrt mich, dass du zu meinen Zuhörern gehörst. Ich möchte dir den Institutsdirektor vorstellen! Er wird sich glücklich schätzen, eine so bedeutende Persönlichkeit wie dich kennenzulernen.«

Nach dem Vortrag lud Javier die Freunde und den Direktor auf einen Kaffee in eine der Bars in der Calle Lima ein. Während sie beisammensaßen, lenkte Javier das Gespräch immer wieder auf die Stadt Wiñay Marka. Die beiden Freunde hatten nie davon gehört, aber der Institutsdirektor, Dr. Bustinza, der lange Zeit als Tierarzt gearbeitet hatte, erzählte ihm eine alte Legende: »Die Geschichte von Wiñay Marka hängt mit dem Titicaca-See zusammen. Es soll einmal eine blühende Stadt gewesen sein, bis sie schließlich in den Fluten versank.«

»Was weiß man noch?«, fragte Javier.

»Laut der Legende erstreckte sich auf der Hochebene, am Fuß der schneebedeckten Gipfel des Illimani, des Illampu und des Sajama, eine riesige Stadt. Dort gab es Königspaläste, großartige Tempelanlagen, üppige Gärten, baumbestandene Straßen und wunderschöne Wasserspiele aus den unterschiedlichsten Materialien. Die Gebäude waren mit Gold und Silber verziert und mit rosa Porphyr, grauem Andesit oder Kalk verkleidet. Es gab unzählige Statuen von Göttern, Menschen und Tieren.

Sie wurde die ewige Stadt genannt, da man glaubte, ihr Glanz und ihr Reichtum würden nie vergehen. Aber vor allem war sie wegen der Quelle der ewigen Jugend bekannt. Die Menschen kamen in Scharen, um von dem Wasser zu trinken. Andere wiederum wollten einfach nur die mit wunderschönen Gobelins, Teppichen, Gold- und Silberamphoren ausgestatteten Häuser bewundern. Das Geschirr der Bewohner zierten feinste Muster und Tierornamente.

Vorhänge in den verschiedensten Farbabstufungen leuchteten den Besuchern entgegen. Die Bewohner dieser fantastischen Stadt trugen vornehme Kleider und kostbaren Schmuck. Männer und Frauen lebten dort seit undenklichen Zeiten.

Das Tal, das heute vom Wasser überflutet ist, bot Tausenden von Menschen Raum. Die Leute gingen den unterschiedlichsten Tätigkeiten nach, es gab fleißige Arbeiter und tüchtige Handwerker. An der Spitze standen einige Weise, die für Frieden und Gerechtigkeit sorgten. Doch im Laufe der Zeit begannen diese sich immer mehr zu bereichern. Und allmählich warfen sie auch ihre moralischen Grundsätze über Bord. Sie dachten nur noch an den eigenen Vorteil, den sie mit Gewalt durchsetzten. Vergeblich versuchten die Denker und Philosophen, sie auf den Pfad der Liebe, der Gerechtigkeit und der Ordnung zurückzuführen.

Der Überfluss hatte die Bewohner der Stadt blind gemacht. Ihre einzige Sorge galt nunmehr ihren Reichtümern, die sie mit allen Mitteln zu vermehren suchten, ohne über die Folgen nachzudenken. Mit ihrem mächtigen Heer unterwarfen sie andere Völker, bürdeten ihnen hohe Steuern auf, bemächtigten sich ihres Besitzes und machten sie zu Sklaven.

Ihre Grausamkeit und Gewalt, ihre Mord- und Zerstörungslust riefen Hass, Leid und Verzweiflung bei allen hervor, die außerhalb der Stadtmauern lebten. Doch wenn die ausgebeuteten und unterdrückten Völker Gerechtigkeit forderten, wurden sie mit Waffengewalt zum Schweigen gebracht. Das Jammern und Klagen dieser Menschen drang bis zum Himmel. Vor allem die Gebete der Mütter, der jungen Bräute und der Kinder ließen die Götter aufhorchen.

Eines Tages erschien der Andengott Wiracocha in Menschengestalt vor den Toren der Stadt. Er hatte sich als alter Bettler verkleidet. Er war barfuß und in Lumpen gehüllt, sein langes Haar war zerzaust. In einem Sack trug er sein Schlaflager mit sich, und in einer Hand hielt er eine Schale, die er aus einem Kürbis geschnitten hatte. Wiracocha humpelte und stützte sich, auf einen dicken Stock. Mit zitternder Stimme bat er um Hilfe: ›Habt Erbarmen mit einem alten Mann. Ich habe Hunger und Durst und mich friert.‹

Die Stadtbewohner zeigten jedoch kein Mitleid. Statt ihm zu Hilfe zu eilen, fühlten sie sich von ihm abgestoßen. Der Bettler störte das Stadtbild. Sie beschimpften ihn, und um ihn zu vertreiben, traten manche sogar mit den Füßen nach ihm.

›Wir wollen keine Bettler in unserer schönen Stadt‹, riefen sie.

Andere drohten: ›Hau ab, du Elender, oder wir holen die Wachen. Dann kannst du was erleben.‹

Der Ärmste floh vor seinen Angreifern. Da keiner für ihn Mitleid empfand, schleppte er sich, unter den Schreien und Drohungen seiner Peiniger, vor die Stadttore. Dort angekommen, zog er eine große Trommel aus seinem Bündel und begann mit den Stöcken darauf zu schlagen.

Kurz darauf verfinsterte sich der Himmel, aus allen Richtungen zogen dunkle Wolken auf und ballten sich zusammen. Es begann zu blitzen und zu donnern, und ein sintflutartiger Regen setzte ein. Die Wassermassen ergossen sich auf die Erde, und schon nach wenigen Minuten war die Stadt in den Fluten versunken und ihre Bewohner ertrunken.

Angeblich bietet sich in Vollmondnächten erstaunten Fischern bis heute ein eindrucksvolles Schauspiel: Die versunkene Stadt erwacht wieder zum Leben. Bei ihrem Anblick ergreifen die Fischer die Flucht. Sie fürchten, ebenfalls von dem Fluch getroffen zu werden, der über der Stadt hängt.«

Alle Anwesenden, und insbesondere Javier, hatten der Geschichte von der Bestrafung der hartherzigen Menschen durch die Götter aufmerksam gelauscht. Dr. Bustinza, der sich mit dem Thema offenbar sehr gut auskannte, fügte nach einiger Zeit hinzu: »Das ist nur eine von vielen Geschichten über diese Stadt. Unter den Bewohnern der verschiedenen am Titicaca-See gelegenen Dörfer gibt es zahlreiche Varianten. Vielleicht werde ich eines Tages etwas über diese Mythen schreiben. Ich bin auf sie gestoßen, als ich noch als Tierarzt arbeitete und viel in den Dörfern herumkam. Die Bauern haben sie mir in schlichten Worten erzählt.«

»Danke für deine interessante Geschichte«, wandte sich Quispe an ihn, »aber ich muss mich jetzt leider verabschieden. Ich habe morgen einen anstrengenden Tag vor mir, wir sind gerade dabei, die erste Praxis für alternative Medizin in dieser Stadt einzurichten.«

Alle erhoben sich, hüllten sich in ihre Schals und Mäntel, setzten die Hüte auf und verließen die Bar. In der rund 3900 Meter über dem Meeresspiegel gelegenen Stadt war es ziemlich kalt. Ein eisiger Wind blies von den Bergen her, und die drei Männer stellten die Mantelkragen auf.

Javier war sehr glücklich. Endlich war er auf eine Spur seines alten Freundes gestoßen. Auch die Geschichte des Tierarztes hatte ihn sehr beeindruckt. Alles schien auf die Existenz der Stadt und der Quelle der ewigen Jugend hinzudeuten. Als er im Bett lag, konnte er nicht einschlafen. Der Wunsch, endlich Celestino zu finden, hielt ihn wach. Er schloss die Augen und wartete auf den Anbruch des nächsten Tages.

Javier frühstückte sehr zeitig. Kurz darauf saß er bereits in seinem Jeep, einem Range Rover, mit dem er bereits mehrere Andenstaaten durchquert hatte, und fuhr auf der Autobahn Richtung Juliaca nach Tikillaka. Um diese Uhrzeit war die Straße fast vollkommen leer, so dass Javier zügig vorankam. Während der Fahrt wanderten seine Gedanken zurück in die Kindheit, in die Zeit, als er Celestino kennengelernt hatte.

An ihrem ersten Schultag hatte der Lehrer sie nebeneinandergesetzt. Celestino sprach nur Aymara und musste Spanisch lernen. Javier half ihm geduldig. Trotz der sozialen Unterschiede und der unterschiedlichen Hautfarbe entwickelte sich eine tiefe Freundschaft zwischen den beiden. Gemeinsam heckten sie Streiche aus und nahmen Kameraden auf den Arm. Doch nach der Volksschule trennten sich ihre Wege. Javier ging nach Arequipa auf die Oberschule, Celestino blieb in Puno. Seit ihrer Kindheit hatten sie sich kaum noch gesehen, aber keiner hatte den anderen vergessen, denn sie teilten viele gemeinsame Erinnerungen.

Nach fünfzehn Jahren waren sie sich zum ersten Mal wiederbegegnet. Javier war als Leiter eines Bauprojekts in seine Geburtsstadt zurückgekehrt. Wegen seiner zahlreichen Verpflichtungen hatte er kaum noch an Celestino gedacht. Er wusste nichts über ihn, das bescheidene Häuschen aus rohen Ziegeln, in dem er gewohnt hatte, gab es nicht mehr. Dort, wo es gestanden hatte, erhob sich jetzt ein mehrstöckiger Bau aus Beton und Glas. Aber durch einen Zufall war Javier ihm doch begegnet. Während er zu Fuß unterwegs zum Bauamt war, hatte er Celestino damals plötzlich an einer Bushaltestelle stehen sehen. Er trug einen blauen Overall und eine Leinentasche über der Schulter. Im ersten Augenblick hatte Celestino so getan, als würde er ihn nicht kennen. Er trat beiseite, um ihn durchzulassen, offenbar war ihm die Begegnung unangenehm. Javier blieb vor ihm stehen, reichte ihm die Hand und begrüßte ihn freundlich: »Celestino, was für eine Überraschung, dich nach all den Jahren wiederzusehen! Wie geht es dir?«

»Mir geht es gut. Und Ihnen?«, erwiderte Celestino scheu.

»Seit wann siezt du mich? Sind wir etwa keine Freunde mehr?«, fragte Javier erstaunt und enttäuscht darüber, dass Celestino so distanziert war.

»Sie sind mittlerweile ein bekannter Fachmann und ich nur ein einfacher Arbeiter. Leuten wie Ihnen muss man mit der gebührenden Achtung begegnen.«

»Und was hat das alles mit unserer Freundschaft zu tun? Können wir keine Freunde sein, nur weil wir verschiedene Arbeit haben? Als Kind hast du damit keine Probleme gehabt, obwohl ich in einem schönen Haus gelebt habe und Sohn eines angesehenen Weißen war, während du zusammen mit deinen Eltern, die als Aymara kaum ein Wort Spanisch sprachen, in einer bescheidenen Wohnung gelebt hast. Ich kam bei dir vorbei, und wir sind zusammen spielen gegangen, obwohl mein Vater nicht sehr begeistert darüber war. Ich wollte mit dir zusammen sein, denn wir haben uns gut verstanden. Kannst du dich noch an das Gesicht der Lehrerin erinnern, als wir die Frösche im Klassenzimmer freiließen, die wir am See gefangen hatten?«

Celestino musste lächeln, aber gleich darauf wurde er wieder ernst und versuchte, sich zu rechtfertigen: »Viele unserer ehemaligen Klassenkameraden sind feine Herren geworden. Sie tragen die Nase hoch und tun so, als würden sie mich nicht kennen. Sie erwidern meinen Gruß nicht. Deshalb beachte auch ich sie nicht länger.«

»Aber mit mir darfst du das nicht machen. Als ich nach Puno zurückkam, habe ich mich gleich nach dir erkundigt, aber niemand kannte deine Adresse.«

»Javier, ist es dir nicht peinlich, mich als Freund zu haben?«

»Jetzt hör aber auf. Hier hast du meine Visitenkarte mit der Telefonnummer meiner Arbeit und meiner Privatanschrift. Melde dich bei mir oder gib mir deine Adresse …«

»Wollen wir ein Bier trinken gehen, um auf unser Wiedersehen anzustoßen?«

»Ja, aber nur kurz. Ich habe noch einen Termin im Stadtentwicklungsamt.«

Sie betraten eine Bar und setzten sich an einen der Tische. Celestino legte die Mütze ab, die sein zerzaustes Haar bedeckt hatte, und bestellte zwei Bier. Als die Getränke vor ihnen standen, hob er sein Glas und sagte mit bewegter Stimme: »Auf deine Gesundheit, Javier. Du hast dich nicht sehr verändert, bist immer noch so herzlich, offen und direkt wie früher. Ganz anders als all die eingebildeten Kerle, die mit uns zur Schule gegangen sind.«

»Auf deine Gesundheit, Celestino. Ich bin wirklich froh, dich wiederzusehen. Um ehrlich zu sein, ich habe nicht damit gerechnet. Wenn ich dir in irgendeiner Form behilflich sein kann, ruf mich bei der Arbeit an oder komm einfach abends zum Essen bei mir vorbei, dann können wir über die guten alten Zeiten reden. Übrigens, was treibst du zurzeit?«

»Ich arbeite in einer Firma, die sich um die Instandhaltung der Kanalisation von Juliaca kümmert. Sie haben uns die Löhne nicht gezahlt, und ich bin hergekommen, um mich bei dem Verantwortlichen, der hier in Puno lebt, zu beschweren.

Aber ich habe ihn nicht angetroffen, es war vollkommen umsonst.«

»Wenn du Geld brauchst, kann ich dir gerne, auch für längere Zeit, etwas leihen. Falls du hier Arbeit suchst, sag mir Bescheid, ich werde sehen, was sich machen lässt.«

»Ich will deine Freundschaft nicht ausnutzen. Fünfzig Soles würden mir genügen, um meine Schulden zu begleichen. Ich kann dir das Geld Ende des Monats zurückgeben.«

»Hier sind hundertfünfzig. Wenn du mehr brauchst, ist es auch kein Problem.«

»Hundert reichen.«

Nach weniger als einem Monat hatte ihm Celestino das Geld zurückgezahlt. Sie trafen sich zum Mittagessen, und der Freund erzählte Javier aus seinem Leben. Er hatte die Schule nicht länger besuchen können und musste sehr jung anfangen zu arbeiten. Aber es waren immer nur Gelegenheitsjobs, er hatte nie eine Festanstellung bekommen. Deshalb hatte Javier ihm damals einen Posten als Hausmeister im Landwirtschaftsamt vermittelt. Solange er selbst noch in Puno blieb, trafen sie sich regelmäßig. Celestino war ein sehr angenehmer Mensch, und Javier schätzte ihn sehr. Er hatte nur ein einziges Laster: Bisweilen trank er zu viel. Wie andere Freunde auch, versuchte Javier, ihn davon abzubringen, aber Celestino hatte eine Menge Probleme und glaubte, sich mit Alkohol wenigstens für einige Zeit davon befreien zu können.

Nachdem Javier nach Lima gegangen war, hatten sie sich mehrere Jahre lang nicht gesehen. In der Zwischenzeit hatte Celestino um seine Entlassung gebeten und mit den wenigen Ersparnissen einen Textilhandel eröffnet. Bei dieser Gelegenheit hatten sie sich mehrfach wiedergetroffen. Eines Tages lud er Javier zu sich nach Hause ein. Er lebte in einem der Arbeiterviertel von Puno. Es war sein Geburtstag, und er gab ein kleines Fest. Irgendwann wandte er sich mit Tränen in den Augen an seinen Freund: »Lieber Javier, du hast mir in guten wie in schlechten Zeiten zur Seite gestanden, hast mich beraten, mir geholfen und mich nie vergessen. Du bist ein echter Freund. Wenn ich dir einmal behilflich sein kann, lass es mich wissen. Ich würde alles für dich tun. Du kannst dich auf mich verlassen, Ehrenwort.«

»Celestino, wenn es so weit ist, komme ich darauf zurück. Aber jetzt lass uns weiterfeiern und fröhlich sein«, hatte Javier geantwortet, ohne zu ahnen, dass er die Hilfe seines Freundes irgendwann wirklich in Anspruch nehmen müsste.

Javier war an jenem Abend noch lange geblieben. Schließlich verabschiedete er sich, da er am nächsten Tag nach Lima zurückmusste. Danach waren weitere zehn Jahre vergangen. Während der feierlichen Eröffnung eines Gebäudes am Flughafen von Juliaca hatte er Celestino dann in der Menge entdeckt. Beide waren nicht mehr ganz jung. Sie waren sich in die Arme gefallen und hatten ein paar Worte gewechselt. Danach hatte sich Javier um die Feierlichkeiten kümmern müssen. Er leitete die Veranstaltung und hatte keine Zeit, sich länger mit Celestino zu befassen.

Sie kannten sich nunmehr seit über einem halben Jahrhundert, beide hatten bereits die Sechzig überschritten. Nach so langen Jahren würde er, Javier, endlich den Aymara wiedersehen, der ihm seine Freundschaft gewährte. Die Aymara waren für ihre Verschlossenheit, ihr Misstrauen und ihr Bedürfnis nach Unabhängigkeit bekannt. Sie lebten an den Ufern des Titicaca-Sees und mieden den Kontakt mit den Weißen. Aber er und Celestino hatten bereits als Kinder die Schranken eingerissen, die sie voneinander trennten. Deshalb war diese Freundschaft für Javier so wertvoll. Er hätte nicht zu sagen vermocht, was genau sie miteinander verband. Er wusste nur, dass er sich in Celestinos Gegenwart sehr wohl fühlte und dass sie sich bestens verstanden.

Ihm fielen die Worte der Mutter ein, die ihre Freundschaft immer unterstützt hatte: »Mein geliebter kleiner Javier, versuche, niemals Vorurteile aufzubauen. Denke daran, dass alle Menschen Brüder sind, egal welche Hautfarbe oder welches Geschlecht sie haben, wie alt sie sind oder aus welchen Verhältnissen sie stammen. Viele Vorurteile werden von der Gesellschaft, von der Kirche oder dem Staat geschürt, weil sie ihren eigenen Nutzen daraus ziehen. Lass dich niemals durch Dritte dazu verleiten, einen Menschen zu meiden. Schätze niemanden gering, denn manchmal kann dir der scheinbar Geringe besser zur Seite stehen als der mächtigste Mensch der Erde.«

Nun war der Augenblick der Wahrheit gekommen. Javier setzte all seine Hoffnung in den Freund. Während er aufs Gaspedal drückte, sah er dem leuchtenden Horizont entgegen. Die Sonne strahlte am klaren, blauen Himmel. Auf den kargen Bergen wuchs nur hier und dort ein Büschel Gras. Schafe, Kühe und Lamas weideten an den Ufern eines kleinen, kristallklaren Baches.

Noch vor wenigen Monaten hätte sich Javier niemals träumen lassen, eines Tages in jenes kleine Dorf unterwegs zu sein, das nur als winziger Punkt auf der Landkarte eingezeichnet war, das für ihn nun aber eine lebenswichtige Bedeutung bekommen hatte.

Celestino nahm eine Schlüsselposition ein, er konnte Javiers Leben eine Wendung geben, denn er kannte ein Geheimnis, das die Aymara seit jeher ängstlich hüteten. Und Javier war nun gekommen, um das Geheimnis zu lüften und sich den Wunsch nach Gesundheit und einem langen Leben zu erfüllen.

7

Schicksalstausch

Als Javier nach Tikillaka kam, wirkte das Dorf wie ausgestorben. Die Erwachsenen arbeiteten auf den Feldern, die Kinder waren in der Schule. Nachdem er einige Zeit durch die Straßen geschlendert war, fand er endlich ein Geschäft, das geöffnet hatte. Er trat ein und erkundigte sich nach seinem Freund, aber man konnte ihm keine Auskunft geben. Er begab sich wieder auf die Suche und fragte die wenigen Leute, die ihm entgegenkamen. Kein Mensch schien etwas zu wissen, und allmählich schwand Javiers Hoffnung. Aber schließlich traf er doch auf einen Mann, der Celestino Ayma kannte und sich anbot, ihn zu ihm zu bringen.

Das Wiedersehen ging beiden Freunden sehr zu Herzen. Celestino lebte in einer bescheidenen Hütte ganz in der Nähe der kleinen Gehöfte seiner Söhne. Er war alt geworden, das Gesicht war von tiefen Falten zerfurcht und von dem rauen Klima der Berge gezeichnet: Tagsüber brannte die Sonne, und nachts sanken die Temperaturen nicht selten unter null Grad. Dazu kamen die harte Arbeit, die schlechte Ernährung, der übermäßige Alkoholgenuss und vieles mehr. Aber in Celestinos Augen lag immer noch der alte Glanz, der von seiner kämpferischen Natur zeugte. Da er keine richtige Ausbildung genossen hatte, war es ihm nicht möglich gewesen, seinen Lebensstandard zu verbessern. Aber er war gesund und lebte im Kreis seiner Familie.

»Javier, woher weißt du, wo ich wohne? Komm herein und mach es dir bequem«, begrüßte er seinen Freund, während er einen Poncho über einer Bank aus Stein und Lehm ausbreitete.

»Celestino, ich habe überall verzweifelt nach dir gesucht. Erst gestern Abend habe ich von Adrián Apaza erfahren, dass du hier lebst. Ich bin gleich heute Morgen aufgebrochen, weil ich unbedingt mit dir sprechen muss.«

»Ich weiß nicht, ob du dich noch an meine Kinder erinnerst, sie waren noch klein, als du sie das letzte Mal gesehen hast. Das ist Manuel, er hat mit mir zusammen in einem Bergwerk gearbeitet. Aber die Firma ist pleitegegangen, und jetzt sind wir beide arbeitslos. Das ist Lucas, er ist Viehhirte, und das meine Tochter Rosenda. Ihr Mann ist Töpfer.«

Alle begrüßten Javier freundlich und sahen ihn neugierig an. Sie waren erstaunt über den vertraulichen Ton, der zwischen diesem Weißen und ihrem Vater herrschte. Für diese Gegend war das eher ungewöhnlich.

»Lucas, schlachte ein Lamm, wir wollen den Besuch meines Freundes feiern. Bring auch etwas Bier her«, befahl Celestino seinem Sohn.

»Und wo ist deine Frau?«, fragte Javier, da er sie nirgendwo entdecken konnte.

»Sie ist vor vier Jahren an einer Lungenentzündung gestorben. Ich konnte nicht an der Beerdigung teilnehmen, weil ich im Bergwerk war. Aber meine Kinder waren dort. Ich bin erst zum achttägigen Ritual gekommen.«

Javier erinnerte sich an die alte Andentradition, den Verstorbenen zu verabschieden und ihn auf seine Reise ins Jenseits zu entlassen. Es wurde gesungen und gebetet. In den ersten acht Tagen nach dem Tod wusch man all seine Kleider und verteilte sie unter den Anwesenden. Dann sprach man zu dem Verstorbenen, als sei er noch am Leben, man verabschiedete ihn, wünschte ihm eine gute Reise und erklärte ihm den Weg über den Himmelsfluss bis in die Stadt der Toten.

»Auch ich bin mittlerweile Witwer. Wir sind also beide allein und können tun und lassen, was wir wollen«, bemerkte Javier. »Um die Kinder braucht man sich keine Sorgen mehr zu machen, sie stehen auf eigenen Beinen und verdienen selbst ihr Brot.«

»In dieser Gegend ist das gar nicht so einfach, man findet kaum Arbeit. Nur dank der Viehhaltung können wir überleben.«

Javier kannte das Problem, die gesamte Andenregion litt darunter. Peru war zwar reich an Bodenschätzen, aber es gab kaum Industrie. Solange man das Bildungssystem nicht erneuerte und die Privatinitiative stärker förderte, würde das Land weiterhin ein schlecht bezahlter Rohstofflieferant der reichen Länder bleiben. Genau dieses Problem wollte Javier mit seinem Bildungsprojekt an der Wurzel packen, deshalb musste er weiterleben. Ohne große Umschweife kam er direkt auf sein Anliegen zu sprechen.

»Celestino, ich brauche deine Hilfe. Du hast mir einmal versprochen, dass du alles für mich tun würdest. Gilt dieses Versprechen noch?«

»Natürlich. Auf das Wort eines Aymara kann man sich verlassen. Ich weiß nur nicht, wie ich dir behilflich sein könnte …«

»Du hast mir irgendwann einmal von der Legende der ewigen Stadt Wiñay Marka erzählt und damals behauptet, einen der Zugänge zu der Stadt zu kennen. Du hast auch von einer Wunderquelle berichtet, die alle Krankheiten zu heilen vermag und geschworen, dass du die Wahrheit sprichst. Darf ich dem immer noch Glauben schenken, oder waren es nur die Fantasien eines Kindes?«

»Meine Eltern haben mich gelehrt, niemals zu lügen. Allerdings hätte ich niemals mit dir darüber sprechen dürfen. Es ist ein Geheimnis unseres Volkes, aber du warst schon damals ein guter Freund. Ich habe dir die Wahrheit gesagt. Aber was hat das alles damit zu tun, dass ich dir helfen soll?«, fragte Celestino erstaunt.

»Hör zu, ich bin unheilbar krank, mir bleiben nur noch wenige Monate zu leben. Aber ich will unbedingt noch einen Traum verwirklichen, und dazu brauche ich Zeit. Vielleicht kann das Wunderwasser, wenn es überhaupt existiert, mein Leben um ein paar Jahre verlängern.«

Der alte Aymara sah dem Freund in die Augen. An seinem ernsten, sorgenvollen Gesichtsausdruck erkannte er, dass er die Wahrheit sprach. Javier war nicht mehr so unbeschwert wie früher, er hatte ein ernsthaftes Problem. Obwohl er nach außen hin stark und gesund wirkte, lag etwas Merkwürdiges in seinem Blick. Es waren die Zeichen der Krankheit.

»Willst du, dass ich dir etwas von dem Wasser besorge? Ich weiß nicht, wo die Quelle ist, aber ich bin sicher, dass es sie gibt. Mein Vater hat es mir gesagt. Allerdings musste ich ihm versprechen, dass ich nie nach ihr suchen würde. Es ist eine gefährliche Reise voller Tücken, man kann sich in den unterirdischen Gängen leicht verirren. Nach dem Tod meines Vaters sind Manuel und ich ein Stück in die Höhle eingedrungen, weil wir neugierig waren. Aber es war ziemlich riskant. Wir sollten lieber die Finger davon lassen und uns an einen der Heiler aus den umliegenden Dörfern wenden.«

Während sie gemeinsam den Lammbraten aßen, ließ sich Celestino von seinen Gedanken treiben. Mit den wenigen ihm verbliebenen Zähnen zerkaute er mühsam das Fleisch und dachte dabei über die Krankheit des Freundes nach. Die Freude, ihn wiederzusehen, war von dieser traurigen Nachricht überschattet. Zu seinen alten Sorgen war eine neue hinzugekommen: Er musste einen Weg finden, um Javier von seinem Leiden zu befreien. Celestino hatte immer in Armut gelebt und fast nie einen Arzt aufgesucht. Die wenigen Erfahrungen, die er diesbezüglich gesammelt hatte, waren ihm in schlechter Erinnerung geblieben. Als er an Tuberkulose erkrankte, war er von einem Arzt zum nächsten geschickt worden, bis man ihn schließlich ins Krankenhaus einwies. Dort hatte er mehrere Rückfälle erlitten. In seiner Verzweiflung beschloss er, nach einer anderen Lösung zu suchen. Auf diesem Weg hatte er schließlich Antón Ruelas kennengelernt, einen bekannten Curandero, der auch Hausbesuche abstattete. Ruelas war ein merkwürdiger Mensch. Er hätte viel Geld verdienen können, wenn er durch die Dörfer gereist wäre, um die Leute zu heilen. Aber Don Antón, oder *Tata,* »Vater«, wie er genannt wurde, hatte seine eigenen Vorstellungen. Er kümmerte sich nur um die Kranken, die als hoffnungslose Fälle aus dem Krankenhaus entlassen worden waren. Celestino war damals genau so ein Fall. *Tata* Antón verschrieb keine synthetischen Medikamente. Seine Behandlung beschränkte sich auf Kräuterumschläge, Massagen und eine bestimmte Diät, aber sie hatte Erfolg.

Als Celestino wieder vollkommen genesen war, befahl ihm der Curandero, wie er es mit allen von ihm geheilten Patienten tat: »Geh zu deinen dummen Ärzten, die dich für unheilbar krank hielten, und sag ihnen, dass Ruelas dich von deinem Leiden befreit hat.« Leider lebte *Tata* Antón nicht mehr, aber bestimmt ließ sich ein anderer, ebenso guter Curandero finden, der seinem Freund helfen konnte. Celestino musste an *Tata* Antóns Beerdigung denken. Halb Puno hatte sich versammelt, um ihm das letzte Geleit zu geben. Arme und Reiche drängten sich dicht an dicht, sie alle wollten jenem Mann, der ihnen geholfen hatte, die letzte Ehre erweisen. Der Curandero hatte sein gesamtes Wissen und all seine Erfahrung aufgeboten, um anderen Menschen zu helfen und sie an Körper, Geist und Seele zu heilen.

Plötzlich hellte sich Celestinos Miene auf. Ihm war eingefallen, dass in Cabanillas ein Heiler lebte, der einen ziemlich guten Ruf hatte. Vielleicht konnte er ihnen weiterhelfen. Er betrachtete Javier, der sich angeregt mit Lucas und Manuel unterhielt, während Rosenda eine weitere Schüssel mit Kartoffeln und gebratenem Fleisch auftrug. Er musste Javier dazu bringen, *Tata* Isidro einen Besuch abzustatten. Cabanillas war nicht weit entfernt, und außerdem hatten sie ein Fahrzeug zur Verfügung. Mit Javiers Auto würden sie höchstens anderthalb Stunden bis dorthin brauchen.

Javier riss ihn aus seinen Überlegungen: »Warum bist du so schweigsam, Celestino? Woran denkst du? Hältst du meinen Plan, nach Wiñay Marka zu suchen, für verrückt?«

»Ja, vor allem, weil wir zuvor andere Wege ausprobieren könnten. Ich kenne einen angesehenen Curandero, der möglicherweise der Richtige für uns ist.«

»Ich glaube nicht, dass er mir weiterhelfen kann. Mein Fall ist ziemlich kompliziert. Die besten Ärzte des Landes sind daran gescheitert. Meinst du wirklich, dass ein einfacher Curandero mehr ausrichten wird?«

»Ihr Städter begeht den Fehler, allzu großes Vertrauen in eure Ärzte zu setzen. Manchmal kommen die Heiler gerade in den Fällen weiter, in denen die Schulmedizin versagt. Lass es uns wenigstens versuchen. Was hast du schon zu verlieren? Vielleicht ersparst du dir so eine mühsame Reise.«

»Also gut, probieren wir es. Auf ein neues, leider weitaus schwierigeres Abenteuer, als die aus unseren Kindheitstagen«, antwortete Javier in scherzhaftem Ton.

Celestino strahlte, und seine Augen glänzten wie die eines Kindes. Er war sehr erleichtert, und ein Ausdruck der Freude breitete sich auf seinem faltigen, sonnengegerbten Gesicht aus. Sie würden gemeinsam einen Weg beschreiten, sie waren immer noch unzertrennlich wie damals in ihrer Kindheit. Gemeinsam und ohne Vorbehalte würden sie das Problem angehen. Javier war zu ihm zurückgekehrt und akzeptierte ihn so wie er war. Zwar hatten sich ihre Wege vor langer Zeit getrennt, aber das lag an ihrer unterschiedlichen wirtschaftlichen und sozialen Stellung. Javiers Eltern waren wohlhabend und konnten ihrem Sohn das Ingenieursstudium finanzieren. Celestinos Eltern waren dagegen einfache Indios. Ihre Kinder mussten die Schule zeitig beenden und sich möglichst rasch eine Arbeit suchen. Javier hatte damals sogar seine Hilfe angeboten, aber Celestino hatte aus falschem Stolz abgelehnt. Die jahrelange Armut hatte ihn jedoch gelehrt, dass Stolz oft ein schlechter Ratgeber ist. Jetzt war er glücklich, Javier in seinem bescheidenen Heim bewirten zu können und zu beobachten, wie er sich mit seinen Kindern unterhielt.

Javiers Stimme unterbrach seine Gedanken: »Wann gehen wir zu dem Curandero?«

»Wann immer du willst. Ich bin arbeitslos und habe alle Zeit der Welt.«

»Auch ich kann frei über meine Zeit verfügen. Ich bin pensioniert. Wollen wir gleich aufbrechen?«

»Gern, ich werde nur noch schnell allen Bescheid sagen. Warte solange im Auto auf mich, ich komme gleich.«

»Ich danke dir und deiner Familie für eure Gastfreundschaft. Ich bin sehr froh, dich gefunden zu haben«, sagte Javier voller Dankbarkeit.

Celestino verabschiedete sich von seinen Kindern, die in einer Ecke des Zimmers saßen und plauderten. Dann nahm er einen Poncho und einen Wollschal, stieg flink in den Wagen und rief lachend: »Ich bin bereit! Schmeiß die Karre an.«

»Leg den Sicherheitsgurt an, ich werde ein bisschen Gas geben«, riet ihm Javier. »Um diese Uhrzeit ist wenig Verkehr. Wenn wir uns beeilen, sind wir in einer Stunde dort.«

Der Motor des Range Rovers dröhnte, während Javier den Autobahnzubringer ansteuerte. Schnell hatten sie Celestinos Haus hinter sich gelassen, erreichten Juliaca und fuhren nun in Richtung Cabanillas. Während der Fahrt erzählte Celestino, was er über den Curandero wusste.

»Er heißt Isidro Huaraya. Er spricht Quechua und lebt am

Stadtrand. Viele sagen, dass er ein sehr guter Heiler sei. Ich hoffe, er ist zu Hause.«

»Wenn nicht, kommen wir einfach ein andermal wieder. Für mich ist das Treffen sehr wichtig. Mein Zustand kann sich von einem Tag auf den anderen verschlechtern, die Zeit drängt.«

»Du hast mir immer noch nicht erklärt, woran du genau leidest. Du siehst gut aus, aber in deinem Blick liegt etwas Merkwürdiges.«

»Ich habe einen Hirntumor. Eine Operation ist wenig ratsam, da sie eine Lähmung, im schlimmsten Fall sogar den Tod zur Folge haben könnte. Man hat mir eine Chemotherapie empfohlen, aber dazu müsste ich die ganze Zeit im Krankenhaus bleiben. Jetzt hoffe ich auf ein Wunder. Vielleicht gibt es doch noch einen Ausweg.«

»Wir werden sehen, was Isidro sagt«, meinte Celestino zuversichtlich.

Javier gab sich gelassen, aber seinem Freund entging nicht, dass er von tiefer Sorge erfüllt war. Um ihn abzulenken, begann er über vergangene Zeiten, die Kindheit und Jugend zu sprechen.

Sie kamen zügig voran. Die Autobahn war erst vor kurzem gebaut worden und stellte die schnellste Verbindung zwischen den verschiedenen Ortschaften dar.

»Wir sind gleich da«, bemerkte Celestino.

»Du musst mir den Weg weisen«, wandte sich Javier an ihn, während er das Tempo drosselte.

»Wir müssen über die Plaza de Armas und uns dann links, in Richtung der Berge halten. Dort wohnt Isidro. Hoffentlich ist er da.«

»Mach dir keine Sorgen. Wenn wir ihn heute nicht antreffen, kommen wir ein andermal wieder.« Javier zwang sich zu Optimismus.

Als sie das Haus des Curanderos erreicht hatten, klopfte Celestino an die Metalltür. Kurz darauf vernahmen sie Schritte.

Die Tür wurde geöffnet, und eine korpulente Frau mit rötlich brauner Haut und einem Schal über den Schultern erschien. Da Javier ein Weißer war, sah sie ihn misstrauisch an.

»Wir suchen *Tata* Isidro«, erklärte Celestino schlicht. »Wir benötigen seinen Rat.«

»Wartet hier, ich weiß nicht, ob er Zeit für euch hat.«

»Sagen Sie ihm, dass wir auf Empfehlung von Manuel Ayma aus Tikillaka kommen«, beeilte sich Celestino hinzuzufügen.

»Warum hast du deinen Sohn erwähnt?«, erkundigte sich Javier.

»Unsere Leute, vor allem die Heiler, empfangen nur Bekannte oder Freunde. Zu Fremden haben sie kein Vertrauen. Sie haben Angst, von einem Arzt angezeigt zu werden.«

Wenige Minuten später kam die Frau zurück und bat sie mit einem Lächeln herein: »Macht es euch bequem, ihr müsst euch allerdings ein bisschen gedulden, bis ihr an der Reihe seid.«

Die Frau führte sie durch einen langen Flur in einen Hof. Sie nahm eine Decke, breitete sie über eine niedrige Mauer und hieß die beiden Platz nehmen. Zwei weitere Personen, ein Mann und eine Frau, saßen bereits dort und warteten. Sie musterten Javier neugierig. Es war ziemlich ungewöhnlich, dass ein Weißer zu einem Curandero kam.

Die beiden Freunde mussten beinahe eine Stunde warten, bis sie *Tata* Isidro endlich zu sich hereinbat. Der Alte hatte langes, zerzaustes Haar, gebräunte Haut und lebhafte Augen. Er saß an einem schlichten Tisch, auf dem ein Beutel mit Cocablättern und ein wollenes Tuch lagen. Javier sah sich in dem Raum um, der nur durch das spärliche Licht, das durch die Tür fiel, erhellt wurde. Fensterlose Häuser, in denen man kaum etwas erkennen konnte, waren in dieser Gegend keine Seltenheit. Der Alte unterbrach Javiers Gedanken.

»Was wollt ihr wissen, mit was kann ich dienen?«, erkundigte er sich. Dann deutete er auf den Beutel: »Wer von euch beiden meinen Rat braucht, nehme eine Handvoll Blätter und lege sie zusammen mit einem persönlichen Gegenstand auf das Tuch.«

Javier nahm einige Blätter und breitete sie sorgfältig auf dem Stoff aus. Daneben legte er eine Münze. Der Alte fasste das Tuch an den Zipfeln, faltete es zu einem Bündel und schlug das Kreuz darüber. Dann begann er zu beten. Schließlich öffnete er das Bündel wieder und betrachtete eingehend die Cocablätter, als wolle er eine Botschaft daraus lesen.

Die Weissagung mit Hilfe von Cocablättern war unter den Curanderos eine gängige Methode. Laut der Symbolik der Anden gibt es für jedes Ereignis im Leben eines Menschen eine entsprechende Blattkonstellation, gleichgültig, ob es um familiäre Angelegenheiten, um Arbeit, Gesundheit, Reisen, Geschäfte oder eine Heirat geht. Javier kannte diese Praktiken, sie waren nicht nur in der Gegend um Puno, sondern in ganz Peru und Bolivien weit verbreitet. Er war diesbezüglich immer etwas skeptisch gewesen, aber nun war er bereit, jegliche Form der Hilfe anzunehmen.

Lange Zeit betrachtete Tata Isidro die Blätter, mehrfach nahm er sie mit den Händen auf, um sie danach langsam zurück auf das Tuch rieseln zu lassen. Schließlich wandte er sich an Javier, wobei er jedes seiner Worte betonte: »Du bist aus einem anderen Leben zurückgekehrt, du warst viele Tage ans Bett gefesselt, jetzt geht es dir besser. Aber ich sehe auch den Tod, der nicht von dir ablassen will.«

»Was kann ich tun, damit er mich in Ruhe lässt? Ich möchte unbedingt weiterleben«, fragte Javier erstaunt. Er hatte dem Curandero nichts von seiner Krankheit erzählt, und dennoch wusste er, wie es um ihn stand.

»Es ist dein Schicksal, so wurde es zu Beginn deines Lebens festgeschrieben. Du kannst ihm nicht entkommen.«

»Aber ich brauche noch etwas Zeit. Kannst du mir nicht helfen?«

»Meine Heilkräuter werden dich nicht weiterbringen. Nur indem wir auf die geistige Welt zurückgreifen, können wir dein Schicksal beeinflussen.«

»Kannst du das näher erklären? Ich verstehe nicht, was du damit meinst.«

»Ganz einfach: Du musst sterben und sträubst dich dagegen. Gleichzeitig gibt es irgendwo jemanden, der nicht mehr leben, der alles hinter sich lassen will. Wir können die Natur um einen Tausch bitten. Dieser Mensch wird an deiner Stelle sterben, und du kannst weiterleben.«

»Aber das hieße, einen anderen Menschen für mich zu opfern. Diese Lösung gefällt mir nicht. Kannst du nicht einfach mein Leiden heilen?«

»Ich kann dich mit Massagen, Umschlägen und all meinem Wissen behandeln. Aber es wird dir nicht viel nutzen, du wirst zu gegebener Stunde sterben.«

»Wie viel Zeit bleibt mir noch? Kannst du das voraussagen?«, fragte Javier verzweifelt.

»Natürlich. Lass sehen …« Der Alte nahm einige Blätter zur Hand und verteilte sie auf dem Tuch, ohne den Blick abzuwenden. »Du hast noch ungefähr sechzig Tage vor dir.«

»Lässt sich das Schicksal nicht irgendwie beeinflussen?« Javier klang niedergeschlagen, aber er hatte die Hoffnung noch nicht ganz aufgegeben.

»Kein Sterblicher ist dazu in der Lage. Man muss Pachamama, unsere kosmische Mutter, und die Apukuna, die Schutzgeister der Menschen, um Hilfe bitten. Nur so lässt sich deinem Schicksal eine andere Wendung geben, aber du willst es nicht.«

»Weil ich nicht verstehe, wie der Tausch funktionieren soll, und weil ich dem Menschen, der an meiner Stelle sterben muss, nicht in die Augen sehen könnte. Es würde einer Verdammung gleichkommen. Was käme außerdem auf mich zu, wenn ich einwilligen würde?«

»Du müsstest mit Hilfe eines bestimmten Rituals mit Pachamama in Kontakt treten und sie darum bitten, dass der Tod einen anderen als dich nimmt. Während der Zeremonie müssen die Schicksale getauscht werden. Derjenige, der sterben soll, nimmt deinen Platz ein, und du lebst an seiner Stelle weiter.«

»Gibt es wirklich Leute, die nicht mehr leben wollen?«

»Ja, manche haben genug davon, weil sie schon lange krank sind, familiäre Probleme haben oder unter körperlichen oder seelischen Schmerzen leiden.«

»Woher weiß man, dass es sich um die richtige Person handelt? Wie wird sie ausgewählt?«

»Ich beschränke mich darauf, das Ritual des Schicksalstausches zu begehen, alles andere überlasse ich Mutter Natur. Sie entscheidet, wer deinen Platz einnimmt«, erklärte Isidro schlicht.

»Gibt es wirklich keine Möglichkeit, mein Leben zu verlängern, ohne einen anderen Menschen mit hineinzuziehen?«

Als habe Javier mit seiner Frage an der Ordnung der Natur gerüttelt, geschah plötzlich etwas Merkwürdiges. Im Halbdunkel sah man das Gesicht des Alten, der in eine Art Trance verfallen zu sein schien. Seine Stimme klang vollkommen verändert, viel durchdringender und bestimmter, als spräche ein spiritueller Meister durch ihn.

»Für uns Sterbliche gibt es keine andere Möglichkeit. Hier auf der Erde sind nur die Unsterblichen dazu befähigt. Sie besitzen das Wasser der ewigen Jugend. Aber wer würde es wagen, sie zu suchen? Du müsstest die ewige Stadt Wiñay Marka finden, wo die Wunderquelle entspringt.«

Als Javier den Namen Wiñay Marka hörte, begann er zu zittern. Dann breitete sich ein hoffnungsvolles Lächeln auf seinem Gesicht aus. Der Curandero war nun bereits die vierte Person, die ihm gegenüber von der Quelle der ewigen Jugend und Gesundheit sprach. Nachdem er sich ein wenig beruhigt hatte, dachte er daran, dass sich in den letzten Tagen unglaublich viel verändert hatte. Er war ohne konkrete Ziele nach Puno gekommen, hatte lange Spaziergänge am Ufer des Sees unternommen, in der Hoffnung, durch das Wasser inspiriert zu werden und eine Lösung seines Problems zu finden. Nun erkannte er, dass das Göttliche ihm durch diesen alten, ärmlich wirkenden Mann eine Antwort gab. Der Curandero teilte ihm ein jahrelang gehütetes Geheimnis mit. Aus seinem Mund sprach ein Wesen aus einer anderen Welt. *Tata* Isidro fuhr fort: »Wenn du weitere Lebensjahre gewinnen willst, musst du dich nach Wiñay Marka begeben. Die Reise ist schwierig und gefährlich, aber die Mühe lohnt sich. Nur ein eiserner Wille kann dich bis zu jenem Ort führen, den fast noch nie ein Mensch betreten hat. Du weißt nicht, was sich dort verbirgt, du hast keine Vorstellung von den Dingen, die sich dort befinden, aber es wird sein, als ob du ein Traumreich betrittst. Dort kommt man zur Ruhe, ohne sich um die Zeit zu kümmern, und kann sich den Dingen widmen, die man immer schon tun oder erleben wollte, ohne es jemals vermocht zu haben.«

»Wo ist diese Stadt, und wie kann ich sie erreichen?«, fragte Javier wissbegierig.

Der Curandero lächelte, und sein Gesicht wirkte noch faltiger als zuvor. Er sah Javiers Verzweiflung und antwortete: »Es ist ein geheimer, unzugänglicher und sehr abgelegener Ort. Wenn du stark und entschlossen genug bist, ihn zu finden, wird es dir vielleicht gelingen. Aber wenn du schwach bist und die Angst in deinem Herzen nährst, wirst du es niemals schaffen.«

Diese Worte beeindruckten Javier sehr. Plötzlich, als seien die Anwesenden aus einer anderen Dimension zurückgekehrt, erhellte sich der Raum. Der Alte schien aus seiner Trance zu erwachen. In diesem Augenblick begriff Javier, dass diese Quelle seine einzige Chance auf Heilung war. Deshalb nahm er all seinen Mut zusammen und fragte: »Wo befindet sich der Zugang von Wiñay Marka?«

»Auch wenn ich es wüsste, würde ich es dir nicht verraten. Das Einzige, was ich dir anbieten kann, ist der Schicksalstausch«, erwiderte er mit leiser Stimme.

Javier ging nicht auf *Tata* Isidros Angebot ein. Es widersprach seiner Art zu denken und zu leben. Das eigene Leben konnte er opfern, aber nicht das eines anderen. Um nichts in der Welt würde er von diesem Grundsatz abweichen.

Auch Ccama, der Curandero, von dem sich Maruja in der Heilkunst unterweisen ließ, hatte mit Javier über Leben und Tod gesprochen. Von ihm hatte er erfahren, dass die meisten Indios den Tod als einen Teil ihrer Existenz betrachten. »So wie wir geboren werden, müssen wir auch sterben«, hieß es bei vielen von ihnen. Ihrem Glauben nach stand die Todesstunde jedes Menschen bereits von Beginn an fest. Manche durften nur ein paar Stunden, andere mehrere Monate oder gar viele Jahre leben. Die Zeit, die jedem gewährt war, hing von dem Tag ab, der für den Tod vorherbestimmt war. »Das Leben der Menschen ist wie ein Teppich, an dem der große Schöpfer des Universums Apu Kon Tiki Wiracocha webt: Einige Fäden enden, andere werden miteinander verknüpft, das Webmuster nimmt täglich neue Gestalt an«, hatte Ccama erklärt. Ein Quechua oder Aymara weiß, was ihn erwartet, und hat deshalb keine Angst vor dem Tod, sondern begegnet ihm in aller Stille. Er spürt, wann ihn seine Kräfte verlassen, und spart sie für die letzte Reise auf, die er bewusst erleben muss. Er muss sich bereithalten und wachsam sein, außerdem darf er gegen niemanden Hass verspüren. Wenn ein Aymara oder Quechua stirbt, wird sein Körper mit dem Kopf nach Osten und den Füßen nach Westen gebettet, da dem Glauben zufolge sein Geist durch den Kopf oder die Füße entweicht. Sobald er seine sterbliche Hülle verlassen hat, begibt er sich zum Wilka Mayu, dem heiligen Fluss. Seine Reise führt ihn durch Anuqara, die Stadt der Hundeseelen. Sie liegt an den Ufern des

Blutsees, der den Hunden als Nahrung dient. Wenn der Geist die Stadt erreicht, trifft er auf die Seele seines Hundes, die ihm helfen muss, den großen Fluss zu durchqueren. Dieser Fluss wäscht alle Unreinheiten und menschlichen Schwächen fort. Wenn der Mensch seinen Hund zu Lebzeiten schlecht behandelt hat, wird ihm dieser erst dann helfen, wenn er sein Verhalten bereut. Er muss um Verzeihung bitten und das dem Tier zugefügte Leid selbst erdulden, um es versöhnlich zu stimmen. Wenn er dagegen ein gutes Herrchen war, wird er freudig empfangen. Der Hund trägt ihn in seinem Maul durch den Fluss. Hat er ein weißes Fell, bittet er einen schwarzen Hund um Hilfe, weil er sich nicht beschmutzen will. Im Gegenzug muss er dem schwarzen Hund eine Gunst erweisen, damit dieser seinen Schützling ans andere Ufer bringt. Von dort gelangt der Geist nach Wiñay Llaqta, in die Stadt der menschlichen Seelen. Dieser Mythos ist im Glauben der Indios fest verankert. Deshalb behandeln sie ihre Hunde, vor allem jene mit schwarzem Fell, so gut.

Ccama hatte Javier auch von der beständigen Suche der Indios nach Frieden und Harmonie erzählt. Geriet einer von ihnen in Wut, sagten die andern: »Was ist in dich gefahren, bist du nicht mehr bei Verstand? Bedenke, dass das Leben flüchtig und von kurzer Dauer ist, verschwende deine Zeit nicht mit Ärger. Nutze deine Energien mit größerer Umsicht, denn nur so wirst du nach dem Tod zum Licht finden. Das in dir freigesetzte Licht wird dir helfen, zur ewigen Ruhestätte zu gelangen. Hass bringt nur Finsternis und hindert dich bei der Suche nach dem Weg zu Willkan Uta, dem Haus der Sonne, dem Ort, an dem sich die Stadt Wiñay Llaqta erstreckt. Dort leben alle Toten glücklich miteinander in einer anderen Dimension.« Wenn ein Mensch zu ehrgeizig ist und zu sehr nach irdischen Gütern strebt, wird er ermahnt: »Warum plagst du dich so? Nennst du das dein Leben? Warum häufst du all die Reichtümer an? Kannst du davon irgendetwas mit ins Jenseits nehmen? Bist du auf die lange Reise in dein wahres Heim vorbereitet? Es gibt in diesem Leben kein höheres Ziel, als ein wahrer Runa zu werden und das Dasein als bloßer Zweibeiner, der die Erde verunreinigt, zu überwinden. Du kannst zu Reichtum, Macht und Ruhm gelangen, aber was nützt dir das, wenn es dir nicht gelingt, anderen Freude und Liebe zu geben. All deine Titel, deine Besitztümer und Ländereien musst du irgendwann zurücklassen und dich allein auf die Reise begeben. Versuche, ein Hatun Runa, ein Erleuchteter zu werden, das ist das einzig Wichtige im Leben. Vergiss nicht, dass dein Körper dorthin zurückkehrt, woher er gekommen ist. Erde bist du und sollst zu Erde werden. Anstatt also irdische Reichtümer zu häufen, versuche lieber, zu geistigem Reichtum zu gelangen, denn nur dieser währt ewig.«

Natürlich teilen nicht alle Indios diese Vorstellungen vom Jenseits. Und natürlich gibt es auch unter ihnen Streit, Hass und Neid. Wenn sie spüren, dass sich der Tod nähert, bekommen sie Angst, denn sie wissen, dass sie das Geschenk des Lebens nicht gut genutzt haben und dass es ihnen bald genommen wird. Sie fürchten sich, bereuen ihr Handeln und wollen Buße tun. Sie sind nicht auf den Tod vorbereitet und versuchen, ihren Aufenthalt auf der Erde durch einen Tausch zu verlängern. So kommt es zu dem von *Tata* Isidro vorgeschlagenen Ritual des Schicksalstausches, dem sogenannten *Turkay* oder *Turkaña.*

Für Javier waren Leben und Tod ganz persönliche Dinge, für ihn galt der Grundsatz, den Lebenden und den Toten gleichermaßen mit Respekt zu begegnen. Er war der Meinung, dass jeder für sich selbst und sein Schicksal verantwortlich sei. Deshalb war es ihm unmöglich, auf Isidro Hurayas Vorschlag einzugehen. Er fand, dass jeder den Mut aufbringen müsse, dem eigenen Tod zu begegnen. Davor zu fliehen empfand er als feige. In seinen Augen war auch der Suizid ein feiger Akt. Der Tod gehörte zum Kreislauf des Lebens, aber Javier wusste, dass viele den Gedanken daran mieden, weil sie Angst davor hatten, was sie danach erwartete.

Für ihn war das Leben nach dem Tod kein Geheimnis mehr. Er hatte die Pfade jener Welt beschritten und war zurückgekehrt. Er wusste, dass der Tod bisweilen eine Befreiung von irdischen Qualen sein konnte und dass manche, aus Unwissenheit, darin die Lösung ihrer Probleme sahen. Aber das war eine Täuschung: Sie mussten zurückkehren und sich der Prüfung aufs Neue stellen. Javier hatte erkannt, dass der Tod nur der nächste Schritt ist, mit dem wir eine neue Dimension betreten, und dass es auch eine Zukunft nach dem Tod gibt.

Und dieses Wissen ließ ihn nun der Gegenwart mit weniger Angst zu begegnen. Bevor er zurückgekehrt war, hatte er darum gebeten, weiterleben zu dürfen, um seine Ängste zu besiegen und seine Pläne verwirklichen zu können. Lediglich die Krankheit und die knappe verbleibende Zeit bereiteten ihm Sorge. Javier war sich nunmehr sicher, dass es nur einen Weg für ihn gab: Er musste *Qhalis Pukio,* die Quelle der ewigen Jugend, des Lebens und der Gesundheit finden. Schon die spanischen Eroberer, die durch die Indios von deren Existenz wussten, hatten nach ihr geforscht. Aber alle Versuche waren gescheitert, denn niemand hatte im Erdinneren gesucht. Die wenigen Menschen, die das Geheimnis kannten, hüteten es mit großer Sorgfalt.

8

Ein unterirdisches Reich im Herzen der Anden

Die Anden stellen für die Welt nach wie vor ein Rätsel dar. Das alte Wissen ist überwiegend mündlich durch die Quechua und Aymara überliefert. Die präkolumbische Geschichte Perus ist deshalb sehr schwer zu rekonstruieren. Sowohl den spanischen Geschichtsschreibern als auch den Anthropologen der Gegenwart sind zahlreiche Mythen und Legenden verschlossen geblieben. So auch die Legende von *Qhalis Pukio,* der Quelle des Lebens und der Gesundheit, die ein Teil jener geheimnisvollen und unbekannten Vergangenheit ist.

Die beiden Freunde befanden sich auf der Rückfahrt von Cabanillas. Der Wagen fuhr mit hoher Geschwindigkeit über die Autobahn.

Celestino schlief tief und fest, während Javier hinter dem Steuer seinen Gedanken nachhing. Eine Reise ins Erdinnere war sehr gefährlich und mit großen Schwierigkeiten verbunden. Dennoch war es für Javier die einzig denkbare Lösung.

In ihm waren Neugier und Wissensdurst erwacht, aber die Hauptantriebskraft war sein Wunsch zu genesen. Er hatte in seinem Leben bereits an mehreren Höhlenexpeditionen teilgenommen, und das gab ihm ein Gefühl der Sicherheit.

Mit achtzehn Jahren hatte er seinen Bruder Benjamin begleitet, der als studierter Geologe und Mineraloge an der Erforschung bestimmter unterirdischer Klimaverhältnisse und Vulkanaktivitäten arbeitete. Gemeinsam waren sie in eine Höhle in hundertachtzig Metern Tiefe vorgedrungen, in der es große Vorkommen an Steinsalz gab. Diese erste Reise ins Erdinnere hatte ihn sehr beeindruckt. Bis zu seiner Hochzeit hatte er sich keine Gelegenheit entgehen lassen, an weiteren Expeditionen teilzunehmen. Einmal war er sogar bei einer Neuerkundung dabei gewesen und ein anderes Mal für eine Fotodokumentation bis in tausendeinhundert Meter Tiefe vorgedrungen. Javier wusste, dass das Gebirge um die Hochebene von Puno noch relativ jung war.

Die Höhlenkunde hatte ihn schon immer fasziniert, da sie sowohl eine physische als auch eine psychische Herausforderung darstellte. Bloße Begeisterung genügte nicht, man musste auch Gefahren abschätzen können und brauchte starke Nerven, um nicht in Panik zu geraten. Nun bekam er Gelegenheit, sich selbst auf die Probe zu stellen und sich zu beweisen, dass er Herr seiner Ängste war. Er wusste, dass sein Vorhaben ziemlich riskant war. Es war absolut ungewiss, ob sein Plan gelingen würde. Vielleicht würde er die versunkene Stadt und ihre Quelle niemals finden. Aber was hatte er zu verlieren? Er fürchtete nicht um sein Leben, denn er hatte ohnehin nur noch wenige Wochen vor sich. Er musste diese Zeit nutzen, musste alle ihm noch verbliebenen körperlichen und geistigen Kräfte sammeln. Abgesehen von gelegentlicher Übelkeit und kurzen Sehstörungen, machte sich die Krankheit bisher nicht bemerkbar. Er hatte keine Angst mehr vor dem Tod, denn er hatte bereits die nächste Stufe kennengelernt.

Nachdem er Celestino nach Hause gebracht hatte, fuhr Javier zurück nach Puno, um dort in Ruhe über das bevorstehende Abenteuer nachzudenken. In den folgenden Tagen versuchte er, mehr über die Quelle des Lebens in Erfahrung zu bringen. Ihn interessierte vor allem die Frage, wer bereits nach ihr geforscht hatte und aus welchem Grund. Aber außer ein paar allgemeinen Informationen über Wiñay Marka im Internet fand er nichts heraus.

Auf seiner Suche stieß er jedoch auf Mythen und Geschichten anderer Völker. Er las von den Abenteuern des Gilgamesch und dessen Suche nach Wissen und Unsterblichkeit, von den unzähligen Mühen, die Gilgamesch auf sich nehmen musste, und davon, wie er sein Ziel knapp verfehlte. Javier erfuhr von den Reisen des Spaniers Juan Ponce de Léon, der 1513 eine wichtige Expedition leitete. Von Puerto Rico aus hoffte er, die Insel Bimini zu erreichen und dort die berühmte Quelle der ewigen Jugend zu finden. Aber seine Nachforschungen blieben erfolglos. Javier stieß auf die Abenteuer des britischen Forschungsreisenden Oberst Fawcett, der sich 1906, im Alter von neununddreißig Jahren, in den brasilianischen Urwäldern auf die Suche nach Atlantis begeben hatte. 1925 verschwand er zusammen mit seinem Sohn Jack und dem Freund Raleigh Rimmel im Regenwald von Mato Grosso in der Nähe des Rio Xingu. Die Leichen wurden nie gefunden, aber einige Freunde und die Ehefrau waren sicher, dass Fawcett noch am Leben sei und sich in der Stadt Zeta aufhalte, wo sich der unterirdische Tempel von Ibez befinden sollte. Ihrer Meinung nach lebte er noch 1957 im Alter von neunzig Jahren dort. Es hieß, die Stadt sei durch unterirdische Gänge mit Manoa in Venezuela und mit Paititi, das auch Akanor genannt wurde und in den peruanischen Urwäldern von Madre de Dios lag, verbunden. Angeblich existierte auch ein Verbindungsgang zu der nahegelegenen Ruinenstadt Machu Picchu. Udo Oscar Luckner hatte den Zugang entdeckt, er kam wiederum 1984 bei einem dubiosen Autounfall ums Leben.

Außerdem erfuhr Javier einiges über die Geschichte von Ricardo Cáceras, der aus dem Colca Cañon stammte und im Amazonasgebiet auf Goldsuche war. 1991 war er nach Chivay gekommen und hatte behauptet, die Stadt Paititi, die »verlorene Stadt der Inka«, gefunden und dort aus der Quelle der ewigen Jugend getrunken zu haben. Doch seine Freunde glaubten nicht, dass er ihr alter Kamerad sei, denn er sah viel jünger aus. Eines Tages dann war Ricardo verschwunden. Er hinterließ die Botschaft, dass die Menschheit noch nicht reif genug sei, ihrer eigenen Vergangenheit auf die Spur zu kommen, und dass sie noch nicht die spirituelle Ebene erreicht habe, die es ihr erlauben würde, mit der unterirdischen Zivilisation in Kontakt zu treten.

Diese Informationen warfen bei Javier neue Fragen auf: »Wenn dieses Wasser wirklich existiert«, überlegte er, »warum steht es dann nicht allen Menschen zur Verfügung? Wenn es die Inka-Herrscher tranken, warum dann nicht auch die andern? Welche chemischen Substanzen enthält dieses Wasser, und was bewirken sie? Was für Folgen könnte seine Entdeckung für die Menschheit haben?«

Lautes Türklingeln unterbrach ihn in seinen Gedanken und holte ihn in die Gegenwart zurück. Jetzt war wirklich nicht die Zeit, um lange Überlegungen anzustellen. Er hatte nicht die Absicht, seine letzten Lebenstage untätig in Puno herumzusitzen, sondern hatte sich viel vorgenommen. Er spürte, dass ihm ein großes Abenteuer bevorstand.

Nachdem der endgültige Entschluss zu der Reise gefällt war, hatte er Celestino genaue Anweisungen bezüglich der zu treffenden Vorbereitungen gegeben, hatte mit befreundeten Höhlenforschern in Lima und Santiago de Chile telefoniert und alle Hebel in Bewegung gesetzt, um sich die nötige Ausrüstung zu beschaffen.

Als er die Tür öffnete, stand Celestino mit einem Bündel Pakete unterm Arm vor ihm.

»Wo soll ich die Kisten hinbringen, die heute Morgen angekommen sind?«

»Stell sie in die Kammer, dann können wir gleich überprüfen, was noch fehlt.«

Javier und Celestino waren tagelang zwischen Lima, Santiago und Oruro, einer Bergwerkstadt in Bolivien, unterwegs gewesen, um das nötige Material zu besorgen. Die Ausrüstungsgegenstände bewahrten sie in einem eigens dafür vorgesehenen Raum in Javiers Haus in Puno auf. Zusammen mit Manuel bereiteten sie alles gründlich vor und sorgten auch für Proviant.

Als Bergarbeiter waren Celestino und Manuel zwar daran gewöhnt, sich in unterirdischen Stollen fortzubewegen, aber sie hatten kaum Erfahrung in der Höhlenkunde. Für diesen Bereich war Javier zuständig. Bei einer solchen Reise durfte man nichts dem Zufall überlassen, jeder Fehler konnte fatale Folgen haben. Deshalb unterzog Javier alle Gegenstände, die sie erworben hatten, einer eingehenden Inspektion.

Je weiter sie mit den Vorbereitungen vorankamen, desto zufriedener wurde Javier. Er hatte Celestino und seinen Sohn dazu überredet, ihn nur auf einem Teil seiner Reise zu begleiten. Die beiden hatten zunächst heftig widersprochen, Celestino wollte bis zum Ende bei ihm bleiben und ihn auf keinen Fall alleine lassen. Aber schließlich war es Javier doch noch gelungen, ihn davon abzubringen. Bis zu einem bestimmten Punkt sollten ihn die beiden begleiten, danach würde er seinen Weg alleine fortsetzen. Er wollte das Leben seiner Freunde nicht aufs Spiel setzen.

Am meisten Sorgen bereitete Javier die Tatsache, dass er keinerlei Informationen über die Höhle hatte. Während sie in den verschiedenen Städten unterwegs waren, um die nötigen Materialien zu besorgen, ließ er daher keine Gelegenheit aus, um in Bibliotheken, Archiven und Buchhandlungen zu stöbern. Das Ergebnis war allerdings enttäuschend: Er fand nichts außer ein paar verstreuten Anmerkungen. Stattdessen gab es zahlreiche Verweise auf ein altes Volk namens Ñaupas, das über eine hochentwickelte Wissenschaft und Technologie verfügte, dessen Kultur jedoch durch ein verheerendes Feuer zerstört wurde. In den unterschiedlichen Varianten hieß es übereinstimmend, dass es sich bei jenem Volk um menschliche, dem modernen Menschen sehr ähnliche Wesen handelte, die jedoch bereits vor sehr langer Zeit gelebt hatten.

Anthropologen hatten in den verschiedenen Andendörfern zahlreiche Überlieferungen über sie gesammelt. Häufig wurde dieser Mythos allerdings auch durch das Christentum vereinnahmt. Seit ihrer Ankunft in Amerika hatten christliche Geistliche mit allen Mitteln versucht, die Geschichte vor der Zeit der spanischen Eroberung nach ihrem Gutdünken zu verfälschen. So sollte die Kultur und Religion der eingeborenen Bevölkerung nach und nach unterwandert und schließlich zerstört werden. In seiner reinsten Form ist der Mythos heute durch die Aymara überliefert und lautet folgendermaßen: »Zu Anbeginn der Zeiten, als die Sonne noch nicht aufgegangen war, gab es nur den Schöpfergeist und die Schutzgeister. Die Erde war öde und leer. Um sie anzufüllen, beschloss Apu Kon Tiki Wiracocha, der Baumeister des Universums, die unbelebten Dinge zu erschaffen. Zuerst schuf er das Meer, die Seen und Flüsse, danach die Berge. Dann ging er zu den belebten Dingen über, schuf Pflanzen und Tiere und zum Schluss die Menschen, die sich Ñaupas oder Machus nannten. Diese ersten Menschen lebten in Rundbauten, deren Türen nach Osten ausgerichtet waren. Über ihnen leuchtete der Mond. Ihre Korper glichen denen der heutigen Menschen, aber sie waren gelenkiger, kräftiger und außerdem klüger. Ihre Häuser errichteten sie auf den Gipfeln oder an den Hängen der Berge. Sie verfügten über zahlreiche Kenntnisse, waren in der Lage, Berge abzutragen, unterirdische Gänge zu graben und gewaltige Erdmassen allein durch Willenskraft zu bewegen. Durch ihren Gesang brachten sie die Steine in Bewegung, mit Hilfe bestimmter Fahrzeuge konnten sie sich sowohl auf dem Wasser als auch in der Luft fortbewegen. Sie konstruierten Maschinen, die ihnen die Arbeit abnahmen.

Eines Tages wollte ihnen der Schöpfer weitere Macht gewähren, aber sie waren hochmütig und antworteten, dass sie genügend Macht besäßen und keiner weiteren bedürften. Um sie zu bestrafen, ließ der Schöpfer einen Feuerregen niedergehen, der ihren Körpern die Feuchtigkeit entzog, so dass nur noch das trockene Fleisch an ihren Knochen hing. Einige versuchten, sich ins Wasser zu retten, andere zogen sich in die Berge, wieder andere unter die Erde zurück. Die Ñaupas leben noch immer in den unterirdischen Höhlen, in den Hochebenen, den Seen und Meeren.«

Javier überlegte, ob Wiñay Marka möglicherweise eine der Städte der Ñaupas war.

Jedes Mal, wenn er Celestino nach näheren Informationen über Wiñay Marka fragte, wurde dieser nervös. Er hatte Angst, dass die Unsterblichen etwas bemerken könnten. Als Aymara war er davon überzeugt, dass das unterirdische Volk versuchen würde, ihre Reise zu verhindern, wenn sie von ihrem Vorhaben erfuhren.

Als endlich alle Vorbereitungen getroffen waren, wurde die gesamte Ausrüstung nach Tikillaka transportiert, von wo aus die Reise starten sollte. Am Morgen des festgelegten Tages bestieg Javier seinen Wagen, um sich ebenfalls zum Treffpunkt zu begeben. Sie hatten alle notwendigen Materialien zusammengetragen und alles genauestens überprüft. Während der Fahrt dachte Javier darüber nach, was er über die jüngsten Entwicklungen in der Höhlenforschung gelesen hatte. Früher war es ein recht ausgefallener, nur wenigen vorbehaltener Sport gewesen. Heute waren dagegen viele Höhlen eine Touristenattraktion. In Europa und Nordamerika begaben sich jährlich Hunderttausende in die Tiefen der Erde. Mit Aufzügen oder kleinen Wagen ließen sie sich in die fantastische Welt der Stalaktiten und Stalagmiten transportieren.

»Es ist eine neue Form des Tourismus. Der Mensch will auch

die unterirdische Welt erkunden. Viele Leute, die zunächst aus reiner Neugierde kamen, fangen an, sich intensiv mit dem Erdinneren zu beschäftigen und über sich selbst nachzudenken«, hatte ihm einmal ein erfahrener Höhlenkundler erklärt. »Wenn man hier arbeitet, verändert man seine Sicht auf die Welt. In der Höhle sind wir mit unserer wahren, instinktiven Natur allein und müssen einen Weg finden, mit ihr auszukommen und sie zu lenken.«

Heutzutage waren die für den Publikumsverkehr freigegebenen Höhlen mit allen erdenklichen Sicherheitsvorkehrungen versehen. Es gab künstliche Brücken, Geländer und Metallstege. Jede Temperaturschwankung wurde erfasst und auch die relative Luftfeuchtigkeit gemessen. Sie lag in der Regel zwischen 94 und 100 Prozent, während die Temperatur zwischen 9,1 °C und 9,5 °C variierte und die Windgeschwindigkeit etwa 0,2 Meter pro Sekunde betrug.

»Unter der Erdoberfläche herrschen optimale Bedingungen, um wissenschaftliche Projekte und Technologien weiterzuentwickeln. Wenn es den Menschen irgendwann gelingen sollte, Sonnen- und Mondlicht ins Erdinnere zu leiten, wird sich dort ebenso wie auf der Erdoberfläche Leben entfalten«, hatte ihm bei anderer Gelegenheit ein Höhlenexperte gesagt, der gleichzeitig ein angesehener Architekt war.

Javier dachte über seine eigenen Erfahrungen nach. Als junger Mann war er einige Zeit in Europa gewesen und hatte die Grotte von Pertosa in Italien, die Drachenhöhle auf Mallorca und die Höhlen von Mani in Griechenland gesehen. In der Zeit, die er als Beauftragter der peruanischen Botschaft in den Vereinigten Staaten arbeitete, hatte er auch die Luray Caverns in Pennsylvania besichtigt. Bis zum Alter von vierzig Jahren hatte er an bisweilen recht schwierigen Expeditionen teilgenommen. Obwohl er eingetragenes Mitglied des Vereins für Höhlenkunde von Peru war, hatte er jedoch später, wegen zahlreicher beruflicher Verpflichtungen, kaum Zeit gefunden, diesem Hobby weiter nachzugehen. Dennoch hatte er seine alte Ausrüstung über all die Jahre hinweg sorgfältig aufbewahrt. Für sein neues Abenteuer musste diese allerdings durch modernere Materialien ergänzt werden. So ausgestattet hoffte er, sein Ziel, das ihm als letzte Rettung erschien, zu erreichen. Doch es war nicht ausgeschlossen, dass seine Reise tragisch endete.

Javier musste an die Worte seines Freundes Mario denken: »Für jede Krankheit gibt es einen Auslöser. Eine Krankheit ist ein Zeichen. Dein Körper teilt dir mit, dass etwas in dir nicht stimmt. Denke darüber nach!« Javier hatte angefangen, die Dinge mit anderen Augen zu betrachten. In den letzten Wochen hatte er sich immer stärker von seiner wissenschaftlichen Weltsicht distanziert und sich mit wachsendem Interesse auf die spirituelle Welt eingelassen.

Der Körper ist etwas Heiliges, man muss ihn sorgfältig pflegen und ernähren. Die Seele nährt sich von positiven Gedanken und Gefühlen. Aber um tatsächlich mit dem Göttlichen in Kontakt zu treten, bedarf es auch positiver, guter Handlungen. Zu Spiritualität gelangt man durch die Suche nach Wahrheit und Liebe, die schließlich zur Erleuchtung führt. Unwissenheit bedeutet dagegen Nacht und Verderben. Javier hatte versucht, seinen Körper durch eine bestimmte Diät zu reinigen. Er aß kaum noch Fleisch und beschäftigte sich mit der Heilwirkung von Kräutern. Er hatte gelernt, sich auf religiöse und esoterische Vorstellungen und auf neue Heilpraktiken einzulassen. Er hatte begriffen, dass die spirituelle Suche wichtiger ist als materielle Ergebnisse.

Mittlerweile hatte Javier Celestinos Hütte erreicht. Energisch klopfte er an die große Tür aus Zinkblech, denn er wusste, dass sein Freund mit den Jahren etwas schwerhörig geworden war. Sie hatten vereinbart, gegen Mittag aufzubrechen.

Am Tag zuvor hatte Javier ein wenig mit Freunden gefeiert, um sich von ihnen zu verabschieden und ihnen zu erklären, dass er sich auf eine längere Reise begeben würde. Er hatte niemandem von seinen wahren Plänen und seinem eigentlichen Ziel erzählt. Keiner seiner Freunde oder Verwandten ahnte etwas von dem geplanten Abenteuer. Es war ein Geheimnis, das nur er, Celestino und dessen Sohn Manuel teilten.

Als Celestino in der Tür erschien, begrüßte er Javier lächelnd: »Ich bin bereit für unser Geheimunternehmen, von dem niemand erfahren wird, solange wir darüber schweigen.«

»Wir werden mit niemandem darüber reden und das Geheimnis für immer bewahren«, bekräftigte Javier.

Sie hatten beschlossen, die ersten vier Tage in der Höhle zusammenzubleiben und dabei so weit wie möglich voranzukommen. Dann wollten sie Lebensmittel, Trinkwasser, Ersatzmaterialien, Wäsche, Lampen, Batterien und alles Nötige für ein Basislager deponieren, das ein mindestens zwanzigtägiges Überleben und die Möglichkeit zur Rückkehr an die Erdoberfläche garantieren sollte. Celestino und sein Sohn würden von dort aus zurückkehren und Javier seinen Weg alleine fortsetzen.

»Ich hoffe, das Glück ist auf unserer Seite. Zwar glaube ich weder an Heilige noch an Wunder, aber ich habe trotzdem dafür gebetet, dass alles gut geht«, erklärte er optimistisch.

Celestino und sein Sohn erwiderten nichts, tauschten aber heimliche Blicke aus. In der Nacht zuvor hatten sie sich der kosmischen Mutter Pachamama und der Madonna della Candelora empfohlen und die christlichen Heiligen um Schutz angefleht. Wie alle Indio-Bergarbeiter verehrten sie die Madonna della Candelora zutiefst. Sie wurde auch Madonna della Grotta, Jungfrau der Grotte, genannt und die beiden hatten überall, wo sie arbeiteten, ihr zu Ehren Altäre errichtet. Sie hatten auch dem heiligen Andrea Opfer gebracht, dem großen Supay und einzigen allmächtigen Geist, der im Inneren der Erde, vor allem in der Nähe großer Bodenschätze, lebte. Unter den Bergleuten von Peru und Bolivien wurde Andrea auch Tío genannt. Man stellte ihn als männliches Wesen von hoher Gestalt, mit annähernd menschlichen Gesichtszügen und zwei Hörnern auf dem Kopf dar. Er wurde glühend verehrt: Man bat ihn um Hilfe bei der Suche nach neuen Bodenschätzen oder flehte ihn um Schutz vor Grubenunglücken, Steinschlägen und Überschwemmungen an. Sein Bildnis wurde in den Bergwerken aufgestellt. An den Armen befestigte man Gefäße mit Getränken und steckte ihm eine Zigarette in den Mund. Er war eine Mischung aus gutem Geist und Dämon. Als göttliches und als teuflisches Wesen verkörperte er verschiedene Mächte. Er half allen, die um seinen Schutz baten, aber er war boshaft und hinterhältig zu denen, die ihm keine Achtung zollten oder ihn gar verschmähten.

»Auch wir haben uns unseren Göttern empfohlen«, sagte Manuel schließlich kurz angebunden.

Er und sein Vater luden sich die Rucksäcke auf, die Javier für sie besorgt hatte. Sie waren ziemlich schwer. Außerdem trugen beide noch eine Tasche und ihre Ponchos, an denen eine Steinschleuder hing, sowie einen kleinen, am Gürtel befestigten Beutel. Javier kannte diesen Brauch. Darin befanden sich getrocknete Lebensmittel und die unverzichtbaren Cocablätter. Die Wasserbehälter würden sie erst unterwegs, an einer der Quellen oder Bäche auffüllen. Durch ihre Arbeit als Bergarbeiter waren die zwei es gewohnt, nur das Nötigste mit sich zu tragen.

Javier lud sich den Rucksack auf, in dem sich Medikamente, Nylonschnüre, Spezialschuhwerk, Steigeisen, Seile, ein Schlafsack, wasserdichte Kleidung und ein Schutzhelm befanden. Zusätzlich hatte er zwei kleine Fackeln, einige Packungen Wechselbatterien, Karbid, das in Verbindung mit Wasser und dem darin enthaltenen Sauerstoff ein weißliches Licht ausstrahlte, und schließlich eine kleine, handbetriebene Taschenlampe dabei. Außerdem dehydrierte Nahrungsmittel, die mindestens für zehn Tage reichten. Die übrige Ausrüstung, etwas Trinkwasser und gefriergetrocknete Lebensmittel für weitere zehn Tage befanden sich im Gepäck von Celestino und seinem Sohn. Der Freund hatte Javier erklärt, dass der Hinweg mindestens eine Woche dauern würde. Die beiden sollten ihn nur für die vereinbarte Zeit begleiten.

Nach Javiers Berechnungen konnten sie, wenn sie zu zweit blieben, worauf Celestino lange Zeit insistiert hatte, höchstens sieben bis acht Tage überstehen. Allein würde er es dagegen sehr viel länger schaffen. Falls ihm die Nahrung ausging, musste er nach essbaren Pilzen und Flechten suchen. Wasser würde nicht das Problem sein, davon gab es in den unterirdischen Gängen genug.

»Celestino, bist du bereit für die Reise?«, fragte Javier.

»Ja, ich warte schon seit Stunden auf dich«, antwortete Celestino und zeigte seine von den Cocablättern verfärbten, schlechten Zähne. »Wir können gleich aufbrechen. Übrigens, ist dein Schlafsack wirklich wasserdicht?«

»Natürlich. Ich habe auch eine Luftmatratze dabei. Wenn wir das Basislager eingerichtet haben, werde ich schon allein zurechtkommen«, versicherte Javier mit zuversichtlicher Stimme.

»Gut, dann lasst uns keine Zeit mehr verlieren. Lucas wartet draußen mit dem Pickup.«

Ohne Eile liefen sie über den schmalen Weg auf das Fahrzeug zu, das vor dem Haus parkte. Celestino und Manuel trugen ihre Overalls und Bergarbeiterschuhe, Javier war mit einer Hose, in die zahlreiche Taschen eingearbeitet waren, und mit einer Kappe bekleidet. Kaum waren sie in den Wagen gestiegen, fuhren sie auch schon los, in Richtung Juliaca.

Nach zweistündiger Fahrt bogen sie in einen Weg voller Schlaglöcher ein und hielten schließlich am Fuß eines Hügels.

»Mit dem Auto kommen wir nicht weiter. Ab hier müsst ihr zu Fuß gehen«, erklärte Lucas, während er half, das Gepäck abzuladen.

»Danke für deine Hilfe, Lucas«, wandte sich Javier bewegt an ihn. Vielleicht würden sie sich niemals wiedersehen.

»Keine Ursache. Ich wünsche euch eine gute Reise, viel Glück und bis bald!«, rief er, sprang in den Wagen und begab sich auf den Rückweg.

Sie wanderten mehrere Stunden und legten nur kurze Pausen ein, um etwas zu trinken und zu verschnaufen. Der Weg führte über die verdorrten Wiesen der Hochebene, auf denen unzählige Schafe und Kühe weideten. Sie befanden sich in einer Höhe von 3850 Metern über dem Meeresspiegel. Celestino und sein Sohn waren sehr gut zu Fuß und liefen zügig voran. Javier war nicht so schnell, deshalb mussten die beiden ihre Schritte oft verlangsamen und auf ihn warten oder ihn ein wenig ausruhen lassen. Gegen Abend erreichten sie einen Hügel, an dessen Fuß sich eine kleine Höhle befand. Dort schlugen sie ihr Nachtlager auf, um sich von den Anstrengungen des Tages zu erholen.

An diesem Abend wurde Javier Zeuge, zu welch bescheidenem Leben die Indios der Hochebene von Puno fähig waren. Während er seinen Schlafsack ausrollte, verteilten Celestino und Manuel ein wenig trockenes Gras auf dem Boden und rollten sich, zum Schutz gegen die Kälte, in ihre Ponchos ein. Ihre Schlafsäcke rührten sie nicht an.

Nach ein paar Stunden Schlaf nahmen sie gegen drei Uhr morgens ihren Weg wieder auf. Der Mond schien, und unzählige Sterne schimmerten wie Diamanten am Himmel. Die frische Morgenluft wehte ihnen ins Gesicht und weckte sie vollends auf. Es war ziemlich kalt. Allmählich verblassten die Sterne, und die Dämmerung setzte ein. Die Berge, die noch vor kurzem vollkommen schwarz ausgesehen hatten, bekamen langsam Farbe und Konturen, und einige graue oder silberweiße Wölkchen zeichneten sich am Himmel ab.

Celestino und Manuel hatten sich in ihre Ponchos, Schals und Mützen gehüllt und liefen schweigend voran. Javier, der eine Daunenjacke sowie eine gefütterte Kappe trug, folgte ihnen gedankenverloren. Er fragte sich, weshalb er sich auf dieses Abenteuer eingelassen hatte. War nicht auch Neugier mit im Spiel gewesen und der Wunsch, die Angst vor dem Unbekannten zu überwinden? Konnte er den Worten von Celestinos Vater vertrauen? War es wirklich zuvor schon einmal einem Menschen gelungen, die Stadt zu erreichen, und wenn ja, warum war diese Entdeckung nicht bekannt geworden?

Während einer Pause, die sie auf einem Stein in der Sonne sitzend verbrachten, um sich zu stärken, fuhr Celestino mit dem Bericht seines Vaters fort: »Vor der Agrarreform, die unter General Juan Velasco Alvarado durchgeführt wurde, gehörten diese Gebiete zum Landgut Jallucani, das im Besitz der Familie Romero war. Mein Vater arbeitete als Schafhirte für sie. Zusammen mit anderen Schäfern und mit Hilfe von Hunden trieben sie große Herden hier hinauf und führten sie von einem Gehöft zum nächsten. Trotz der Kälte mussten sie auch nachts bei dem Vieh bleiben. In jener Zeit, genauer gesagt 1940, lernte er meine Mutter kennen.

Sie hat mir erzählt, dass sie jeden Morgen bereits um vier Uhr barfuß auf den taufeuchten Wiesen unterwegs war. Vor der beißenden Kälte war sie nur durch wenige Lumpen geschützt. Die Gutsverwalter waren skrupellose Leute. Sie beuteten die Arbeiter aus, zahlten kaum Lohn und gaben ihnen kaum etwas zu essen. Wenn eins der Tiere verloren ging, wurden die Hirten hart bestraft. Der Besitzer oder Aufseher schlug sie mit der Peitsche, manch einer starb dabei.

Eines Morgens, mein Vater hütete wie immer die Schafe, die friedlich am Fuß eines Hügels grasten, beobachtete er, wie sich fünf Tiere von der Herde entfernten und sich den Felsen näherten. Er lief ihnen hinterher, um sie zurückzutreiben. Vier von ihnen gehorchten, aber eines der Tiere ergriff erschrocken die Flucht und rannte in die entgegengesetzte Richtung. Es flüchtete sich in die Höhle, die unser Ziel ist, und je länger mein Vater es verfolgte, desto tiefer drang es unter lautem Blöken in den Gang ein.

Mein Vater fürchtete sich vor der Strafe und eilte dem Schaf hinterher. Er war von vollkommener Finsternis umgeben, aber er gab nicht auf. Auf allen vieren tastete er sich voran, um das Tier zu finden, bis er schließlich merkte, dass er sich verirrt hatte. Panik ergriff ihn, und verzweifelt suchte er nach einem Weg ins Freie. Das Schaf war ihm längst egal, er wollte nur noch seine eigene Haut retten. Nur mühsam kam er in dem unwegsamen Gelände voran. Außer einer kleinen Essensration hatte er nichts bei sich. Als sie verbraucht war, konnte er nur noch Wasser zu sich nehmen.

Er hatte keine Ahnung, wie lange er bereits in der vollkommenen Finsternis umherirrte. Er hat mir nur erzählt, dass er auch durch Gänge kam, die von einem bläulichen Lichtschein erhellt wurden. Einem dieser Gänge folgte er und erreichte schließlich eine Siedlung, in der Menschen von kleiner Gestalt lebten, die ihn bei sich aufnahmen, ihn pflegten und wieder zu Kräften kommen ließen. Einer von ihnen erklärte ihm, dass er, wenn er weiter ins Erdinnere vordringen würde, nach Wiñay Marka käme, in die Stadt der ewigen Jugend, die den Tod nicht kennt. Dort, so sagte er, entspringe die Quelle des ewigen Lebens.

Mein Vater hatte allerdings kein Interesse daran, die Quelle zu finden, er wollte nur möglichst schnell an die Erdoberfläche zurück. Zwei Leute führten ihn auf den richtigen Weg, aber zuvor musste er schwören, dass er das Geheimnis für sich behalten würde. Als er zu meiner Mutter zurückgekehrt war, sagte sie ihm, dass er lange verschwunden gewesen sei. Der Gutsherr hätte zwar nach ihm suchen lassen, doch niemand war auf die Idee gekommen, dass er sich in jener Höhle, deren Eingang versteckt lag, verirrt haben könnte.

Später stellte sich heraus, dass mein Vater insgesamt sieben Tage in der Höhle verbracht hatte. Ihm selbst war es viel kürzer erschienen. Er erzählte mir von seinen schrecklichen Erfahrungen, als ich selbst noch ein Kind war, aber den Ort der Höhle verriet er mir erst bei seinem Tod. Als ich dir das erste Mal davon erzählte, kannte ich den Zugang noch nicht. Ich gebe heute ein lange gehütetes Geheimnis preis und hoffe, dass du niemals mit irgendjemand darüber sprechen wirst.«

»Sei unbesorgt, ich werde schweigen wie ein Grab«, versicherte Javier.

Die drei nahmen ihren Weg wieder auf und steuerten einen grauen Hügel an, der aus der gelblichen, mit Ichu-Gräsern bewachsenen Hochebene emporragte und Quesana genannt wurde. Sie brauchten mehrere Stunden, bis sie ihn erreichten.

Celestino bewies, dass er sehr gut mit der Gegend vertraut war. Zielstrebig steuerte er auf eine Stelle zwischen den Felsen zu, schob einige Zweige beiseite und legte, unter den erstaunten Blicken Javiers, einen Zugang frei, der wie ein schlecht instand gehaltener Eingang zu einem Bergwerksstollen aussah.

»Einige Jahre vor seinem Tod brachte mich mein Vater hierher, um mir die Öffnung zu zeigen, aber erst auf dem Sterbebett erzählte er mir, dass es der Zugang zu Wiñay Marka sei. Im Lauf der Jahre habe ich Geschichten gehört, in denen von weiteren Eingängen die Rede ist. Es heißt, dass sich die unterirdischen Gänge zum Teil kilometerweit erstrecken. Unter den Aymara wird erzählt, dass sich schon viele Menschen dort verirrt haben und niemals zurückgekehrt sind. Die wenigen, denen es gelungen ist, haben den Verstand verloren und reden von fremdartigen Wesen.«

Javier erinnerte sich, wie er Dr. Bustinza ein zweites Mal aufgesucht hatte, um weitere Informationen über Wiñay Marka einzuholen. Der alte Tierarzt, der jahrzehntelang auf dem Land gearbeitet und in engem Kontakt mit den Aymara gelebt hatte, wusste noch einige interessante Dinge zu berichten: »Die Indios glauben, dass es unterirdische Gänge gibt, die verschiedene Orte der Anden miteinander verbinden. Ihrer Meinung nach ist Cuzco mit Puno, mit Tiahuanaco, mit der Isla del Sole und der Isla de la Luna verbunden. Angeblich gibt es auch eine unterirdische Verbindung zu Lima, Cajamarca und Quito. Manche behaupten, dies seien die Überreste eines unterirdischen Reiches und es gäbe immer noch Menschen, die dort im Erdinneren lebten. Einmal habe ich gehört, dass sich unter dem Titicaca-See eine Stadt befinde: das mythische Wiñay Marka. Ich halte diese Geschichten weder für ganz falsch noch für wirklich wahr, ich bin ein bisschen skeptisch. Aber es macht Spaß, sie alle zu sammeln. Irgendwann werde ich ein Buch über die Mythen und Legenden der Aymara schreiben.«

»Welche Folgen würde die Entdeckung dieser Stadt haben?«, hatte Javier ihn damals gefragt.

»Darüber will ich gar nicht nachdenken, wir würden Zeugen eines kollektiven Wahns werden. Bedenken Sie, wie viele Leute nicht älter werden und schon gar nicht sterben wollen. Das würde zu großen sozialen, wirtschaftlichen und politischen Problemen führen. Die größte Bedrohung für die Menschheit sind nicht die Nuklearwaffen, sondern die stetig wachsenden Bevölkerungszahlen. Wenn es dieses Wunderwasser wirklich gibt, sollen es die Unterirdischen bloß behalten, ich will es nicht haben.«

»Aber stellen Sie sich vor, Persönlichkeiten wie Leonardo da Vinci, Galileo, Newton, Edison, Marconi oder von Braun hätten länger gelebt und im Vollbesitz ihrer Kräfte ihr Werk fortgesetzt. Welch Segen für die Menschheit. Wir würden wieder zurück ins Goldene Zeitalter gelangen.«

»Bei dem derzeitigen Zustand der Menschheit würde dieses Wasser nur Unglück und Ungerechtigkeit bringen. Die Menschen sind nicht auf das ewige Leben vorbereitet, ihr Leben gleicht eher einem reißenden Fluss, der sich irgendwann ins Meer ergießt.«

Javier hatte nichts erwidert, aber ihm war ein Satz eingefallen, den sein Philosophieprofessor oft zitiert hatte: »Frage nicht danach, was die Gesellschaft für dich, sondern danach, was du für die Gesellschaft tun kannst.«

9

Reise ins Innere der Erde

Javier warf einen Blick in den Gang, der in die Tiefe führte. Er war zu dem Schluss gekommen, dass das untätige Warten auf das Ende feige war und einem langsamen Suizid gleichkam. Lieber wollte er in der Nähe der Quelle des Lebens verdursten. Doch vielleicht würde er sein Ziel erreichen. Das Schicksal mischt die Karten, aber wir sind die Spieler. Es ist alles möglich, wenn man den Mut dazu aufbringt. Solange man lebt, gibt es auch Hoffnung, sagt ein Sprichwort, oder auch: Die Hoffnung stirbt zuletzt.

Der Zugang zu der ewigen Stadt war gut versteckt und kaum zu sehen. In den letzten Jahren hatte vermutlich kein menschliches Wesen einen Fuß hineingesetzt. Es war ein streng gehütetes Geheimnis. Nun war es an Javier, dort hinabzusteigen. Die Worte seines Philosophieprofessors Mayorga fielen ihm ein: »Der Mensch zeichnet sich durch seine unstillbare Neugierde aus. Er hat nur zwei Feinde, die ihm Angst bereiten: die Zeit und den altersbedingten Verfall. Ohne die beiden würde sich der Mensch wie ein Auserwählter der Götter, wie ein Herrscher über das Universum fühlen.«

Javier hatte den Kampf gegen diese beiden Feinde aufgenommen, aus Liebe zum Leben wollte er versuchen, sie zu besiegen. Sich in diese Höhle zu begeben, war eine große Herausforderung. Er ertappte sich bei dem Gedanken: »Jetzt oder nie! Schon morgen könnte die Feigheit die Oberhand gewinnen und alles zu spät sein. Um sein Ziel zu erreichen, muss man bereit sein, Opfer zu bringen …«

Celestinos raue, aber warme Stimme riss ihn aus seinen Gedanken: »Bevor wir hinabsteigen, müssen wir uns Pachamama, der Jungfrau der Grotte und Tío empfehlen. Auch wenn du einen anderen Glauben hast, Javier – für uns ist es unerlässlich, zunächst bestimmte Rituale zu vollziehen.«

»Tu, was nötig ist, Celestino, ich bin dir, trotz meines Glaubens, gern behilflich.«

Manuel, der während der gesamten Reise kaum ein Wort verloren hatte, meinte schlicht: »Wenn du nichts dagegen hast, werde ich nun mit einer glücksverheißenden Zeremonie beginnen.«

»Fang nur an, Manuel. Schließlich seid ihr die Höhlenexperten.«

Der junge Bergarbeiter holte ein kleines Bündel und zwei Fläschchen Wein aus dem Gepäck hervor. Unterdessen hatte Celestino seinen Rucksack abgelegt und sich auf die Suche nach Holz begeben, das er in einem Kreis aus Steinen aufschichtete. Kurze Zeit später brannte bereits ein Feuer. Manuel nahm etwas Glut und streute Weihrauch, Copal sowie Blätter und Triebe einiger heiliger Pflanzen darüber. Als Rauch aufzusteigen begann, nahmen er und sein Vater die Kopfbedeckung ab. Javier folgte ihrem Beispiel. Dann kniete Celestino vor dem Höhleneingang nieder und rief: »Mit deiner Erlaubnis, *Mamita,* dringen wir in deinen Leib ein. Schütze uns vor Gefahren, nimm das Geschenk an, das wir dir darbringen, und begleite uns in dein Inneres. *Papacito,* heiliger Andrea, beschütze auch du uns. Ich habe dir Branntwein und Tabak mitgebracht und lasse beides für dich hier.«

Er setzte sich, holte mit seinen knochigen Händen ein kleines Glas aus der Tasche und füllte es mit Zuckerrohrschnaps. Dann versprengte er in alle vier Himmelsrichtungen ein paar Tropfen des Getränks und rief dabei: »Pachamama, geliebte

Mutter, Pachatata, geliebter Vater, Achachilas, Schutzgeister der Menschen, auf Eure Gesundheit! Lasst uns von Herzen trinken.« Er leerte das Glas, füllte es erneut und reichte es seinem Freund: »Wir wollen mit *Mamita, Papacito* und den Schutzgeistern der Menschen anstoßen. Mach es genauso wie ich.«

Javier tat ihm den Gefallen. Der Schnaps brannte ihm in der Kehle, und schon nach dem ersten Schluck musste er beinahe husten. Er reichte das leere Glas zurück. Nun war Manuel an der Reihe. Nachdem auch er das Glas geleert hatte, kniete er nieder, küsste den Boden und verkündete: »Das Ritual zu Ehren von Mutter Erde ist vollzogen, nun hängt alles von uns ab. Möge das Glück mit uns sein.«

Auch Javier zog einen guten Tropfen aus seinem Rucksack hervor, um den Abschied von der Erdoberfläche feierlich zu begehen. Er entkorkte die Flasche, trank einen Schluck und reichte sie an Celestino weiter. »Auf die Gesundheit, lieber Freund, und darauf, dass unser Vorhaben gelingen möge.«

Celestino setzte die Flasche an, nahm ein paar kräftige Züge und gab sie dann seinem Sohn. »Trink auch du einen Schluck, Manuelcito.«

Manuel hatte die Augen weit aufgerissen, als wolle er möglichst viel Licht in sich aufnehmen. Schon bald würden sie sich ins Reich der Finsternis begeben. Er umfasste die Flasche mit beiden Händen und nahm ebenfalls einen großzügigen Schluck.

Bevor sie die Höhle betraten, zogen sie lange Hosen, warme Pullover und Regenjacken an. Erstaunt sah Javier, dass die beiden darüber noch einen alten Overall zogen. Aus Erfahrung wussten sie, dass die Kleidung während einer Höhlenerkundung stark strapaziert wird und durch die Reibung an den Felsen auch zerreißen konnte. Sie wollten ihre Sachen schonen. Für Javier gab es dieses Problem nicht, er hatte Ersatzkleidung dabei.

Die drei sahen sich ein letztes Mal um, bevor sie sich in die Dunkelheit hinabwagten. Dann setzten sie ihre Rucksäcke und die Helme auf, legten die Gurte um, an denen die wichtigsten Werkzeuge hingen, und befestigten ihre Karbidlampen.

Manuel ging voraus, die anderen folgten ihm ein wenig zögernd. Vorsichtig ließen sie sich in den Gang hinab, dessen Wände aus kalkhaltigem Gestein bestanden. Nach einigen Metern zündete Manuel seine Karbidlampe an.

Ein helles Licht breitete sich aus. Vor ihren Augen erstreckte sich ein schmaler, langer Gang. Wände und Boden waren ziemlich uneben, so dass man beim Vorankommen sehr vorsichtig sein musste. An manchen Stellen verengten sich die Wände, an anderen bildeten sie einen breiten Durchgang. Aber trotz dieser Unregelmäßigkeiten konnte ein Mensch diese natürliche Höhle begehen. Das Licht warf die Schatten der Männer auf die Felsen, vergrößerte und verzerrte ihre Umrisse. Der Anblick war gespenstisch.

Den ersten Teil des abschüssigen Weges schritten sie schweigend und konzentriert voran. Doch allmählich legte sich die Anspannung, und sie fingen an, sich zu unterhalten. Der Boden war nicht besonders feucht oder glitschig, dennoch mussten sie permanent darauf achtgeben, mit ihrem Gepäck nicht an Felsvorsprüngen oder spitzen Steinen hängen zu bleiben.

Viele Stunden lang folgten sie dem gewundenen Pfad und legten nur hin und wieder eine kurze Verschnaufpausc cin. An einigen Stellen tropfte Wasser von der Decke, und das Gelände wurde unwegsamer. Schließlich öffnete sich der Gang zu einer etwa acht Meter breiten Höhle. Dort legten sie ihre erste längere Pause ein und bereiteten eine kleine Mahlzeit zu.

Ihre Kleidung und das Schuhwerk waren bereits von Schlamm überzogen. Jeder hing seinen eigenen Gedanken nach, aber alle drei waren glücklich. Zufrieden beobachtete Javier, wie Celestino und Manuel mit Hilfe eines Karbidkochers Kaffee zubereiteten und einige Speisen erwärmten. Im

Schein der Lampen nahmen sie schweigend ihre Mahlzeit ein.

»Es ist schon lange her, dass ich das letzte Mal in die Tiefen der Erde vorgedrungen bin«, bemerkte Javier, um die Stille zu durchbrechen, die allmählich erdrückend wurde.

»Bei uns ist das anders«, erwiderte Celestino. Die beiden unterhielten sich weiter, während Manuel daneben saß und nur ab und zu teilnehmend lächelte. Als sie ihren Weg wieder aufnahmen, wirkte er sehr gut gelaunt. Es machte ihm offenbar Spaß, sich im Erdinneren zu bewegen. Er war äußerst flink und ging immer voran, um den Weg zu erkunden. Mit seiner Karbidlampe leuchtete er sorgfältig jeden Winkel aus. Nach mehrstündigem Abstieg legten sie die nächste Pause ein. Manuel nahm den Rucksack von den Schultern und erklärte: »Wir könnten hier unser Lager aufschlagen und ein wenig ausruhen? Oder wollt ihr lieber weiterlaufen?«

»Ich bin dafür, wir gehen noch ein Stück und suchen uns eine bequemere Stelle. Der Boden ist hier ziemlich uneben«, antwortete Javier.

»Ich bin der gleichen Meinung. Lasst uns weiterlaufen«, stimmte ihm Celestino zu.

»Was ich noch fragen wollte«, unterbrach ihn Javier, »ab wo und ab wann wollen wir eigentlich anfangen, die Schnur zu legen, um den Rückweg zu markieren?«

»Ein Stück weiter, sobald der Gang sich verzweigt. Im Moment verläuft er nur in eine Richtung. Wir werden bald an einen Bach kommen, dann ist es so weit«, erklärte Celestino.

»Ich habe außerdem überall Zeichen hinterlassen«, fügte Manuel hinzu. Tatsächlich hatte er an mehreren Stellen Pfeile an die Wände gemalt oder kleine Steinhaufen errichtet. Auf der Erdoberfläche konnte man sich in einer unbekannten Gegend an der Sonne, dem Mond, den Sternen oder irgendwelchen landschaftlichen Besonderheiten orientieren. Aber in dieser unterirdischen Welt musste man auf andere Mittel zurückgreifen.

»Gehen wir also weiter. Manuel, lauf bitte nicht so schnell. Vergiss nicht, dass du zwei alte Männer bei dir hast, die ihren eigenen Rhythmus finden müssen«, scherzte Javier.

»Herr Ingenieur, ich finde, Sie sind ziemlich schnell. Wenn mein Vater mir nicht erzählt hätte, dass er gemeinsam mit Ihnen die Schule besucht hat, würde ich Sie für deutlich jünger halten als ihn.«

»Das liegt an meinem bequemen Leben. Ich musste mich nicht so plagen wie dein Vater, deshalb habe ich mich so gut gehalten. Ich hoffe nur, dass mich mein Körper auch bei dieser Reise nicht im Stich lässt«, erwiderte Javier.

»Ihr werdet schon sehen, dass ich noch fit wie ein Zwanzigjähriger bin«, verteidigte sich Celestino lachend. »Im Moment sind wir beladen wie die Esel, aber wartet nur, bis ich das Zeug los bin.«

An manchen Stellen, insbesondere dort, wo es sehr feucht war, halfen sie sich gegenseitig, um nicht auszurutschen. Nachdem sie eine Weile gelaufen waren, blieb Celestino plötzlich stehen und deutete auf die Erde: »Schaut her, hier sind Spuren! Irgendjemand war vor uns hier.«

»Papa, du wirst wirklich vergesslich. Es sind unsere eigenen Spuren, die wir vor ein paar Jahren hinterlassen haben. Dort ist das Zeichen, das ich auf die Wand gemalt habe.«

Im Schein der Karbidlampe erkannte man einen Kreis mit einem Pfeil.

»Ich hätte gedacht, dass die Spuren längst verwischt sind, dabei sehen sie ganz frisch aus«, wunderte sich Celestino.

Javier betrachtete die Fußabdrücke. Sie waren sehr gut erhalten, obwohl sie mehrere Jahre alt waren. »Hier unten sind sie weder Regen noch Wind ausgesetzt. Solange es zu keiner Überschwemmung kommt, sind sie auch nach Hunderten von Jahren noch zu sehen«, bemerkte er.

Langsam setzten sie ihren Weg fort. Der Gang zog sich endlos in die Länge, die Finsternis war absolut undurchdringlich. Überall konnten Gefahren lauern. Die Rucksäcke lasteten schwer auf den Schultern. Immer wieder mussten sie Felsbrocken beiseiterollen, um sich einen Durchgang zu verschaffen. Nach vier weiteren Stunden Fußmarsch siegte schließlich die Müdigkeit.

Manuel wählte eine geeignete Stelle aus, um das Lager aufzuschlagen. Der Gang war hier etwas breiter, so dass sie bequem zu dritt nebeneinanderliegen konnten. Während sich Javier und Celestino ihr Schlaflager bereiteten, ließ sich Manuel ein wenig abseits auf einem Stein nieder. Vor dem hell erleuchteten Hintergrund wirkte seine Gestalt wie ein schwarzer Schatten. Er blieb sitzen, bis die beiden alten Männer eingeschlafen waren.

Nach einigen Stunden wurde Celestino durch das Klingeln des Weckers aus dem Schlaf gerissen. Er rüttelte seinen Freund, um ihn ebenfalls zu wecken. Javier knipste die Taschenlampe an und suchte in dem schwachen Lichtkegel nach den Karbidlampen. Die eine benutzten sie als Lichtquelle, mit der anderen erwärmten sie etwas Wasser, um sich ein Getränk zuzubereiten. Während des Frühstücks notierte Javier in einem kleinen Heft, wie lange sie gelaufen waren und wie viele Pausen sie eingelegt hatten.

Das waren wichtige Informationen. Unter der Erde konnte man nicht so einfach zwischen Tag und Nacht unterscheiden. Um Verwirrung zu vermeiden, hatte Javier für jeden eine Armbanduhr besorgt, die auch das Datum anzeigte. So würden sie das Zeitgefühl nicht verlieren.

Als sie das Frühstück beendet hatten, packten sie die Ausrüstung zusammen. »Los, ihr Faulpelze, bewegt euch«, rief Celestino gut gelaunt. »Wir haben noch einen weiten Weg vor uns. Wollt ihr erst nächstes Jahr ankommen?«

»Wir kommen ja schon, du alter Nörgler«, antwortete Javier lachend.

»Papa, denk daran, dass ich die Expedition leite«, mischte

sich nun Manuel ein. »Der Küchenchef möge sich in die hinteren Reihen verziehen.«

Ein paar Scherze taten gut. Während die Sinne bei einer Exkursion auf der Erdoberfläche ständig von irgendetwas angezogen werden, war diese unterirdische Welt vollkommen abgeschieden und monoton. Die drei Männer bekamen nichts als Felsen, Wasser, Schlamm, Algen und Flechten zu Gesicht. Und außer den eigenen Schritten, dem Rascheln der Kleider und des Gepäcks oder dem Klimpern des Metallwerkzeugs vernahmen sie kein einziges Geräusch. Die schwere, feuchte Luft war, bis auf die Ausdünstungen ihrer Körper, frei von Gerüchen. Nur der Gleichgewichts-, der Bewegungs- und vor allem ihr Tastsinn waren ständig gefordert.

Um sich in dem unwegsamen Gelände fortzubewegen, nicht abzurutschen, zu stolpern und sich dabei zu verletzen, mussten sie Hände und Füße zu Hilfe nehmen. Jede Unaufmerksamkeit konnte fatale Folgen haben. Auch der Gesichtssinn wurde hier unten auf eine harte Probe gestellt. Zwar kam ihnen das künstliche Licht zur Hilfe, aber die Finsternis lauerte überall.

»Zum Glück sind unsere Lampen so gut«, bemerkte Javier.

»Ja, außerdem sind sie ganz neu, deshalb brauchen wir sie die ersten paar Tage überhaupt nicht zu putzen«, stimmte ihm Celestino zu.

Manuel sagte nichts dazu, sondern überprüfte nur alles. Er wusste, welch entscheidende Rolle eine gute Beleuchtung spielte. Von den zahlreichen Systemen, die im Handel angeboten wurden, waren nur wenige wirklich für Höhlenexpeditionen geeignet. Taschenlampen und Petroleumlampen haben eine geringe Leuchtdauer, sind oft schwer und sperrig und müssen in der Hand getragen werden. Aber in unerschlossenen Höhlen ist es wichtig, beide Hände frei zu haben, vor allem an den schwierigen Stellen. Daher ist es sinnvoll, das Licht am Helm zu befestigen. Karbidlampen strahlen ein kräftiges, helles Licht aus. Es entsteht durch das Mischen von Wasser und Kalziumkarbid, das eine chemische Reaktion hervorruft, bei der Acetylen freigesetzt wird. Dieses Gas wiederum verbrennt in Verbindung mit Sauerstoff. Die dabei entstehende Flamme leuchtet einen weiten Bereich aus. Manuel kannte den Aufbau der Karbidlampen ganz genau. Sie bestanden aus zwei Teilen: Im unteren befand sich das Kalziumkarbid, in dem darüber gelegenen das Wasser, das mit Hilfe eines regulierbaren Nadelventils auf das Karbid getröpfelt wurde. Sobald sich die beiden Stoffe berührten, wurde ein brennbares Gas, das Acetylen, freigesetzt, das durch eine Düse entwich und verbrannte. Hinter der Düse befand sich ein Spiegel, der das Licht in eine einzige Richtung lenkte. Wenn es das Gelände erforderlich machte, konnten sie ihre Lampen in der Hand tragen, aber der große Vorteil, sie am Helm zu befestigen, bestand darin, dass das Licht genau in Blickrichtung fiel.

Manuel wusste, dass Javier sicherheitshalber auch andere Lichtquellen mitgenommen hatte, da das Wasser, das sie für die Herstellung von Acetylen benötigten, knapp werden konnte. In den Anden fällt meistens nicht viel Regen, entsprechend sind viele Höhlen sehr trocken. Noch nutzten sie das Wasser, das von der Decke tropfte, aber sie konnten nicht sicher sein, ob sie es weiter im Erdinneren noch finden würden. Jeder hatte einen Vorrat an Karbid bei sich, einen ein Kilo schweren Beutel, der für rund zehn Tage reichte. Eine Handvoll Karbid plus zweihundert Milliliter Wasser genügten, um für acht bis zehn Stunden eine Flamme zu erzeugen. Natürlich gehörten auch Ersatzventile und Bürstchen für die Reinigung der Lampen zu ihrer Ausrüstung.

Javier hatte außerdem darauf bestanden, für alle drei Kunststoffhelme zu besorgen und auf die schweren Metallhelme zu verzichten. Jahrhundertelang gehörten die Metallhelme zur Ausrüstung eines jeden Bergarbeiters oder Höhlenkundlers. Aber die neuen Helme waren wesentlich leichter und obendrein sicherer.

»Lasst uns eine Pause einlegen«, schlug Manuel vor und legte seinen Rucksack auf einem glatten Felsen ab, auf dem alle drei bequem sitzen konnten.

Während Celestino das Essen zubereitete, rollten Javier und Manuel die Schlafsäcke aus und packten weitere Vorräte aus. Manuel, der für gewöhnlich sehr schweigsam war, hatte mit einem Mal Lust zu reden: »Das Leben eines Bergarbeiters ist eintönig, mühsam und gefährlich. Dagegen ist diese Expedition der reinste Spaziergang. Die letzten Jahre habe ich viel Zeit unter der Erde zugebracht und Staub und feuchte Luft eingeatmet, während ich neue Stollen grub. Die Bezahlung war genauso schlecht wie die Verpflegung und die Arbeitsbedingungen.«

»Ich weiß, dass es eine harte Zeit war«, fiel ihm Celestino beschwichtigend ins Wort, »aber irgendeiner Arbeit muss man schließlich nachgehen.«

»Die Bergbaugesellschaften beuten uns aus, zahlen Hungerlöhne, und um sich die Sozialabgaben zu sparen, melden sie irgendwann Konkurs an und machen sich aus dem Staub. Die Besitzer lassen es sich auf unsere Kosten gut gehen: Sie wohnen in schicken Häusern und leisten sich die teuersten Speisen. Wir kriechen dagegen tagelang in den unterirdischen Stollen herum und fristen ein elendes Dasein. Viele Bergarbeiter erkranken an Silikose oder Tuberkulose und sterben jung.«

»Gegen Gesellschaften, an denen Tausende von Arbeitsplätzen hängen, lässt sich sehr wenig ausrichten. Die Regierungen sind machtlos gegen den Einfluss der ausländischen Firmen. Die Botschaften üben oft einen starken Druck auf die peruanische Regierung aus. Vielleicht wird sich eines Tages etwas ändern, aber dazu müssten die Peruaner zunächst eine bessere Bergbaupolitik durchsetzen«, bemerkte Javier, der das Problem kannte.

»Unterdessen dürfen meine Familie und ich weiter Hunger leiden, weil ich keine Arbeit mehr habe. Das Bergwerk, in dem ich gearbeitet habe, wurde unter dem Vorwand, unrentabel zu sein, geschlossen. Aber von Experten weiß ich, dass dort noch reiche Bodenschätze vorhanden sind. Irgendwann wird man es wieder öffnen und die Löhne weiter senken.«

Von sich selbst zu erzählen, half Manuel, die ringsum herrschende, bedrohliche Stille zu ertragen. Javier erfuhr, dass er zweiunddreißig Jahre alt und verheiratet war, dass er einen Sohn und zwei Töchter hatte. Da seine Eltern nicht viel Geld hatten, war er gezwungen, die Schule früh zu verlassen. Er hatte nur die Grundschule besucht und zeitig angefangen zu arbeiten. Als er mit den Eltern noch in Puno lebte, hatte er sich als Verkäufer auf dem Markt sein Geld verdient. Mit achtzehn Jahren hatte er angefangen als Maurer zu arbeiten, später als Fischer auf dem Titicaca-See. Da er zu wenig verdiente, hatte er sich Arbeit in einem Silberbergwerk in Cuzco gesucht und war schließlich, wegen des besseren Lohns, in eines der Goldbergwerke von Sandia und später nach Carabaya gewechselt. Dort hatte er fünf Jahre gearbeitet, bis das Bergwerk geschlossen wurde. Seitdem war er arbeitslos.

Als Javier zum ersten Mal nach Tikillaka kam, war auch Manuel nur auf einen Besuch bei seinem Vater dort, doch dann wurde er mit in das Abenteuer hineingezogen. Javier hatte ihm eine gute Bezahlung in Aussicht gestellt, und er hatte eingewilligt, allerdings weniger wegen des Geldes, sondern vielmehr, um dem Vater zur Seite zu stehen.

Celestino selbst hatte sich nicht sehr verändert. Er glaubte nicht an den Fortschritt, war eher verschlossen und pessimistisch. Er ging nicht gerne Risiken ein, und im Gegensatz zu Manuel fiel es ihm schwer, sein Heim für längere Zeit zu verlassen. Als Manuel in einem der Bergwerke von Sandia Arbeit für sich und den Vater fand, wollte er zunächst nicht mitgehen, und Manuel musste ihn lange überreden, bis er ihn dazu bewegen konnte. Celestino war genauso aufrichtig und treu wie früher, auf sein Wort konnte man sich absolut verlassen. Auch

Geheimnisse behielt er für sich, und er hätte niemals einen Freund verraten. Sein einziges Laster war, dass er gelegentlich zu viel trank. Auf Javiers Abenteuer hatte er sich aus purer Freundschaft und ohne jeglichen Hintergedanken eingelassen. Von Anfang an hatte er darauf beharrt, seinen Freund bis zum Ende der Reise zu begleiten, aber Javier wollte zusätzlich zu seinem eigenen nicht noch ein weiteres Leben riskieren.

Javier wusste, dass seine Nerven, seine geistigen und körperlichen Kräfte, seine Willenskraft und sein Charakter auf eine harte Probe gestellt würden, sobald ihn die Freunde verlassen hatten. Denn dann waren seine Ängste die einzigen Begleiter. Er befürchtete, in der Einsamkeit das Zeitgefühl vollkommen zu verlieren. Celestinos Vater hatte geglaubt, nur kurze Zeit in der Höhle verbracht zu haben, dabei waren es viele Tage gewesen. Der fehlende Wechsel von Tag und Nacht, die fehlenden Geräusche, anhand derer sich Tag- und Nachtleben üblicherweise unterscheiden lassen, sowie die fehlenden Temperaturschwankungen waren Faktoren, die sich auf den Biorhythmus auswirkten. Der Herzschlag, die Atmung und der Verdauungsrhythmus veränderten sich, ebenso wie die Körpertemperatur. Innerhalb weniger Tage verschob sich der Rhythmus von Schlaf- und Wachphasen.

Während seiner Europareise hatte Javier Leute kennengelernt, die ihm von dem Anpassungsvermögen des Menschen an die Lebensbedingungen unter der Erde erzählt hatten. Es gab Beweise, dass diese Fähigkeit weitaus größer war, als man vermuten sollte. So hatte sich zum Beispiel der aus Belgrad stammende Höhlenforscher Milutin Veljkoviç am 24. Juni 1969 in die Höhle Samar einschließen lassen und war erst am 24. Juni 1970 wieder an die Oberfläche zurückgekehrt, nachdem er erfolgreich ein von jugoslawischen Biologen und Geologen entwickeltes Forschungsprogramm zu Ende geführt hatte.

Javiers Gedanken wurden von Manuel unterbrochen, der stehen geblieben war und sich zu ihm umwandte: »Ingenieur, wir erreichen jetzt eine Region, die wegen der hohen Feuchtigkeit sehr gefährlich ist. Passen Sie auf, dass Sie nicht ausrutschen und gegen einen der Felsvorsprünge stoßen.«

Javier sah hinauf zur Decke, an der sich die merkwürdigsten Kalksteinformationen gebildet hatten. Manche Stalaktiten hingen nicht gerade, sondern schräg herab, und man musste deshalb besonders aufpassen.

»Bevor wir weitergehen, sollten wir alles gut mit den Lampen ausleuchten«, schlug er vor.

»Ich denke, wir können unbesorgt weiterlaufen«, meinte Celestino. »Die Decke haben wir schon das letzte Mal, als wir hier waren, genau inspiziert.«

»Ich werde vorausgehen«, erklärte Manuel. »Wenn alles in Ordnung ist, ruf ich euch.«

»Einverstanden. Aber denk dran, dass du nicht in einem Bergwerk bist. Es gibt hier überall Stalaktiten«, warnte ihn Javier.

»Keine Sorge, ich bin bald zurück«, rief er, während er sich mit seiner Ausrüstung den Weg zwischen den glitschigen Felsen bahnte.

Javier und Celestino nutzten die Pause, um sich von den schweren Rucksäcken zu befreien. Stundenlang zwanzig Kilo auf den Schultern zu schleppen, war ziemlich anstrengend. Umso willkommener kam jede Gelegenheit, sich auszuruhen.

»Noch rund ein Tagesmarsch, dann erreichen wir eine Stelle, an der sich der Gang mehrfach verzweigt. Dort sind wir damals umgekehrt, weil wir Angst bekommen haben«, erklärte Celestino.

»Ruh dich nur aus, lieber Freund, ich will mich nur kurz dort vorn ein wenig umsehen. Ich bin gleich wieder da«, sagte Javier und entfernte sich ein paar Schritte.

Der Anblick, der sich ihm bot, war großartig. Die Kalksteinformationen, die von der Decke hingen, sahen aus wie geschmolzenes Wachs. Einige waren unglaublich filigran, andere merkwürdig gewunden. Die bizarren Formen hingen vermutlich mit dem für die Anden typischen Wechsel von Regen- und Trockenzeiten zusammen. Durch den im Wasser gelösten Kalk hatten sich zum Teil riesige Stalaktiten gebildet.

Manuel kam mit seiner Tasche um den Hals, aber ohne den Rucksack zurück. Keuchend sagte er: »Kommen Sie, Ingenieur. Ich habe mit dem Hammer alle großen und besonders gefährlichen Hindernisse abgeschlagen und ein Seil gespannt. Wir müssen am Rand eines Flusses entlang, die Felsen sind dort sehr glatt.«

Offenbar war Manuel ins Wasser gefallen. Außerdem sah man überall an seinem Körper Schürfspuren.

»Was ist passiert?«, erkundigte sich Celestino.

»Ich bin abgerutscht. Es hätte nicht viel gefehlt, und ich wäre ganz hineingefallen, aber ich konnte mich noch rechtzeitig an einem Felsen festhalten. Das letzte Mal war hier nicht so viel Wasser, erinnerst du dich, Papa? Jetzt hat sich ein richtiger Fluss gebildet.«

Manuel spielte seinen Unfall herunter. In Wahrheit wäre er mit seinem schweren Rucksack auf dem Rücken beinahe ertrunken. Die Lampe war ihm ausgegangen, und er musste sich in vollkommener Dunkelheit zurechtfinden. Er hatte versucht zu schwimmen, aber das Gewicht hatte ihn nach unten gezogen. Zu seinem Glück war er gegen einen Felsvorsprung gestoßen, an dem er sich festhalten und dann auf allen vieren ans Ufer retten konnte. Als er sich in Sicherheit fühlte, hatte er seine Taschen nach der kleinen elektrischen Lampe durchsucht und schließlich in deren schwachen Schein die Karbidlampe angezündet. Um eine Lungenentzündung zu vermeiden, hatte er die nasse Jacke ausgezogen. Er war wütend auf sich selbst und machte seinem Ärger Luft, indem er alle Stalaktiten und Stalagmiten abbrach, die den Durchgang behinderten. Als er sich beruhigt hatte, spannte er ein Seil an der Felswand, um seinem Vater und Javier den Weg zu erleichtern.

Javier, der von all dem nichts wusste, erinnerte sich, dass es in den vergangenen Jahren überdurchschnittlich starke Niederschläge und in verschiedenen Andenregionen sogar Überschwemmungen gegeben hatte. Besorgt fragte er sich, was sie tun sollten, wenn die restliche Höhle überschwemmt oder durch einen Erdrutsch versperrt war. Manuel, der sich Javiers Gepäck auf den Rücken lud und sich erneut auf den Weg machte, gab ihm eine indirekte Antwort auf seine Frage.

»Gehen wir, Ingenieur. Weiter vorn sind die Felsen trocken. Ich habe meinen Rucksack dort gelassen.« Dann wandte er sich an seinen Vater: »Los, Papa, weiter geht's.«

Celestino schulterte den Rucksack und folgte seinem Sohn. Javier folgte den beiden und sah sich sehr genau um. Auf dem Rückweg musste er diese Strecke alleine zurücklegen, deshalb wollte er sich die schwierigen Stellen genau einprägen.

Ohne Gepäck fiel ihm dies viel leichter. Im Schein der Lampen erschien ihnen die Höhle wie ein geheimnisvolles Reich. Die Stalaktiten, die nicht Manuels Hammerschlägen zum Opfer gefallen waren, wirkten, trotz ihrer zum Teil immensen Dicke, fast durchscheinend und erinnerten in ihren Formen an menschliche Silhouetten. Die Stalagmiten sahen dagegen wie ungleichmäßig und grotesk geformte Säulen aus, wie bizarre Figuren, Obelisken, Türme oder Phalli. Der von der Decke tropfende Kalk brachte die unglaublichsten Formen hervor.

Javier lief vorsichtig hinter seinen Gefährten her, bis sie das Flussufer erreichten. Vor ihren Augen erstreckte sich eine riesige Grotte, und sie blickten auf eine märchenhafte Welt, die allerdings, je nach Gemütsverfassung, auch bedrohlich wirken konnte. Javier schwankte zwischen Staunen und Furcht. In dieser Höhle, so schien es ihm, verbargen sich teuflische Wesen, die Bewohner der ewigen Finsternis. Bei dem Gedanken, dass er in Kürze allein sein würde, begann er zu zittern. Aber es war sein eigener Wille.

Manuel und Celestino hatten bereits begonnen, den Fluss zu durchqueren, wobei sie sich an den Felsen festhielten. Javier beeilte sich, ihnen zu folgen. Am Rand war das Wasser nicht sehr tief, die Gummistiefel boten ausreichenden Schutz. Die eigentliche Gefahr bestand darin, abzurutschen und ins Wasser zu fallen. Bei den Temperaturen, die hier unten herrschten, konnte das ernsthafte Folgen haben. Die Kleider trockneten nur langsam, so dass sich Schimmel bildete, und außerdem lief man Gefahr krank zu werden.

»Hier geht es lang, Ingenieur. Ich habe ein Seil gespannt, es ist die schwierigste Stelle. Danach wird es wieder leichter. Ich gehe als Letzter, um das Seil aufzuwickeln«, rief Manuel und bezog hinter seinen Begleitern Stellung.

Javier hatte Mühe, das Gleichgewicht zu halten, und musste die Hände zu Hilfe nehmen. Es war nur ein kurzes Stück, aber es kam ihm endlos lang vor, zumal sich ihm ein furchteinflößendes Schauspiel darbot. Groteske, bärtige Gestalten und hinterhältige Fratzen starrten ihm von der Decke entgegen. Der Fluss war von seltsamen Figuren gesäumt, die im Schein der Lampen aussahen, als hätten sie riesige Mäuler, tiefliegende Augen und Hörner auf den Köpfen. Dieses Abenteuer erschien ihm auf einmal wie der helle Wahnsinn. Was hoffte er eigentlich in diesen unterirdischen Gängen zu finden? Gab es dieses Wunderwasser überhaupt, oder jagte er bloß einem Hirngespinst nach? Trotz dieser Gedanken trugen ihn seine Füße weiter, und schon bald hatte er den furchteinflößenden Ort hinter sich gelassen. Er warf einen letzten Blick auf das Wasser. Die Oberfläche, die nicht länger durch ihre Schritte in Bewegung versetzt wurde, breitete sich glatt und schimmernd wie ein Spiegel zwischen den Felsen aus.

In unmittelbarer Nähe hingen zwei riesige Stalaktiten von der Decke, zwei Wächtern eines geheimnisvollen Reiches gleich.

Dort lag Manuels Rucksack. Er holte eine trockene Hose hervor und zog sich um. Dann lud er sich sein Gepäck auf den Rücken und half Javier, seinen Rucksack wieder zu schultern. »Diesmal ist alles gut gegangen«, stellte er fest, »hoffentlich ist das auch in Zukunft der Fall.«

»Aus diesem Grund haben wir uns der Jungfrau der Grotte empfohlen, lieber Sohn«, beruhigte ihn Celestino.

»Wir wollen hoffen, dass uns das Glück nicht verlässt«, meinte Javier und gab Manuel einen Klaps auf die Schulter. »Danke, dass du meinen Rucksack getragen hast. Darf ich dich um einen weiteren Gefallen bitten?«

»Gern, sagen Sie nur, was Sie wünschen, Ingenieur.«

»Hör auf, mich Ingenieur zu nennen. Ich bin einfach nur Javier. Einverstanden?«

»Nein, Ingenieur, das geht nicht. Die Konventionen müssen gewahrt bleiben. Sind Sie etwa kein Ingenieur?«

»Schon, aber ich muss nicht dauernd daran erinnert werden.«

»Wie Sie wollen, mein Herr«, erwiderte Manuel in scherzhaftem Ton, während er den Beutel mit den nassen Kleidern verstaute.

Mit ein wenig guter Laune ließen sich Unstimmigkeiten und Streitereien vermeiden und in dieser ungewohnten Umgebung Ruhe und kühles Blut bewahren. Ihre Zuversicht half ihnen, die Schwierigkeiten zu meistern. Bisher war alles gut gegangen, und sie waren bereits den vierten Tag unterwegs. Bald würden sie das Basislager aufschlagen. Von dort sollten Manuel und Celestino den Rückweg antreten. Dann musste Javier allein zurechtzukommen und beweisen, dass das Schicksal eines Menschen nicht zuletzt von seinem Charakter abhängt.

10

Das Leben ist ein fortwährendes Abenteuer

In das Innere der Erde vorzudringen, ist wie eine Reise in ein unbekanntes, finsteres Reich. Nur das Licht und das eigene Bewusstsein ermöglichen ein Vorwärtskommen. Überall lauern Gefahren, tauchen Hindernisse und Schwierigkeiten auf. Die drei Männer begegneten ihnen mit Geduld, Verstand, Ausdauer und Mut. In ihren feuchten, von Staub und Schlamm bedeckten Kleidern schritten sie schweigend voran. Nur hin und wieder tauschten sie ein paar Eindrücke oder Gedanken aus, sie waren ständig auf der Hut.

Manuel ging voraus, gefolgt von seinem Vater. Da es die beiden gewohnt waren, trugen sie das schwerere Gepäck. Bisweilen schleppte sich Javier nur mühsam hinterher, weil ihn Übelkeit oder Kopfschmerzen plagten und die ungewohnte Last auf seinen Schultern drückte. Er versuchte, sich die Beschaffenheit der Grotten und Gänge, die sie durchquerten, genau einzuprägen, um auf dem Rückweg nicht in Schwierigkeiten zu geraten.

Auch in geologischer Hinsicht war ihre Expedition sehr interessant. Der Gang, in dem sie unterwegs waren, hatte offenbar jahrhundertelang als Flusslauf gedient. Nun war er vollkommen ausgetrocknet. Vermutlich hatte sich das Wasser einen anderen Weg gesucht. Hin und wieder legten die drei eine Pause ein, um zu verschnaufen oder um sich zu stärken, nachdem sie stundenlang im Schein ihrer Lampen durch die

Finsternis gewandert waren. Seit sie das letzte Mal geschlafen hatten, waren über zwölf Stunden vergangen. Sie waren müde, und Javier hatte starke Rückenschmerzen.

Unterwegs hatten sie Lebensmittel und Wasser für den Rückweg deponiert. Es waren kleine, in Zellophanpapier eingewickelte, mit einem Leuchtstift beschriftete Pakete. Sie dienten als eiserne Reserve vor allem für Javier, der am längsten unter der Erde bleiben würde. Darüber hinaus stellten sie eine Art Wegmarkierung dar.

Nach weiteren rund dreißig Metern fand Manuel einen geeigneten Schlafplatz. Auf dem leicht abschüssigen Boden baute er zum ersten Mal das Zelt auf, das sie mitgenommen hatten. In eine Ecke stellte er eine Lampe und breitete daneben die feuchten Kleider, die er in einem Beutel aufbewahrt hatte, zum Trocknen aus. Während Celestino einen Aufguss aus Cocablättern zubereitete, brachte er eine zweite Lampe ins Zelt und erklärte: »Die Flammen erwärmen die Luft. Das müssen wir ausnutzen, so werden die Sachen schneller trocken.«

Das von innen beleuchtete Zelt sah aus wie ein riesiges Feuer. Ein schwacher Schimmer und warme Luft drangen nach draußen. Die drei Männer setzten sich vor den Zelteingang, um sich zu wärmen, und nahmen ihre Mahlzeit ein.

»Manuel, das war wirklich eine gute Idee. Sollte ich jemals lebend hier herauskommen, werde ich dir einen guten Job beschaffen.«

»Das Wichtigste ist, dass Sie Ihr Ziel erreichen. Wenn Sie nicht zurückkehren, werden wir nach Ihnen suchen«, erwiderte Manuel. Indirekt gab er Javier damit zu verstehen, dass er bereit war, sein Leben für ihn zu riskieren.

»Sag nicht solche Sachen, Javier. Natürlich wirst du lebend hier herauskommen. Du stehst unter dem Schutz der Jungfrau der Grotte. Wir werden dich nicht verlieren«, rief Celestino mit Tränen in den Augen.

»Ich bin sicher, dass alles gut geht. Ich habe einige Erfahrung mit Höhlen, und außerdem werde ich vorsichtig sein. Wenn ich auf unüberwindbare Hindernisse stoße, kehre ich um, es sei denn, ich finde diese unterirdische Stadt und bleibe dort. Was auch immer geschehen mag, ich werde euch nicht vergessen.«

Von dem langen Marsch erschöpft, beendeten sie das Essen und legten sich zur Ruhe. Manuel und Celestino schliefen vor dem Zelteingang. Für Javier hatten sie im Zeltinneren ein wenig Platz geschaffen. Alle drei fielen sofort in Schlaf, die letzten vier Tage waren sehr anstrengend gewesen.

Celestino erwachte zeitig. Er sah auf die Uhr, es war erst vier Uhr morgens. Er hatte schlecht geschlafen und fühlte sich nicht richtig ausgeruht. Der Gedanke, an diesem Tag seinen Freund allein zurückzulassen, beunruhigte ihn.

In wenigen Stunden würden sie das Basislager aufschlagen. Sie mussten einen Platz in der Nähe einer Wasserstelle finden, der außerdem trocken war, damit das mühsam transportierte Werkzeug keinen Schaden nahm.

Auch Javier und Manuel erwachten bald. Sie zündeten die Lampen an, und Celestino bereitete den gewohnten Aufguss aus Cocablättern und eine Kleinigkeit zu essen zu, während Manuel das Zelt abbaute. Javier schrieb derweil in sein Reisetagebuch. Nachdem sie schweigend gegessen hatten, brachen sie auf. Schon bald würden sie den Punkt erreichen, an dem sich der Gang verzweigte. Dort wollten sie sich trennen.

Das letzte Stück ihres gemeinsamen Weges führte sie an einer Sandbank entlang, die sich wie ein Fluss in die Länge zog. Sie war mit zahlreichen Fußspuren bedeckt, die ganz frisch wirkten, aber offensichtlich schon mehrere Jahre alt waren. Manuel betrachtete alles sehr genau und rief: »Schau mal, Papa, unsere Spuren. Als wären wir gerade erst hier gewesen.« Die Abdrücke der Bergarbeiterstiefel wiesen in beide Richtungen.

Celestino antwortete nicht. Die Sorge um den Freund lastete immer schwerer auf ihm. Er wollte sich nicht damit abfinden, ihn allein zu lassen, und machte sich Vorwürfe, ihn in das Geheimnis eingeweiht zu haben. Er hätte sich denken können, dass Javier, von seiner Neugierde getrieben, der Sache früher oder später auf den Grund gehen und dabei sein Leben aufs Spiel setzen würde.

Dabei war sein Vater nicht der Einzige, der ihm von der Quelle der ewigen Jugend erzählt hatte. Auch Don Facundo, ein alter Mann aus seinem Heimatdorf, und ebenso einige Bergarbeiterkollegen hatten Bemerkungen über unterirdische Siedlungen fallen lassen und von Leuten berichtet, die sich während ihrer Suche in den verzweigten Höhlen verirrt hatten.

Celestino begann zu zittern. Auf der einen Seite hatte er Javier ein Versprechen gegeben, auf der anderen Seite wollte er ihn, auch gegen seinen Widerstand, am liebsten bis zum Ende begleiten. Es erschien ihm nicht richtig, den Freund einfach allein weitergehen zu lassen.

Auch Javier war ziemlich angespannt. Er litt unter Schmerzen, fühlte sich erschöpft und hatte noch viele Tage unter der Erde vor sich. Aber um Celestino und Manuel nicht zu beunruhigen, versuchte er, seinen Zustand und seine innere Unruhe zu verbergen und ging an Celestinos Stelle auf Manuels Bemerkung ein: »Es gibt hier keinen Wind, deshalb bleiben eure Spuren jahrhundertelang erhalten.«

»Auf dem Rückweg werde ich meinen Namen in den Sand schreiben. So wird man auch in hundert Jahren noch sehen, dass ich hier war«, meinte Manuel ein wenig spöttisch.

»Bloß nicht!«, rief Celestino. »Wenn du das tust, musst du nach deinem Tod hierher zurückkehren, um deine Spuren zu verwischen.«

Javier lächelte belustigt. Es war eine der vielen Glaubensvorstellungen der Indios, ähnlich jenem Brauch, das Haar und die Nägel der Toten zu verbrennen, damit die Seele des Verstorbenen nicht danach zu suchen brauchte. Die Indios glaubten, dass man alles, was man von Gott empfangen hatte, wieder zurückgeben müsse. Deshalb musste die Seele an alle Orte zurückkehren, an denen sie zu Lebzeiten gewesen war. Wem es nicht gelang, die eigenen Überreste zu finden, und sei es nur ein einziges Haar, der war dazu verdammt, für immer umherzuirren.

In den folgenden Stunden schwankten Celestino und Manuel zwischen der Freude, endlich an die Erdoberfläche zurückzukehren, und dem Kummer, Javier seinem Schicksal zu überlassen. Nach fünf Stunden hatten sie die Weggabelung erreicht und wählten einen Ort für das Basislager. Es gab keine Wasserquelle in der Nähe, aber Javier hatte einen Vorrat für zwei Wochen, und außerdem gab es noch den Fluss, durch den sie gewatet waren.

Vater und Sohn ebneten den Boden für das Zelt und packten alle für Javier notwendigen Dinge aus: Nahrungsmittel, Wasserflaschen, Ersatzlampen, Phosphor, Schnüre, Haken, Medikamente, Schlingen und Seile, um steile Abgründe oder reißende Flüsse zu überwinden. Als sie alles verstaut hatten, waren ihre Rucksäcke beinahe leer. Es hatte große Mühe gekostet, diese Dinge hierherzutransportieren, aber sie ermöglichten es Javier, Wege zu erkunden, die sie damals nicht einzuschlagen gewagt hatten, weil sie nicht genügend Lebensmittel, zu wenig Licht und Werkzeug dabeihatten.

Kurze Zeit später führte Manuel Javier an die Weggabelung.

»Nach meiner Erfahrung als Bergarbeiter glaube ich, dass sich die Gänge ab hier häufig verzweigen und dass man sich leicht verirren kann. Es ist daher wichtig, immer den Weg zu markieren«, erläuterte er.

»Keine Sorge, ich habe ausreichend Schnur dabei. Außerdem habe ich mir einiges Wissen aus Büchern angeeignet, lieber

Manuel«, beruhigte ihn Javier und lächelte, um seine Angst zu überspielen.

»Einer dieser Gänge führt in das unterirdische Dorf, das mein Großvater damals entdeckt hatte, aber wir wissen nicht, welcher es ist. Hoffentlich hast du Glück«, antwortete Manuel.

»Ich bin optimistisch, sonst wäre ich jetzt nicht hier.«

Als sie zum Basislager zurückkamen, hatte Celestino bereits eine kleine Mahlzeit und etwas zu trinken zubereitet. Zum Essen nahmen sie jeder auf einem Stein Platz. Manuel ließ es sich schmecken, aber Celestino rührte kaum etwas an. Er sah nachdenklich und traurig aus. Javier wusste, weshalb: Sein Freund wollte ihn nicht alleine lassen. Aber was sollte er tun? Die Lebensmittel würden nicht lange für drei Personen reichen, es gab keinen anderen Weg. Javier versuchte, vor seinen Begleitern zu verbergen, wie ihm zumute war.

Nach dem Essen tauschten sie ein paar belanglose Worte aus, sahen sich noch einmal überall um und legten sich dann zum Schlafen nieder. Celestino machte es sich auf dem Sand bequem und döste ein wenig. Als er erwachte, musste er sofort an die bevorstehende Trennung denken. Er trat auf Javier zu und sagte mit zitternder, aber dennoch von innerer Festigkeit zeugender Stimme: »Lieber Javier, ich bleibe bei dir, ich lasse dich nicht allein. Manuel wird allein an die Erdoberfläche zurückkehren. Wir beide folgen ihm später.« Seine Worte klangen sehr bewegt.

»Danke, Celestino, mein treuer Freund, aber ich will alleine weitergehen. Die Vorräte reichen nur für eine Person. Wir haben eine Abmachung getroffen: vier Tage gemeinsam, danach kehrt ihr um.«

»Mir kommt es wie Verrat vor, wenn ich dich alleine lasse.«

»Hör zu, Celestino! Im Namen unserer Freundschaft bitte ich dich, nicht länger zu insistieren«, antwortete Javier mit fester Stimme. »Ich weiß was ich tue. Bitte halte dich an unsere Abmachung.«

Angesichts so großer Entschlossenheit gab der alte Aymara nach. »Wie du willst. Du bist dein eigener Herr. Ich hoffe, du hast mehr Glück als wir, und gelangst bis ans Ziel. Da Manuel und ich nun nicht mehr viel Gepäck zu tragen haben, werden wir innerhalb von drei Tagen den Ausgang erreichen und nach einem weiteren Tag zurück in Tikillaka sein. Gute Reise, lieber Freund, und gib dein Bestes, wir warten auf dich. Mögen die Schutzgeister der Erde über dich wachen.«

»Ich werd es schon schaffen, Celestino. Es kann sein, dass ich nach meiner Rückkehr an die Oberfläche direkt nach Puno und von dort für einige Wochen nach Lima gehe. Sobald ich meine Angelegenheiten geregelt habe, komme ich dich besuchen. Nimm das, hier unten nutzt es mir nichts. Ich behalte nur das Nötigste, um bis nach Puno zu kommen.« Mit diesen Worten reichte er Celestino seine Brieftasche. Celestino öffnete sie, und als er sah, dass sie ein ganzes Bündel Scheine enthielt, gab er sie Javier zurück.

»Das kann ich nicht annehmen, wir sind Freunde.«

»Es ist die Bezahlung für eure Arbeit. Irgendwie muss ich euch doch entlohnen«, beharrte Javier und hielt ihm die Brieftasche erneut hin.

»Ingenieur, das ist viel zu viel. Wir haben es aus Freundschaft und nicht um des Geldes willen getan«, versicherte Manuel, obwohl der Gedanke an das viele Geld für ihn sehr verlockend war. Es hätte einige Probleme gelöst.

Javier teilte die Summe in zwei Teile.

»Celestino«, sagte er, »das ist ein Geschenk, damit du dir deine Zähne in Ordnung bringen lassen und wieder besser kauen kannst. Von dem Rest kaufst du dir etwas zum Anziehen und ein paar Möbel. Manuel, das ist das Geschenk eines Freundes an deine liebe Familie, die ich hoffentlich eines Tages kennenlernen werde. Nehmt die Geschenke an, dann habe ich euren Segen. Bitte, lehnt nicht ab, es würde mir Unglück bringen.«

»Einverstanden, Javier. Du bist immer noch der Alte. Du hast uns zwar schon viel gegeben, aber wir wollen dir auf keinen Fall Unglück bringen«, willigte Celestino schließlich ein.

»Danke, Freunde. Also dann, bis bald. Wenn ich zurück bin, werde ich euch besuchen kommen.«

Die drei umarmten sich und drückten sich die Hände.

»Auf Wiedersehen, Ingenieur, und viel Glück«, rief Manuel, bevor er sich zum Gehen umwandte.

Celestino war innerlich so erregt, dass er kein Wort hervorbrachte und Javier nur noch einmal zunickte.

Als die beiden in der Dunkelheit der Höhle verschwunden waren, blieb Javier vor dem Zelt sitzen und lauschte dem letzten Echo ihrer Schritte und Stimmen nach. Bald war er von vollkommener Stille umgeben. Er spürte die schwere Last der Einsamkeit, alles hing nun von ihm selbst ab. Er ließ sich seine Pläne durch den Kopf gehen. Sich gedanklich mit etwas zu befassen, half die Angst zu vertreiben. Erneut zog er alle Schwierigkeiten in Betracht – sein Alter, die Krankheit, das unbekannte Gelände, in dem er sich bewegte –, und ihm kam der Verdacht, dass diese Reise möglicherweise nichts anderes als ein Suizidversuch war. Er dachte darüber nach, welch grausames Spiel das Schicksal mit ihm getrieben hatte, als er sich nach dem Unfall geheilt glaubte und dann erfahren musste, dass er einen Hirntumor hatte. Die Nachricht hatte all seine Pläne zunichtegemacht. Er war immer ein tatkräftiger, temperamentvoller Mensch gewesen. Obwohl ihm seine Arbeit sehr viel Spaß bereitet hatte, freute er sich doch auf die Pensionierung, um endlich seinen lang gehegten Traum verwirklichen zu können. Sein Bildungsprojekt sollte der Jugend dienen und den Schritt zu einer friedlicheren Welt ermöglichen. In der von ihm geplanten Institution sollten junge Menschen außer einer hochqualifizierten wissenschaftlichen Ausbildung auch wichtige Grundwerte, die Liebe zum Leben und ein hohes Maß an Allgemeinbildung vermittelt bekommen. Hier sollte der neue

Mensch erzogen werden. Um das zu erreichen, musste ein geeigneter Ort gefunden werden, der für alle zugänglich war, die nach geistiger Inspiration und deren Umsetzung suchten, ohne dabei die eigene Persönlichkeit und das Wohl der Erde außer Acht zu lassen.

Nur durch Weisheit und spirituelle Größe ließ sich das Leben anderer Menschen verändern. Irgendwo in Peru wollte Javier zusammen mit seinen Schülern eine Universität ins Leben rufen, in der man lernen konnte, die Harmonie zwischen Außen- und Innenwelt wiederherzustellen. Aus dieser Universität sollten junge Menschen hervorgehen, die in der Lage waren, Ordnung in das Chaos unserer von Gewalt beherrschten, ungerechten und materialistischen Welt zu bringen, Menschen, die sich von der Masse abhoben. Ziel war die Gründung einer neuen Gesellschaft, die die spirituelle Entwicklung eines jeden Einzelnen förderte und so die Grundlagen für eine Welt der Liebe, der gegenseitigen Achtung und der Gerechtigkeit schuf.

Zunächst sollte diese innovative und hochtechnologisierte Bildungsstätte nur eine kleine Gruppe junger Frauen und Männer aufnehmen, die sich durch ihre intellektuellen, geistigen und spirituellen Fähigkeiten auszeichneten. Sowohl auf wissenschaftlichem als auch auf spirituellem Gebiet würden sie die beste Ausbildung erhalten. Nach Beendigung des Studiums würden sie ihrerseits Lehrer werden. Um eine Pilotgruppe von jungen Leuten zwischen achtzehn und dreißig Jahren auszuwählen, musste man sowohl unter Naturwissenschaftlern als auch unter Geisteswissenschaftlern und Künstlern suchen.

Während des fünfjährigen Studienganges sollte Einblick in die unterschiedlichsten Bereiche gewährt werden: Naturwissenschaften, Technologie, Kunst und Religion. Nach Abschluss dieses ersten Studiums sollten weitere Studien auf geisteswissenschaftlichem Gebiet erfolgen, um auf dieser Grundlage eine von Frieden und Solidarität bestimmte Gesellschaft zum Wohl aller Menschen zu entwerfen.

Plötzlich kam Javier abrupt zu Bewusstsein, dass er ein Todkranker war, der die letzten Wochen seines Lebens in einem aussichtslosen Abenteuer aufs Spiel setzte. Aber er tröstete sich: Die wahren Helden hatten sich schon immer durch einen eisernen Willen ausgezeichnet. Um wirklich zu gewinnen, braucht man Verstand, Ausdauer, Mut und Geduld. Javiers Blick fiel in den Gang, der sich zwischen den Felsen verlor. Er würde ihn mit weniger Begeisterung erkunden, als in der Zeit, in der die Höhlenkunde für ihn nur ein Sport war.

Javier entschloss sich zum Aufbruch. In aller Ruhe traf er die nötigen Vorbereitungen, überprüfte das Werkzeug, zählte die Lebensmittel- und Wasservorräte und teilte sie in Tagesrationen ein. Sie sollten mindestens für zwei Wochen reichen, und es war sinnvoll, sie genau zu rationieren. Er packte Lebensmittel für acht Tage, einige Medikamente, Ersatzwerkzeug, die Luftmatratze, den Schlafsack und eine wasserdichte Jacke in den Rucksack und lud ihn auf die Schultern. Das Abenteuer konnte beginnen!

»Die Würfel sind gefallen, ich werde mich meinem Schicksal stellen. Möge das Glück auf meiner Seite sein«, rief er entschlossen.

Er warf einen letzten Blick auf das Basislager und lief mit energischen Schritten auf die Stelle zu, an der sich der Gang verzweigte. Die Karbidlampe an seinem Helm leuchtete ihm den Weg. Seine Spezialschuhe hinterließen eine lange Spur.

Ringsum herrschte beängstigende Stille. Javier hörte nur seine eigenen Schritte auf dem Sand- oder Geröllboden und das Rascheln seiner Kleider. Vor der Weggabelung blieb er stehen und überlegte. Der rechte Gang war kaum so breit, dass zwei Menschen nebeneinander laufen konnten. Durch die linke, annähernd dreieckig geformte Öffnung hätte dagegen bequem ein großer Lastwagen gepasst.

Er überprüfte, ob er ausreichend Schnur dabeihatte, brachte ein Zeichen an der Wand an und wählte den linken Gang. Je größer und breiter die Höhle war, überlegte er, umso wahrscheinlicher war es, auf Leben zu stoßen. Nachdem er sich mehrere Stunden mit äußerster Vorsicht voranbewegt hatte, legte er eine Pause ein. Er befand sich in einer großen, rund dreißig Meter hohen Grotte. In der Decke war eine Öffnung zu erkennen. Javier betrachtete sie genauer. Ihr Durchmesser betrug mindestens sieben Meter. Vielleicht war es hier irgendwann zu einem Erdrutsch gekommen. An den Felswänden erkannte man noch die Spuren von herabfließendem Wasser.

Javier nahm seinen Weg wieder auf. Er wusste vor allem eins: Hier unten war er vollkommen auf sich gestellt, es gab kein menschliches Wesen, auf dessen Beistand er zählen konnte. Er war mit sich und seinen Gedanken allein. Aber diese Einsamkeit war unglaublich wichtig für ihn. Nur in der vollkommenen Stille konnte er die Stimme Gottes hören, nach der er sich sehnte. Er wollte Fragen stellen, wollte erfahren, wie er seine letzten Tage am besten nutzen konnte, und, wenn möglich, um weitere Tage bitten.

Wenn Gott ihm eine zweite Chance gegeben hatte, musste er damit einen bestimmten Zweck verfolgen. Das Lichtwesen, das ihm während des Komas erschienen war, hatte diesbezüglich keinerlei Andeutungen gemacht. Aber man hatte ihm gewährt, aus dem Jenseits auf die Erde zurückzukehren, und dafür musste es einen Grund geben.

Plötzlich fiel ihm wieder ein, wie er verzweifelt darum gekämpft hatte, die Kontrolle über seinen Körper zurückzugewinnen. Er hatte es geschafft, aber es war nur einer von zahllosen Kämpfen in der großen Schlacht des Lebens gewesen. Schon vor dem Unfall hatte er den Tod in sich getragen, tief verborgen in seinem Gehirn.

Bereits seit einiger Zeit litt er immer häufiger unter Kopfschmerzen. Sein Blick trübte sich, und er hatte Mühe, das

Gleichgewicht zu halten. Natürlich hatte er Celestino davon nichts erzählt, sonst wäre sein Freund niemals bereit gewesen, ihn allein zu lassen. Aber sich selbst konnte er nicht belügen: Er hatte nur noch wenige Wochen zu leben. Er musste auf seine letzten Reserven zurückgreifen, um das Wunderwasser zu finden, sonst würde der Tod die Oberhand behalten.

Nach seinem Krankenhausaufenthalt hatte sich Javier eingehend mit dem Geheimnis des Lebens und des Sterbens beschäftigt. Er hatte alte und neuere Texte studiert, die sich mit dem Thema der Rückkehr aus der anderen Welt beschäftigten. Er suchte nach einer Antwort. Immer wieder fragte er sich, ob das, was er erlebt hatte, real oder lediglich eine Projektion seines Geistes war. Bei seiner Suche stieß er auf Geschichten, die seiner eigenen glichen und die zu beweisen schienen, dass das »Sein« unsterblich ist. Er las Berichte über Psychiater, Psychologen und Mediziner verschiedener Fachrichtungen, deren Patienten in bestimmten Entspannungszuständen in ihrem Bewusstsein reisen konnten und aus ihren vergangenen Leben erzählten. Da Javier eine naturwissenschaftliche Ausbildung genossen hatte, fiel es ihm schwer, diesen Dingen Glauben zu schenken. Lange Zeit hatte er sich mit einem Philosophen und Mathematiker über das Thema unterhalten. Geduldig hatte dieser ihm erklärt, dass derartige Erfahrungen durchaus in den Bereich des Möglichen fielen, wenn man von dem Grundsatz ausging, dass die Zeit nicht real, sondern lediglich in unserem Bewusstsein existierte.

»Wir leben in einer Welt der Vorstellungen, und obwohl wir sicher sind, uns in einer objektiven Realität zu bewegen, haben wir doch nur jene ungenauen Bilder vor Augen, die sich unser Bewusstsein von der Wirklichkeit macht. Das Problem wird noch komplizierter, wenn wir die Zeit als eine reale Größe betrachten.«

»Können Sie das näher erläutern?«, hatte ihn Javier gebeten.

»Die Zeit ist ein Kontinuum, in dem Vergangenheit, Gegenwart und Zukunft miteinander verschmelzen. Aber uns Menschen ist es möglich, sie getrennt und aufeinanderfolgend zu erleben. Auf diese Weise können wir uns einen Begriff von der ›gegenwärtigen Ewigkeit‹ bilden. Die Vergangenheit ist nicht für immer verloren, sie bleibt weiter bestehen, und der Mensch, dem es gelingt, sein eigenes Bewusstsein zu steuern, kann in der Zeit reisen und seine eigene Existenz zu jedem beliebigen Zeitpunkt neu leben.«

Javier hatte noch lange über das Leben, den Tod und die These der Wiedergeburt nachgedacht, vor allem nachdem er dem Lehrer von Maruja begegnet war. Dieser Mann hatte nie Bücher zu dem Thema gelesen, sondern griff nur auf seine eigenen Erfahrungen und die einiger anderer Curanderos zurück. Er hatte Javier einiges über den Begriff der Zeit erzählt.

»In längst vergangenen Zeiten«, begann er damals, »verfügten die Menschen über gewaltige Fähigkeiten und waren in der Lage, durch die Zeit zu reisen, ohne sich dabei zu bewegen. Sie hatten alles vor Augen und konnten zwischen Vergangenheit und Zukunft wählen. Sie nutzten diese Fähigkeit nicht, um ein Leben zu beurteilen, sondern um anderen in Erinnerung zu rufen, was sie erlebt hatten oder in der Zukunft erleben würden.«

»Und warum sind wir dazu heute nicht mehr in der Lage?«

»Der moderne Mensch hat nicht mehr zwölf, sondern nur noch fünf Sinne. Er hat einen Teil seiner Macht verloren. Das liegt an der Angst, die ihm früher unbekannt war. Da er nicht mehr unsterblich ist, erscheint ihm der Tod wie eine Bedrohung.«

Javier fürchtete den Tod nicht mehr. Aber er wollte weiterleben, weil er ein Ziel hatte. Deshalb war er während seiner Wanderschaft durch das riesige Höhlenlabyrinth sehr vorsichtig. Immer wieder überprüfte er, ob sich irgendwo in seiner Umgebung Kohlenmonoxid oder andere giftige Gase, wie das radioaktive Radon und das hochexplosive Methan, gebildet hatten. Wenn Celestinos Angaben stimmten, konnte er sich in einem Großteil der Höhle unbesorgt bewegen. Aber um sicherzugehen, beobachtete er genauestens die Größe der Flamme seiner Karbidlampe. Solange sie nicht kleiner wurde, konnte er sicher sein, dass die Luft ausreichend Sauerstoff enthielt.

In der Nacht zuvor hatte jemand im Schlaf zu ihm gesprochen. Javier erinnerte sich daran, dass es ihm vorkam, als spreche ein Schutzgeist zu ihm. »Lebe immer in der Gegenwart«, hatte die Stimme gesagt, »denn nur sie ist sicher. Schon im nächsten Augenblick kannst du in eine Falle geraten. Bist du wirklich bereit für deine Reise ins Ungewisse?«

»Ich glaube schon. Was sollte ich noch tun?«, hatte er gefragt.

»Geh deinen Weg mit Besonnenheit, wäge jeden Schritt ab, behalte jedes Detail im Auge und beobachte, ob sich in dir etwas verändert. Sei immer auf der Hut! Wenn dir das nicht gelingt, gib auf.«

»Ich muss mich selbst auf die Probe stellen und meine Neugierde befriedigen«, hatte er der Stimme erklärt.

Während Javier an den Traum zurückdachte, fiel sein Blick auf den Gang, der sich vor seinen Augen endlos zwischen den grauen Felsen erstreckte. Er hatte den Endruck, als sei er nicht auf natürliche Weise entstanden. Er wirkte wie von Menschenhand geschaffen, als habe jemand zu einem bestimmten Zweck eine Verbindung zwischen zwei natürlichen, mit Stalaktiten und Stalagmiten übersäten Grotten herstellen wollen. Einige Stellen konnte man bequem passieren, an anderen war der Boden sehr abschüssig und von Rissen und Spalten durchzogen.

Während einer Rast sprach sich Javier selbst Mut zu: »Es muss einen Grund dafür geben, dass du aus dem Jenseits zurückgekehrt bist.«

Die Einsamkeit, die Stille, die Müdigkeit und die Finsternis waren seine einzigen Begleiter, und wenn das Karbid in seiner Lampe verbraucht war, umgab ihn vollkommene Dunkelheit. Das waren die schlimmsten Augenblicke. Er bildete sich ein, furchtbare Schreie zu hören, und vor seinen Augen schienen sich grauenhafte Szenen abzuspielen. Scheußliche schwarze Wesen mit hervorquellenden Augäpfeln und dunklen Haaren, aus denen Hörner herausragten, kamen drohend auf ihn zu und griffen ihn mit ihren scharfen Klauen an. Bisweilen sah er auch grünliche, glitschige Wesen, die an den Wänden vorbeihuschten und ihm ihren klebrigen Speichel entgegenspien.

In diesen Augenblicken gewann die Angst die Oberhand, und nur unter allergrößter Willensanstrengung gelang es Javier, sich zu beruhigen und nicht in Panik zu verfallen. Bevor er die Lampe erneut anzündete, dachte er über die Dunkelheit nach. Sie war eine der geheimnisvollsten Seiten der Schöpfung. Ohne Lichtquelle war sie allumfassend, aber sobald man eine Lampe anzündete, wurde sie zum Nichts. In diesen unterirdischen Gängen blieb ihm nichts anderes übrig, als Vertrauen zu ihr zu fassen. Inmitten der Finsternis nahm er ein inneres Licht wahr, und eine Stimme sprach zu ihm: »Dunkelheit ist nichts weiter als die Abwesenheit von Licht. Wo Licht ist, ist keine Dunkelheit, aber das Licht kommt und geht, während die Dunkelheit bleibt. Sie ist Teil deiner Existenz. Du musst lernen, mit ihr zu leben, so wie du mit der Unwissenheit und dem Tod leben musst.«

Wenn sich Javier solchen Gedanken hingab, legte sich seine Angst vor dem Unbekannten und der Finsternis, und gleichzeitig wuchs seine Neugierde. Ihm fielen die Geschichten von unterirdischen Städten in der Wüste Gobi, im Himalaya-Gebirge und in den Anden ein, von denen er gehört oder gelesen hatte. Während seiner Aufenthalte im Süden von Peru hatte er die Bergarbeiter häufig von *Chinkanas* sprechen hören – eine Quechua-Bezeichnung für unterirdische Labyrinthe, in denen man sich verirren konnte. Die Leute behaupteten, dass es in den Bergen sehr viele davon gäbe.

In seiner Kindheit war Javier auf zwei unterschiedliche Geschichten zu diesem Thema gestoßen: Die eine kam von Celestino, die andere von einem alten Mann, dessen Testament Javiers Vater verfassen sollte.

Javier war damals noch ein Kind und hatte in dem Zimmer, das neben dem Büro seines Vaters lag, gespielt, als er lautes Klopfen an der Tür hörte. Zwei Männer waren eingetreten, die einen dritten, gebrechlich wirkenden Mann in ihrer Mitte führten. Der Alte hatte seine Begleiter gebeten, ihn mit dem Richter allein zu lassen, da er ihm etwas Vertrauliches mitteilen wollte.

»Don Salvador, bevor ich sterbe, möchte ich Ihnen etwas erzählen, über das ich bisher mit niemandem gesprochen habe. Es ist ein furchtbares Geheimnis, aber zu Ihnen habe ich Vertrauen.«

»Sprich nur, mein Guter. Red dir alles von der Seele und befreie dein Gewissen«, hatte ihn Javiers Vater in gütigem Ton ermuntert.

»Ich war Bergarbeiter, und eines Tages habe ich unter ein paar Zweigen den Zugang zu einer Höhle entdeckt. Ich dachte, es sei vielleicht ein altes Silberbergwerk, das die Spanier aufgegeben hatten. In der Gegend war oft von einem Vorkommen die Rede, das nur Julián Apaza gekannt haben soll. Es hieß, er habe ganz allein dort gearbeitet und reinstes Silber abgebaut, das er verkaufte, um seinen Lebensunterhalt zu bestreiten. Doch Don Julián starb unvermittelt, und niemand hat je erfahren, wo die Silbermine liegt. Als ich den Zugang fand, glaubte ich, sie entdeckt zu haben. Ich ging hinein, und meine Karbidlampe spendete mir Licht, aber der Gang war endlos lang. Ich kam an eine Stelle, wo er sich mehrfach verzweigte. Ich war blind vor Gier und ging immer weiter. Aber ich hatte einen großen Fehler begangen: Ich hatte keinen Karbidvorrat mitgenommen, und schon bald war ich von vollkommener Finsternis umgeben. Ich verlief mich und irrte stundenlang blindlings stolpernd, hungrig und verängstigt durch die Gänge, in der Hoffnung, zum Ausgang zurückzufinden. Plötzlich sah ich vor mir einen schmalen Durchgang, der von einem schwachen grünlichen Schimmer erhellt wurde. Ich folgte dem Licht und stieß auf ein unterirdisches Dorf, in dem Leute ohne Bartwuchs und von kleiner Gestalt lebten. Sie boten mir merkwürdige Speisen an und führten mich dann an einen Ort, an den aus weiter Ferne ein Licht drang. Ich ging darauf zu und fand mich schließlich auf dem Gipfel des Azoguine wieder.

Noch am selben Tag erkrankte ich. Es gibt kein Mittel gegen diese Krankheit. Ich möchte nicht, dass jemand dieselben Qualen erleiden muss wie ich, deshalb bitte ich Sie, verschließen sie den Zugang.«

»Sei ganz beruhigt, ich werde mich darum kümmern«, hatte Javiers Vater versprochen.

Diese Erinnerung war über Jahre hinweg in den Tiefen von Javiers Gedächtnis vergraben gewesen und kam ihm erst jetzt wieder zu Bewusstsein. Er wusste nicht, ob der Vater jemals selbst dort hinaufgestiegen war, aber er war sich sicher, dass er sein Wort gehalten hatte. Er hatte seinem Sohn gegenüber immer wieder betont, wie wichtig es ist, ein gegebenes Versprechen einzuhalten.

»Wenn ich das Glück haben sollte, die Stadt zu finden, ist es nicht nur eine Chance für mich, sondern darüber hinaus eine wichtige wissenschaftliche und historische Entdeckung«, versuchte Javier, sich selbst Mut zuzusprechen.

Aus seinen Kenntnissen über Mineralogie und Geologie schloss er, dass die ihn umgebenden Felsen bereits ziemlich alt waren. Vielleicht stammten sie aus der Zeit, als der Großkontinent Gondwana noch existierte, der, laut Geologen, Südamerika, Afrika, Australien und Indien umfasste. Einige Wissenschaftler waren der Meinung, dass sich die beiden ursprünglichen Großkontinente aufgrund der unterschiedlichen magnetischen Ladung der Pole gebildet hatten. Im Bereich der Geologie, der Paläontologie und der Paläobiologie gab es unzählige Versuche, die genaue Bewegung der Kontinente und der sich daraus ergebenden geographischen Veränderungen zu rekonstruieren. Javier wusste, dass die Paläontologie für unsere Kenntnisse der Erde eine wichtige Rolle spielte. Paläontologen unternahmen Höhlenexpeditionen, um die unterirdische Welt zu erforschen. Ganze Expertenteams begaben sich Hunderte von Metern in die Tiefe, um Genaueres über die Bewegungen der Erdkruste in Erfahrung zu bringen. Aber sicherlich wagte es keiner von ihnen allein.

Javier wusste, dass sein Plan ziemlich waghalsig war, während einer Höhlenexpedition in Österreich wäre er einmal beinahe ums Leben gekommen. Sie hatten sich sich auf dem Rückweg aus einem dreihundertsechzig Meter tiefen Schacht befunden, als plötzlich die Leiter unter ihren Tritten nachgegeben hatte und zerbrach. Während sich Javier, wie durch ein Wunder, auf einen Felsvorsprung retten konnte, war sein Freund in den Abgrund gestürzt. Trotz zahlreicher verzweifelter Versuche, hatte man seinen Körper niemals gefunden. Es schien, als habe die riesige unterirdische Grotte, durch die auch ein Fluss verlief, die sterblichen Überreste des Freundes verschluckt.

Bisweilen fordert die Wissbegierde einen sehr hohen Preis. Der Mensch muss entscheiden, wie viel er riskieren, bis wohin er gehen will. Als Javier noch jünger war, hatte er sich oft auf gefährliche Abenteuer eingelassen, aber nach der Heirat war er, aus Liebe zu seiner Frau und den Kindern, vorsichtiger geworden. Nun, da er frei von familiären Verpflichtungen und noch dazu unheilbar krank war, konnte er alles aufs Spiel setzen.

Hin und wieder glaubte er, eine innere Stimme zu vernehmen, die die Stille dieses verlassenen Ortes durchbrach.

»Sprich nicht mit lauter Stimme«, riet sie ihm, »lass dich von dem Gedanken der Liebe leiten. Lerne, auch allein zurechtzukommen, dann wird dein Schweigen keine Grabesstille sein. Nur durch Liebe lässt sich die Angst besiegen, wer Angst hat, kann nicht lieben.«

Auf diese Weise waren fünf schier endlose Tage vergangen, in denen sich Javier durch Unvernunft beinahe eine Lungenentzündung zugezogen hätte. Er hatte dem Tod ins Angesicht geschaut und im Kampf ums Überleben kostbare Zeit verloren. Aber er war als Sieger daraus hervorgegangen und konnte schließlich seinen Weg wiederaufnehmen, weil er auf all seine Energiereserven zurückgriff und außerdem die richtige Medizin dabeihatte.

Javier war sich darüber im Klaren, dass seine Vorräte gefährlich schrumpften, obwohl er sie genau eingeteilt hatte und die knapp bemessenen Rationen mit essbaren Flechten streckte, die er unterwegs sammelte. Der Gang wurde immer schmaler, bis er schließlich nicht mehr weiterkam. Javier wollte schon umkehren, als etwas seine Aufmerksamkeit auf sich zog. Zwischen den Felsen sah er mehrere, merkwürdig rund geformte Gegenstände. Als er seine Lampe darauf richtete, erschrak er, denn es waren Schädel – von der Erde verschluckte, hier und dort verteilte menschliche Überreste. Vielleicht waren es Höhlenkundler gewesen, vielleicht aber auch nur Leute, die sich ohne Nahrung, Wasser und Licht bis hierher verirrt hatten.

Javier verspürte tiefes Mitleid. Diese Menschen mussten einen qualvollen Tod erlitten haben, von Finsternis umgeben, verzweifelt und ohne Hoffnung, jemals wieder ans Licht zu gelangen. Vielleicht hatten sie in ihrer Verzweiflung miteinander gestritten, vielleicht waren sie aber auch nur einer nach dem anderen gestorben, ohne den anderen Beistand leisten zu können.

Javier beschloss umzukehren. Das Schreckensbild jener Toten trieb ihn zur Eile an. Womöglich hatten diese Menschen denselben Traum gehegt wie er. Aber selbst diese grauenhafte Erfahrung brachte Javier einen Schritt weiter. Sie half ihm, sich selbst und der in ständiger Entwicklung begriffenen, unsterblichen Natur des Menschen ein Stück näher zu kommen.

11

Die Einsamkeit als einziger Begleiter

Auf seinem nicht enden wollenden Weg zurück ins Basislager wirkte Javier wie ein kleines, verängstigtes Kind, das keinen Begriff von der Größe der menschlichen Seele oder der Bedeutung des Geistes für den Körper hat. Doch je weiter er vorankam, desto weiter öffnete sich sein Bewusstsein, bis er schließlich erkannte, dass man sich bei der Suche nach Wahrheit auf seinen Willen stützen und von seiner Intuition leiten lassen muss.

Die schier endlosen Gänge kamen ihm vor, wie die Eingeweide eines riesigen Dinosauriers, und es wollte ihm nicht gelingen, den Gedanken an jenen grauenhaften Anblick ganz zu vertreiben. Immer wieder dachte er an jene Menschen, an ihre Todesqualen, ihre Verzweiflung, Erschöpfung und den nagenden Hunger. Besonders schlimm musste es für denjenigen gewesen sein, der neben seinen toten Kameraden als Letzter den Tod gefunden hatte.

Die Angst vor den Verstorbenen ist tief in der menschlichen Natur verwurzelt. Sie trifft alle, aber insbesondere jene, die den Tod nie aus der Nähe gesehen haben. Javier fiel plötzlich die Geschichte ein, die ihm seine Mutter über den Tod der Großmutter erzählt hatte und der er nie Glauben schenken wollte.

»Als ich zweiundzwanzig Jahre alt war«, begann sie eines Tages, »erlitt meine Mutter einen Herzinfarkt. Einen Tag später erklärten die Ärzte sie für klinisch tot und stellten eine entsprechende Bescheinigung aus. Wir hielten Totenwache bis zum Tag der Beerdigung. Meine Onkel und Cousins liefen mit dem Sarg an der Spitze des Leichenzuges. Unser Haus lag einige Kilometer vom Friedhof entfernt.

Als wir den Friedhof beinahe erreicht hatten, hörten wir plötzlich einen Schlag. Erstaunt sahen wir, wie sich der Sargdeckel öffnete und die vermeintlich Verstorbene zum Vorschein kam. Einige stießen entsetzte Schreie aus, und alle flohen erschrocken in Richtung Stadt. Die Männer, die den Sarg getragen hatten, ließen ihn fallen und ergriffen ebenfalls die Flucht. Auch ich rannte davon, aber nach einer Weile hielt ich inne und fragte mich, warum ich vor meiner eigenen Mutter davonlief. Ich sammelte all meinen Mut, kehrte zurück und half ihr aus dem Sarg. Nun kamen auch die anderen herbeigeeilt und schlossen sie in die Arme. Gemeinsam kehrten wir nach Hause zurück. Den leeren Sarg nahmen wir mit. Nachdem wir uns ein wenig erholt hatten, feierten wir ein Fest.

Als die Gäste gegangen waren, erzählte Mutter uns, dass sie zwei Nächte lang im Reich der Geister zugebracht hatte. ›Das Schlimmste war‹, erklärte sie, ›in den eigenen Körper zurückzufinden. Aber es musste geschehen.‹

Nachdem sie wieder zu sich gekommen war, hatte sie sich am Eingang eines Tunnels wiedergefunden, in dem ihre verstorbenen Angehörigen auf sie warteten. Sie wirkten vollkommen lebendig und führten sie zu dem Ort, an dem sie lebten. Dort lernte sie auch Tante Cerafina kennen, die bereits gestorben war, bevor sie selbst auf die Welt kam. Gemeinsam mit Großvater Nicolás und Großmutter María war sie ihr entgegengetreten. Es ging allen gut, sie wirkten verjüngt und litten nicht unter den typischen Altersbeschwerden. Am zweiten Tag führte man sie in das Dorf, in dem sich ein Brunnen befand. Ein weißgekleideter Mann, der von einem Lichtschein umgeben war, nahm sie mit den Worten in Empfang: ›Tochter, was willst du hier? Es ist noch nicht an der Zeit. Deine Kinder trauern um dich und rufen nach dir. Kehr um!‹ Dann ließ er sie einen Schluck Wasser trinken.

So war sie zurückgekehrt. Zuerst hatte sie nur ein Jammern aus der Ferne gehört, das in der Dunkelheit allmählich näher kam. Auch das Licht um sie herum wurde immer heller, während sie verzweifelt versuchte, sich zu bewegen. Endlich gehorchte ihr Körper, und sie konnte sich in dem Sarg aufrichten.

Seit jenem Tag lebte meine Mutter, die bis dahin immer Angst vor dem Alleinsein gehabt hatte, ganz unbeschwert. Es machte ihr nichts aus, auch nachts allein unterwegs zu sein. Sie betonte immer wieder, dass sie nun, wo sie das Jenseits kannte, den Tod nicht länger fürchte.«

Javier dachte darüber nach, wie ähnlich doch seine eigenen Erfahrungen waren. Auch er war einem Lichtwesen begegnet, das ihm ein Wunderwasser zu trinken gegeben hatte, auch seine Persönlichkeit hatte sich nach dem Wiedererwachen sehr verändert. Eine Flut von Fragen bedrängte ihn: Weshalb wurde man geboren? Wer zwang einen dazu? Welchen Sinn hatte das Leben und wohin führte es? Welche Bedeutung hatte der Tod? War es der Übergang in einen anderen Zustand? Gab es im Jenseits wirklich Glückseligkeit? Warum fürchteten die Menschen den Tod?

Eine innere Stimme antwortete Javier: »Das Leben dient dazu, sich zu entfalten und Wahrheit und Liebe zu finden. Es ist ein ständiger Fluss. Wenn er versiegt, ist es Zeit zu sterben. Dann steigt man von der Dimension der Finsternis in die des Lichts, von der Unwissenheit zum Wissen auf. Nur aus Unwissenheit und Mangel an Liebe fürchten wir uns vor dem Tod. Ohne die Liebe kann man nicht ins Leben zurückkehren. Deshalb ist sie so wichtig.«

»Wer garantiert mir, dass das stimmt?«, wandte er unwillkürlich ein.

»Du Starrkopf, es gibt keine Gewissheit im Leben«, erwiderte die Stimme. »Das Ganze ist ein Spiel nach ziemlich einfachen Regeln: Da es im Leben keine Sicherheit gibt, kannst du dich ihm umso weiter öffnen, je weniger du dich in Sicherheit wiegst.«

Derartige Gedanken waren seine neuen Reisebegleiter. Die Krankheit, die Kälte, der lange Weg, die schlechte Ernährung und die Einsamkeit zeigten ihre Wirkung. Javier hatte gute Lust, aufzugeben und an die Erdoberfläche zurückzukehren. Nur seine Kämpfernatur hielt ihn davon ab. Eine solche Niederlage war er nicht gewillt, in Kauf zu nehmen.

Bisher hatten all seine gewagten Unternehmungen einen guten Ausgang genommen. Wenn er es im Leben darauf angelegt hätte, zu Reichtum zu gelangen, wäre er schon längst Millionär geworden. Für ihn war Geld jedoch kein Ziel, sondern nur ein Mittel, mit dem sich eine Menge erreichen ließ. Größere Geldmengen sinnvoll einzusetzen, betrachtete er als eine wahre Kunst. Er war jedoch nur ein Techniker, ein Mann der Wissenschaften, und nur bedingt ein Künstler.

Javier gönnte sich eine kleine Mahlzeit und einige Stunden Schlaf.

Seit zehn Tagen war er nun schon allein unterwegs. Ihm fehlten die Blicke, die Worte und die Nähe anderer Menschen. Das Einzige, was er zu Gesicht bekam, waren Felswände, Stalaktiten und Stalagmiten. Die Tage zogen sich endlos in die Länge. Hier unten ging die Sonne weder auf noch unter, nur das Ticken der Uhr war zu hören, es war der einzige Anhaltspunkt für das Verstreichen der Zeit. Nachdem er sich ausgeruht hatte, trug Javier sorgfältig einige Daten in sein Reisetagebuch ein. Dann beschloss er, den zweiten, schmaleren Gang, der vom Basislager aus abzweigte, zu erkunden. Vielleicht war dies der Weg, den Celestinos Vater eingeschlagen hatte.

»Ich habe ohnehin keine andere Wahl«, überlegte er.

Er wollte maximal vier Tage in den Gang vordringen, musste also für acht Tage Proviant mitnehmen. Die restlichen Vorräte würden für weitere vier Tage im Basislager ausreichen. Javier hoffte, zumindest bis zu der Siedlung vorzudringen, von der er gehört hatte.

Der zweite Gang war sehr viel unwegsamer als der erste und an manchen Stellen derart schmal, dass Javier mit seinem großen Rucksack Mühe hatte, sich hindurchzuzwängen. Offenbar war hier früher einmal ein Fluss verlaufen, der die merkwürdigsten Felsformationen hervorgebracht hatte. Im Schein der Lampe erschienen sie Javier wie monströse Gestalten und er musste sich sehr zusammennehmen, um seine Angst im Zaum zu halten. Immer wieder führte ihn sein Geist in die Irre und ließ ihn Dinge wahrnehmen, die nur in seiner Einbildung existierten.

Am zweiten Tag stieß er auf einen Schacht, der mit schlammigem Wasser angefüllt war. Er musste Seile und Werkzeug zu Hilfe nehmen, um dieses Hindernis zu überwinden. Seine Kleider waren feucht und von hellem Schlamm überzogen, aber das kümmerte ihn wenig: Sie waren wasserdicht, und zur Not hatte er Ersatzkleidung dabei. Der folgende Wegabschnitt war trocken, aber von einer rissigen Erdkruste überzogen. Javier suchte sich eine Spalte, um sein Schlaflager aufzuschlagen und sich umzuziehen.

Die feuchten Kleider hängte er über eine Schnur, die er zuvor gespannt hatte, und stellte die Karbidlampe daneben, um sie zu trocknen. Dann bereitete er sich in einer Metalltasse einen Aufguss aus Cocablättern zu und verzehrte langsam kauend den Rest seiner Tagesration. Obwohl er nicht satt wurde, rührte er die übrigen Vorräte nicht an. Bevor er sich zum Schlafen niederlegte, schrieb er die wichtigsten Ereignisse in sein Tagebuch. Er hatte einen sehr anstrengenden Tag hinter sich. Als er erwachte, sah er auf die Uhr und musste feststellen, dass er über sieben Stunden geschlafen hatte. Er spürte, dass er Fieber hatte, er war schweißgebadet, zitterte am ganzen Körper und klapperte mit den Zähnen.

»Ich habe mir die nächste Erkältung zugezogen«, dachte er, »aber diesmal bin ich besser vorbereitet. Ich habe alles Nötige bei mir.«

Obwohl er geschwächt und müde war, erhob er sich und bereitete einen doppelt starken Aufguss aus Cocablättern zu, den er, zusammen mit einer Vitamin-C-Tablette, in kleinen Schlucken zu sich nahm. Dann wischte er sich den Schweiß ab, wechselte die nassgeschwitzte Unterwäsche, strich sich eine Salbe auf Brust und Rücken und legte sich erneut zum Schlafen nieder.

»Ich kann es mir nicht erlauben, hier unten ernsthaft krank zu werden. Verzeih mir, mein Körper, dass ich dir so viel abverlange. Du hast mir so lange gedient, ich hoffe, du wirst es auch noch weiterhin tun«, sagte er mit lauter Stimme, um sich Mut zu machen. Danach versank er in einen tiefen Schlaf.

Als er die Augen aufschlug, hatte er das Gefühl, als habe sein Körper ihn erhört. Das Fieber war verschwunden, aber er fühlte sich immer noch matt. Um nicht so viel tragen zu müssen, ließ er den Proviant für den Rückweg am Lagerplatz. Dann brach er auf.

Nach mehreren Stunden stieß er auf einen kleinen unterirdischen See, der sich an einer Seite des nunmehr breiteren Gangs erstreckte. Durch das Wasser, das von der Decke tropfte, hatten sich Stalaktiten und Stalagmiten in den bizarrsten Formen gebildet. Javier beschloss, eine Pause einzulegen, und nutzte die Gelegenheit, um das flache Wasser nach Höhlenkrebsen abzusuchen, die in den Anden keine Seltenheit sind. Er hoffte, sich auf diese Weise ein paar frische Proteine zu beschaffen. Aber außer vereinzelten Spuren von Vegetation fand er nichts. Der Anblick des vom Lampenschein erhellten, unterirdischen Sees, der sich in seiner ganzen Schönheit vor Javiers Augen erstreckte, wirkte beruhigend. Es herrschte eine stille, friedliche Atmosphäre, alles ringsum wirkte märchenhaft und geheimnisvoll, und Javier blieb lange Zeit sitzen, als wolle er sich dieses Bild tief ins Gedächtnis einprägen. Nachdem er das ungewohnte Schauspiel eine Weile genossen hatte, brach er erneut auf, dem Unbekannten entgegen.

Am dritten Tag erreichte er einen Punkt, an dem sich der Gang mehrfach verzweigte. Er suchte die Wände nach einer geeigneten Stelle ab, um die Schnur zu befestigen, die er für die weitere Erkundung benötigte. Dann betrachtete er den Boden, in der Hoffnung, irgendwo eine menschliche Spur zu entdecken. Er wollte schon aufgeben, als sein Blick auf ein Zeichen in Form eines Dreiecks fiel. Es war ausgeschlossen, dass es sich natürlich gebildet hatte, dafür sah es viel zu akkurat aus. Plötzlich bemerkte Javier, dass es auch an anderen Stellen auftauchte, wie eine Art Wegmarkierung. Freudig erregt folgte er den Zeichen. Er war sicher, auf der richtigen Spur zu sein. Doch schon bald wurde seine Freude zunichtegemacht, denn der Gang endete an einem bodenlosen, schwarzen Abgrund. Eine ganze Weile lang saß er vor der Schlucht und starrte in die Tiefe. Dann hob er langsam den Kopf, und sein Blick fiel für einen Moment an die Decke. Zu seinem Erstaunen sah er, dass das Dreieck dort wiederkehrte und dass ein Schacht hinaufführte. Mit Hilfe von Seilen, Haken und Werkzeug gelang ihm der Aufstieg. Am Ende des Schachts befand sich eine schmale Öffnung, durch die er sich hindurchzwängte, bis er sich schließlich in einem tunnelförmigen Gang befand.

Javier stieß einen erleichterten Seufzer aus, hier war das Gelände nicht mehr so unwegsam. Er suchte nach weiteren Zeichen und fand schon kurz darauf ein Dreieck an der Wand. Obwohl er Müdigkeit verspürte, folgte er den Zeichen. Viele Stunden war er unterwegs, der Hunger quälte ihn, er brauchte dringend ein paar Stunden Schlaf. Allmählich drang ihm die Kälte bis in die Knochen, sein gesamter Körper schmerzte, und er war der Erschöpfung nahe. Endlich beschloss er, sich einen Lagerplatz zu suchen. Nachdem er den Schlafsack ausgerollt hatte, bereitete er sich mit letzter Kraft einen Aufguss aus Cocablättern zu und schlief auf der Stelle ein.

Das erste Mal seit langem träumte er von seiner Kindheit. Er war neun Jahre alt und im Wohnzimmer des Elternhauses in sein Spiel vertieft. Aus Steinen, Holzstückchen, Pappe und anderen Dingen, die er gefunden hatte, versuchte er, ein Haus zu bauen. Als sein Vater hereinkam und all die Sachen auf dem Boden verteilt sah, wurde er zornig.

»Räum den Müll aus dem Zimmer, und mach gefälligst den Fußboden wieder sauber«, befahl er.

»Das ist kein Müll, sondern ein Haus, in dem du mit der Mama lebst«, erklärte Javier.

»Wenn du das Zeug nicht sofort wegwirfst, kannst du was erleben«, drohte der Vater und versetzte Javiers Bauwerk einen Tritt.

Angesichts dieses Verhaltens erwachte Javiers Trotz, und Tränen der Wut stiegen ihm in die Augen.

»Du hast mein Haus kaputtgemacht, an dem ich so lange gebaut habe, du bist böse.«

»Hör auf mit diesen Kindereien. Tu, was ich dir gesagt habe, oder es setzt was«, schrie der Vater und zog ihn an einem Arm hoch.

»Das kannst du nur, weil du erwachsen und viel stärker bist als ich.«

In diesem Augenblick betrat die Mutter das Zimmer. Ein Blick genügte, um ihren Mann zu besänftigen.

»Komm, Liebling, lass mich das mit Javier klären. Ich möchte nicht, dass ihr beide euch streitet«, bat sie ihn. Beschämt über seine heftige Reaktion, verließ der Vater das Zimmer, während die Mutter zurückblieb, um mit Javier zu reden.

»Nimm es Papa nicht übel, wenn er dich manchmal nicht versteht. Du könntest das Haus, das du dir so schön für uns ausgedacht hast, in deinem Zimmer wieder aufbauen, wo es niemandem im Wege steht. Ich bin ganz sicher, dass es dann noch schöner wird als zuvor«, riet sie ihm mit sanfter Stimme.

Javier hörte auf zu weinen und ließ sich von ihr in den Arm nehmen. Dann räumte er die Sachen in sein Zimmer und machte sich erneut ans Werk.

Als er aus dem Traum erwachte, fragte er sich, was er zu bedeuten hatte. In Wahrheit war sein Vater sehr gutmütig. Natürlich hatte er ihm gegenüber auch Strenge an den Tag gelegt, insbesondere, wenn es um schulische Angelegenheiten ging. Er wollte immer, dass Javier die besten Zensuren nach Hause brachte und die anderen überflügelte. Sie waren sich nicht immer einig gewesen. Der Vater hätte ihn gerne eine militärische Laufbahn einschlagen sehen. Schon als kleinen Jungen hatte er ihn oft mit auf den Schießplatz genommen, weil er den Umgang mit der Waffe lernen sollte. Javier fand daran wenig Gefallen, aber er gehorchte widerwillig. Er wäre lieber durch die Felder gestreift oder hätte am Ufer des Sees mit Celestino Fangen gespielt. Der Vater sah diese Freundschaft mit Missfallen, die Mutter ließ sich dagegen gern von ihren gemeinsamen Abenteuern berichten. Für sie stellte die Freundschaft zwischen Kindern unterschiedlicher sozialer Herkunft kein Problem dar. Sie empfing den Freund ihres Sohnes immer herzlich und bot ihm zur Stärkung Süßigkeiten oder etwas Obst an. Dann sagte sie: »Auf, Kinder, erobert euch die Welt. Seid mutig, aber auch vorsichtig. Passt auf, dass ihr euch nicht wehtut. Überlegt erst, bevor ihr etwas wagt.«

Seine Mutter hatte einen starken Einfluss auf ihn ausgeübt. Sie lebte nach einfachen, aber festen Grundsätzen. Von ihr hatte er gelernt, dass man niemanden kritisieren sollte, bevor man nicht ein genaues Bild der Situation hat, dass jeder, auch wenn er noch so gering ist, Respekt verdient dass nur wer seinen Nächsten liebt, sich wirklich menschlich verhält, und dass unser Handeln von Liebe und niemals von Machtgier geleitet sein sollte.

Javier kehrte in Gedanken zu seinem Traum zurück. Was hatte er zu bedeuten? Während er überlegte, aß er einen Keks und ein Stück Schokolade, bereitete sich einen Tee zu und deponierte eine Lebensmittelration für den Rückweg. Er musste sein Gepäck so leicht wie möglich halten, denn er fühlte sich sehr matt.

Nach weiteren drei Stunden Fußmarsch, der ihn immer tiefer in das Höhlenlabyrinth hineinführte, kam er an einen Punkt, an dem sich der Gang mehrfach verzweigte. Sein erster Impuls war, dem rechten Zweig zu folgen, aber sein Verstand sagte ihm, dass er nacheinander jeden einzelnen Gang überprüfen müsse. Sie sahen alle gleich aus. Die Worte seiner Mutter fielen ihm wieder ein: »Wenn du vor einem Problem stehst, denke daran, dass die erste Lösung, die dir in den Kopf kommt, oft die beste ist.« Ohne länger zu zögern nahm er deshalb den rechten Gang, der allmählich immer breiter wurde und schließlich in einer Grotte endete. In deren Mitte erkannte er eine Art Thron, der in den Kalkstein gehauen zu sein schien.

Javier leuchtete die gesamte Höhle aus. Sie wirkte wie ein uralter Tempel, der geheimnisvollen Ritualen diente. Er sah Statuen mit ernster Miene in betender oder meditierender Haltung. Rechts davon erkannte er merkwürdig verzerrte Gesichter und die Gestalten bewaffneter Krieger. Sie standen in einer Reihe und wurden von einem seltsamen Gnom mit abscheulichen Gesichtszügen angeführt. Daneben befanden sich drei unterschiedlich hohe gewundene Säulen. Weiter hinten erhoben sich fünf Statuen aus hellerem Gestein. Zwei von ihnen waren in bodenlange Mäntel gehüllt, zwei weitere hatten den Oberkörper entblößt und trugen nur einen Rock. Die letzte, die ein wenig abseits, in der Nähe der Säulen stand, sah aus wie ein alter Priester mit einer Art Mitra auf dem Kopf. Die Figur war in mehrere Mäntel gehüllt, als sollte sie vor der Kälte geschützt werden.

Vollkommen in den Bann gezogen und von einem unbekannten Gefühl ergriffen, schritt Javier auf den Thron zu. Dort legte er den Rucksack ab und begann den Ort genauer zu erkunden. Hinter den Säulen, die sich zwischen dem Gnom und der Priesterstatue erhoben, führte ein Durchgang in zwei Stollen. Javier betrat einen von ihnen, und nach etwa dreißig Metern entdeckte er Spuren von kleinen Füßen auf dem Boden, die in die Richtung führten, aus der er gekommen war. Ein plötzlich aufkommender Verdacht ließ ihn eiligst den Rückweg antreten.

Als er die Stelle erreichte, an der er seinen Rucksack zurückgelassen hatte, musste er zu seinem Entsetzen feststellen, dass die gesamte Ausrüstung verschwunden war. Er folgte den Spuren, die in den zweiten Gang führten. Er lief, so schnell er konnte, in der Hoffnung, die Diebe zu erwischen. Aber nach einer Weile wurde der Boden felsiger, und es ließen sich kaum noch Spuren erkennen. Javier musste die Verfolgung aufgeben. Erst jetzt merkte er, dass er einen großen Fehler begangen hatte: Er hatte sich verirrt. Er lief noch einige Meter weiter, dann gab er sich geschlagen und hielt inne, um zu verschnaufen. Man hatte ihm seine Überlebensgrundlage entzogen: Ohne Schlafsack, Kleidung, Lebensmittel, Werkzeug, Karbid und Wasser war er zum Tode verurteilt.

Die drei Schädel, die er gesehen hatte, fielen ihm wieder ein. Vielleicht waren auch diese Menschen bestohlen worden. Oder hatten sie sich einfach nur verlaufen? Javier versuchte, sich zu beruhigen und überlegte, wo sich jene Wesen verstecken mochten, die ihren Spuren nach ziemlich klein sein mussten. Hatten sie ihn bereits erwartet, oder hatte nur sein Licht ihn verraten? Sie mussten sich in der Dunkelheit genähert haben, andernfalls hätte er ihre Lampen bemerkt. Offenbar fanden sie sich auch in vollkommener Finsternis zurecht. Wie sie wohl aussehen mochten? Vielleicht hatten sie Antennen anstelle von Augen. Warum hatten sie ihm den Rucksack entwendet?

In einigen Legenden war von menschlichen Wesen die Rede, die in schwach erleuchteten Höhlen lebten und sich in der Dunkelheit fortbewegten. Andere sprachen dagegen von übernatürlichen Geschöpfen, sehr flink und behände, die sich bestens im Erdinneren zurechtfinden. Stundenlang suchte Javier nach diesen geheimnisvollen Wesen. Glücklicherweise waren ihm noch seine Gürteltasche und die Umhängetasche mit etwas Karbid, Fackeln, Streichhölzern und der handbetriebenen Taschenlampe geblieben. Während einer kurzen Pause sah er nach, was er darüber hinaus an Lebensmitteln dabeihatte: zwei Päckchen Kekse und einige Riegel Schokolade. Wasser hatte er nicht, aber das war nicht das Problem, er würde sicherlich unterwegs welches finden.

Javier überlegte, wie er nun weiter vorgehen sollte. Er hatte sich verirrt, das Basislager war weit entfernt. Selbst wenn er den Weg dorthin wiederfinden würde, war es gut möglich, dass man ihm die unterwegs deponierten Lebensmittel ebenfalls entwendet hatte. Hinzu kam, dass der Rückweg bergauf führte, er aber bereits so geschwächt war, dass er Mühe hatte, sich auf den Beinen zu halten. Auch das Karbid würde bald zur Neige gehen. Er hatte große Anstrengungen auf sich genommen und die ersehnte Stadt immer noch nicht erreicht. Aber Javier spürte, dass er seinem Ziel nahe war.

Mit mechanischen Schritten schleppte er sich voran, dabei zog er die Bilanz seines bisherigen Lebens. Er wog ab, was er erreicht hatte und was auf der Strecke geblieben war, und dachte über seine Familie, die Liebe zu seiner Frau und den Kindern, über seine Arbeit und schließlich über den Unfall und die Krankheit nach, die ihn so kurz vor der Verwirklichung seiner Träume überrascht hatte. »Ich habe ein bewegtes Leben hinter mir und kann dem Tod mit Würde begegnen«, sagte er zu sich selbst. »Ich bedauere nur, dass ich meine Pläne nicht mehr umsetzen kann, von denen viele Menschen profitiert hätten. Aber vielleicht ist der Augenblick noch nicht gekommen. Was auch immer geschehen mag, ich werde nicht aufgeben.«

Javier ging es nicht um Ehre, auch nicht um Ruhm oder Geld, sondern lediglich darum, seine Träume zu verwirklichen. Der Mensch konnte tausend Pläne schmieden, aber es genügte ein Hauch, um sie allesamt zunichtezumachen. Jetzt war jedoch nicht die Zeit, sich sinnlosen negativen Gedanken hinzugeben. Wenn er weiterleben wollte, durfte er die Hoffnung nicht aufgeben. Sein Leben lang hatte er sich Illusionen hingegeben, für die zwei ziemlich abstrakte Faktoren bestimmend gewesen waren: die Zeit und die Ewigkeit.

Er hatte seine Pläne bis zur Pensionierung vor sich hergeschoben, weil er sicher war, noch eine Weile zu leben. Manches Mal hatte er sein Vorhaben vor seinen Studenten angesprochen und war auf reges Interesse gestoßen. Deutlich klangen ihm noch ihre Antworten im Ohr: »Wir müssen diese egoistische, heuchlerische und neurotische Welt, in der man nur lernt, den Andersdenkenden zu hassen, verändern. Wir reden über Liebe, gegenseitige Achtung und Gleichberechtigung, während wir den Schwächeren ausbeuten. Während wir den Frieden predigen, rüsten wir zum Kampf. Unsere Welt ist zur Zerstörung verdammt, wir vergiften alles. Ursache dafür ist eine auf falschen Werten gegründete Erziehung, die der Gewalt zum Sieg verhilft. Wir brauchen eine neue Gesellschaft, die sich auf die Idee des Friedens gründet und in deren Schulen nicht Hass und Krieg gelehrt werden.«

Javier setzte seinen Weg fort, ohne sich länger Gedanken über mögliche Gefahren zu machen. Während andere Menschen eine derartige Situation als beängstigend und bedrohlich erlebt hätten, war er von innerer Gelassenheit erfüllt. Obwohl er sich nur mühsam auf den Beinen hielt, dachte er unaufhörlich über seine unerfüllten Träume nach. Er hatte in seinem Leben zwar viel Liebe erfahren und war zu Macht und Ansehen gelangt, aber er verspürte tiefes Bedauern darüber, die

Wirklichkeit mit seinen Wunschvorstellungen vertauscht zu haben. Konnte es überhaupt eine friedliche Welt ohne Krieg, Zerstörung und Ungerechtigkeit geben? Javier kam zu folgendem Schluss: »Reife zu erlangen bedeutet, die eigenen Illusionen vom realen Leben, von der Gegenwart, dem Hier und Jetzt unterscheiden zu können, ohne sich allzu lange mit der Vergangenheit aufzuhalten oder sich um die Zukunft zu sorgen. Man muss ein ausgeglichenes Leben führen, das eigene Schicksal in die Hand nehmen und darf nicht darauf hoffen, dass die Zeit alles richten wird.«

Auf sich allein gestellt und von absoluter Stille umgeben, kam Javier sich selbst näher, erkannte seine eigenen Fehler und lernte, sich zu verzeihen. Sein Bewusstsein glich einer belebenden Flamme, die sein gesamtes Sein reinigte und ihn eins mit sich selbst werden ließ. Er wusste nun, dass sein Leben ein Fluss in ständiger Bewegung war, der sich irgendwann ins Meer ergießen würde. Er hatte keine Angst mehr zu sterben, er war bereit, denn er wusste, dass es nicht das Ende bedeutete. Trotzdem wollte er sich noch nicht geschlagen geben und weiterkommen auf seiner einsamen Reise. In den letzten Tagen hatte er kaum ein Auge zugetan, da ihn heftige Schmerzen plagten. Um sich auszuruhen, rollte er sich zusammen und zog die Beine an, um möglichst wenig Körperwärme zu verlieren.

Seit drei Tagen hatte er keine Nahrung mehr zu sich genommen, er konnte sich kaum noch aufrecht halten. Zum Glück hatte er unterwegs ein wenig Wasser gefunden. Der Hunger plagte ihn, seine Glieder wurden immer schwerer, er fror und verspürte große Müdigkeit, aber er gab nicht auf. Er wusste, dass er, wenn er einmal einschlief, nicht mehr erwachen würde.

Das Gelände war ziemlich unwegsam. Javier tastete sich im Dunkeln den Gang entlang, denn seine Karbidvorräte und die Fackeln waren jetzt verbraucht. Hin und wieder nahm er die handbetriebene Taschenlampe zu Hilfe, aber das Licht war so schwach, dass er kaum mehr als zehn Zentimeter weit sehen konnte. Er hatte nur noch einen einzigen Gedanken – Wiñay Marka zu finden oder auf der Suche danach zu sterben.

Im Grunde hatte er in den letzten Tagen nichts anderes getan, als sich mit dem Tod auseinanderzusetzen. Mittlerweile sehnte er sich danach, endlich von seinen Leiden befreit zu werden. Sein Kopf schmerzte derart heftig, dass er bisweilen das Gefühl hatte, er müsse zerspringen. Er taumelte mehr, als dass er lief, seine Augen brannten, und die Ohren dröhnten. Er spürte ein heftiges Stechen im Rücken, seine Beine gehorchten ihm kaum noch, und der Durst und die Kälte schienen ihm schier unerträglich. Er war am Ende seiner Kräfte. Er fühlte sich wie ein wehrloses Kind, dass sich nach der Wärme und dem Schutz der Mutter sehnte. »Mama, Mama, hilf mir«, rief er in seiner Verzweiflung mit dünner Stimme.

Sein schwaches Jammern verhallte in der Finsternis. Wie im Traum hörte er die tröstende Stimme der Mutter: »Javiercito, Liebling, du darfst niemals die Hoffnung verlieren, aber halte auch nicht zu starr an deinen Aufgaben fest, denn das kann zu Überheblichkeit und Selbstsucht führen. Viele lassen sich von ihren Familien, dem Alltag, der Arbeit und den täglichen Verpflichtungen gefangen nehmen. Doch irgendwann ist es vorbei, und was bleibt dann? Nur die Träume, die wir niemals umgesetzt haben. Dies ist dein Traum, und ob du ihn verwirklichst, hängt von dir ab. Wenn du es schaffen willst, darfst du nicht aufgeben. Solange dir noch Kraft verbleibt, schreite voran, mein Sohn.«

Diese Worte, ob real oder nur seinem Fieberwahn entsprungen, gaben Javier den Mut, sich weiter jenen endlosen Tunnel entlangzuschleppen. Er lief wie im Trance und ließ sich von seinem sechsten Sinn leiten. Alles erschien ihm wie im Traum, oder besser gesagt, wie in einem furchtbaren Albtraum. Nach einer Weile glaubte er, in der Ferne ein schwaches grünliches Licht zu erkennen, das die Finsternis erhellte. Dann hörte er eine sanfte Stimme, die zu ihm sprach: »Ruh dich aus, mein Guter. Sag nichts, schau nur in die Dunkelheit. So wird das Licht bis in dein Inneres vordringen.«

Mit einem Mal begriff Javier, dass er endlich an den Ort gelangt war, den Celestinos Vater beschrieben hatte. Mit letzter Kraft und voller Hoffnung steuerte er auf den Punkt zu, von dem das Licht ausging. Je näher er kam, desto heller wurde es. Sein Herz klopfte heftig vor Erregung: Er war kurz vor dem Ziel!

Als er in den Lichtkegel trat, musste er zu seinem Schrecken feststellen, dass der Gang fast vollkommen versperrt war. Am oberen Ende der Wand befand sich lediglich eine Art Schacht, aus dem das Licht fiel. Unter anderen Bedingungen hätte Javier ohne Schwierigkeiten dort hinaufklettern können, aber die wenigen Kräfte, die ihm noch verblieben waren, reichten dafür nicht aus. Dennoch wollte er sich nicht geschlagen geben. Nach unzähligen Versuchen gelang es ihm endlich, sich in die schmale Öffnung hineinzuzwängen, die in einen halbrunden, schwach beleuchteten Gang mündete.

Das Einzige, was Javier noch aufrecht hielt, war sein Überlebenswille. Er war wie in einem Rausch, kurz davor, die Sinne zu verlieren. Mit letzter Kraft schob er sich durch die Öffnung und ließ sich in den Gang gleiten. Zu Tode erschöpft blieb er reglos auf dem Boden liegen. Er hatte bis zum Letzten gekämpft, hatte seine Angst besiegt. Doch seine Gesichtszüge verrieten die Trauer und das Bedauern darüber, an diesem Punkt kapitulieren zu müssen und weder seinen Wissensdurst befriedigt noch seine Träume verwirklicht zu haben.

12

Du bist wieder jung

Nur das Licht kann die Finsternis vertreiben, nur mit der Sprache der Liebe lassen sich die Toten zu neuem Leben erwecken. Leben bedeutet, das Bekannte zu verlassen und dem Unbekannten entgegenzugehen. Dabei müssen wir Gefahren auf uns nehmen, Ozeane durchqueren, Berge überschreiten, uns in Wüsten und absolute Finsternis begeben.

Je größer die Gefahren, denen sich der Mensch stellt, desto eher wird er die transzendente Bedeutung des Lebens erkennen und eine Wandlung erfahren. So wird er eine neue Dimension erreichen. Der einzige Weg, zu sich selbst zu finden, ist, dem Unbekannten ohne Angst zu begegnen. Wem das gelingt, der stellt die Verbindung zwischen Leben und Tod wieder her, der kann zwischen Traum und Wirklichkeit weiterleben.

Javier hatte alles gegeben, hatte bis zum Letzten gekämpft und sich schließlich dem nahenden Tod ergeben. Dann hatte er das Bewusstsein verloren. In diesem Zustand gab es weder körperliche noch seelische Schmerzen, alles war der Leere, dem Nichts gewichen…

Doch allmählich erwachte sein Bewusstsein und zog ihn zurück ins Leben. Er glaubte, sich im schützenden Mutterleib zu befinden, er fühlte sich geborgen und sicher. Dann schien es ihm mit einem Mal, als erwache er aus einem langen, erholsamen Schlaf. Er streckte sich und öffnete langsam die Augen. Er befand sich an einem unbekannten Ort. Je mehr sein Bewusstsein zurückkehrte, desto heller erstrahlte alles ringsum in einem Licht, dessen Quelle er nicht ausmachen konnte. Verwundert sah sich Javier um. Er befand sich in einem kreisförmigen Raum, dessen Wände in einer beruhigenden Farbe gehalten waren. An einer Seite waren mehrere Kontrolllampen angebracht, die hin und wieder aufblinkten.

Javier kam allmählich ganz zu sich und stellte zu seinem Schrecken fest, dass er sich in einer Art Schwebe befand: Sein Körper schien in einer zähen Flüssigkeit zu treiben. Er war von einem großen, transparenten Zylinder umgeben, der von weißlich blauen Lichtreflexen erhellt wurde. Als sein Blick auf seine Hände fiel, bemerkte er, dass die Fingerspitzen durch feine Lichtstrahlen verlängert wurden. Sie reichten bis zur Decke des Zylinders, die aussah wie ein umgedrehter Teller und gebündeltes Licht ausstrahlte. An Javiers Mund war ein Schlauch befestigt, zwei verschiedenfarbige Lichtstrahlen trafen auf seinen Kopf. Er war von einer himmlischen Musik erfüllt, wunderschöne Klänge gaben ihm ein Gefühl der Ruhe, des Friedens und der Heiterkeit.

Er sah sich genauer um und bemerkte einige kleine, durchscheinende Lampen, die ein natürliches Licht verbreiteten. Außer dem Zylinder, über dem drei Leuchtbogen schwebten, denen weißes, zartblaues und grünliches Licht entströmte, war der Raum, in dem er sich befand, vollkommen kahl, ohne Möbel oder Apparaturen.

Als er den Kopf ein wenig neigte, bemerkte er, dass er vollkommen nackt war. Sein Körper war von zwei miteinander verbundenen Röhren umgeben, in deren Zwischenraum elektrische Funken aufleuchteten. Javier schien es, als würde sich die Energie von einer Röhre auf die andere und schließlich auf seinen Körper übertragen. Er verspürte eine Leichtigkeit, wie nach einem langen, wunderbar erholsamen Schlaf. Am liebsten hätte er diesen Ort verlassen, aber er wusste nicht wie. Er fragte sich, ob er das alles vielleicht nur träumte. Mit der Wiedererlangung seines Bewusstseins war er aus vollkommener Finsternis zum Licht aufgestiegen.

Wenige Minuten später betraten drei hohe, schlanke Gestalten den Raum, als hätten sie geahnt, dass Javier erwacht war. Sie trugen schillernde Kleider und schienen von einem Lichtkranz umgeben zu sein. Aus ihren frischen Gesichtern sprach Sanftmut, sie hatten große Köpfe, feines Haar und schmale Lippen. Lächelnd näherten sie sich Javier, falteten die Hände und verbeugten sich vor ihm. Als sie sein Staunen bemerkten, nahmen sie telepathisch Kontakt mit ihm auf, um ihn zu beruhigen.

»Endlich bist du erwacht, Bruder Javier. Wir sind froh über deine geglückte Heilung«, rief einer von ihnen, der offenbar der Anführer war. »Wir haben dich sofort entdeckt, als du in einen unserer Gänge vorgedrungen bist, aber als wir zu dir kamen, konnten wir dich nicht mehr begrüßen, weil du bereits ohnmächtig warst. So haben wir dich hierhergebracht und mit Hilfe unserer Apparaturen festgestellt, dass du kurz davor warst, zu sterben. Wir haben deinen Körper einer eingehenden Untersuchung unterzogen und schließlich den bösartigen Tumor in deinem Gehirn entdeckt. Da du sehr geschwächt warst, haben wir dich in diesen Zellregenerator gesteckt.«

»Jetzt werden wir dich daraus befreien«, erklärte die zweite Gestalt.

Javier hatte zunächst Mühe, die Mitteilungen zu entschlüsseln. Aber schon nach kurzer Zeit schien es ihm, als verstehe er alles. Nur antworten konnte er nicht.

»Am Anfang wirst du Probleme haben, mit uns zu kommunizieren, weil wir uns nicht der Stimme, sondern nur der Telepathie bedienen. Wir sprechen nicht einmal deine Sprache. Wir haben dir unsere Sprache telepathisch beigebracht. In ein paar Minuten wirst du in der Lage sein, uns zu antworten«, wandte sich nun die dritte Gestalt an ihn.

Nach diesen Worten stieß sie einen Laut aus, mit dem alle

Lichtstrahlen im Inneren des Zylinders erloschen. Durch einen weiteren Laut wurden die Röhren und Schläuche entfernt. Nach dem dritten Befehl hob sich der Deckel des Zylinders, und Javier wurde nach oben gezogen, während sich der Zylinder mit der darin enthaltenden Flüssigkeit in Sekundenschnelle nach unten bewegte. Man half Javier hinaus.

Sein nackter Körper war von einer gallertartigen Flüssigkeit überzogen, die langsam zu Boden tropfte und von ihm verschluckt zu werden schien.

»Es sind die letzten Spuren des Fruchtwassers, in dem du mehrere Wochen lang, bis zur vollständigen Regeneration deines Körpers, gelegen hast. Zuerst haben wir deinen Tumor behandelt und dich danach mit einer speziellen Apparatur einem Verfahren unterzogen, durch das du nun, ebenso wie wir, verjüngt bist. Trockne dich jetzt ab und zieh dir etwas an«, forderte ihn die dritte Gestalt durch Telepathie auf.

Javier reinigte sich mit einer Art Schwamm und zog sich dann die seltsamen Kleider an, die einer der Anwesenden ihm reichte. Schon bei der ersten Bewegung merkte er, dass er seine alte Gelenkigkeit zurückgewonnen hatte, er fühlte sich nicht länger entkräftet, hatte keine Schmerzen und kein Schwindelgefühl mehr.

Die zweite Gestalt, die Javiers Verwunderung bemerkte, erklärte ihm: »Du hast das Gefühl, viel jünger zu sein, und du bist es auch tatsächlich. Durch unser spirituelles Wissen und die uns zur Verfügung stehenden technischen Mittel, die wir unserer hochentwickelten Zivilisation zu verdanken haben, waren wir in der Lage, dir deine Gesundheit zurückzugeben. Dein biologisches Alter beträgt jetzt fünfundzwanzig Jahre.«

»Solange es deinem Geist noch nicht gelingt, sich unserem telepathischen Kommunikationssystem anzupassen, wird dich ein mentaler Dolmetscher unterstützen. Später wirst du ihn nicht mehr brauchen« erläuterte die dritte Gestalt, während sie ein Gerät an Javiers Hals befestigte, das kaum größer als ein Getreidekorn war.

Dank dieses Apparats konnte Javier schon kurz darauf sein ungewolltes Schweigen brechen. »Ich kann es kaum glauben, mir kommt alles wie ein Traum vor«, wandte er sich, ohne die Stimme zu gebrauchen, an die Anwesenden.

»Dank unserer Kenntnisse und Technologien ist es für uns nichts Besonderes«, beruhigte ihn derjenige, den Javier für den Anführer hielt.

»Wo bin ich?«, fragte er, während er seinen Blick umherschweifen ließ. Dieser Ort, dessen Bewohner ihm mit unglaublicher Liebenswürdigkeit begegneten, schien ihm schöner als alles, was er jemals auf der Erde gesehen hatte.

Die drei Fremden lächelten ihm wohlwollend zu, als sei er ein kleines Kind, das die ersten Schritte wagt und über alles in Erstaunen gerät.

»Du bist in Wiñay Marka, der gesuchten Stadt. Das hier ist ein Zentrum für Zellerneuerung zur Behandlung von Kranken, die von der Erdoberfläche kommen.«

Javier schwieg. Er hatte geglaubt, der Erste zu sein, der bis hierhin vorgedrungen war, aber offenbar stimmte das nicht.

»Hierher werden die Brüder aus eurer Welt gebracht, die ein längeres Leben verdienen, da sie ihr Leben in den Dienst anderer gestellt haben. Es sind die Einzigen, denen wir die Möglichkeit geben, sich zu erholen, um schließlich zurückzukehren und der Menschheit zu dienen.«

Javier lächelte. Er fühlte sich genesen und war unsagbar glücklich. Aus seinem Gesicht sprach Zufriedenheit. Er hatte sein Leben aufs Spiel gesetzt und den Kampf gewonnen. Von nun an würde er der Zukunft mit anderen Augen entgegenblicken.

Er sah an sich hinab und berührte seine Haut. Sie war straff und fest wie in seiner Jugend. Er war wieder ganz bei Kräften und voller Energie.

»Ich danke euch, dass ihr mir diese Chance gebt«, rief er ergriffen.

»Du hast es verdient. Du musst wissen, dass wir in deinem Geist und deinem Herzen lesen können. Wir kennen deine Ideale und deine Pläne zum Wohl der Menschheit. Sie geben dir das Recht, noch eine Weile zu leben.«

Javier war verwirrt und tief bewegt. Freudentränen liefen ihm übers Gesicht. Die Anwesenden lächelten wissend. In diesem Augenblick musste Javier an seinen Freund denken, der ihn auf diesem Abenteuer begleitet hatte. Sicher war er sehr besorgt um ihn. Wie konnte er ihm mitteilen, dass es ihm gut ging und dass er nicht nach ihm suchen musste? Als hätten die drei Wesen seine Gedanken gelesen, sagte einer von ihnen: »Sei unbesorgt. Dein Freund weiß, dass es dir gut geht und dass er keine Nachforschungen anstellen muss.

Wir werden dich nun zu dem geistigen Führer unserer Gemeinschaft bringen. Er will dich begrüßen. Ihm verdankst du die Wendung deines Schicksals. Diese Gnade erteilt der große Meister nur wenigen Sterblichen, die sie sich durch ihre Taten verdient haben.«

Nach diesen Worten setzten sich die drei Gestalten in Bewegung. Javier folgte ihnen. Er staunte über all die Dinge, die er zu sehen bekam, die Apparaturen, die Wände der Flure und Räume, die runden Fenster und die sich automatisch öffnenden und wieder schließenden Türen.

Sie traten aus einem wunderschönen rosafarbenen Gebäude und liefen auf ein ovales Gefährt zu, an dem sich mit einem leisen Summen eine Luke öffnete, die zum Einstieg einlud. Sobald sie an Bord waren, hob es, ohne Zutun eines Piloten, sanft vom Boden ab und flog hinauf. Aus den kleinen Fenstern konnte Javier auf die Stadt hinabsehen, nach der er so verzweifelt gesucht hatte.

Der Anblick von Wiñay Marka war fantastisch. Unzählige hohe Gebäude, Meisterwerke der Architektur, drängten sich dicht aneinander. Ein Meer aus Licht und Farben breitete sich unter Javiers Augen aus. Die meisten Bauwerke hatten weder Ecken noch Kanten, sondern wiesen ausschließlich runde Formen auf. Es sah so aus, als sei die Stadt von Feldern und Wäldern umgeben, die in den schönsten Farben schillerten. Je weiter das Gefährt hinaufstieg, desto weiter reichte der Blick. Die Stadt war in einem gigantischen Höhlenkomplex errichtet, dessen ganze Größe man mit bloßem Auge nicht ermessen konnte.

Das kleine Luftschiff landete vor einer Rampe in einem der oberen Stockwerke eines vergoldeten, pyramidenförmigen Gebäudes. Die vier stiegen aus und betraten einen hell erleuchteten Korridor. Auf ein Passwort hin öffneten sich lautlos zwei dreieckige Türflügel. Sie kamen durch mehrere Flure und trafen auf andere Gestalten, die ebenfalls von einem Lichtkranz umgeben waren und sie mit einer Verbeugung grüßten. Auf dem Weg hörte Javier dieselbe Musik, die er bei seinem Erwachen vernommen hatte. Er hatte das Gefühl, sich durch einen großen Tempel zu bewegen, die ganze Atmosphäre hatte etwas Sakrales. Sie betraten einen Raum, der von einer unsichtbaren Lichtquelle erhellt wurde. Dort erwartete sie ein Mann, der von einem gleißenden Schimmer umgeben war und gleichsam in der Luft zu schweben schien. Sein Äußeres wirkte jugendlich, obwohl er offenbar der geistige Führer der Gemeinschaft war. Er rührte sich nicht von der Stelle und hielt die Augen geschlossen, als würde er meditieren. Als er jedoch ihre Anwesenheit bemerkte, öffnete er die Lieder und glitt langsam zu Boden. Seine gesamte Erscheinung strahlte Glück und Freude aus, aus seinem Gesicht sprachen Güte und unsagbare Weisheit.

»Geliebter und verehrter Meister, wir haben diesen Bruder von der Oberfläche vor Euer göttliches Antlitz geführt, wie man uns befohlen hat«, brachte einer von Javiers Begleitern leise hervor.

Dann traten er und die beiden anderen einen Schritt zurück und knieten nieder. Javier merkte plötzlich, dass er sich in einer Art Glasglocke befand. Das Lichtwesen näherte sich ihm und begrüßte ihn mit sanftem, liebevollem Blick, ohne ihn zu berühren. Mit gefalteten Händen verneigte es sich vor allen Anwesenden und besonders lange vor dem fremden Gast. In seinem Inneren vernahm Javier die wohltönende, klare Stimme des Meisters.

»Mögen Liebe, Weisheit und Wissen für immer dein Leben erhellen. Herzlich willkommen in unserer Stadt, Bruder Javier. Ich habe mit Interesse deine Genesung und vollständige Heilung verfolgt. Im Namen unseres Volkes sei freudig begrüßt, du bist ein gern gesehener Gast. Wenn du es wünscht, kannst du auch für immer bei uns bleiben«, sagte er.

Javier war sehr bewegt. Dieser Mann mit dem kindlichen Gesicht zeigte ihm Zuneigung, Wohlwollen und Mitgefühl. Sein Körper erschien Javier wie ein Sinnbild der Reinheit; er glich einer Gottheit. Seine Bewegungen waren anmutig wie seine ganze Art, seine tröstenden Worte gingen zu Herzen.

Er war von einem goldenen Licht umgeben, und obwohl er das Oberhaupt der Gemeinschaft war, wirkte er wie ein Kind. Er war außergewöhnlich schön, seine Augen leuchteten, und er schien den Inbegriff der Wahrheit zu verkörpern. Jede seiner Bewegungen verriet Weisheit und Demut. Javier erwiderte den Gruß mit einem Zeichen und gab ihm dann mit tief bewegtem Herzen durch Gedankenübertragung zu verstehen: »Herr, ich vermag nicht zu sagen, wie glücklich ich bin, Ihnen gegenüberzustehen. Vor allem möchte ich Ihnen dafür danken, dass Sie mir das Leben geschenkt und mich mit so viel Zuwendung bedacht haben. Ich bin sehr froh, hier sein zu dürfen.«

»Du bist einer der wenigen Menschen von der Erdoberfläche, die ohne fremde Hilfe bis hierher gelangt sind. Du hast schwere Prüfungen überstanden und große Willenskraft bewiesen. Was hat dich zu uns getrieben?«

»Verehrter Meister, der einzige Grund meiner Reise war der Wunsch nach einem längeren Leben, um meine Träume doch noch verwirklichen zu können.«

»Du bist nun geheilt. Aber bevor du irgendeine Entscheidung fällst, musst du dir eine Denkpause gestatten, musst lernen, zu meditieren und deine zukünftigen Handlungen abzuwägen. Um weiterzukommen, musst du nach innerer Harmonie suchen. Der Mensch hat eine göttliche Gabe und muss geistig über sich selbst hinauswachsen. Um dich in unserer Gemeinschaft einzufinden, werde ich dir Url zur Seite stellen. Er wird dich führen. Sobald du dich zurechtfindest, kannst du dich ohne Schwierigkeiten allein bewegen.«

»Aber ich will so schnell wie möglich an die Oberfläche zurück. Ich habe ein Projekt, mit dem ich anderen Menschen helfen will. Jetzt, wo ich stark und gesund bin, wird mir alles gelingen«, wandte Javier ein.

Der Meister von Wiñay Marka lächelte verständnisvoll.

»Bevor du eine Entscheidung fällst, solltest du dich mit unserer Zivilisation vertraut machen«, antwortete er in gütigem Ton. »Es wird dir helfen, die Dinge klarer zu sehen. Vielleicht entschließt du dich, länger zu bleiben. Auch von hier unten kannst du deinen Brüdern auf der Oberfläche helfen. Welche Entscheidung du auch immer fällen magst, ich werde sie akzeptieren. Ich wünsche dir einen angenehmen Aufenthalt.«

Mit diesen Worten verabschiedete er sich, immer noch lächelnd, und stieg wieder zu dem Punkt auf, an dem er sich bei ihrer Ankunft befunden hatte.

Javier und seine Begleiter erwiderten den Abschiedsgruß und verließen den Raum. Dann stellten sich die drei Javier vor: »Ich bin Url, dein Führer, und das sind Oxl und Atl. Du hast soeben mit Aram, dem großen Meister des Mitgefühls, gesprochen. Er bringt unendlich viel Verständnis auf, alle seine Handlungen sind perfekt. Er ist ein Quell der Glückseligkeit und zeichnet sich durch große Weltkenntnis aus. Er ist der höchste Führer der Stadt, seine Herkunft ist göttlich. Er ist die große Seele, das *Mare Magnum* des Wissens.«

»Ihn sprechen zu hören, ist ein großes Privileg. Er versteht es, den Geist derer zu erhellen, die mit aufrichtigem Herzen suchen«, erklärte Oxl.

»Aber inwiefern kann er meinen Geist erhellen?«, fragte Javier.

»Allein durch seine Gegenwart sind wir in der Lage, unsere spirituellen Möglichkeiten zu entdecken, die von entscheidender Bedeutung für das Erwachen unseres Geistes und den Weg zur Erleuchtung sind«, antwortete Atl.

»Warum befand ich mich unter einer Glasglocke?«, erkundigte sich Javier mit unsicherer Stimme.

»Die höheren Wesen sind Menschen, die eine radikale Wandlung erfahren haben und die dadurch gewaltige, übermenschliche Kräfte erlangten. Die Glasglocke diente zu deinem Schutz. Du hättest sonst dem ungeheuren Energiefluss unseres großen, göttlichen Meisters nicht standgehalten. Seine Energie hätte dich wie ein Blitzschlag in einem Gewitter getroffen. Ein gewöhnlicher Mensch hält der Begegnung mit einer derartigen Kraft kaum stand.«

Javier war verwirrt: Schon der erste Kontakt mit dieser unbekannten Zivilisation war voller Überraschungen.

Oxl und Atl verabschiedeten sich mit einer leichten Verbeugung von Javier und wünschten ihm einen angenehmen Aufenthalt.

»Nutze die Zeit, um dich selbst besser kennenzulernen, Bruder Javier. Möge das Licht deines Geistes die Schatten in deinem Herzen gänzlich vertreiben. Friede sei mit dir, jetzt und für immer.«

Nachdem die beiden gegangen waren, führte Url Javier einen Flur entlang, der in einer orangefarbenen Kabine endete. Kaum hatten sie diese betreten, setzte sie sich in Bewegung und brachte sie ans andere Ende der Stadt.

»Solange der Rat unserer Stadt noch nicht entschieden hat, wo du wohnen sollst, wirst du bei mir zu Gast sein. Folge mir!«, sagte Url.

Sie verließen die Kabine. Offenbar bestand die Stadt aus einem einzigen, riesigen ovalen Gebäudekomplex, der auf einem kreisförmigen Sockel ruhte. Es sah aus, als würde es in der Luft schweben. Überall waren Leute unterwegs. Die beiden durchquerten wunderschöne Gärten und weitläufige, terrassenförmig angelegte Obstplantagen, die sich in die Höhlen hineinzogen. Die gesamte Umgebung war in ein milchiges Licht getaucht, das aus verschiedenen Richtungen zu kommen schien. Die Temperatur war angenehm mild.

Schließlich gelangten sie an das Eingangstor eines Wohnkomplexes und blieben in einem auf den Boden gezeichneten Kreis stehen. Kurz darauf wurden sie von einem türkisfarbenen Licht überflutet und bis in das Stockwerk hinaufgezogen, in dem Url wohnte. Von dort führte ein Flur auf eine kreisförmige, mit Sensoren ausgestattete Tür zu, die sich automatisch öffnete.

»Hier wirst du wohnen, bis die Ratsbrüder entschieden haben, in welchen Teil der Stadt du gehen sollst. Ich werde dir jetzt meine Frau vorstellen. Komm mit«, erklärte Url.

Die Wohnung war in einer für Javier vollkommen fremdartigen Weise eingerichtet. In dem zentral gelegenen Raum erwartete sie eine Frau mit glänzenden Augen und einem Lächeln auf den Lippen. Sie begrüßte die beiden mit der üblichen Verbeugung.

»Amr, das ist Javier.«

»Willkommen in unserem Heim«, empfing sie ihn mit freundlicher, singender Stimme.

»Ich hoffe, ich störe nicht.«

»Im Gegenteil. Wir sind froh, dich bei uns aufnehmen zu dürfen und dir die Möglichkeit zu geben, unsere Welt kennenzulernen«, versicherte Url. »Amr wird dir dein Zimmer zeigen. Ich muss noch einmal zurück ins Zentrum für Zellerneuerung.«

Amr führte Javier in einen Raum von kreisförmigem Grundriss, der vollkommen unmöbliert war.

»Hier kannst du dich ausruhen, nachdenken und dich deinen Studien widmen. Ich will dir erklären, wie du die Schaltzentrale bedienen musst, um das nötige Mobiliar zur Verfügung zu haben«, wandte sie sich an ihn und deutete auf ein Armaturenbrett neben der Tür.

Nach mehreren Versuchen hatte Javier die Funktionsweise begriffen. Für ihn war das gesamte Leben und Denken in dieser Welt vollkommen neu und ungewohnt. Als er allein war, versuchte er, Ordnung in seine Gedanken zu bringen. Plötzlich hörte er Amr nach ihm rufen. Gemeinsam mit zwei Gästen, einem Mann und einer Frau, wartete sie in dem großen Wohnzimmer auf ihn. Als Javier eintrat, erhoben sie sich, um ihn zu begrüßen. Die beiden Gäste sahen sehr jung aus, ihre Blicke waren klar und liebevoll.

»Das sind unsere Freunde Aul und Eur. Sie möchten dich gerne kennenlernen.«

»Wir freuen uns, dass du in unsere Stadt gekommen bist, und hoffen, dass dir der Aufenthalt zu spirituellem Wachstum verhilft«, wandte sich Eur mit einer Verbeugung an ihn.

»Es ist für mich eine große Freude, von so vielen herzlichen Menschen umgeben zu sein«, gestand Javier. »Mir ist aufgefallen, dass ihr alle sehr jung seid. Aber ich sehe nirgendwo Kinder oder alte Leute. Wird bei euch niemand geboren, muss niemand sterben?«

Die drei sahen sich an und lächelten. Sie kannten die Sorgen der Menschen von der Erdoberfläche. Dank zahlreicher optischer Sensoren sowie Reisen in den Weltraum waren sie mit ihrer Welt und den dort herrschenden Problemen vertraut. Sie wussten, dass das ungleiche Verhältnis zwischen Geburten und Tod weitreichende Folgen für die gesellschaftliche, wirtschaftliche und politische Entwicklung haben konnte.

»Es gibt hier nur wenige Geburten, da Vater- und Mutterschaft eine bewusste und solidarische Entscheidung voraussetzen. Es hängt auch von der Aufnahmefähigkeit unserer Stadt und von der geleisteten Arbeit desjenigen ab, der um Wiedergeburt ersucht. Was den Tod betrifft, so ist dieser lediglich ein Weg, um diesen Ort für immer zu verlassen und Bewohner des Universums zu werden. Aber dazu muss man seine körperliche Hülle endgültig ablegen. Nur wenige sterben ungewollt, da es bei uns keine Krankheiten gibt. Die Bewohner, die ein bestimmtes Alter erreicht haben, müssen sich entscheiden, ob sie hier unten bleiben und sich der Kontemplation hingeben wollen oder ob sie freiwillig in die Dimension des Todes aufsteigen.

Es gibt auch Brüder, die an die Oberfläche gehen, um die dort lebenden Menschen spirituell zu festigen. Das bedeutet für sie ein kürzeres Leben, aber sie opfern sich zum Wohl des Teils der Menschheit, der in *Chamalla* lebt, der oben gelegenen Welt, in der Chaos, Gewalt, Machtgier, Krankheit und Tod regieren. Dort begegnen sie den Geistern der Finsternis, deren Kräfte den Großteil der Menschen beherrschen, und versuchen, gegen sie anzukämpfen und sie in Zaum zu halten«, erläuterte Amr. Als sie merkte, dass Javier nicht alles verstanden hatte, begann sie erneut.

»Wenn sich ein Geist zur Wiedergeburt entschließt, nimmt er mit einem bereits wiedergeborenen Paar Kontakt auf. Er erklärt ihnen, warum er ins Leben zurückkehren will, und bittet sie um Hilfe. Sobald alles wohlüberlegt und geplant ist und sich auch die Stadt zur Aufnahme eines neuen Lebens bereit zeigt, zeugt das Paar, kraft seiner Liebe und seiner sexuellen Energien, den Körper des neuen Geschöpfs.«

Javier dachte daran, dass sich auf der Erde Millionen von Menschen ohne jegliche Überlegung und ohne ernsthaften

Kinderwunsch fortpflanzten. Die meisten Paare setzten ihre Kinder eher zufällig in die Welt. Je größer die Unwissenheit, desto höher war die Zahl der Kinder, so schien es. Etwas wie Geburtenplanung existierte in seiner Welt nicht, obwohl man sich des Problems einer unkontrollierten Bevölkerungsexplosion durchaus bewusst war.

Fasziniert von dem Gedanken der Unsterblichkeit fragte er: »Wie organisiert ihr das Leben des Neuankömmlings, wo es doch Jahrhunderte, wenn nicht gar Jahrtausende dauert?«

»Die Fähigkeit, ein derart langes Leben und die damit verbundene Liebe zu schenken, mag befriedigend sein. Dennoch muss man den natürlichen Entwicklungsprozess des neugeborenen Menschen vor Augen haben, der bei Männern und Frauen unterschiedlich sein kann. Die erste Entwicklungsphase dauert etwa achtzehn Jahre, die zweite einundzwanzig Jahre. Zwischen dem sechsunddreißigsten und dem achtundvierzigsten Lebensjahr ist die psychische Reife, zwischen dem vierundfünfzigsten und dem dreiundsechzigsten die spirituelle Reife erreicht. Danach beginnt die Zeit des kreativen Bewusstseins. Jedes neugeborene und heranwachsende Wesen wird bis zur Reife von der Gemeinschaft begleitet und erzogen, danach beschreitet es seinen Weg allein.«

»Weshalb ist diese Entwicklung bei Mann und Frau verschieden?«

»Das liegt an den unterschiedlichen kosmischen Zyklen, die, je nach Geschlecht, verschiedenen Einfluss auf den Menschen nehmen. Ich will dir ein Beispiel nennen: Die Frau ist stärker durch den Mond beeinflusst, der Mann dagegen durch die Sonne. Deshalb überwiegt beim Mann die Tat, bei der Frau das Denken. Die Menstruation der Frau erfolgt jeden Monat, sie wird durch den Mond bestimmt und ist ein physiologischer Vorgang. Beim Mann tritt sie dagegen nur einmal im Jahr auf, sie wird durch die Sonne beeinflusst und ist ein geistiger Vorgang. Auch die Entwicklungsphasen sind nicht gleich lang.

Die Frau verändert sich alle sechs Jahre sowohl äußerlich als auch innerlich, beim Mann geschieht das dagegen nur alle sieben Jahre. Es sind Schritte in unserer Entwicklung, an deren Ende wir vollkommen verändert sind.«

»Was meinst du damit, dass der Mensch durch kosmische Energien beeinflusst wird?«

»Genau das, was ich gesagt habe. Wenn man die Wirkung dieser Energien kennt und sie sinnvoll nutzt, lässt sich das Leben eines Menschen verlängern. Hier unten sind die Lebensbedingungen ideal, und der menschliche Organismus kann sich über einen langen Zeitraum hinweg, und wenn man es wünscht, bis in alle Ewigkeit, erneuern.«

»Was geschieht mit dem Gehirn, wenn man ewig lebt?«

»Gott hat uns einen Begriff von der Ewigkeit gegeben. Er möchte, dass der Mensch die Natur des Göttlichen, die Größe seines Werks entdeckt. Wer ewig lebt, hört niemals auf zu lernen. Die Entwicklung unserer geistigen Fähigkeiten ist, je nach Geschlecht, zwischen dem sechzigsten und dem siebzigsten Lebensjahr abgeschlossen, danach verbleibt jeder von uns so lange wie er möchte in diesem Zustand.«

Javier erinnerte sich, einmal gelesen zu haben, dass das menschliche Gehirn weitaus mehr Potential hat, als der Mensch im Lauf eines Lebens benötigt, und dass, laut Auffassung einiger Wissenschaftler, die Speicherkapazitäten nahezu unendlich groß sind.

»Jahrhundertelang oder auch für immer in dieser Stadt zu leben, erlaubt es uns, alle Wissensgebiete gänzlich auszuschöpfen«, mischte sich nun auch Aul ein.

Dieser Vorteil leuchtete Javier unmittelbar ein. Für neugierige, wissenshungrige Geister war das ein wahrer Segen. Der Gedanke, ein Leben lang Wissen horten zu können, war sehr verlockend. Für einen Augenblick musste Javier jedoch auch an jene denken, die glaubten, bereits im Besitz der Wahrheit zu sein, und die sich weigerten dazuzulernen. Für solche Leute wäre das ewige Leben ein Fluch, eine grausame Strafe, da sie mit ihrer Zeit nichts anzufangen wüssten.

»Und wie steht es mit der spirituellen Entwicklung über einen derart langen Zeitraum?«, erkundigte sich Javier neugierig.

»Für einen selbstlosen Geist bedeutet ein langes oder gar das ewige Leben auf der Erde ein Leben im Dienst der anderen. Wir sind eine Zivilisation, die sich auf Spiritualität gründet, wir haben ein kosmisches Bewusstsein, sind freie Bewohner des Universums, und unsere Herzen sind von Liebe erfüllt. So bleiben wir in Kontakt mit den höheren kosmischen Mächten, dank ihrer kennen wir die Mechanismen der Lebenskräfte. Unser Handeln zielt auf Ordnung, Gerechtigkeit, Frieden und Liebe ab, wir wollen zu spiritueller Erneuerung gelangen.

Die höchste Bestrebung eines jeden Bürgers von Wiñay Marka ist es, denjenigen Menschen zu wahrer Entfaltung zu verhelfen, die in Unwissenheit und Armut oder in zügellosem Luxus leben. Erstere haben keine Bildung erfahren und kennen keinen Wohlstand, Letztere sind innerlich verdorrt.«

»Aber nicht alle wollen ewig leben, es gibt Leute, die sich nach dem Tod sehnen, die ihre sterbliche Hülle ablegen möchten.«

»Wenn einer von uns seine Mission erfüllt hat und sich auf einen anderen Planeten oder in eine andere Galaxie begeben will, muss er seinen Körper verlassen, ihn willentlich zur Auflösung bringen. Das nennt man den physischen Tod.«

»Was treibt die Leute dazu, so lange zu leben?«

»Im Menschen ist der Drang zur Perfektion angelegt. Es ist das geheime Verlangen eines jeden Einzelnen, das eigene Bewusstsein ständig zu erweitern, es zur Vollendung, zu absoluter Größe, zu göttlicher Vollkommenheit zu führen.«

»Nun, da ich verjüngt bin, weiß ich nicht, wie ich der Zukunft begegnen soll. Ein Teil in mir beharrt darauf, an die Erdoberfläche zurückzukehren, um meine Träume zu realisieren, der andere Teil wünscht sich dagegen hierzubleiben, um weiterzulernen. Ich weiß nicht, was ich tun soll.«

»Ich rate dir vor allem, das ewige Gesetz des Seins zu achten und den transzendenten Sinn deines Lebens zu entdecken. Lerne dich selbst kennen, und du wirst deine unsterbliche, in ständiger Entwicklung begriffene Natur erkennen.«

»Kannst du das näher erklären?«

»Es ist ganz einfach. Dein Dasein und dein Schicksal haben ein Ziel, sie sind keine bloßen Zufälle. Du bist auf die Welt gekommen, um Erfahrungen zu sammeln und Schwierigkeiten zu bewältigen. Zum Teil ist dir das bereits gelungen, indem du deine Angst besiegt hast, aber es fehlt dir noch an spiritueller Reife.«

Javier war sich darüber im Klaren, dass dieser Weg die Abkehr von Egoismus, Gier und Unwissenheit, von nicht befriedigten Wünschen und Begierden erforderlich machte, es ging darum, sein eigenes Denken und Empfinden zu revolutionieren. Durch eine kranke, unmenschliche und grausame Gesellschaft, in der das Individuum mit Strafen, Verboten und religiösen oder gesellschaftlichen Tabus unterdrückt wurde, war ihm eine einseitige Denkweise eingeimpft worden. Er hatte immer nach einer anderen Welt gestrebt, einer Welt, die auf Freundschaft, Gleichberechtigung, Harmonie und Glück aufbaute. Er war seit jeher davon überzeugt, dass die Menschen in einer friedlichen, auf Sicherheit und gegenseitige Achtung gründenden Gesellschaft glücklich sein könnten. Unbewusst hatte Javier immer nach dem höchsten Gut der Menschheit, nach dem transzendenten Leben, nach Erleuchtung und allumfassender Harmonie gesucht. Er sehnte sich nach einer Welt, in der die Menschen nicht versessen nach Macht strebten und das Geld kein Mittel der Ausbeutung war, eine Welt frei von Unterdrückung, Heuchelei, Gleichgültigkeit, Sklaverei und Hass. Um das zu erreichen, musste man die Weichen für eine neue Form der Erziehung stellen, bei der die spirituelle

Entwicklung und die Liebe im Vordergrund standen. Nur so würden Terror, organisiertes Verbrechen, Waffenhandel, Kriegstreiberei, Ausbeutung der natürlichen Ressourcen und Missbrauch von Technologien irgendwann der Vergangenheit angehören. Politik, Wirtschaft und Religion würden nicht länger dazu dienen, die Interessen einer in Überfluss und Luxus lebenden Minderheit durchzusetzen, während der Rest der Menschheit dazu verdammt war, durch harte Arbeit das eigene Überleben zu sichern. Man musste ihnen neue Hoffnung, einen Lebensinhalt geben und sie auf den Weg der Liebe führen, der aus Unwissenheit und Unterdrückung hinausführte.

»Ich möchte den Menschen zeigen, dass sie ihr eigenes Leben in die Hand nehmen, sich entfalten können, ohne deshalb zu Asketen werden zu müssen. Ich wünsche mir, dass es keine Kriege und Diktaturen, keine körperliche und seelische Gewalt mehr gibt«, erwiderte Javier schließlich.

»Die Welt, nach der du dich sehnst, kannst du hier finden. Wenn du bleibst, wirst du ihre wohltuende Wirkung spüren. Es ist eine Welt der Liebe, der Suche nach Wahrheit und des damit verbundenen spirituellen Wachstums. Wir sind bereit dir zu helfen.«

Javier wusste, dass zwar andere seinen Körper geheilt hatten, er selbst aber seinen Geist heilen, sich innerlich verändern und sein Dasein von allem Überflüssigen befreien musste. Um seine negativen Gefühle, die Gier nach Ansehen und Macht, die er bisweilen verspürt hatte, zu besiegen, musste er sich aller zur Verfügung stehenden Mittel bedienen.

»Hier unten gilt ein Mensch, der von Hass, Angst und Egoismus bestimmt wird, als Kranker, der geheilt werden muss, um zu verhindern, dass seine animalischen Triebe, die sich latent in jedem von uns verbergen, seine göttlichen Bestrebungen behindern«, fügte Amr mit sanfter Stimme hinzu.

Bei dem Gedanken an den vor ihm liegenden spirituellen Weg begann Javier zu lächeln. Zum Glück konnte er dabei auf weise und gutherzige Menschen an seiner Seite zählen. Darüber hinaus standen ihm hier unten ausgefeilte Technologien zur Verfügung, die nicht nur die körperliche Heilung ermöglichten. Mit ihrer Hilfe konnte er sich selbst näherkommen, traumatische Erlebnisse, die sich in seinem Unbewussten verbargen, entdecken und geheimste Wünsche ans Licht bringen. In dieser fortschrittlichen Welt gab es Geräte, die in das menschliche Bewusstsein vordringen konnten und mit deren Hilfe sich Triebe, Empfindungen und Gemütszustände aufspüren ließen. Dank dieser Geräte waren Javiers innere Qualitäten ans Licht gekommen, und man hatte ihm eine neue Chance gegeben.

Die Männer und Frauen aus Wiñay Marka waren Lichtwesen, die ihren Geist vollständig beherrschten, die über sich selbst und die eigene Natur hinausreichten. Sie konnten schweben, über das Wasser gehen, in andere Dimensionen oder die entferntesten Winkel des Universums reisen. Auf diese Weise verfeinerten sie ihren Geist, vollzogen eine Wandlung, ähnlich der alchimistischen Wandlung von Blei zu Gold. Während dieses Prozesses entwickelten sie ihre menschliche, halb tierische, halb göttliche Natur und verwandelten sich schließlich in Halbgötter. Nach und nach würden sie Javier dieses Wissen vermitteln: Vor ihm lag ein Weg der tiefgreifenden Veränderung.

13

Wiñay Marka, die ewige Stadt

Javier war am Morgen sehr zeitig aufgestanden. In diesem Land der ewigen Jugend gab es weder Krankheiten noch Altersbeschwerden, vor allem aber war es ein Ort des Friedens, frei von Schmerz und Kummer, gleichsam der Gegenpol zu der chaotischen Welt auf der Erdoberfläche. Sein Blick fiel aus dem Zimmerfenster, das er nach Belieben vergrößern oder verkleinern konnte, auf das großartige Panorama der langsam erwachenden Stadt. Das Licht vertrieb die Dunkelheit, durch eine automatische Vorrichtung wurden Tag und Nacht simuliert. Der Gleichklang mit der Zeit auf der Oberfläche war perfekt. Obwohl die Stadtbewohner das Sonnen- und das Mondlicht nicht direkt sahen, nutzten sie doch deren Strahlung. Die Energie der beiden Himmelskörper wurde gefiltert, von schädlicher Strahlung befreit, und gelangte mittels spezieller Glasfasern, die mit hauchdünnen, an den Höhlenwänden installierten Kollektoren verbunden waren, von der Erdoberfläche direkt zu den unter der Oberfläche lebenden Organismen. Quarze und Diamanten dienten als Reflektoren und verbreiteten ein nahezu taghelles Licht.

Die Architektur der Gebäude war einzigartig. Das Haus, in dem Javier lebte, war sehr komfortabel ausgestattet. Die Einrichtungsgegenstände genügten allen nur denkbaren Ansprüchen. Zu ihrer Herstellung dienten Techniken, bei denen man auf recycelbare Materialien wie Kohlenstoff, Wasserstoff und

Sauerstoff zurückgriff und die durch das Zusammenwirken von Biologie, Physik und ökologischer Chemie entwickelt worden waren.

Bald lernte Javier auch, mit welchen verbalen Kommandos er die Position von Gegenständen verändern, sie öffnen oder schließen konnte. Dank seiner geduldigen Gastgeber wurde er schnell mit dieser neuen Welt vertraut.

Wiñay Marka war eine unglaublich hochzivilisierte Stadt. Eine telepathische Anweisung genügte, um große Lasten und Gewichte zu bewegen, oder man brachte bestimmte, grünliche Kristalle an den Gegenständen an, mit denen die Schwerkraft aufgehoben wurde. Auf diese Weise war eine einzelne Person in der Lage, bis zu achtzig Tonnen Gewicht zu heben. Um die Felswände zu bearbeiten, wurde ein spezielles Gerät verwendet, das direkt mit dem Gehirn verbunden war und eine rote Strahlung aussandte. Durch Projektion der gewünschten Form auf den Felsen wurde dieser exakt der Vorstellung entsprechend bearbeitet. Die verschiedenen Apparaturen wurden nicht manuell bedient, sondern reagierten auf mentale Kommandos. Sie benötigten weder elektrische Energie noch Erdöl, sondern bezogen ihren Treibstoff aus einer unerschöpflichen, reinen Quelle. Für die Kommunikation bediente man sich einer Art Hologramm. Bilder und Klänge bewegten sich durch die Luft, und es genügte ein Knopfdruck, um persönliche Botschaften und alle notwendigen Informationen zu erhalten. Umweltprobleme kannte man hier nicht.

Als Javier fragte, wie all diese Wunder der Technik entwickelt werden konnten, erklärte Url lächelnd: »Unsere Zivilisation gründet ihren Fortschritt auf das Zusammenspiel von Religion, Wissenschaft und Menschenkenntnis. Die Religion hilft dir, die wahre Natur jener Energie zu begreifen, die unsere Körper am Leben hält, die Wissenschaft öffnet dir den Weg zu den Gesetzen des Universums, und die Menschenkenntnis lässt dich erkennen, dass Unwissenheit den Geist verdunkelt, dass sie einer Nacht ohne Sterne und Mondschein gleicht. Nur durch die Harmonie von Denken und Empfinden kannst du dich selbst kennen und lieben lernen.«

»In meiner Gesellschaft ist das nicht möglich, vor allem jetzt, im Zeitalter der digitalen Revolution. Unsere Wissenschaftskultur ist nur darauf ausgerichtet, zusätzliche Ungerechtigkeiten und Abhängigkeitsverhältnisse zu schaffen. In einer solchen Umgebung ist es schwierig, ein globales Bewusstsein für Themen wie Gewaltlosigkeit, Frieden und Liebe zu entwickeln.«

»Die Zivilisation auf der Erdoberfläche hat sehr primitive religiöse, technologische und wissenschaftliche Vorstellungen. Sie hat noch einen weiten Weg vor sich. Angst, Hass und Machtgier haben euch blind gemacht. Eure vielgepriesenen Religionen, wissenschaftlichen oder technologischen Errungenschaften dienen einzig und allein dazu, euch vor Feinden zu schützen oder aber selbst anzugreifen. Ihr befindet euch in der Phase der kriegerischen Auseinandersetzung zwischen den Völkern. Wir haben diese Entwicklungsstufe seit Jahrtausenden überwunden und nutzen unsere Kräfte stattdessen zur Erschaffung einer geistigen Welt, in der Frieden und Ruhe herrschen. Unsere Kultur versucht, mit friedlichen Mitteln die Natur zu durchdringen und sie zu unserem Vorteil zu nutzen, ohne sie dabei zu zerstören oder zu verändern. Wir sind immer darum bemüht, das Gleichgewicht zu wahren.«

»Und wie ist das möglich?«

»Bei der Suche nach den fundamentalen Gesetzen des Universums haben wir unsere eigene Angst überwunden. Durch unermüdliche und unbeirrte Arbeit haben wir den Grundmechanismus der Natur entdeckt und wissen, dass sie von gleichbleibenden, unumstößlichen und ewigen Gesetzen bestimmt wird. Diese Kenntnisse sind hochgradig abstrakt und äußerst schwer verständlich, aber sie offenbaren das Geheimnis der Schöpfung und die Macht des Wortes.«

»Willst du behaupten, dass die Sprache eine grundlegende Rolle spielt?«

»Sie ist das wesentliche Element des Weltgebäudes, aus dem Laut geht die Schöpfung hervor, die Sprache kommt vor der Welt.«

»Es fällt mir schwer, das zu glauben.«

»Das liegt daran, dass du die Menschheitsgeschichte nicht kennst. Die alten Kulturen, die auf der Erdoberfläche lebten, wussten noch um die Macht des Wortes, aber im Lauf der Jahrhunderte ist sie in Vergessenheit geraten.«

»Warum taucht ihr nicht in unserer Geschichtsschreibung auf? Es gibt nur sehr vereinzelte Hinweise auf ein Leben im Inneren der Erde.«

»Wir haben kein Interesse an einer zu engen Berührung mit dem Elend und Übel der Welt auf der Oberfläche. Wir streben nicht nach Macht, um unser Ego zu befriedigen. Wir wollen unsere Existenz und die unseres geistigen Führers, des Königs der Welt, geheim halten, um ungestört zu bleiben. Dennoch haben einige Machthaber und Weise, die von unserer Existenz wussten, versucht, mit uns in Kontakt zu treten.«

»Unglaublich! Wer hätte das gedacht.«

»Ich muss jetzt gehen, aber ich werde bald wiederkommen und dich abholen«, verabschiedete sich Url.

Javier blieb nachdenklich zurück. In den letzten Monaten hatte er sich ausführlich mit alten tibetischen, hinduistischen und buddhistischen Überlieferungen auseinandergesetzt. Dort war von einem unsterblichen, unsichtbaren und von Licht erfüllten Reich die Rede. Es ähnelte dem Paradies und war von friedlichen Leuten, von vollkommenen Geistern bevölkert, die von dem großen Weltenmeister, auch König der Welt genannt, gelenkt wurden. Nun war genau dieser Name gefallen. Mit einem Mal begriff Javier, wen die Quechua mit Apu Kon Tiki Wiracocha meinten:

Pacha Yachachiq, den König der Welt. Laut einiger peruanischer Überlieferungen lebten er und seine Schüler in Tampu T'oqo, einem unterirdischen Land von unbeschreiblicher Schönheit.

Die Quechua und Aymara aus der Gegend um den Titicaca-See nannten dieses Land dagegen Ukhu Pacha, die untere Welt. Sie glaubten, dass es aus zahlreichen unterirdischen Städten bestand, die miteinander verbunden waren, und dass es dank bestimmter Übergangsbereiche, den Paqariq Tampu, außerdem eine Verbindung zur Erdoberfläche gab.

Endlich begriff Javier die Worte Ccamas: »Eines Tages werden das Wasser, die Erde und die Berge der Anden das Geheimnis der Machukuna, jenes uralten Volkes, und die Geschichte eines einzigartigen Königs, des Göttersohns Kon Tiki, preisgeben.«

Als er den alten Curandero während eines Besuches gefragt hatte, wo sich dieses göttliche Geschöpf befinde, hatte er geantwortet: »Suche unter den Wassern des Titicaca-Sees, aber denke daran, dass sich die Zugänge unter dem Sand des Ödlands, im Herzen der Berge oder in den Ruinen der Tempel unserer Vorfahren befinden.«

Auch Mario, der sich lange mit den tibetischen Glaubensvorstellungen auseinandergesetzt hatte, war eines Tages auf den Mythos vom König der Welt zu sprechen gekommen: »Die tibetischen Buddhisten glauben fest an die Existenz einer geheimen unterirdischen Welt mit zahllosen Städten und Bewohnern. Sie wird Agharti genannt und ihre Hauptstadt Shambhala. Dort lebt der oberste Führer, der Meister der Meister oder König der Welt. Es gibt dort weder Leid noch Übel, niemand nutzt den anderen aus, jede Geburt ist genau geplant. Es herrschen Wohlstand und Ordnung, und es ist ein wunderbarer Ort, um geistig zu wachsen.«

Efrain Quispe hatte ihm ebenfalls einige wertvolle Informationen geliefert: »Es heißt, dass sich am Nordufer des Titicaca-Sees ein schmaler Zugang befindet, der sich schon bald zu einem breiten Gang erweitert und in eine große unterirdische Stadt führt. Dort leben die Qhapaq, die Seeligen und Allmächtigen. Die Qhapaqkuna sind große Weise. Ihre paradiesische Welt gründet sich auf heilige Wissenschaften und Spiritualität. Von diesem erhabenen Ort, dem Hort einer uralten Tradition, werden Boten zu den Menschen entsandt. Auf diese Weise sind Tunupa und Tunapa, Wiracocha Pachacamac und Wiracocha Pacha Yachachiq sowie in jüngster Zeit Mallku Qhapaq und Mama Oqllu, das letzte himmlische Paar, durch die gesamten Anden gezogen.«

Auf der Suche nach Spiritualität hatten die Menschen also in den verschiedensten Epochen und an den unterschiedlichsten Orten von einer unterirdischen Welt gesprochen. Legenden berichteten von Städten, die in der Wüste oder den Bergen von Meeren überflutet wurden. Die Existenz solch unterirdischer, uns unbekannter Reiche widersprach der Auffassung der Wissenschaft, derzufolge das Erdinnere nicht hohl sein konnte. Aber Javier erinnerte sich, dass einige Forscher auch etwas anderes behaupteten. So hatte der berühmte englische Astronom Edmund Halley (1656–1742), der den nach ihm benannten Kometen entdeckte, die Hypothese aufgestellt, dass das Erdinnere von einem äußerst fortschrittlichen Volk bewohnt sei. Wenig später hatte der Schweizer Mathematiker Euler (1707–1742) behauptet, dass man sich die Erde wie ein kostbares Behältnis vorstellen müsse, dessen Inneres von einer kleinen Sonne erhellt und von einem hochzivilisierten Volk bewohnt werde. Der schottische Mathematiker John Leslie (1766–1832) war zu demselben Schluss gekommen. Ausgehend von dieser Theorie startete der Amerikaner John Cleves Symmes 1818 eine staatlich unterstützte Expedition, um vom Nordpol aus einen Zugang zu suchen. Aber seine Suche blieb erfolglos. Zu Beginn des 20. Jahrhunderts kam die Theorie der ausgehöhlten Erde in Nordeuropa erneut in Mode.

Nach einer alten tibetischen Legende gab es in Zentralasien, in der heutigen Wüste Gobi, eine blühende Zivilisation, deren magisches Zentrum, ähnlich dem mythischen Atlantis, die Insel Thule gewesen sein soll, die durch eine Naturkatastrophe zerstört wurde. Die wenigen Überlebenden, hieß es, seien nach Nordeuropa oder in den Kaukasus ausgewandert. Nach dem Zerfall jener Zivilisation hätten sich deren geistige Führer, die obersten Weisen und ihre Nachkommen, in einen riesigen Höhlenkomplex unterhalb des Himalaya-Gebirges zurückgezogen.

Auch in den südamerikanischen Legenden der Inkas wurde von einer unterirdischen Welt berichtet, die aus Meeren und Kontinenten bestand, von einer kupferfarbenen Sonne erhellt wurde und durch die Pole mit der Außenwelt verbunden war. Vor allem aber war von riesigen Höhlen in den Anden die Rede, die durch lange Gänge miteinander verbunden waren und von einem hochzivilisierten Volk bewohnt wurden.

Javier hatte von diesen Theorien und Mythen gelesen, bevor er seine Reise antrat. Nun kannte er die Wahrheit.

Seine Gedanken wurden durch Url unterbrochen, der zurückgekommen war, um ihn an eine Verabredung zu erinnern. Sie sollten den technischen Leiter des Zentrums für Zellerneuerung aufsuchen, der Javier einer letzten Kontrolluntersuchung unterziehen wollte. Auf dem Weg dorthin überhäufte Javier seinen Begleiter mit Fragen.

»Seit wann existiert Wiñay Marka? Weshalb wurde es gerade hier errichtet?«

Url suchte nach den richtigen Worten, um sich seinem Gast, der aus einer rückständigen Gesellschaft stammte, verständlich zu machen.

»Die Stadt«, begann er, »wurde vor zwölftausendsechshundert Jahren als ein Zentrum zur empirischen Untersuchung menschlichen Lebens unterhalb der Erdoberfläche gegründet, entwickelte sich aber schon bald zu einem Rückzugsort für Weise und Gelehrte. Im Lauf der Zeit wurde sie größer, und neben naturwissenschaftlichen und technologischen Kenntnissen spielte auch das Spirituelle eine immer stärkere Rolle. Wiñay Marka ist lediglich eines von mehreren wichtigen Zentren einer unterirdischen Zivilisation, die sich an verschiedenen Orten der Erde entwickelt hat. Weitere Zentren befinden sich im libyschen Gebirge, unter der Sahara, der Wüste Gobi, im Himalaya-Gebirge, in Island, den Antillen, den Korallenmeerinseln, beim Salar de Uyuni, in den Kordilleren und an weiteren, weniger bekannten Orten.

Unsere Vorfahren lebten auf der Oberfläche, aber irgendwann fassten sie den Entschluss, sich in die unterirdischen Höhlen zurückzuziehen, da die Lebensbedingungen auf der Erde immer schlechter wurden.«

»Aber was genau zwang sie, sich endgültig ins Erdinnere zu begeben?«

»Bevor der Mensch durch seinen übermäßigen Gebrauch des Feuers die Erde in Mitleidenschaft gezogen hatte, war sie von einer dichten schützenden Gashülle, dem sogenannten Ail-ex umgeben. Es war ein kosmisches Antioxidantin, das vor allem für die Reinheit von Sauerstoff und Wasser sorgte. Dieser Schutzhülle war es zu verdanken, dass die Menschen mehrere hundert Jahre alt wurden.«

Javier erinnerte sich, dass er über die Existenz von sehr langlebigen Menschen gelesen hatte. Er hatte dieses Phänomen auf eine spezielle Ernährung, bestimmte Lebensgewohnheiten und besonders saubere Luft zurückgeführt. Er war niemals auf die Idee gekommen, dass es mit einer schützenden Gashülle zusammenhängen könnte.

Url setzte seine Erklärungen fort, wobei er versuchte, allzu technische oder mathematisch-physikalische Begrifflichkeiten zu vermeiden.

»Bei dem genannten Gas handelt es sich um eine bestimmte Stickstoffverbindung, deren Moleküle die Form eines Tetraeders haben. Jedes Atom geht also drei Verbindungen ein, anders als beispielsweise der Sauerstoff des Ozons, wo drei Atome ein Molekül bilden, also ein Atom zwei Verbindungen eingeht.«

Javier musste an die Erklärungen von Dr. Rodríguez, seinem Chemiedozenten aus der Studienzeit, denken, und Begriffe wie »zweiatomig«, »gewöhnlicher Sauerstoff«, »Ozon«, »allotropischer Zustand des Sauerstoffs«, »Methan« oder »tetraedrisches Kohlenstoffmolekül« fielen ihm wieder ein.

Unterdessen fuhr Url fort: »Leider zerstörte das Kohlenmonoxyd, das bei der Verbrennung freigesetzt wurde, jenen Schutzschild, der mittels Isomerisation und freier Radikale die Entropie der Moleküle und die Mischung der Proteine beeinflusste, Schäden an der DNA, den Zerfall von Proteinen sowie die Verminderung des Stoffwechsels verhinderte und schließlich die Lipofuscin-Depots unter Kontrolle hielt. Als die Schutzschicht zerstört war, konnte eine bestimmte Form der Strahlung eindringen, die zu molekularen Schäden an den Lebewesen, zu einer rascheren Alterung und zwangsläufig zu einem früheren Tod führte.«

»Willst du damit sagen, dass es davor keinen Alterungsprozess gab?«

»Es gab ihn schon, aber es war ein sehr langsamer, natürlicher Prozess. Heutzutage gleicht das Alter einer chronischen Krankheit, auf die man sich von Geburt an vorbereiten muss. In den Zeiten, als jene Schutzschicht noch existierte, lebten die Menschen Hunderte, bisweilen sogar Tausende von Jahren. Aber je dünner die Schicht wurde, desto kürzer wurde auch die Lebenszeit. Mittlerweile ist es schon eine Seltenheit, wenn ein Mensch hundert Jahre alt wird.

Unsere Vorfahren lebten noch lange Zeit auf der Erdoberfläche, aber irgendwann war die Gashülle durch die unkontrollierte Energiegewinnung aus fossilen Brennstoffen vollkommen zerstört. Nun kam das Problem der elektromagnetischen Verunreinigung hinzu, das immer größere Ausmaße annahm und das molekulare Gleichgewicht bedrohte.«

»Soll das heißen, dass die Menschen schon damals elektromagnetische Energien nutzten?«

»Der damalige Mensch war mit der Elektrodynamik, den Gravitationsgesetzen und entsprechend auch mit der Nutzung von Atomenergie vertraut.«

»Welche Beweise gibt es dafür?«

»Es gibt keine Zweifel, dass die großen Architekten der Vergangenheit davon Kenntnis hatten. Denke nur an die Cheops-Pyramide, die vor etwa 12490 bis 12390 Jahren erbaut wurde. Die Bewohner von Atlantis kamen vor rund 12500 Jahren nach Ägypten. Bereits davor wurden Bauwerke errichtet, die heute in den Tiefen der Ozeane verborgen sind.«

»Warum ist all das verschwunden?«

»Wegen des uneingeschränkten Gebrauchs von Nuklearwaffen während kriegerischer Auseinandersetzungen, die zu vollkommener Barbarei und schließlich zur Vernichtung eines großen Teils der Menschheit geführt haben. Die wenigen Überlebenden dieser nuklearen Katastrophe konnten das folgende Jahrhundert nur überleben, indem sie Mais zu ihrer Ernährungsgrundlage machten.«

Als ehemaliger Vorsitzender des Energieausschusses wusste Javier, dass Wissenschaftler in China, Russland, dem Nahen Osten und Indien hohe radioaktive Strahlungen gemessen hatten, die bereits vor der Erfindung der Atombombe im 20. Jahrhundert existierten. Die Strahlung hatte nach den Bombenangriffen auf Hiroshima und Nagasaki am Ende des Zweiten Weltkrieges und auch später, infolge zahlreicher Atomversuche, weiter zugenommen. Viele Wissenschaftler waren davon überzeugt, dass diese Strahlung genetische Veränderungen beim Menschen bewirkt.

»Kannst du mir die Auswirkungen jenes Atomkrieges auf die Menschheit genauer erklären?«, bat Javier.

»Wie gesagt, hatte derart unverantwortliches Handeln die Zerstörung zweier großer Zivilisationen und den Rückfall der

Menschheit in einen primitiven Zustand zur Folge. Der Nuklearkrieg wurde vor rund 12500 Jahren durch zwei große Wirtschaftsmächte ausgelöst. Eine von ihnen war Mu, die über das Gebiet des Pazifiks herrschte, die andere Atl, der die Herrschaft über den Atlantik zukam. Sie zogen andere Staaten in ihren Konflikt hinein. Mu wurde vollkommen zerstört, Atl konnte seine Hauptstadt und einige andere Städte noch für einige Zeit halten. Ägypten war eines der wenigen Länder, die von den Geschehnissen unberührt blieben.

Die Führungsköpfe des Reiches Mu, die den verheerenden Krieg überlebt hatten, entdeckten, dass eine ihrer fliegenden Festungen, die von einer Weltraumreise zurückkehrte, unzerstört geblieben war. Der oberste Rat von Mu fasste den Entschluss, sich für den Angriff an Atl zu rächen. Der Kommandant des Raumschiffes bekam den Befehl, verschiedene Asteroiden mit ferngesteuerten Raketen unter Beschuss zu nehmen, um sie von ihrer Bahn abzulenken und sie in den wichtigsten Städten von Atl einschlagen zu lassen.

Die Asteroiden trafen, wie geplant, ihr Ziel, aber auch das Raumschiff wurde getroffen. Es gab weder Sieger noch Besiegte. Die wenigen Überlebenden flüchteten in verschiedene Teile der Erde, unter anderen das Himalaya-Gebirge und die Anden.«

Javier schien es, als sei die Geschichte im Begriff, sich zu wiederholen. Die Pazifikanrainerstaaten schlossen sich immer enger zu einem Wirtschaftsbündnis zusammen, das auf kurz oder lang in Konflikt mit dem Atlantischen Bündnis geraten würde. Bei dem bloßen Gedanken daran begann er zu zittern.

»Aber um auf euch zurückzukommen. Was hat euch eigentlich dazu bewogen, unter der Erde zu leben? Warum habt ihr eure Zivilisation nicht auf der Erdoberfläche wiederaufgebaut?«

»Unter den Überlebenden gab es einige Gelehrte, die wussten, dass die Zerstörung der schützenden Gashülle und die starke Umweltverschmutzung auf der Erdoberfläche sich negativ auf die Lebensdauer des Menschen auswirken musste. Sie würde sich schon bald um das Zwanzigfache, von tausend auf fünfzig Jahre, verringern. Deshalb beschlossen sie, jene unterirdischen Siedlungen zu nutzen, die man zu experimentellen Zwecken errichtet hatte. Sie hofften, den schädlichen Einflüssen und der radioaktiven Strahlung zu entkommen. Sie hatten einen Teil ihrer technischen Kenntnisse bewahrt, und es galt nun, diese möglichst rasch zu nutzen, um nicht alles Wissen zu verlieren.

Während der Ausbauarbeiten der unterirdischen Städte stieß man zwischen den Gesteinsschichten auf ein Vorkommen jenes Schutzgases. Dank der bekannten Technologien gelang es, das Gas zu isolieren und zu lagern. Anschließend baute man Auffang-, Reinigungs- und Filteranlagen für die Luft und das Wasser, die in den unterirdischen Städten benötigt wurden. So entstanden Zentren, in denen ein gesundes Leben möglich war.«

Javier war von Urls Erklärungen tief beeindruckt, aber leider war keine Zeit mehr für weitere Fragen, da sie unterdessen das Zentrum für Zellerneuerung erreicht hatten. Dort wurden sie von Wril erwartet, der sie mit der üblichen Verbeugung begrüßte.

»Frieden und Liebe seien mit dir, Bruder«, begrüßte ihn Url.

»Das Gleiche möge für euch gelten«, antwortete Wril. »Schön, dich wiederzusehen, Bruder Javier. Ich hoffe, dein Aufenthalt bei uns wird dich spirituell wachsen lassen.«

»Danke, das hoffe ich auch. Ich bin zur Kontrolle gekommen, aber auch, um mich für meine Rettung zu bedanken. Euch allen, auch dir Oxl und Atl, und allen, die ich seit meiner Entlassung nicht mehr gesehen habe, sei Dank. Noch kommt mir alles wie ein Traum vor. Es quälen mich aber auch viele Zweifel.«

»Du musst sie äußern, damit wir sie zerstreuen können«, antwortete Wril verständnisvoll.

»Ich wüsste zum Beispiel gern, wie es euch gelungen ist, mir ein biologisches Alter von fünfundzwanzig Jahren zu geben«, war Javiers erste Frage.

»Wir haben ein molekulares Sedimentationsverfahren angewandt, um deinen Körperflüssigkeiten das Deuterium- und das Tritiumoxid entziehen zu können, die für die Entropie und den Alterungsprozess verantwortlich sind. Wir haben nur die niederen Oxide übriggelassen, da sie, im Gegensatz zu den anderen, die Zellerneuerung begünstigen.«

»Und wie funktioniert sie?«, fragte Javier verwirrt.

»Alle Lebewesen benötigen einen hohen Anteil an Körperflüssigkeit. Der menschliche Körper besteht zu fünfundsiebzig Prozent aus Wasser, der Rest sind feste Substanzen. Allein um den Flüssigkeitsverlust durch Schwitzen auszugleichen, müssen wir täglich mindestens zwei Liter trinken. Aber wir nehmen auch Flüssigkeit durch die Nahrung auf, etwa durch Obst und Gemüse. Außerdem sind wir ständig in Kontakt mit Wasser. Auf diese Weise werden unserem Körper Wasserstoff und Oxide, aber auch Deuterium- und Tritiumoxide zugeführt. Erstere liegen in großer Zahl vor und sind absolut lebenswichtig, während Letztere seltener vorkommen, aber eine negative Wirkung auf unseren Biorhythmus haben und die Zellerneuerung behindern. Wenn es diese beiden Störfaktoren nicht gäbe, könnten sich die Zellen ständig erneuern, wie es früher der Fall war.

Das schützende Gas hatte auch antioxidierende Eigenschaften, schwächte die Wirkung des Deuterium- und Tritiumoxids und sorgte mittels Ionenaustausch dafür, dass sie durch Wasserstoff ersetzt wurden. So konnte der Mensch, dessen biologischer Rhythmus mit seiner geistigen Entwicklung in Einklang stand, nach seinem eigenen Willen jahrhundertelang leben.«

Javier schwieg einen Augenblick. Ihm war das *Gilgamesch-Epos* in Erinnerung gekommen, in dem erzählt wird, dass die Götter die einzigen Unsterblichen sind, während die Menschen nur eine begrenzte Zeit zur Verfügung haben und ihre Taten einem kurzen Hauch gleichen. Auch in der Bibel gab es Beispiele für Langlebigkeit. Über Methusalem hieß es dort, er sei bei der Geburt von Lamech hundertsiebenundachtzig Jahre alt gewesen und habe danach weitere siebenhundertzweiundachtzig Jahre gelebt, während derer er Söhne und Töchter zeugte, um schließlich im Alter von neunhundertneunundsechzig Jahren zu sterben.

Aus seiner Studentenzeit waren Javier noch einige Chemie-Kenntnisse in Erinnerung geblieben, so zum Beispiel, dass Deuteriumoxid, das unter der Bezeichnung schweres Wasser bekannt war, zum Bau der Atombombe verwendet wurde. Es fand auch als Kühlmittel in Atomkraftwerken Verwendung. Er erinnerte sich, dass die Deutschen während des Zweiten Weltkrieges in Norwegen einmarschiert waren und versucht hatten, sich der einzigen in Europa existierenden Produktionsanlage von Deuteriumoxid zu bemächtigen. Aber die Engländer hatten sie während eines Luftangriffs zerstört, um die Nutzung des Materials für den Bau von Nuklearwaffen zu verhindern. Unterdessen hatten die Amerikaner ihre Forschungen vorangetrieben, und es war ihnen gelungen, die Atombombe zu konstruieren. Javier hätte niemals gedacht, dass die dazu nötigen Substanzen in den Organismus eintreten und den Alterungsprozess vorantreiben können. Wenn es bereits früher zu einem Atomkrieg gekommen war, so überlegte er, dann musste die dabei freigesetzte Radioaktivität noch immer auf der Erde vorhanden sein, wenn auch nicht in so hohem Maße wie damals.

Als habe Wril seine Gedanken gelesen, setzte er nun seine Erklärungen fort. Seine Stimme klang wohlwollend, er hatte Verständnis dafür, wie jemand empfinden musste, der zum ersten Mal von einer ihm vollkommen fremden Zivilisation hört.

»Das Wasser, das die Menschen auf der Erdoberfläche trinken, ist seit Jahrtausenden durch Deuterium- und Tritiumoxide verseucht, und da die schützende Gashülle nicht mehr existiert, altern die Menschen allein schon dadurch, dass sie atmen und sich bewegen.«

»Dennoch ist es unfassbar für mich, wie ein Leben unter der Erde, hier unter dem Titicaca-See möglich sein soll. Wie könnt ihr so vollkommen abgeschieden und ohne Sonnenlicht leben?«

»Wir sind nicht vollkommen abgeschieden, sondern stehen in Kontakt mit der Außenwelt, ja sogar mit dem gesamten Universum, nur dass ihr davon nichts wisst.«

»Wozu dient eigentlich dieses gleißende Licht, das durch die Kristalle reflektiert wird?«

»Es dient der Vegetation und auch der Verlängerung des Lebens.«

»Seid ihr also doch sterblich?«

»Ja und nein. Man könnte es so sagen: Der Lebensprozess ist ewig, das einzelne Individuum nicht.«

»Und warum nennt ihr euch dann ›die Unsterblichen‹?«

»Weil wir unser Leben endlos verlängern können, indem wir die Energien unserer Jugend bewahren, und weil wir keine Krankheiten mehr kennen.«

»Ein technologisches Wunder.«

»Ich würde es nicht Wunder nennen. Unsere Zivilisation ist sehr alt und sehr weit entwickelt. Ihr müsst noch ums Überleben kämpfen, eure Gesellschaft ist von Gewalt, Leid und Angst bestimmt. Wir haben das seit Jahrtausenden hinter uns. Während dieser Zeit haben wir uns selbst und unseren Lebensstil verändert. Unsere Gelehrten haben die Naturgesetze zum Vorteil aller angewandt. Deshalb herrschen in unserer Welt Frieden, Harmonie und Gesundheit.«

»Wenn der Lebensfaden endlos ist, warum ist unser Dasein auf der Erde dann so kurz?«

»Außer der Tatsache, dass die schützende Gasschicht verloren gegangen ist, muss man bedenken, dass unser Körper zum größten Teil aus Zellen besteht, die altern und absterben. Darüber hinaus sind es somatische Zellen, ihr Absterben löst Infektionen, Tumore, Blutungen, Kreislaufbeschwerden und andere Leiden aus. In den Ei- und Spermazellen endet der Lebensprozess dagegen nie. Diese Zellen altern nicht, haben es nie getan und werden es nie tun.«

»Weshalb sterben die somatischen Zellen?«

»Es ist ein komplizierter Prozess. Um es vereinfacht auszudrücken: In den somatischen Zellen befinden sich Chromosomen-Uhren, die deren Lebensdauer festlegen. Eine Zelle stirbt, sobald ihre Uhr abgelaufen ist. Wir haben bereits vor langer Zeit herausgefunden, wie man diese Uhr wieder aufziehen kann. So können wir auch sehr alte Menschen behandeln, den Knochen Kalk zuführen, den Blutdruck senken und die Haut straff und elastisch werden lassen. Auf diese Weise kann der Körper mit der Kraft eines jungen Menschen weiterfunktionieren.«

»Und wie habt ihr es bei mir geschafft? Wie habt ihr mich geheilt und verjüngt?«

»Zunächst haben wir dich in eine homöostatische Flüssigkeit gelegt, danach haben wir die biologische Uhr deiner Krebszellen abgestellt und auf diese Weise ihre erneute Teilung verhindert. Schließlich haben wir die Uhren deiner somatischen Zellen aufgezogen. Mit diesem Verfahren lassen sich Krebserkrankungen nach Belieben heilen. Es hat einige Zeit gekostet, aber wir haben es geschafft.«

»Ich möchte dir und deinem Team nochmals ganz herzlich danken.«

»Es war uns ein Vergnügen. Menschen zu retten, die zur Gestaltung einer besseren und gerechteren Gesellschaft beitragen wollen, ist für uns eine Pflicht. Ein langes Leben ist ein Geschenk, das wir nur den Brüdern der Erdoberfläche zuteilwerden lassen, die es verdienen. So können sie ihre Dienste an der Menschheit fortsetzen. In besonderem Maß verdienen es diejenigen, die alle Dinge, die es auf der Erde gibt, verstehen, achten und lieben lernen wollen.«

»Heißt das, dass Altern und Sterben unvermeidliche Prozesse sind?«

»Genau das. Allerdings ist der Tod nur ein Schritt in eine andere Dimension. Ohne ihn würden wir immer in derselben verharren, könnten keine anderen Dimensionen und entsprechend keine anderen Lebensformen erfahren. Im Gegensatz zum Tod ist der körperliche Verfall vermeidbar. Wir können dafür sorgen, dass sich dieser Prozess umkehrt.«

»Worin besteht eigentlich genau der Alterungsprozess?«

»Letztlich ist er nichts anderes als eine Krankheit, durch die verschiedene Formen des Gleichgewichts gestört werden. Der Körper nutzt sich ab, das Immunsystem wird geschwächt, die biologische Uhr läuft ab, es kommt zu Instabilität und Chaos.«

»Und wie erklären Sie das Leben?«

»Es besteht in einem bestimmten Organisations- und Entwicklungsplan, der die Materie außerhalb des Lebewesens lenkt. Mittels Energie werden Vitalfelder und ein Kern aus biologischem Plasma oder Ergoplasma erzeugt. Um den Körper eines jeden Lebewesens besteht ein elektrodynamisches Feld. Das vom Bewusstsein gesteuerte Vitalfeld überdauert den Tod, verliert dabei allerdings seine Organisationsfähigkeit.«

»Erzählen Sie mir etwas über den Tod.«

»Jegliche Veränderung des Feldes beeinflusst die Gesundheit und führt zum Tod. Dieser Prozess hängt von dem psychophysischen Zustand des Einzelnen ab.«

»Lässt er sich vermeiden?«

»Eine Zelle enthält Chromosomen und Gene, aus denen die DNA aufgebaut ist. Wenn der Zelle eines ihrer Elemente fehlt, bildet sie es nach, hat sie zu viel davon, gibt sie Überschüssiges ab. Aber die Zelle unterliegt bestimmten homöostatischen und entropischen Kräften. Die Homöostase ist die Neigung eines biologischen Systems, stabil und unverändert zu bleiben. Entropie bedeutet dagegen Ungleichgewicht, Auflösung und Chaos. Die beiden Kräfte tragen einen permanenten Kampf gegeneinander aus, der auch die übrigen biologischen Kräfte mit einbezieht. Überwiegen die homöostatischen Kräfte, sind wir gesund, lassen sie jedoch nach, altern wir und sterben schließlich.«

»Sie haben auch von biologischen Uhren gesprochen. Welche Funktion haben sie?«

»Homöostase und Entropie sind nicht allein für das Gleichgewicht und die biologische Entwicklung verantwortlich, es gibt auch biologische Uhren, die die Zeit einer jeden Körperzelle messen. Wir sind dazu befähigt, diese Chronometer nach Belieben neu zu stellen.«

»Wenn ihr dazu fähig seid, dann seid ihr mächtig wie Götter.«

»Unsere Kenntnisse eröffnen uns diese Möglichkeit, aber uns geht es hauptsächlich darum, den vorzeitigen Alterungsprozess aufzuhalten und den Menschen Gelegenheit zu geben, ihren Erfahrungshorizont entsprechend ihren Bedürfnissen zu erweitern. Jetzt müssen wir dich einigen Kontrolluntersuchungen unterziehen, Bruder Javier. Können wir gleich beginnen?«

»Natürlich, gern«, antwortete Javier.

Nach den Untersuchungen führten ihn Wril und Url in ein merkwürdig geformtes Gebäude mit länglichen Fenstern und beinahe unsichtbaren Türen, die sich auf geheimnisvolle Weise öffneten und wieder schlossen. Das Zentrum für Zellerneuerung, in dem die Menschen von der Erdoberfläche behandelt wurden, befand sich in einem entlegenen Winkel der Stadt, umgeben von herrlichen Gärten, die dem Ganzen ein fröhliches Aussehen verliehen.

Javiers Wissensdurst war immer noch nicht gestillt. Vor allem wollte er mehr zum Thema Leben und Tod erfahren. Deshalb begann er erneut zu fragen: »Warum wird der Tod auch ewiger Schlaf genannt?«

»Weil sowohl der Tod als auch der Schlaf Assimilierungsphasen des Lebens sind. Beide verbinden sich mit zwei entgegengesetzten Aspekten derselben Realität. Schlaf und Wachzustand sind die Manifestationen des Rhythmus, der Leben und Tod bestimmt. Das eine ist der Mikrokosmos, das andere der Makrokosmos. Sie entsprechen sich.«

»Über den Tod wird bei uns nicht gesprochen. Wir wissen, dass wir sterben müssen, aber wir denken lieber nicht daran und reden kaum darüber.«

»Weil man euch von klein auf lehrt, den Tod zu fürchten. Ihr lasst euch leicht von dieser Angst beherrschen. Die Todesvorstellung ist zu einem Manipulationsmittel geworden. Eine egoistische, machtgierige Minderheit hat euch als Marionetten missbraucht, aber sie wird ihren Einfluss bald verlieren.«

»Was willst du damit sagen, Bruder Wril?«

»Eure verantwortungslose Zivilisation läuft Gefahr, an Hungersnöten in Folge von Überbevölkerung, durch den Verbrauch der letzten Ressourcen, durch Gewalt und Atomkriege zugrunde zu gehen. Es wird zu Umweltkatastrophen, Erdbeben, Überschwemmungen und Vulkanausbrüchen kommen. Nur der Überlebensinstinkt kann den Menschen aus seinem Schlaf wecken und die absolute Katastrophe verhindern. Dieser Instinkt, der von Generation zu Generation weitervererbt wird, birgt das Gedächtnis der gesamten Vergangenheit eines jeden Einzelnen. Nur von ihm kann der Impuls zu einer Veränderung der Denkweise und zu einer möglichen Rettung ausgehen.«

»Wie sähe ein solcher Entwicklungssprung aus, und warum sollte er ausgerechnet jetzt stattfinden?«

»Weil wir uns in einer Phase günstiger kosmischer Energien

befinden. Die Zeit ist gekommen, da der Mensch über sich selbst hinausgeht.«

»Was soll das heißen? Was haben kosmische Einflüsse mit der Entwicklung der Menschheit zu tun?«

»Bis zum 11. Januar 1992 lag die Frequenz der Erdschwingungen bei einem konstanten Wert, aber durch kosmische Veränderungen hat sie sich nun erhöht.

Bis Ende 1991 war die Funktionsweise des menschlichen Gehirns auf das Leben in einer dreidimensionalen Welt beschränkt, doch seit 1992 steht dem Menschen der Zutritt zur vierten Dimension offen. Das Problem ist nur, dass er es bisher nicht bemerkt hat. Sobald er sich dessen bewusst wird, kann er zu höheren Bewusstseinszuständen aufsteigen und wird entdecken, dass das Leben ein Evolutionsprojekt ist.

Die Veränderung der Erdschwingungen verändert auch den psychophysischen Zustand des Menschen sowie seine gesamte Umwelt. Wenn eines dieser beiden Elemente in Mitleidenschaft gezogen wird, so ist auch das andere davon betroffen. Die durch eure Zivilisation verursachte Umweltverschmutzung wirkt sich auch auf andere Lebewesen aus, selbst auf jene Menschen, die sich dessen nicht bewusst sind. Zu Bewusstsein zu gelangen, bedeutet zu erkennen, dass der Mensch kein von der Natur losgelöstes Dasein führen kann. Deshalb kämpfen diejenigen, die wissen, dass sie in der vierten Dimension leben, für die Rettung ihres Planeten und wehren sich gegen jegliche Form der Realitätsverfälschung.«

Javier erinnerte sich genau an den Januar 1992. Er befand sich auf der Rückkehr von einer Großbaustelle in den Bergen, wo er an der Errichtung eines Staudamms mitgewirkt hatte. Als er in die Stadt kam, hatte er das Gefühl, als habe sich etwas verändert. Einige Menschen bewegten sich schneller als gewöhnlich und verhielten sich merkwürdig. Er konnte sich diese Veränderungen, die bei manchen Leuten besonders zutage traten, nicht erklären. Es schien ihm, als habe sich ihre sinnliche Wahrnehmung verstärkt. Jetzt, nachdem Wril davon erzählt hatte, begriff er, dass der Grund dafür in der Beschleunigung der Erdschwingungen zu suchen war.

In diesem Augenblick musste er an die Theorie eines bekannten Neurologen denken, die dieser während einer Konferenz, zu der auch Javier eingeladen war, dargelegt hatte. Ihr zufolge bestand das Gehirn aus elektromagnetischen Feldern. Durch unterschiedliche Frequenzen der Hirnschwingungen, so die Theorie, wurden bestimmte lebenswichtige Fähigkeiten des Menschen aktiviert beziehungsweise verstärkt.

Allmählich gelang es Javier, die Vielzahl an Informationen, über die er mittlerweile verfügte, zu ordnen. Er erkannte, dass die Veränderungen der Schwingungen vor allem auf sehr junge Menschen große Auswirkungen haben konnten. In den letzten Jahren waren Kinder mit außergewöhnlichen Fähigkeiten und Begabungen auf die Welt gekommen. Angeregt von diesen Überlegungen, fragte er: »Wie kann ich die neue Form der Schwingungen für meine eigene Zukunft nutzen?«

»Sei dir bewusst, dass du ein neues kosmisches Zeitalter betrittst, das zu Veränderungen führt, an die du dich anpassen musst.

Löse dich von der Vergangenheit, lebe in der Gegenwart und schmiede Pläne für die Zukunft.

Halte alles von dir fern, was nicht mehr deiner wahren Existenz entspricht, sei es auf dem Gebiet der Religion, der Wissenschaft, der Technologie, der Kunst oder der Gesellschaft.

Reinige deinen Organismus durch regelmäßiges Fasten und deinen Geist durch tägliche Meditation.

Nähre deinen Körper durch gesunde, natürliche Speisen und deinen Geist durch gute Taten.

Halte die größtmögliche innere Ordnung, um deinem höheren Ich Raum zu geben.

Entfalte deine übersinnlichen Fähigkeiten, wann immer du ihrer gewahr wirst.

Halte dich ständig in Bewegung.

Reinige deine Seele, indem du Schuldgefühle vertreibst.«

Javier lächelte zufrieden. Er hatte sein Ziel erreicht. Auf seiner Reise durch das Erdinnere hatte er bereits zahllose Prüfungen bestanden. Was ihm nun noch fehlte, würde er im Bildungszentrum dieser unterirdischen Stadt erlernen. Hier vollzog er die ersten Schritte hin zu einer höheren Spiritualität. In der Schule der Harmonie ging es in erster Linie darum, das Gleichgewicht mit der Natur wiederzufinden und Körper und Geist zu reinigen. Javier hatte bereits erkannt, dass der Urgrund des Universums die Lebenskraft ist und dass sich die gesamte Schöpfung als eine Emanation dieser fundamentalen Energie begreifen lässt. Coalt, sein Lehrer, hatte ihm gesagt: »Beobachte genau die verschiedenen Naturphänomene, so wirst du die göttliche Substanz durchdringen. Beobachte den niemals ruhenden Lauf des Universums, und du wirst die göttliche Energie erkennen. Beobachte den Geist der Lebewesen, und du wirst die göttliche Seele erfassen.

Wer diesem Weg folgt, wird eines Tages begreifen, dass alles Handeln aus der aufrichtigen Achtung, aus dem Bewusstsein für die Perfektion der Natur und der Gewissheit, dass alles Leben einen Teil des göttlichen Schöpfergeistes in sich trägt, erwachsen muss. Die Macht des Göttlichen offenbart sich in den Bergen, Flüssen und Meeren, sie spricht durch den Wind, der die Bäume zum Rauschen bringt, und durch die Stimme anderer Lebewesen.«

Allmählich begriff Javier, dass alles auf dieser Erde Ausdruck der universalen Liebe ist. Das Herz des Universums schlägt im Einklang mit seinen Geschöpfen, sein Rhythmus bedeutet Gleichgewicht und Harmonie.

14

Der König der Welt

Versteht man es, die schöpferische Kraft der Liebe zu nutzen, so reicht die Realität bisweilen über die Fantasie hinaus. Wenn die Menschen lieben, kommen sie dem Göttlichen sehr nahe, hassen sie sich dagegen, können sie grausam und zerstörerisch werden. Das gilt für alle Menschen, ganz gleich, ob sie auf oder tief unter der Erdoberfläche leben.

Javier hatte längst erkannt, dass das oberste Ziel eines jeden Bewohners von Wiñay Marka die eigene spirituelle Entfaltung war. Diese Stadt mit ihren großartigen Bauwerken war die Wohnstätte von Halbgöttern. Hier erreichten Spiritualität, Schönheit und Perfektion ihren Höhepunkt. Diejenigen, die sie entworfen, geplant und errichtet hatten, waren Meister der Architektur und des Ingenieurwesens. Es war die ideale Stadt, von der die Architekten der Vergangenheit so oft geträumt hatten und die hier Wirklichkeit geworden war. Als Bauingenieur wusste Javier dieses Wunderwerk zu schätzen.

Wiñay Marka hatte ausreichende Versorgungsmöglichkeiten, um den eigenen Bedarf zu decken. Die Stadtplaner hatten sieben verschiedene Ökosysteme der Erdoberfläche nachgebildet. Das vorherrschende ökologische Bewusstsein hatte diesen Ort zu einer perfekten Biosphäre werden lassen. Alles wurde recycelt: Verbrauchte Luft, Wasser und Exkremente wurden in lebenswichtige Substanzen umgewandelt. Die harmonische und einheitliche Aufteilung des Raums erfolgte nach rationalen Kriterien. Die Stadt war einladend, fröhlich und von einer blühenden Landschaft umgeben – der ideale Ort, um sich spirituell zu sammeln.

Dennoch war es kein isolierter Raum. Wie Url bereits erklärt hatte, verfügte die Stadt über ein technologisch hochentwickeltes Informationssystem. Es ließ sich alles beobachten und selbst das geringste Geräusch wahrnehmen. Wiñay Marka war mit anderen Worten die ideale Stadt. Es herrschten Frieden, Ordnung, Sicherheit und Harmonie, vor allem aber Liebe und Lebensfreude. Dieser Ort, mit seinen fantastisch geformten Pflanzen, den schillernden Blüten, üppigen Obstbäumen, Quellen, Tümpeln und glasklaren Bächen war ein wahres Paradies.

Es war die Stadt der Unsterblichen, jener Menschen, die ihren Durst mit dem reinsten und heilsamsten Wasser der Welt stillten, die den Tod nicht fürchteten, die auf ihrer Suche nach Wahrheit und Liebe das Leben gänzlich auskosteten. Es war die Stadt, deren Bewohner trotz ihres Erwachsenseins und ihrer Reife von einer kindlich erfrischenden Aura umgeben waren. Diese Menschen kannten das Geheimnis der Gesundheit, des Glücks und der inneren Zufriedenheit.

Eines Tages führte Url, dem nicht entgangen war, wie sehr sich Javier danach sehnte, die Quelle der ewigen Jugend mit eigenen Augen zu sehen, seinen Schützling ins Stadtzentrum. Dort erhob sich ein wunderschöner Brunnen aus verschiedenfarbigem Marmor. Der obere Teil war mit zweiunddreißig aus Perlmutt gearbeiteten Vulven geschmückt, die jede eine riesige Perle enthielt. Aus einem hauchdünnen Kristallrohr, das in den verschiedensten Farben schillerte, wurde ein hoher Wasserstrahl emporgeschleudert.

Url zeigte Javier eine kreisrunde Öffnung im Boden, durch die man beobachten konnte, wie das Wasser aus der Erde quoll. Es floss durch einen durchsichtigen Zylinder, der von einem lautlos rotierenden Gerät beleuchtet wurde.

»Damit erzeugen wir ein Energiefeld, das das Wasser reinigt, das Deuterium- und Tritiumoxid herausfiltert und nur die niederen Oxide übriglässt. Wer davon trinkt, wird von jeder Krankheit geheilt und lebt ewig, denn es ist das Wasser des Lebens.«

Javier fand diese Technologie einfach genial. Lange Zeit ließ er seinen Blick auf dem Brunnen ruhen und beobachtete dieses absolut reine Wasser. Es war der Beweis dafür, dass eine Zivilisation unglaublich fortschrittliche Technologien entwickeln konnte, ohne dabei die eigene Spiritualität zu verlieren.

Später schlenderte er zusammen mit Url durch die Stadt. Die für die Bauwerke verwendeten, fast durchscheinend wirkenden Materialien waren Javier unbekannt. Er fühlte sich wie ein kleines Kind, das staunend ein neues Spielzeug betrachtet. Früher hätte er niemals geglaubt, dass sich Gebäude von derartigen Ausmaßen unter der Erde befinden könnten. »Gibt es eigentlich andere Städte wie diese?«, wandte er sich neugierig an seinen Begleiter. »Ich habe gehört, dass es in Asien Ähnliches geben soll.«

Url antwortete nicht sofort, als zögere er, ein Geheimnis preiszugeben. Aber dann begann er mit seinem gewohnten Lächeln zu sprechen: »Wiñay Marka ist eine von vielen weiteren Städten, die zusammen ein riesiges unterirdisches Reich bilden. Die Hauptstadt ist Agharti, die Heilige Stadt. In ihr und den sie umgebenden Städten leben die Meister der hohen Zivilisation, die großen Priester und Weisen, die Hüter des Wissens und Söhne und Töchter der obersten Intelligenz. Sie ist die geheime Stadt des Guten, ein Ort der Kontemplation, das Zentrum, in dem die unauslöschliche Flamme des göttlichen Schöpfergeistes lodert. Dort ist der König der Welt zu Hause, umgeben von zwei Millionen Halbgöttern, den Heiligen, Vollkommenen und Erhabenen der Menschheit.«

»Welches Alter hat der König der Welt?«

»Der König der Welt ist mehrere tausend Jahre alt, aber er

hat das Aussehen eines Sechzehnjährigen. Er ist schön, geistig absolut auf der Höhe und voller Energie und Lebenskraft. In seinen Augen lodert das Feuer der Liebe, der unendlichen Weisheit und Macht. Auf den ersten Blick sieht er aus wie wir, aber sein Wissen und sein Verstand verleihen ihm eine ungeheuere Macht, die er allerdings gänzlich zum Wohl der anderen gebraucht. Er regt immer zu positiven Gedanken an.«

»Weshalb wird er ›König der Welt‹ genannt?«

»Weil er es ist. Er lebt in einem Palast, der alle materiellen und immateriellen Freuden bietet. Von dort aus lenkt er das spirituelle Leben der oberen und der unteren Welt. Er ist Herr über Leben und Tod der Menschen, aber es geht ihm allein um deren spirituelles Wachstum.«

»Hat er jemanden, der ihm dabei hilft?«

»Es gibt Wesen halbgöttlicher Natur, die sogenannten Kamaq, die Einfluss auf alle geistigen Größen ausüben und damit die Weichen für Veränderungen stellen. Viele Regierende, Wissenschaftler, Künstler, Geistliche und Politiker sind telepathisch durch sie beeinflusst worden, um die Menschheit auf diese Weise zu spiritueller Suche anzuregen.«

»Wie werden die Menschen ausgewählt, auf die sie ihre Gedanken übertragen?«

»Was auf der Erdoberfläche geschieht, ist hier unten bekannt, denn wir haben Brüder, die unter der Führung eines Meisters unermüdlich über die Geschicke der Menschheit wachen. Millionen Augen und Ohren tragen die Geschehnisse eines jeden Augenblicks zusammen. Die Gedanken, Worte und Taten der Menschen werden auf große Bildschirme projiziert. Ihnen entgeht nichts, nicht einmal das kleinste Geheimnis.«

»Das ist wirklich erstaunlich. Und all diese Informationen werden weitergeleitet?«

»Selbstverständlich. Der König der Welt weiß über jede neue Idee Bescheid. Nur so kann er Einfluss auf den Geist bestimmter Leute nehmen, egal wo sie sich befinden. Für ihn gibt es weder Entfernungen noch Grenzen. Er hilft allen, die es verdienen. Seine grenzenlosen Reichtümer stehen all denen zur Verfügung, die sich für ein friedliches Miteinander und die Liebe einsetzen. Das Schicksal der Welt liegt in seinen Händen. Er kann das Karma eines jeden Einzelnen wenden.«

»Wenn er derart mächtig ist, warum geht er dann nicht hinauf und schafft Ordnung?«

»Weil er den Menschen die freie Wahl lässt. Jeder von uns ist für das, was er sagt, denkt und tut, für den Weg, den er wählt, verantwortlich.«

»Könnte der König der Welt nicht dafür sorgen, dass die gesamte Menschheit den Zugang zur Spiritualität findet?«

»Der Zeitpunkt dafür ist noch nicht gekommen. Ihr habt eure Seele vergessen und seid gänzlich vom Körper beherrscht. Die Korruption nimmt zu, die Menschen sind grausam wie wilde Bestien. Sie lechzen nach dem Blut ihrer Brüder. Die Religionen führen zu Zwietracht, sie schüren Fanatismus, aber sie werden schon bald an Einfluss verlieren. Es wird eine neue spirituelle Strömung aufkommen, die zu einer Neuordnung und einer neuen Lebensform führt. Dann werden wir kommen.«

Javier wusste, worauf Url anspielte. Kriege, Terror, Vergeudung natürlicher Ressourcen und Korruption auf allen Ebenen waren die großen Probleme der Menschheit, die zur Zweiteilung der Völker in extrem reiche und extrem arme Nationen und zu permanenten kriegerischen Auseinandersetzungen führten.

»Ich mache mir große Sorgen um die Zukunft der Menschheit auf der Erdoberfläche. Man müsste dringend etwas unternehmen«, sagte Javier.

»Sei unbesorgt, es kommen bald bessere Zeiten, in denen sich die spirituelle Sphäre wieder Raum schafft und Fehler behoben werden«, beruhigte ihn Url. »Dank der veränderten Frequenz der kosmischen Energie, die auf den Planeten einwirkt, sind die Menschen auf der Erdoberfläche kurz davor, ein neues Vitalfeld zu betreten.«

»Meinst du, sie werden ihre Denkweise verändern?«

»Ja, die Veränderung der Schwingungen wirkt sich auf alle Lebewesen aus. Sie führt zur Vergrößerung der Zirbeldrüse und zu entsprechend größeren Leistungen des Gehirns. Dem Menschen werden sich neue, bis dahin ungeahnte Dimensionen eröffnen.«

Javier hatte bereits bemerkt, dass einige seiner Bekannten sich immer stärker für spirituelle Themen interessierten. Außerdem wusste er, dass der moderne Mensch nur etwa zehn Prozent seines Denkvermögens aktiv nutzte. Andere Teile des Gehirns zu aktivieren, konnte nur von Vorteil sein.

Unterdessen fuhr Url fort: »Wenn die Menschheit auf der Erdoberfläche die optimalen spirituellen Bedingungen erreicht hat, werden die Gesandten aus der unteren Welt, die Ayariskuna, ihnen helfen, eine neue, friedliche Gesellschaft zu gründen. Der König der Welt und viele unserer Brüder werden sie ebenfalls dabei unterstützen. Alle zusammen werden die Erde in ein Paradies, in einen Ort des Friedens, der unsagbaren Liebe und Gerechtigkeit verwandeln.«

»Aber die Großmächte werden sich dem widersetzen. Sie sind sehr wirkungsmächtig, verfügen über riesige Waffenarsenale und könnten euch, wenn sie wollten, angreifen und zerstören.«

»Das werden sie nicht tun. Technologisch sind wir euch hundertfach überlegen. Wir könnten euch im Handumdrehen erobern. Eure Waffen sind für uns vollkommen rudimentär. Bedenke, dass die wahre Macht in der Spiritualität liegt und die wahre Verteidigung darin besteht, sich auf den Angriff des Feindes vorzubereiten.

Obwohl unser Reich den Frieden liebt, sind wir für den Krieg gerüstet. Um dem Frieden zum Sieg zu verhelfen, haben wir eure Führer auf der Ebene des Unbewussten dazu gebracht, einzusehen, dass jegliche Offensive nutzlos wäre, indem wir eine freundliche Grundhaltung in sie hineinprojiziert haben. In eurem, aber auch in unserem Interesse werden wir den Sieg davontragen.

Pazifismus ist der Weg des inneren Friedens. Er erwächst aus der Friedfertigkeit und Ausgeglichenheit eines jeden Bewohners unserer Stadt. Er ist das genaue Gegenteil des inneren Kampfes des Menschen, der einen verkümmern lässt und zu Konflikten, Ungerechtigkeiten und Tragödien führt. Unsere größte Sorge gilt derzeit nicht den Menschen auf der Erdoberfläche, sondern den kriegsbereiten Außerirdischen, die sich der Erde mit Gewalt bemächtigen könnten.«

»Ich habe bereits vom Krieg der Welten gehört, aber ich dachte, das seien alles nur Hirngespinste.«

»Absolut nicht. Deshalb sind wir, falls es nötig wird, bereit, die Erde zu verteidigen. Unsere Städte sind gut geschützt, wir verfügen über ein komplexes Sicherheitssystem, mit dem wir jede drohende Gefahr rechtzeitig erkennen können. Unsere Spezialraumschiffe, die von Androiden gelenkt werden, können zu jedem Zeitpunkt von den verschiedenen Raumstationen aus starten. Wiñay Marka verfügt über Zugänge in den Bergen, durch die die kleineren Raumschiffe zu uns gelangen können. Für die größeren Raumschiffe gibt es Zugänge, die ins Meer münden.«

»Das kommt mir vor wie Science-Fiction.«

»Es ist aber alles wahr. Auf der Erde kämpft man an verschiedenen Fronten. Es gibt die intellektuelle, die physische und die spirituelle Ebene, wobei Letztere die gefährlichste ist. Wir verfügen über Waffen, die gegen das Übel in allen Dimensionen, auf den verschiedenen Planeten, in den verschiedenen Galaxien, ankämpfen. Die letzte Schlacht unserer Vorfahren gegen die Kräfte des Bösen liegt 5800 Jahre zurück. Sie wurde in den Plejaden ausgetragen, die zum Sternbild des Stiers gehören. Unsere Leute gewannen. Aber die besiegten Kräfte wollten sich der Erde bemächtigen, sie griffen die Bewohner der Erdoberfläche an und versuchten, sie zu vernichten. Wir sahen uns gezwungen, unsere Verstecke zu verlassen und gegen die Giganten des Weltraums zu kämpfen. Wir besiegten sie und vertrieben sie in eine entfernte Galaxie.«

Javier erinnerte sich an eine Legende der Quechua, in der von einem Kampf der Menschen gegen Wesen berichtet wird, die kein rotes Blut in sich haben und die schließlich von Halbgöttern besiegt wurden.

»Heißt das, dass ihr die Erde gerettet habt und von den Plejaden kommt?«

»Nein, ich versuche dir nur zu erklären, dass von dort ein Teil unserer Vorfahren stammt, der sich mit den Menschen von hier vereint hat.«

Unwillkürlich musste Javier daran denken, dass es bei den Quechua und Aymara tatsächlich Legenden von Göttern gab, die aus dem Himmel herabgestiegen waren, um sich mit den Menschen zu vereinen. Auch in zahlreichen heiligen Schriften fand man ähnliche Anspielungen.

»Aus der Verbindung dieser beiden Gruppen ging der heutige Mensch hervor«, begann Url erneut. »Deshalb birgt jedes Individuum einen animalischen und einen spirituellen Teil in sich. Im Lauf der Jahrhunderte ist es uns mit Hilfe ausgefeilter Techniken gelungen, unser energetisches Feld zu reinigen und auf diese Weise unseren animalischen Teil zu unterdrücken, so dass wir uns schließlich in Halbgötter verwandelt haben.«

Javier fiel eine weitere Legende der Aymara ein, die ihm Dr. Bustinza erzählt hatte. Darin hieß es, dass sich einige Gottestöchter mit Söhnen der Menschen vermählt hätten. Aus dieser Verbindung seien die Vorfahren der Aymara hervorgegangen, die sogenannten Wari, Halbgötter, deren Name seit alters her bekannt war.

Ein anderer Peru-Experte, Dr. Illescas, hatte in einem Vortrag davon berichtet, dass die alten Peruaner glaubten, einige Götter seien von den Plejaden auf die Erde herabgekommen und hätten sich dort mit den Menschen vereint. Um dieser kosmischen Begegnung zu gedenken, wurde eine religiöse Feier begangen, bei der man die Götter als junge Mädchen darstellte. Im Inka-Reich nannte man sie Pirwa Akllakuna, die Auserwählten der Plejaden.

Die Inkas und ihre Nachfahren vollzogen, soweit sich Javier erinnern konnte, ein bestimmtes Ritual, um eine höhere Ebene der Spiritualität zu erreichen. Es nannte sich *Runa Kay*, der Weg zur Spiritualität. Die um den Titicaca-See beheimateten Quechua und Aymara liebten und achteten die Natur, widmeten sich den geistig-spirituellen Dingen, lebten bescheiden und strebten nicht nach materiellen Gütern und Reichtümern. »Ich bin mächtig, da ich nichts besitze«, hatte einmal ein alter Mann erklärt, der bei allen hohes Ansehen genoss.

Eine Sache, von der Url ihm berichtet hatte, erstaunte Javier besonders, nämlich dass sie allesamt Nachfahren der Bewohner von Atlantis waren, dass also alle derzeit lebenden Völker von ihnen abstammten. Man wusste nicht viel über dieses Reich. Bei Platon heißt es, dass der Gesetzgeber Solon, der zwischen dem siebten und sechsten Jahrhundert v. Chr. lebte, durch einen ägyptischen Priester von einem Krieg erfuhr, der 960 v. Chr. zwischen Athen und einer unbekannten fremdländischen Macht ausgebrochen war. Die Eindringlinge kamen von einer riesigen Insel, die jenseits der Säulen des Herakles (der Meerenge von Gibraltar) lag und eine Art Garten Eden mit ausgedehnten fruchtbaren Ebenen war. Die Bewohner hatten wunderschöne, mit kostbaren Edelmetallen verzierte Marmorpaläste sowie einen sonderbar geformten Poseidontempel errichtet. Es gab Gelehrte, Weise und Priester. Ihre Kultur war hochentwickelt, und sie verfügten über eine bewaffnete Flotte, die aus tausendzweihundert Kriegsschiffen bestand. Durch eine unbekannte Katastrophe war dieses Reich urplötzlich verschwunden. Aber vielleicht konnte Url ihm etwas dazu sagen.

»Stimmt das, was Platon berichtet? Wurde Atlantis tatsächlich mehrere Jahrhunderte vor unserer Zeit zerstört?«

»Das wahre Atlantis wurde sogar noch viel früher zerstört. Bereits vor 12 500 Jahren gab es eine Zivilisation mit einer ähnlich fortschrittlichen Technologie wie der eurigen. Damals gab es zwei große Wirtschaftsmächte. Atlantis im Atlantischen Ozean sowie das Bündnis zwischen Og und Mu im Pazifik. Darüber hinaus existierten noch eine Reihe kleinerer Reiche, wie das der Arri in Eurasien, dessen Hauptstadt sich in der Wüste Gobi befand. Die Kolonien der beiden Großreiche waren über den ganzen Erdball verteilt. So begannen die kriegerischen Auseinandersetzungen um die Vormachtstellung auf der Erde. Zunächst trug man den Konflikt mit Schusswaffen aus, dann wurde die Waffentechnik verfeinert, bis schließlich ein Atomkrieg ausbrach, der die Menschen dezimierte.

In Folge des Atomkrieges kam es zu einer Reihe von Vulkanausbrüchen und schließlich zu einem Seebeben von globalen Ausmaßen. Tatsächlich markiert die Sintflut bei allen Völkern einen Schnitt zwischen der fortschrittlichen Zivilisation und einem primitiven Zustand, in den die Menschheit zurückfiel. Die überlieferte Legende nimmt auf ein Ereignis Bezug, das Tausende von Jahren zurückliegt.«

»Ist es den Überlebenden gelungen, ihre alte Zivilisation wiederzuerrichten?«

»Technologien können Abhängigkeit erzeugen, und wenn plötzlich die nötige Energie fehlt, kann es passieren, dass es dir nicht mehr gelingt, sie zu reproduzieren. Du bist aus dem Rennen. So fielen die Überlebenden in die Barbarei zurück. Das sollte uns eine Lehre sein. Egoismus und Gier tragen niemals Früchte, sie sind vielmehr die Ursache für Ignoranz, Ungerechtigkeit und Gewalt.«

Javier schien es, als drohe auch in diesem Fall die Wiederholung der Geschichte. Wenn es die Menschen auf der Erdoberfläche zu einem weiteren Atomkrieg kommen ließen, würden sie damit die Erde vollkommen zerstören. Schon ein weltweiter Stromausfall würde alles, die gesamte Versorgung, das Transport- und das Gesundheitswesen, zum Erliegen bringen.

Der Gedanke daran ließ ihn erschaudern. Laut wissenschaftlicher Berechnungen bliebe nach einem solchen Krieg von der Zivilisation praktisch nichts mehr erhalten. Dem Konflikt würden Erd- und Seebeben folgen und die wenigen Überlebenden in einen steinzeitlichen Zustand zurückfallen.

»Unsere Zivilisation durchläuft die schlimmste Krise der Geschichte. Die Menschen sind tatsächlich vom Aussterben bedroht. Niemand weiß, wie wir enden werden«, meinte er besorgt.

»Das ist uns bekannt. Fortschritt ohne festes Ziel führt immer zu Tod und Zerstörung.«

»Aber irgendetwas muss man tun. Könnt ihr es nicht verhindern?«

»Wir könnten, aber wir dürfen nicht eingreifen. Jede Zivilisation ist für ihr Handeln selbst verantwortlich … Wir können höchstens beraten oder Denkanstöße geben. Deshalb entsenden wir hin und wieder Ayariskuna, die Boten der Spiritualität, auf die Erdoberfläche, um unsere Sicht der Dinge zu verbreiten.«

»Hoffentlich finden sie Gehör und bewirken etwas«, antwortete Javier wenig überzeugt.

»Nur wer sich der eigenen Handlungen bewusst ist, kann das Schicksal der Menschheit beeinflussen. Es läuft alles auf einen einzigen Unterschied hinaus: Wissen und Handeln, um sich zu retten, oder ignorieren und verdrängen, um sich selbst zu zerstören. Es sind eure Führungsköpfe, die vernünftige Entscheidungen treffen müssen, um die drohende Katastrophe zu vermeiden.«

Javier wusste sehr genau, in welch tiefer Wertekrise die Bewohner der Erdoberfläche steckten. Die ethischen Grundprinzipien, die der Menschheit zu einer positiven Entwicklung verhelfen konnten, wurden von einer geldgierigen Minderheit negiert, kritisiert, herabgewürdigt und verzerrt. Eine mächtige Lobby drängte die Menschheit zu zügellosem Konsumismus, zum Raubbau an natürlichen Ressourcen, und verwandelte die Erde in eine riesige Müllhalde.

Um der Macht willen stachelte man die Menschen gegeneinander auf.

Auf der permanenten Suche nach Reichtum wurde zu Aufständen, Terroranschlägen und Kriegen angestiftet. Man ließ Waffen produzieren, schürte religiösen Fanatismus, Rassismus und Streitigkeiten zwischen verschiedenen Ethnien. Man zog unschuldige Menschen in die bewaffneten Konflikte hinein, an allen Orten der Welt kam es zu kriegerischen Auseinandersetzungen. Am Ende profitierten diejenigen, die mit den Materialien und Geräten für den Wiederaufbau handelten.

Die internationalen Krisen wurden von Schreibtischtätern angezettelt und vorangetrieben. Ganze Nationen wurden in den Ruin geschickt, indem man ihre Wirtschafts- und Finanzministerien unterwanderte. Die Verantwortlichen übten die Kontrolle über die Banken aus und nutzten die Ersparnisse der großen Massen für ihre Geschäfte. Sie bemächtigten sich der Unternehmen, verwendeten die Aktienfonds, als seien sie ihr Eigentum, und meldeten schließlich Bankrott an. Sie planten geheime Machenschaften und deckten sich gegenseitig. Sie waren gleichsam unantastbar.

Als technischer Berater der Regierung war Javier mit den Machtspielen und der kriminellen Wirtschaftspolitik mancher Führungskräfte bestens vertraut. Schwächere Länder wurden oft gnadenlos in die Armut getrieben und wertvolle Ressourcen in allen Teilen der Welt ohne Skrupel in Beschlag genommen, notfalls mit Waffengewalt.

Auch die Lebensmittelproduktion wurde überwacht und bisweilen sogar willentlich Epidemien hervorgerufen, um auf diese Weise Unsummen durch den Verkauf von Medikamenten zu gewinnen. Wegen einer kleinen macht- und geldgierigen Minderheit litt die Mehrheit der Menschen auf der Erdoberfläche unter Hunger, lebte in Angst, Elend und Unterdrückung. Die Stunde der Gerechtigkeit war gekommen.

»Ihr müsst uns helfen«, rief Javier erregt. »Die Situation ist verheerend.«

»Wir dürfen uns nicht einmischen, sondern können, wie gesagt, nur versuchen, Einfluss auf das Denken der Leute zu nehmen und ihnen unsere Lebensphilosophie, die Achtung allen Lebens, zu vermitteln. Manchmal funktioniert das«, erwiderte Url.

»Wie viel Zeit ist nötig, um aus dieser Situation herauszukommen?«

»Wenige Jahre, es findet bereits ein gewaltiger kosmischer Umbruch statt. Die Erde erfährt einen sogenannten aufsteigenden Wandlungsprozess. Im Zeitalter des Wassermanns, das nun für uns beginnt, verändern sich, wie ich bereits erwähnt habe, Tag für Tag die Schwingungsfrequenzen. Folglich sind Körper und Psyche des Menschen sowie aller Lebewesen kurz davor, in eine neue Phase spirituellen Wachstums einzutreten.

Auf der Quantenebene erreicht der Körper dieselbe Frequenz wie das Licht, er bekommt eine physikalisch feinere Struktur, wodurch sich der Evolutionsprozess beschleunigt. Man kann es mit der Metamorphose einer Raupe vergleichen, die sich schließlich in einen Schmetterling verwandelt.

Es gibt zahlreiche Indizien für eine globale Veränderung auf dem Gebiet der Kommunikation und der Gesundheit. Die Mittel, um Bilder und Klänge zu übertragen, sind mittlerweile sehr ausgefeilt. Sie finden auch im medizinischen Bereich Verwendung. Auf individueller Ebene legen schließlich viele Leute Zeichen einer Unverträglichkeit der neuen Frequenzen an den Tag. Sie leiden unter Unbehagen, Ohnmacht- oder Fieberanfällen, merkwürdigen Krankheiten, Immunschwäche, Gedächtnisverlust, Depressionen und so weiter.«

»Und was lässt sich dagegen tun?«

»Zunächst muss man sich bewusst machen, dass man in einer Zeit des Übergangs lebt und sich in einem ersten Schritt auf die Veränderung vorbereiten, indem man Geist und Seele entgiftet. Man sollte sich gesund und natürlich ernähren und den Kontakt mit der Natur suchen. In einem zweiten Schritt sollte man versuchen, die Einmischung mächtiger Gruppen zu verhindern. Als Drittes muss man sich der Gewalt, der Unterdrückung und dem Krieg widersetzen. An vierter Stelle steht die Suche nach einer Kultur der Wahrheit, Aufrichtigkeit und Nächstenliebe. Als Letztes geht es darum, ein Wirtschaftssystem zu etablieren, das nicht auf Profit gerichtet ist, und eine klassenfreie Gesellschaft zu errichten.«

Ein wenig erleichtert dachte Javier daran, dass ein kleiner Teil der Menschheit bereits erwacht war und versuchte, sich aus dem selbstgeschaffenen Käfig zu befreien. Es waren jene Leute, die sich gegen Pressezensur, gegen die Einmischung in die Privatsphäre, gegen die Ausbeutung der Natur, gegen Kriege und verantwortungslose Industrialisierungsprojekte zur Wehr setzten. Ihnen lag die Gründung einer neuen Gesellschaft am Herzen.

Zu ihnen gehörten Teile der Umweltbewegung sowie der Presse, ehrenamtlich engagierte Gruppen, verschiedene nichtstaatliche Hilfsorganisationen, die EthikBank und einige Ökologen. Die Zahl dieser Gruppierungen nahm ständig zu. Die Friedensbewegung lieferte ein gutes Beispiel hierfür. Sie war ein Hoffnungsträger und der Beweis dafür, dass sich etwas veränderte.

Es war der Beginn einer spirituellen Suche, der Versuch, den eigenen Lebensstil zu verändern, sich aus der Sklaverei einer mächtigen Minderheit zu befreien und zu wahrer individueller Freiheit zu gelangen. Natürlich lag dieses Ziel noch in weiter Ferne, aber entscheidend war, die ersten Schritte zu vollziehen.

»Jede Wende, sei es in Richtung Materialismus oder hin zur Spiritualität, muss vom Einzelnen ausgehen und sich schließlich auf die Machthaber übertragen«, sagte Url.

»Kann ein einzelner Mensch den Lauf der Dinge nicht beeinflussen?«

»Die Regierenden sind letztlich nur die Ausführenden der persönlichen Entscheidungen aller. Deshalb ist jeder von uns für das Werk der führenden Kräfte mitverantwortlich. Jede soziale Gruppierung ist Ausdruck eines Entwicklungs- und Organisationsprozesses einzelner Individuen. Jeder Mensch birgt eine große Zahl an Wünschen, Gefühlen und Vorstellungen in sich, die die Gesellschaft, in der wir leben, mitprägen. Gedanken, Wille und Handlungen richten sich nach der einen oder anderen Strömung aus und beziehen die gesamte Lebenssphäre mit ein. Der Mensch hat große Fähigkeiten entwickelt, Leid und Zerstörung zu überdauern.«

»Aber ich habe den Eindruck, dass wir gegenüber dem Einfluss der Plutokraten machtlos sind, sie scheinen unantastbar zu sein.«

»Wenn die Menschen ihre Entscheidungen anderen überlassen und ihnen absolute Handlungsfreiheit gewähren, handeln sie selbst verantwortungslos. So entstehen Machtgruppierungen.«

»Auf welche Weise lässt sich diesem Problem begegnen?«

»Um sich daraus zu befreien, muss der Mensch sein Gewissen und seinen Verstand gebrauchen. Er muss verhindern, dass sich die Macht in den Händen weniger konzentriert. Die Regierenden der Zukunft müssen gewählt werden, damit sie allen dienen, und nicht umgekehrt, damit alle ihnen dienen.«

»Wie soll sich der Mensch im Extremfall verhalten?«

»Wichtig sind vor allem Selbstbewusstsein und Elan. Im

schlimmsten Fall muss man seinem eigenen Überlebensinstinkt folgen und die Erinnerung an die Zeiten vor und nach Atlantis und Mu im Unterbewusstsein fortleben lassen. Ob sich die Menschen retten oder ins Verderben stürzen, hängt von ihnen selbst ab.

Wenn ihr euch für die Rettung entscheidet, ist das für uns ein Zeichen, dass wir eingreifen und euch helfen müssen, eure Gesellschaft zu verbessern. Erst wenn in euch der Egoismus versiegt, wenn ihr die Nutzlosigkeit von Kriegen und Gewalt einseht und ihr euch aufrichtig nach der Errichtung einer friedlichen Gesellschaft sehnt, wird euch das nötige Wissen vermittelt werden, um ein neues Leben zu beginnen.«

»Das ist die einzige Hoffnung der Menschheit«, bekannte Javier sorgenvoll. »Jetzt, wo ich mit eigenen Augen die Wahrheit erblickt habe, weiß ich, wie viel sich über spirituelles Wachstum und die Erlangung inneren Friedens erreichen lässt. Was ich gesehen habe, gibt mir Kraft und Mut, meine Mission zu erfüllen.«

»Ich freue mich, dass du so denkst, denn die Zeit bis zum Jahr 2013 wird zu den finstersten Epochen überhaupt gehören. Über euch wird sich ein Unwetter aus Ehrgeiz, Egoismus, Hass und Fanatismus entladen. Die Zivilisation auf der Erdoberfläche ist an einen derart kritischen Punkt gelangt, dass sie entweder eine andere Richtung einschlagen oder sich selbst zerstören wird. Unter euch gibt es eine Minderheit, die eher die gesamte Welt vernichten würde, als auf die eigene Macht zu verzichten.

Die Erde wird von einer grausamen Bestie heimgesucht, die sich von den Geistern der Finsternis, von Chaos und Ignoranz leiten lässt. Die derzeitige Gewalt ist nichts als eine kleine Manifestation dieses Übels. Um ihm zu begegnen, bedarf es einer vollkommenen Neuerung.

Aber bedenke, dass die notwendigen Handlungen wohlüberlegt und von Gebeten an den Geist des Lichts, der Ordnung und Harmonie begleitet sein müssen. Wenn die Menschen auf der Erdoberfläche erwachen und nach neuer geistiger Bewegung suchen, wird die Zukunft ihnen ein goldenes Zeitalter bringen. Aus der Asche einer kriegerischen Gesellschaft wird eine neue, friedliche und spirituelle Gesellschaft hervorgehen.«

15

Wir sind ewig

Javier saß vor dem Tempel der Wahrheit und war ganz in den Anblick dieses außergewöhnlich schönen und eindrucksvollen Bauwerks versunken. Die Architekten hatten sich das Spiel von Licht und Schatten zunutze gemacht und mit ihrem Entwurf eine äußerst lebendige Wirkung erzielt. Schillernde vertikale Linien aus kostbaren Edelsteinen schmückten die breite, in Orange-, Blau- und Türkistönen gehaltene Fassade mit dem großen Portal, vor der sich ein smaragdgrüner See befand.

Der Anblick war harmonisch und wirkte beruhigend auf den Geist. Er löste ganz unterschiedliche Empfindungen aus. Das Tempelinnere bestand aus einer Vielzahl architektonischer Elemente, deren geometrische Formen der Natur nachempfunden waren. Das Ganze wirkte wie ein Miniaturuniversum. Viele Bewohner der Stadt kamen hierher, um zu meditieren, zu beten, nachzudenken, die eigenen Gefühle zu analysieren oder um mit dem Göttlichen in Kontakt zu treten.

Auch Javier hatte bereits viel Zeit dort verbracht. An diesem Ort war er zu der Einsicht gelangt, dass der Mensch aufs Engste mit dem raumzeitlichen Gefüge verbunden ist. Der Geist bedient sich der Materie, um sich zu manifestieren, er beeinflusst den irdischen Lebensraum und birgt eine schöpferische Kraft. Gott ist Zeit, Raum und Geduld.

Der Tempel war genau diesem Aspekt geweiht, er sollte zu einem allumfassenden Verständnis des Lebens als einer physikalischen, geistigen und spirituellen Einheit verhelfen. Hier hatte Javier begriffen, dass Gott Energie ist und dass jede Form der Existenz und Macht einen einzigen Ursprung hat: Gott.

Der Kontakt mit dieser auf Spiritualität gegründeten Zivilisation hatte Javier stark verändert, hatte seine Religiosität erwachen und ihm zu Bewusstsein kommen lassen, dass Gott in jedem von uns ist. Er wusste nun, dass sich in jedem Menschen ein kleiner Gottestempel, ein Ort verbarg, an dem man nach Vollkommenheit suchen, lernen und das wahre Leben erfahren konnte. Jeder Mensch musste, seinen Wünschen, Vorsätzen und Zielen entsprechend, seinen eigenen Weg suchen. Durch sein Handeln konnte er dem Göttlichen näher kommen oder sich von ihm entfernen. Jeder musste selbst entscheiden, ob er, im Einklang mit den göttlichen Gesetzen, Ordnung in das Chaos bringen, oder ob er es vorzog in Verwirrung, Ignoranz und Unordnung zu leben, um so die Kräfte der Zerstörung weiter zu stärken.

An jenem heiligen Ort hatte Javier begriffen, dass man sich Tag für Tag darauf vorbereiten muss, der Zukunft zu begegnen, dass man nicht innehalten darf. Die Willenskraft ist ein wertvoller Begleiter, um den eingeschlagenen Weg bis zum Ende zu beschreiten. Sie bringt Gutes hervor und führt zu Gott. Jetzt erst verstand Javier, was ihm Ccama einmal in Bezug auf die Religion gesagt hatte: »Wenn du einer religiösen Gemeinschaft angehören willst, wähle diejenige, die dir am meisten weiterhilft. So kannst du deinen Nächsten und Gott mit ganzer Kraft lieben.«

Während seines Aufenthaltes in Wiñay Marka hatte Javier die schönsten Augenblicke seines Lebens erfahren. Die Heiterkeit und Sicherheit, die er nun ausstrahlte, waren dem spirituellen Einfluss der Stadtbewohner, ihrem Streben nach dem höchsten Bewusstseinszustand, der Einheit mit Gott, zu verdanken.

Im Lauf der gemeinsam verbrachten Zeit hatte Javier versucht, möglichst viel von ihnen zu lernen. Er hatte sich mit ihren wissenschaftlichen und technologischen Errungenschaften und mit ihrer Kunst vertraut gemacht, denn das Verständnis dieser Zivilisation war der Schlüssel zur Erleuchtung.

Die allgegenwärtige Atmosphäre des Miteinanders spornte dazu an, den großen Sprung vom Menschen zu einem vollkommeneren Wesen – zum Halbgott – zu wagen. Nur eine zur Freiheit erzogene und bewusst handelnde Gesellschaft war in der Lage, die Angst zu besiegen und die Suche nach Wahrheit, Liebe und Gerechtigkeit aufzunehmen.

Javier kannte die andere Gesellschaftsform zur Genüge und auch die dort herrschende Gewalt, Ungerechtigkeit, Manipulation und Gier. Bis auf wenige Ausnahmen versuchten fast alle Völker der Erde, ihr eigenes Überleben zu sichern, indem sie andere bekämpften. Das einzige Interesse galt dem materiellen Wohlstand, die geistige Welt wurde vernachlässigt. Zwar hatte der Mensch im Lauf seiner viele tausend Jahre alten Geschichte oft Zuflucht in den Religionen gesucht, aber diese wurden von skrupellosen Geistlichen zu Manipulationsinstrumenten umfunktioniert, um Fanatismus zu schüren und die Menschheit zu spalten.

Javier war sehr wissbegierig. Er bewegte sich entweder zu Fuß oder mit speziellen Fahrzeugen durch die Stadt. Jeder seiner Streifzüge hinterließ in ihm lebhafte Eindrücke. Die kristallenen Gebäude, in denen sich Begegnungs- und Forschungsstätten verbargen, ließen Wiñay Marka für ihn wie ein Wunder erscheinen.

Die großen, mit Türmen versehenen Bauwerke erinnerten in ihrem Glanz an prächtige Kathedralen. Obwohl sie unter der Erdoberfläche lagen, waren sie lichtdurchflutet. Gemeinsam mit Url hatte Javier Orte von unsagbarer Schönheit zu Gesicht bekommen.

Bei seinen regelmäßigen Streifzügen durch üppige, in allen

Farben blühende Wälder wurde er dagegen von Nayr, einer jungen Frau, begleitet. Die Luft war hier von einem betörenden Duft erfüllt, der ihnen die Tore zu einer märchenhaften Welt des Glücks öffnete. Nayr brachte ihn mit unzähligen heiteren und glücklichen Menschen zusammen, andere lernte er zufällig kennen.

Nayrs Gegenwart weckte Javiers Lebenshunger, seinen Wunsch nach Liebe und danach, die Welt zu erkunden und den Sternenhimmel wiederzusehen. Das Einzige, was ihm hier unten fehlte, war der offene Raum, der Anblick der auf- und untergehenden Sonne, die Möglichkeit, bei einem nächtlichen Spaziergang die Sterne und Planeten am hohen Firmament zu beobachten.

In Wiñay Marka gab es zwar weder Armut noch Hunger, keinen intellektuell oder religiös motivierten Hass. Diese Dinge waren längst überwunden. Die Organisation der Stadt gründete auf der Überzeugung, dass das Gleichgewicht auf allen Ebenen der einzige Weg zu wahrer Freiheit ist. Wiñay Marka war eine perfekte Welt, aber sie war durch die Wände einer Höhle begrenzt.

Die Stadt befand sich in einer riesigen Grotte, man brauchte mehrere Wochen, um sie zu Fuß zu durchschreiten. Aber an jedem Ende stieß man an eine Felsmauer, die jegliches Weiterkommen verhinderte. Auf der Erdoberfläche konnte man dagegen Tag und Nacht wandern, die Erde war riesig, und ein Menschenleben genügte nicht, um alles auf ihr zu entdecken. Leider waren die Menschen im Begriff, die Schönheit ihres Planeten zu zerstören, indem sie Luft, Erde und Wasser verschmutzten. Sie bedrohten nicht nur sich selbst, sondern auch alle anderen Lebewesen. Viele Pflanzen- und Tierarten waren der menschlichen Ignoranz, dem Egoismus und der Gier bereits zum Opfer gefallen.

Genau aus diesem Grund drängte es Javier zurück auf die Erdoberfläche. Er wollte zur Entstehung einer friedlichen Gesellschaft beitragen, wollte durch eine neue Form der Erziehung den Grundstein für sie legen. Angesichts dessen, was man in Wiñay Marka alles erreicht hatte, war er sich sicher, seine Vorstellungen umsetzen zu können. Er wollte eine auf Ordnung, menschliche Werte und Solidarität gründende Gesellschaft auf den Weg bringen.

Obwohl er sich hier wie im siebten Himmel fühlte, seinen Wissensdurst stillen, Museen und riesige Bibliotheken besuchen konnte, in denen die Geschichte der gesamten Menschheit archiviert war, verspürte er innere Unruhe. Die eigene Neugierde zu befriedigen genügte ihm nicht. Auch die Aussicht, sich jahrhundertelang neues Wissen aneignen zu können und ein neues Leben mit einer anderen Frau zu beginnen, war ihm zu wenig.

Nayr, die ihn öfters begleitete, hatte sein Herz erglühen lassen und es mit Liebe und Zärtlichkeit erfüllt. Ihre schmalen, schön gezeichneten Lippen, die bei jedem Lächeln sichtbaren wohlgeformten Zähne und ihr wiegender Gang nahmen ihn vollkommen gefangen. Nach den furchtbaren Jahren, die auf den Verlust seiner Frau gefolgt waren, vernahm er zum ersten Mal seit langer Zeit den Lockruf der Liebe.

Nayr erkannte seine Gefühle und erwiderte sie. Sie mochte Javier trotz seiner Schwächen, seiner zahlreichen Ängste und seines Unvermögens, sich gänzlich an die Lebensform der Aramu-urus anzupassen. Aber er hatte einen edlen Charakter, er war ein Idealist und liebte das Leben von ganzem Herzen.

Nayr war eine freie Frau, sie brachte allen Menschen dieselbe grenzenlose Liebe entgegen und wäre niemals bereit gewesen, sie nur einem einzigen Mann zuteilwerden zu lassen. Besitzdenken war ihr vollkommen fremd. Für sie war die Nähe zu Javier sehr angenehm, aber sie hegte keinerlei Hintergedanken. Sie glaubte lediglich an eine tiefe, auf gegenseitige Achtung gegründete Freundschaft, und es war nicht einfach, Javier das verständlich zu machen. An diesem Abend hatte sie ihn zu einem Ausflug in einem Raumschiff eingeladen, um gemeinsam mit ihm den Sternenhimmel zu bewundern. Durch einen der geheimen Zugänge wollten sie an die Oberfläche gelangen, um so Javiers Sehnsucht nach der oberen Welt zu stillen. Es sollte ein Geschenk für ihn sein.

Auf der Erdoberfläche war es nach Javiers Uhr Nacht. Nayr kam mit einem kleinen eiförmigen Gefährt zu der verabredeten Stelle. Kaum war Javier eingestiegen, steuerte das Fahrzeug bereits lautlos auf einen der Gänge zu und erreichte eine Art kristallenen Aufzug, der sie vor ein gewaltiges Tor brachte. Als es sich öffnete, stellte Javier erstaunt fest, dass sie sich auf einem Berggipfel befanden und nun langsam in den Raum hinaufschwebten. Bereits wenige Sekunden später schloss sich unter ihnen das Tor, ohne Spuren zu hinterlassen.

Das Raumschiff beschleunigte und glitt lautlos über die Erde. Von oben konnten sie die erleuchteten Städte und die hellen Lichtstreifen der auf den Straßen sich entlangschlängelnden Autos erkennen. Die Lichter funkelten wie kleine Rubine in der Nacht.

Javier war sehr aufgeregt, vor seinen Augen erstreckte sich die geliebte Erde, der Ort, an dem er geboren war, wo er Freude und Schmerz erfahren hatte. Zwar lebte er jetzt in einer glücklichen und perfekten Welt, in der alles funktionierte und eine großartige Ordnung für Harmonie und allgemeinen Wohlstand sorgte, aber ihm fehlte die weite, sonnenbeschienene Welt, die der Mensch entdecken, in der er Gefahren bestehen konnte.

Als habe sie seine Gedanken gelesen, wandte sich nun Nayr an ihn: »Auf der Erdoberfläche herrschen Chaos und Schmerzen, es ist das Reich der dunklen Mächte, die sich diesen Teil der Erde unterworfen haben. Zum Glück verlieren sie an Einfluss, aber sie wollen ihre Herrschaft nicht aufgeben und streuen Zwietracht unter den Menschen, indem sie die Gier nach Macht in ihnen wecken.«

»Willst du behaupten, dass alles auf der Erde durch böse Mächte bestimmt ist?«

»Ja, in diesem Augenblick herrscht das Böse nahezu überall. Es ist stark, weil es einen günstigen Zyklus durchläuft, aber das Ende ist bereits nahe.«

»Heißt das, die guten und die bösen Kräfte wechseln sich zyklisch ab?«

»Genau, in manchen Zeiten strebt der Mensch zum Bösen, in anderen zum Guten. So kommt er dem Sinn des Lebens näher.«

»Wir befinden uns in einer kritischen Epoche. Der Mensch neigt immer mehr zur Zerstörung«, stellte Javier besorgt fest.

»Ich weiß. Derzeit versuchen die dunklen Mächte, durch eine Reihe wirksamer Strategien die dauerhafte Herrschaft über die Menschen zu gewinnen. Sie bedienen sich des Machthungers, des Ehrgeizes und der Gier nach immer Neuem. Aber eine ihrer Waffen ist besonders gefährlich: die Angst.«

Javier kannte die Herrschaftsmechanismen. Er hatte lange Zeit mit einflussreichen Menschen zusammengearbeitet, die, um auf den Gipfel der Macht zu gelangen, nicht davor zurückgeschreckt wären, das Leben anderer aufs Spiel zu setzen und über Leichen zu gehen. Es waren Leute, die kein anderes Ziel kannten, als Geld zu scheffeln und ihre wirtschaftliche Macht auszubauen. Sie waren gleichsam besessen von dieser teuflischen Kunst. Um zu den Reichsten der Erde zu gehören, waren sie bereit, Kriege anzuzetteln, Krankheiten zu verbreiten und den Terror zu finanzieren. Sie schreckten vor nichts zurück.

Dennoch waren sie im Vergleich zu jenen Menschen, die es verstanden, die permanente Gier nach Neuem zu wecken, wie die Kinder. Diese Leute waren weitaus raffiniertere Ausbeuter: Sie benutzten die unterschiedlichen Konfessionen, Ideologien und den Einfluss der Massenmedien, um mit einem sorgenfreien Leben zu locken. Sie verhießen unverhofftes Glück, und entzogen den Menschen auf diese Weise ihre Lebensenergien.

Nayr enthüllte Javier eine tragische Wahrheit: »Am gefährlichsten sind jene, die mit ausgeklügelten Methoden andere manipulieren. Mit Hilfe der Massenmedien säen sie Angst, schüren und verbreiten sie zu einem einzigen Zweck: Sie wollen alles beherrschen. Es sind Vampire, die versuchen, den Menschen ihre gesamte Energie auszusaugen.

Über Presse, Radio, Fernsehen und Internet präsentieren sie die Welt als einen Ort voller Gefahren, sie bringen eine Schreckensnachricht nach der anderen, mit dem einzigen Ziel, ihre Mitmenschen aus dem Gleichgewicht zu bringen.«

Javier sah hinauf in den sternenübersäten Himmel. Hinter den Bergen ging gerade der Mond auf. Nayr erschien ihm schöner denn je, er spürte, dass er sie inständig liebte, aber ebenso mächtig waren seine Gefühle für die Erde, auf der er geboren war.

Statt ihn mit Freude zu erfüllen, weckte dieser Ausflug in Javier eine tiefe Sehnsucht. Er dachte an seine verstorbene Frau und an die gemeinsame schöne Zeit mit ihr. Die Erinnerungen an seine Familie, seine Freunde, die Arbeit, seine Reisen und Abenteuer tauchten wieder auf. Sein gesamtes Dasein war aufs engste mit der Welt der Erdoberfläche verknüpft.

Als sie nach Wiñay Marka zurückkehrten, war er immer noch von einer starken Erregung ergriffen. Seine Stadt und seine Freunde fehlten ihm. Er verzehrte sich nach seiner Welt. Auch die Tage, die er mit Nayr verbrachte, waren von dieser Sehnsucht überschattet, obwohl sie die perfekte Frau für ihn war.

Er schlief nur noch schlecht und erwachte oft sehr zeitig. Jetzt, da man ihm eine zweite Jugend geschenkt und ihm wichtige Kenntnisse vermittelt hatte, träumte er davon, jene Welt, der er sich zugehörig fühlte, zu verändern. Er beschloss zurückzukehren.

Einige Tage später bat er um ein Gespräch mit Aram, dem großen Meister und obersten Schutzherrn. Er spürte, dass er all die Geschenke und Annehmlichkeiten, derer er sich in dieser göttlichen Stadt erfreute, nicht allein verdiente. Es waren Reichtümer, die er mit anderen teilen wollte. Er wollte anderen Menschen dieselben Möglichkeiten geben und zurück nach Puno gehen. Deshalb bekannte er, als er dem großen Meister schließlich gegenüberstand, mit demütiger Stimme: »Meister der Weisheit und Güte, ich bin Euch zu ewigem Dank verpflichtet, denn nicht zuletzt durch Eure Gegenwart habe ich hier allzeit nur Freude und Glück verspürt. Ich hoffe, dass Frieden und Harmonie für immer an diesem Ort herrschen werden. Ich wende mich an Euch, um mich bei allen Bürgern dieser heiligen Stadt dafür zu bedanken, dass man mich aufgenommen und beherbergt hat.

Solange ich lebe, werde ich nicht vergessen, dass ich Euch meine Gesundheit und meine spirituelle Wandlung verdanke. Dennoch findet meine Seele keinen Frieden, da ich weiß, dass meine Mitmenschen auf der Erdoberfläche leiden. Deshalb möchte ich fort von hier, obwohl ich damit wieder zu einem normalen Sterblichen werde. Ich wünsche mir sehnlich, in meine Welt zurückzukehren, um dazu beizutragen, die Menschheit zu verändern.«

Aram sah ihm liebevoll in die Augen, lächelte ihm wohlwollend zu und sagte aufmunternd: »Schon als wir dich damals fanden und in deinem Herzen und deinem Geist gelesen haben, wusste ich, dass du nicht für immer bleiben würdest. Wir kannten deine Pläne. Es war uns klar, dass sie dich früher oder später in deine Welt zurücktreiben würden. Ich billige deine Entscheidung, denn der Mensch hat einen freien Willen. Dieser Planet ist ein Ort, an dem die menschlichen Gefühle eine treibende Kraft darstellen.«

»Ich bedauere, diesen Tempel der Wahrheit und der Liebe zu verlassen, aber ich muss meinen Mitmenschen helfen.«

»Tröste dich damit, dass sich der wahre Tempel in der Tiefe deines Herzens verbirgt. Zu lieben heißt, die Wahrheit zu kennen. Das Bewusstsein krankt, wenn es sich nicht von Liebe nährt. Gehe in Frieden und nimm den Segen unserer geliebten Stadt. Denke immer daran, das Geheimnis dessen, was du gesehen hast, zu hüten. Wenn du deine Wünsche befriedigt hast und noch genügend Kraft verspürst, kannst du, falls du es wünschst, zu uns zurückkehren und als Unsterblicher bei uns bleiben.«

»Danke, verehrter Meister, Ozean des Wissens, erhabene Seele. Eure weisen Ratschläge werden meinen Weg erhellen. Ich bin bereit zum Aufbruch.«

»Einer von uns wird dich auf die Erdoberfläche begleiten und dich zu einem unserer Gesandten bringen. Er wird dich mit allem Nötigen ausstatten, um ein neues Leben zu beginnen und deine Ideale umzusetzen. Friede sei mit dir, Bruder Javier. Bis zum nächsten Mal.«

»Ich bin Euch so dankbar, Ihr seid ein Quell des Glücks. Ich hoffe, dass mir alles gelingen wird. Auf Wiedersehen, verehrter Meister, Ihr werdet meine Schritte immer begleiten.«

Nachdem Aram ihm seinen Segen erteilt hatte, lächelte er Javier freundlich zu und schwebte sanft aufwärts. Als er den Blicken entschwunden war, hob sich die Glasglocke von Javier, und seine Begleiter, Nayr, Url, Amr, Coalt und Wril, traten auf ihn zu. Sie wussten, dass er nur noch wenige Tage bei ihnen bleiben würde.

Bevor Javier aufbrach, verabschiedete er sich von allen, die er kennengelernt hatte. Url und Wril übergaben ihm einen Kristall und einige weitere Geschenke.

»Wenn du zu uns zurückkehren willst, brauchst du nur diesen Kristall an die Stirn zu legen und an uns zu denken. Dann wissen wir, wo du dich aufhältst, und werden kommen, um dich zu holen«, erklärten sie. »Wir beten für den Erfolg deiner Mission. Bis bald, Bruder.«

»Javier, ich werde dir bei der Umsetzung deiner Träume zur Seite stehen, ich werde in ständigem Kontakt mit dir bleiben und dir helfen«, sagte Nayr zum Abschied.

»Ich verstehe zwar nicht, wie du das meinst, aber ich danke dir. Leider kann ich dich nicht darum bitten, mich auf die Erdoberfläche zu begleiten. Deine Welt ist hier«, antwortete Javier mit einem Anflug von Traurigkeit. Er war sich sicher, dass er sie niemals wiedersehen würde.

»Wenn man jemanden wirklich liebt, ist man bereit, sich zu opfern«, tröstete sie ihn mit sanfter Stimme.

Javier hörte Nayr nicht richtig zu, denn er war ganz von seiner Rückkehr an die Oberfläche eingenommen. »Auf Wiedersehen, Nayr. Ich werde dich nie vergessen und dich immer in guter Erinnerung behalten.«

»Auf Wiedersehen, Javier. Ich bleibe immer in deiner Nähe.«

Javier zog sich seine alten Kleider an und stieg an Bord des Gefährts, das ihn nach Hause bringen sollte. Zunächst bewegten sie sich langsam durch einen Gang, aber schon bald schnellten sie mit großem Tempo in die Höhe. Mitten im Titicaca See traten sie an die Oberfläche. Sie stiegen immer weiter in die Luft, umkreisten ein paar Mal den See und landeten schließlich auf einem Strand in der Nähe der kleinen Ortschaft Inquincho. Javier stieg aus, und schon kurz darauf erhob sich das Gefährt wieder und verschwand in der Dunkelheit.

Noch war es Nacht, und die Sterne leuchteten am Firmament. Javier wanderte am Seeufer entlang. Der Wind strich ihm über die Haut, während er den Weg in das Dorf suchte, wo er den Mann, der ihm bei seiner Rückkehr in die Gesellschaft behilflich sein sollte, finden würde. Er war wieder gesund und jung, voller Energie und Enthusiasmus, gleichzeitig hatte er die Erfahrung und das Wissen eines Erwachsenen. Es war eine gute Ausgangsbasis, um etwas in der Welt zu bewirken.

In seine Gedanken versunken, bemerkte er nicht, dass ihm

jemand folgte. Es war Nayr, die denselben Weg einschlug wie er. Als sie husten musste, drehte sich Javier mit einem Ruck um, um zu sehen, wer ihn verfolgte. Doch dann begann er zu lächeln.

»Nayr, warum bist du hier? Warum folgst du mir?«

»Ich habe beschlossen, dir beizustehen, dich zu beschützen«, erwiderte sie sanft.

»Geh zurück, du wirst hier zugrunde gehen. Hier oben ist alles verseucht: das Wasser, die Luft, die Erde, alles, was man für das ewige Leben braucht.«

»Ich weiß, aber ich will bei dir sein, um dir bei der Umsetzung deiner Pläne zu helfen«, erklärte sie mit einem Lächeln.

Javier antwortete nicht, sondern ergriff nur ihre Hand. Gemeinsam suchten sie den Weg ins Dorf.

Von diesem Tag an tauchte in Puno häufig ein lächelndes Pärchen auf. Er war ein junger, sportlich gekleideter Mann, sie eine schlanke, gutaussehende Frau mit dunkler Sonnenbrille und Kopftuch. Manchmal wurden sie von Celestino begleitet. Niemand ahnte etwas von den Erfahrungen, die diese heiter wirkenden Menschen hinter sich hatten.

Liebe, Verantwortungsgefühl und Opferbereitschaft waren der Motor ihres Handelns. Sie wussten, dass ihre Entscheidung, die Stadt der Unsterblichen zu verlassen, sie in den Tod führen würde. Sie wussten auch, dass ihr Leben nur sehr begrenzt war, dass sie rasch altern würden und dass vor allem Nayr, die in einer perfekten, vollkommen reinen Welt gelebt hatte, davon bedroht war. Auf der Erdoberfläche wurden die Lebensbedingungen in Folge der hohen Umweltbelastung immer schlechter.

Javier und Nayr waren sich darüber im Klaren, welchen Einfluss die Umwelt ausübte, vor allem hier in Puno, wo die Entfernung zu den Gestirnen aufgrund der enormen, die Viertausendmetergrenze überschreitenden Höhe, geringer war. Ihre Aufgabe bestand darin, den segenbringenden Samen für die

Zukunft zu legen, den Anstoß zur Spiritualität zu geben und das Denken der Menschen auf den Frieden zu richten.

Im Lauf der Zeit gelang es den beiden, unter den Aymara einen Sensibilisierungsprozess in Gang zu setzen und sie dazu zu bewegen, eigene Verwaltungsorgane und Bildungsstätten zu errichten. Die Eröffnung einer von Indios geleiteten Universität stand kurz bevor. Nayr und Javier nahmen an unzähligen Friedensmärschen teil, sie griffen auf alle möglichen Informationsmittel zurück, um wenigstens einen Teil der Erdbevölkerung wachzurütteln.

Zu Beginn fühlte sich Nayr stark und voller Energie, aber nach und nach wurde sie schwächer. Sie litt unter für sie gänzlich neuartigen Beschwerden. Schon bald tauchten die ersten Falten in ihrem Gesicht auf, und die Haare ergrauten. Sie alterte rasch, während für Javier die Zeit langsamer zu verstreichen schien.

Javier war sehr besorgt um Nayr. Er wollte sie zurück nach Wiñay Marka bringen, aber sie weigerte sich.

»Ich habe jahrhundertelang gelebt, jetzt kann ich ruhig sterben. Ich werde dir auch aus der anderen Dimension beistehen«, sagte sie.

»Du darfst dein Leben nicht opfern. Du musst in die Stadt der Unsterblichen zurückkehren und dich erholen.«

»Jeder ist für seine Entscheidungen selbst verantwortlich. Ich habe lange genug gelebt und möchte mich jetzt dem Tod stellen.«

»Hast du keine Angst?«

»Nein. Der Tod ist einfach der Übergang in eine andere Dimension. Wir sterben niemals endgültig, denn unser Geist ist unsterblich. Nur unser Körper und unsere Psyche sind vergänglich. Ich werde weiterleben. Aber wenn mein Körper stirbt, möchte ich, dass du mir einen Wunsch erfüllst. Verbrenne meine Nägel und mein Haar und verteile die Asche auf der Erde und im Wasser.«

»Ich verspreche es dir, dennoch wünsche ich mir, dass du nach Wiñay Marka zurückkehrst. Ich bitte dich, noch ist es nicht zu spät.«

»Ich habe meine Entscheidung bereits gefällt und werde sie nicht umstoßen. Was dich betrifft, so lebe dein Leben und lass dich nicht gänzlich von deinem Pflichtgefühl vereinnahmen. Arbeite für den Erhalt der Erde, aber gönne dir auch Zeit für dein eigenes spirituelles Wachstum.«

In letzter Zeit wirkte Nayr sehr ausgezehrt, sie schien immer kleiner zu werden. Ihr faltiger Körper sah aus wie der eines Kindes. Dennoch stand sie ihrem Partner unermüdlich zur Seite. Sie regte ihn zu neuen Ideen an, trug immer ein Lächeln auf den Lippen und beschwerte sich nie, obwohl sie wusste, dass sie nicht mehr lange leben würde. Sie wollte Javier nicht beunruhigen, sondern versuchte im Gegenteil, ihm neuen Mut einzuflößen.

Als sie spürte, dass ihr Ende nahte und ihr Körper nicht mehr die Kraft hatte, sie in sich zu bergen, beschloss sie, endgültig zu gehen, und bat Javier darum, dabei zu sein. Sie nahm eine Meditationshaltung ein, ähnlich einem in sich versunkenen Buddha. Sie wirkte wie ein Wesen, das über alle menschlichen Schwächen erhaben ist. Ihr Blick war in weite Ferne gerichtet, doch dann wandte sie sich ein letztes Mal mit einem Lächeln an Javier, tat ihren letzten Atemzug und schloss die Augen.

Wenige Sekunden später begann Nayrs Gesicht zu leuchten, ihrem Körper entströmte ein goldener Schimmer, und aus ihren Augen trat ein bläulich weißes Licht, das immer intensiver erstrahlte. Plötzlich wurde sie von einem Lichtwirbel erfasst, ihr Körper begann zu schrumpfen, wurde rasch immer kleiner und verschwand schließlich ganz. Als das Licht endgültig erloschen war, blieben nur noch Haar und Nägel zurück.

Javier, der erstaunt diesem plötzlichen Selbstauflösungsprozess beigewohnt hatte, trat näher. Sorgfältig sammelte er alles ein, als handle es sich um die heiligen Überreste einer Göttin.

Lange dachte er über die Geheimnisse von Leben und Tod und über den gemeinsam mit Nayr beschrittenen Weg nach.

Seine Gefährtin war nun in eine andere Dimension übergegangen. Wie alle hochspirituellen Wesen hatte sie den eigenen Körper durch Energie vernichtet und sich in der Unendlichkeit aufgelöst. Sie hatte es so gewollt, nun war sie ein reiner Geist.

Nayrs Wunsch entsprechend, zündete Javier ein Feuer an, verbrannte Haar und Nägel, sammelte die Asche auf und streute sie in den geliebten See. Dabei wurde ihm klar, dass selbst die perfektesten Wesen kleine Schwachpunkte haben.

Nach ihrem Fortgang fühlte sich Javier einsam und traurig. Nayr war seine Meisterin, seine Führerin, seine Freude und sein ganzes Leben gewesen. Sie hatte ihn durch ihre Gegenwart erhellt, bis sie schließlich wie eine niedergebrannte Kerze erloschen war. Seitdem dachte Javier häufig über die transzendente Bedeutung des Daseins nach. Wie ein Eremit schloss er sich wochenlang in einer einsamen Hütte ein, um über den Sinn des Lebens zu meditieren und Antworten auf die ihn quälenden Fragen zu finden.

Warum war er in dieser Zeit geboren worden? Warum war er ein Mann und keine Frau? Weshalb war er ausgerechnet diesen Weg gegangen? Waren alle Erfahrungen, die er gesammelt hatte, wirklich notwendig? War es richtig, dass er sein Leben verlängert hatte? War es gut, so wie in Wiñay Marka, jahrhundertelang zu leben?

Durch Meditation gewann Javier allmählich seine innere Ruhe zurück. Seine Energie bewegte sich in Einklang mit der kosmischen Ordnung und eröffnete ihm den Zugang zum Verständnis der ihn umgebenden Welt. Er hatte eine neue Stufe des Bewusstseins erreicht.

Seine sinnliche Wahrnehmung verfeinerte sich, und mit der Zeit entdeckte er, dass er über weitere Sinne verfügte, die ihm jahrelang verborgen geblieben waren, wie zum Beispiel seine hellseherischen Fähigkeiten. Zu Beginn hatte er alles nur schemenhaft wahrgenommen, doch dann nahm das, was er sah, nach und nach konkrete Gestalt an.

Von diesem Augenblick an hatte Javier ständig das Gefühl, dass die Welt von Schwingungen erfüllt sei. Er selbst war von einem Lichthof umgeben, der aus der Erde zu steigen schien und seinen gesamten Körper wie mit einem goldenen Schleier umhüllte. Dieses Licht ließ ihn die Sprache der Vögel verstehen, den Gedanken Gottes, des Weltenschöpfers erfassen. Er erkannte, dass der Ursprung des Lebens die Liebe Gottes und sein alle Menschen beschützender Geist war. Er wusste nun, dass man, um wahre Nächstenliebe zu empfinden, den Ursprung des Universums kennen und jene Kräfte akzeptieren musste, die das Gleichgewicht der Energie verschieben und die Galaxien in Bewegung setzen. Er wusste auch, dass alles Teil einer universalen Kraft war.

Ihm wurde bewusst, dass die Erde aus Millionen verschiedener Lebewesen bestand und dass jede Art ihre eigene Beschaffenheit hatte, dass es materielle und ätherische Wesen gab. Er begriff, dass der Mensch nicht allein und schon gar nicht der König des Universums war. Der Mensch war weder der Größte noch der Geringste noch gar der Klügste. Er war lediglich der Gierigste von allen und wollte die Macht an sich reißen.

Als Javier zu der Einsicht gelangte, dass jeder von uns selbst entschied, ob er eher seine menschlichen oder eher seine animalischen Seiten stärken wollte, erkannte er gleichzeitig, welche Kraft es ermöglicht, die eine oder die andere Richtung einzuschlagen. Es gab Energiezentren, die die universale Energie aufnahmen und sie in unterschiedliche Flussrichtung brachten, so dass sie entweder die Sexualität oder die Herzen oder aber den Geist der Menschen beeinflussten.

Bis es Javier gelang, die Energie gezielt auf den Geist zu richten, benötigte er mehrere Wochen. Ihm wurde mit einem Mal klar, dass die Intuition dem Geist einen Weg in die Unendlichkeit wies. Allmählich lernte er, in der kosmischen Dimension zu reisen. Mit Hilfe einer bescheidenen Ernährung, regelmäßiger Gymnastik und Atemübungen gelang Javier der Zugang in eine neue Dimension.

Als er diesen Punkt erreicht hatte, vernahm er plötzlich eine himmlische Musik und sah zu seinem Erstaunen Nayr in ihrer ganzen Schönheit, so wie er sie kennengelernt hatte, vor sich. Sie wirkte durchscheinend und bewegte sich mittels eines wohltönenden Klangs, der ihrem Kopf entstieg, auf ihn zu.

»Javier, nun bist du bereit, mich anzuhören. Ich werde dein Schutzengel, deine Führerin, der Quell deiner Inspiration sein, bis du eines Tages ebenfalls in die Dimension des Todes aufsteigst, die das ewige Leben ist. Du hast nunmehr erkannt, dass ich jenseits von Raum und Zeit weiterexistiere. Ich reise von einer Dimension des Universums in die nächste und höre nie auf zu lernen.«

»Nayr, endlich kann ich dich sehen. Warum war es mir bisher nicht möglich?«

»Weil deine Sinne geschlafen haben und du noch nicht bereit warst. Nur durch Stille und Meditation konntest du in Kontakt mit dir selbst treten, ein kontemplatives Feld schaffen und dich in ein Wesen verwandeln, das in der Dimension des Geistes zu existieren vermag. So hast du die Bedingungen geschaffen, um mit mir, aber auch mit dir selbst und mit dem gesamten Universum zu kommunizieren.«

»Der Mensch kann also schon vor seinem Tod in die anderen Dimensionen gelangen?«

»Ja, wenn er es will. Seit jeher sind einige erleuchtete Geister auf der Suche nach einem Punkt, an dem sie mit ihrem kleinen inneren Universum, aber auch mit dem gesamten äußeren Universum in Kontakt treten können. Es gibt Orte auf der Erde, an denen die Kräfte der Natur derart auf den Menschen einwirken, dass er sich innerlich wandelt, sich reinigt und in Einklang mit sich selbst und der Natur tritt. Es sind heilige Stätten, Wallfahrtsziele.«

»Aber ich war nie an solch einem Ort, und dennoch fühle ich mich verändert.«

»Seit du den Gedanken hattest, dass dein Körper ein Tempel Gottes und das Selbstgespräch ein Akt des Glaubens ist, hast du deine Worte zu Gebeten werden lassen. So hast du erkannt, dass du ein Kind der Erde und gleichzeitig ein Teil des Universums bist.«

»Ich fühle mich klein, ich bin nichts als bloßer Staub … Ich möchte dich berühren.«

»Nicht jetzt. Erst wenn du ganz in die Dimension eintrittst, in der ich mich befinde, wirst du begreifen, dass wir ewig sind. Jede Reinkarnation dient allein dazu, Erfahrungen zu sammeln, zu lernen und sich unermüdlich mit der Unendlichkeit vertraut zu machen.«

Nun endlich wusste Javier, dass der Mensch ein kosmisches, ewiges und unsterbliches Wesen war.

Der Traum von der Erschaffung einer besseren Welt

Am 11. September 2001 war ich in Peru bei Freunden zu Besuch. Wir sprachen über das bevorstehende Frühjahr und über die klimatischen Veränderungen, die seit einiger Zeit immer unberechenbarer wurden, als das Telefon klingelte. Lucio, ein Freund, der seit jeher Sympathien für die Vereinigten Staaten hegte, hob ab, und während er der Stimme am anderen Ende der Leitung lauschte, nahm sein Gesicht einen immer verstörteren Ausdruck an. Als er aufgelegt hatte, rannte er zum Fernseher und schrie: »Sie greifen Amerika an!« Auf dem Bildschirm sahen wir ein Flugzeug, das in das World Trade Center raste und explodierte: Rauch, Feuer, Szenen der Verzweiflung, dann brachen die Türme wie ein Kartenhaus zusammen. Ich musste an den Angriff auf Pearl Harbour denken, der zum Eintritt der Vereinigten Staaten in den Zweiten Weltkrieg geführt hatte. Diesmal zielte der Angriff auf das Herz des amerikanischen Finanzwesens. Es kamen Nachrichten von weiteren Attentaten, auf das Pentagon und möglicherweise auf andere Städte. Wir waren entsetzt, verwirrt und fassungslos, wir begriffen nicht, was vor sich ging und wer die Angreifer waren. Ich fühlte mich von den Ereignissen erschlagen und vollkommen ohnmächtig. So beschloss ich, einen Spaziergang zu unternehmen. Über zwei Stunden schlenderte ich durch die Straßen und dachte darüber nach, welche Folgen diese furchtbaren Ereignisse für die Welt haben würden.

Als ich zurückkam, saßen die Freunde noch vor dem Bildschirm; nun kamen Politiker, Politologen, technische Sachverständige und Militärs zu Wort. Sie sprachen über das Vorgefallene, kommentierten die Wahl der Ziele und diskutierten über die möglichen Urheber. In einigen von ihnen trat eine unterdrückte Wut, der tiefe Wunsch, sich an den Feinden zu rächen, zutage. Ich hatte die Befürchtung, dass dieses grauenhafte Attentat furchtbare Ereignisse nach sich ziehen könnte, die die gesamte Welt aus den Angeln heben würden. Mit den zur Verfügung stehenden kriegerischen und technischen Mitteln würde der Krieg, der sich am Horizont abzeichnete, schlimmer werden als der Erste und der Zweite Weltkrieg zusammen und sich vermutlich auf Europa, Asien und ausnahmslos alle Teile der Erde ausdehnen.

Dieser Tag war für mich der Beginn einer intensiven Auseinandersetzung mit der menschlichen Natur. Ist der Mensch wirklich menschlich, oder ist er nur eine grausame, blutrünstige Bestie? Ist es das, was Gott von uns will, hat er uns deshalb das Leben auf der Erde geschenkt? Sind wir wirklich ein Ebenbild Gottes, oder ist all das nur ein schlechter Scherz, sind wir in Wahrheit nur Tiere, erbarmungslose Jäger und Mörder an Unseresgleichen? In den folgenden Wochen schenkte ich den Nachrichten über neue Gewalt und die beginnenden Bombenanschläge durch militärische Gruppen, die sich in den Höhlen eines entfernten Landes versteckt hielten, wenig Beachtung. Ich verfolgte noch nicht einmal die ständigen politischen Debatten im Fernsehen und Radio, sondern beschäftigte mich lieber mit der Geschichte des Menschen und damit, was einige Autoren dazu schrieben. Ich dachte an die großen Schlachten zu Zeiten der Ägypter, der Assyrer, Babylonier, Griechen und Römer, an die großen Kreuzzüge, an die napoleonischen Kriege, an die beiden Weltkriege des 20. Jahrhunderts und an die Auseinandersetzungen zwischen Russland und Amerika. Alles wies darauf hin, dass sich das, was wir Zivilisation nen-

nen, auf Krieg gründet und dass sich hinter jedem Krieg wirtschaftliche Interessen verbergen. Aber meine Überlegungen führten mich auch zu einem anderen Ergebnis: In einigen Teilen der Welt hatten sich friedliche Gesellschaften entwickelt, die keine Kriege kannten, und es war der Menschheit immer wieder gelungen, gemeinsame, hochspirituelle Vorstellungen zu entwickeln.

Schon als Kind glaubte ich, dass gewalttätige Menschen krank seien und dass man sie heilen müsse. Ich habe seit jeher eine pazifistische Grundhaltung, habe Kriege schon immer gehasst, und selbst ein Tier zu töten, fällt mir schwer. Wenn ich als kleiner Junge einen Vogel in einem Käfig sah, befreite ich ihn, und keines der Tiere, die mir Gesellschaft leisteten, musste jemals eine Leine, eine Kette oder irgendetwas tragen, das seine Freiheit beschränkt hätte. In dem Dorf, in dem ich aufgewachsen bin, herrschte große Armut, aber wir lebten in friedlicher Eintracht und halfen uns gegenseitig. Es gab weder Neid noch Rivalitäten. Als ich in die Stadt kam, sah ich mich mit einer vollkommen neuen Welt konfrontiert: Die Menschen waren immer in Eile, sie arbeiteten nicht gern oder betrachteten ihre Arbeit als ein Opfer, das sie zu bringen verpflichtet waren. Einige beschränkten sich lediglich darauf, andere auszubeuten, um sich selbst zu bereichern. Aber sie bekamen nie genug, waren ständig unzufrieden und wollten immer mehr. List und Machtgier griffen immer weiter um sich. Im Lauf der Jahre begegnete ich Menschen, die offenbar jede Moral verloren hatten und kein schlechtes Gewissen kannten. Sie scheuten vor nichts zurück, beuteten andere aus, waren korrupt, erpressten und betrieben Wucher. Unter ihnen gab es Drogenhändler, Zuhälter und Geschäftsleute, die hohe Summen in umweltbelastende und auch für den Menschen schädliche Industriezweige investierten. Wenn die Leute erkrankten, zogen sie ihren Vorteil daraus, indem sie den Pharmamarkt ausbauten und die Preise für Medikamente und Therapien erhöhten. Unter dem Druck einer Handvoll mächtiger und reicher Männer beugten sich auch die Regierenden demselben Schema: Sie trieben selbst dort die Industrialisierung voran, wo kein Bedarf bestand, sie bemächtigten sich der Bodenschätze, der Energievorkommen und der Süßwasservorräte.

Aber wie ist all das möglich? Warum verschwendet ein Viertel der Weltbevölkerung über 85 % der gesamten Ressourcen und hinterlässt riesige Müllberge, während sich die übrigen Dreiviertel mit nicht einmal 15 % zufriedengeben müssen? Soll man es etwa »Zivilisation« nennen, wenn die reichen Völker Atom- und Streubomben bauen, Chemiewaffen und anderes grauenhaftes Kriegsgerät entwickeln, das die schlimmsten Sadisten erschaudern lässt? Oder gibt es etwas, wodurch sich diese von Gewalt, Terror, Krieg und moderner Piraterie geprägte Welt, in der die Umweltverschmutzung bereits eine Gefahr für den Menschen darstellt, verändern lässt? Vielleicht sind sich manche noch nicht darüber im Klaren, dass der Ausstoß von Kohlendioxid zum Anstieg der Temperaturen auf der Erde und zum Aussterben von über einem Drittel der gesamten Arten geführt hat und dass sich die Artenvielfalt innerhalb der nächsten vierzig Jahre um weitere 90 % verringern könnte.

Ich habe lange darüber nachgedacht, was man tun müsste, um die Einstellung des Menschen zu verändern. Ich bin davon überzeugt, dass sich hinter diesem beunruhigenden Szenario eine zerstörerische Grundhaltung verbirgt, die den Menschen zur Gewalt an seinen eigenen Artgenossen bewegt.

Um die Welt zu verbessern, muss man auf die Erziehung setzen und jene Grundeinstellung verändern, die die Menschheit von innen heraus zerstört. Wir müssen unseren Kindern beibringen, dass Kriegstreiber geisteskrank sind, dass Politiker, die Tausende von Menschenleben auf dem Gewissen haben, hinter Gitter gehören, und dass die berühmten Feldherren der Vergangenheit keine großen Männer, sondern häu-

fig blutrünstige Mörder waren. Wir müssen jegliche Gewalt, egal gegen welche Lebewesen sie sich richtet, und jede Form der Ausbeutung verurteilen. Unsere Aufgabe ist es, die Achtung vor dem Leben und der Natur zu vermitteln. Gemeinsam mit unseren Kindern sollten wir uns auf die Suche nach spirituellen Werten begeben und jenen Männern und Frauen Beachtung schenken, denen es gelungen ist, die Lebensbedingungen der Menschen zu verbessern, ohne dabei gegen die Gesetze der Natur zu verstoßen und unseren wertvollen Planeten zu zerstören.

Wir leben im 21. Jahrhundert und müssen gemeinsam und mit ganzer Kraft an einer besseren Welt für uns und unsere Kinder arbeiten. Wichtig ist eine neue Form der Erziehung, die sich grundlegend von dem alten, nur auf Materialismus abzielenden Ansatz unterscheidet. Wir müssen Bildungseinrichtungen schaffen, in denen sich die jungen Menschen entfalten können und lernen, sich selbst, ihre Mitmenschen und alles Leben auf der Erde zu lieben. Um unser Ziel zu erreichen, müssen wir auf alle Mittel, die uns Wissenschaft, Technik und Kunst an die Hand geben, zurückgreifen. Wenn es uns gelingt, unsere Kenntnisse uneigennützig und selbstlos anzuwenden, können wir nicht nur dieser, sondern auch der kommenden Generation Frieden und Wohlstand bringen. Wir können es schaffen, wenn wir es nur wirklich wollen. Jeder von uns sollte tagtäglich bei den kleinen Dingen beginnen, um die Vorraussetzungen zur Veränderung unserer kranken Gesellschaft zu schaffen.

Hernán Huarache Mamani

Hernán Huarache Mamani verfolgt seit Jahren einen großen Traum: die Gründung der Universität des Lebens und des Friedens. Den ersten Schritt hat er bereits gemacht, indem er die »Escuela de la Vida y de la Paz«, eine Bildungsstätte für Kinder im Vor- und Grundschulalter in Arequipa in Peru, mit ins Leben rief. Nähere Infornationen zu seiner Arbeit finden sich im Internet:

Associazione Inca Italy
mamani@tiscalinet.it
www.mamani-inca.com